Bubi Volkmann

Nicht traurig sein, wir sehen uns wieder

Ein mystischer Liebesroman

Impressum:

Bibliografische Information der Deutschen Nationalbibliothek:
Die Deutsche Nationalbibliothek verzeichnet diese Publikation
in der Deutschen Nationalbibliografie; detaillierte bibliografische Daten sind im Internet über http://dnb.dnb.de abrufbar.

Die automatisierte Analyse des Werkes, um daraus Informatio-
nen insbesondere über Muster, Trends und Korrelationen ge-
mäß §44b UrhG („Text und Data Mining") zu gewinnen, ist un-
tersagt.

2. Auflage, 2026
© 2026 Bubi Volkmann
Rechtschreibkorrektur durch KI-gestützte Software
Verlag: BoD · Books on Demand GmbH, Überseering 33,
22297 Hamburg, bod@bod.de
Druck: Libri Plureos GmbH, Friedensallee 273, 22763 Hamburg

ISBN: 978-3-7597-8716-3

Inhalt

Einleitung 9

Trauer 13

Nächtlicher Besuch 31

Konkurrenz 45

Ein halbes Jahrhundert 73

Ich bin doch nicht verliebt 95

Gestatten, Micha – bekloppt 117

Pension Lahme 127

Liebe auf Probe 149

Und es hört nicht auf 165

Wo ist Alex? 181

Ein neues Leben? 207

Ein realer Traum 221

Stille Nacht, seltsame Nacht 241

Das Leben nach dem Tod 263

Einleitung

Wenn ich an die Zeit damals zurückdenke, dann kann ich es noch immer nicht glauben. Es war Ende der 1970er. Gerade mal 14 Jahre alt war ich, als ich mich in ein Mädchen aus meiner Klasse verliebte. Carola war sogar erst 13 und wir kamen tatsächlich zusammen. Bis dahin hatten wir noch kein Wort miteinander gesprochen, denn es war schwierig für mich, mit Mädchen zu reden. Meine Mutter erklärte mir bereits in frühester Kindheit, dass sie außerirdische Wesen wären, die uns mit einer Krankheit anstecken wollten. Dabei versuchte sie nur zu verhindern, dass ich mich später mal in ein Mädchen verliebe. »Michael, halte dich von diesen Wesen fern«, sagte sie immer. Michael – das bin ich. Mit vollem Namen heiße ich Michael Lahme, werde aber von allen, außer meiner Mutter, nur Micha genannt.

Carola und ich waren uns bereits bei der ersten Annäherung sympathisch und wir waren erst ein paar Tage ein Paar, als sie in der Wanderwoche ins Eis einbrach. Ich holte sie aus dem kalten Wasser und trug sie zur Jugendherberge zurück. Zusammen mit einer anderen Klassenkameradin zog ich ihr alle Kleidungsstücke aus und legte sie unter die warme Dusche. Da wir alle nass waren und uns kalt wurde, entledigten auch wir uns unserer Klamotten und hielten uns gegenseitig den warmen Wasserstrahl auf unsere Körper.

Nach einer langen Zeit öffnete sich die Tür des Waschraums und unsere Lehrerin stand vor uns. Um von ihrem Versagen abzulenken, beschuldigte sie mich der Vergewaltigung und ich musste mit zur Polizeiwache. Der Irrtum klärte sich zwar schnell auf und ich durfte wieder gehen, doch meine Mutter glaubte mir nicht. »Ich habe einen Vergewaltiger großgezogen«, brüllte sie und schlug so lange mit einem Stock auf mich ein, bis ich die Marmortreppe hinunterstürzte. Als ich mich in mein Zimmer geschleppt hatte, folgte sie mir und drosch weiter auf mich ein.

In der Nacht quälte ich mich mit letzter Kraft zu meiner Freundin und brach vor ihrer Tür zusammen. Erst im Krankenhaus kam ich wieder zu mir.

Dieses Erlebnis schweißte uns zusammen. Da ich nicht wieder zu meiner Mama zurückwollte und auch das Jugendamt etwas dagegen hatte, nahmen mich Carolas Eltern bei sich auf und adoptierten mich später sogar. Fortan wohnte ich ebenfalls im Zimmer meiner Freundin.

Drei Jahre lebten wir so, da wurde sie schwanger. Da sie Zwillinge bekam, standen wir vor einer großen Herausforderung. Wir heirateten und kümmerten uns um zwei Kinder, obwohl wir selbst noch welche waren. Zudem machten wir gerade das Abitur und mussten natürlich auch viel lernen. Dass dies alles überhaupt möglich war, verdanken wir ihren Eltern. Ihr Vater Manfred baute auf dem riesigen Gelände für uns noch ein Haus und ihre Mutter Elfriede kümmerte sich sehr viel um die Mädchen.

Abends, wenn die Kinder schliefen und wir etwas Zeit für uns hatten, sprachen wir gelegentlich über die Geschichte, wie wir uns kennenlernten, und eines Tages beschlossen wir, diese aufzuschreiben. Immer wieder machten wir uns Notizen und schrittweise kam eine fast unglaubliche Story heraus. Doch fertig wurden wir damit nie.

Unsere Töchter wuchsen auf und hatten selbst schon Familien, als meine Frau mit nur 46 Jahren starb. Es war, als hätte mir jemand den Boden unter den Füßen weggezogen. Ich stürzte in ein tiefes Loch, kam nicht mehr richtig auf die Beine, baute immer weiter ab und lachte auch nur noch sehr wenig. Aus dem fröhlichen Menschen, den Carola aus mir machte, wurde eine sehr ernste Person. Ich versuchte, mir den Kummer von der Seele zu schreiben, und mithilfe unserer Aufzeichnungen und ihrer Tagebücher vollendete ich schließlich unser Buch. Der Roman »Geimpfte Mädchen stinken nicht« entstand. Trotzdem konnte ich meine Frau niemals loslassen und trauerte noch lange. Mein Leben schien vollkommen sinnlos zu sein, bis eines Tages etwas geschah, mit dem ich nicht im Entferntesten gerechnet hätte.

Trauer

Mit einem Blumenstrauß in der Hand stand ich vor dem Grab meiner Frau Carola. Der Krebs hatte damals gesiegt. Keine Liebe und keine Ärzte konnten dieser Krankheit auch nur das Geringste entgegensetzen. Doch das Leben ging weiter – ohne sie. »Nicht traurig sein, wir sehen uns irgendwann wieder«, war einer ihrer letzten Sätze.

Drei Jahre war es her, dass ich mich von ihr verabschieden musste, und das Einzige, was mir blieb, waren ein Grabstein, ein paar Bilder und natürlich schöne Erinnerungen. Diese erleichterten zwar zum einen die Qual etwas, doch gleichzeitig verstärkten sie diese auch. Ja, wir hatten eine wunderbare Zeit und natürlich dachte ich immer mit Freude daran zurück, aber es gab mir auch jedes Mal einen Stich ins Herz. Ständig sah ich sie vor mir stehen. Ich erfreute mich an ihrem Lachen, spürte ihre zarte Haut und ihre weichen Lippen. In diesen Momenten wünschte ich sie immer zurück. Im selben Augenblick wurde mir aber auch bewusst, dass dies nicht möglich ist, und ich hatte dann das Gefühl, als würde mir jemand mit einem glühenden Haken das Herz herausreißen.

Trauern ist nicht einfach, aber war es das denn überhaupt? Ein Psychologe sagte mir mal, dass dies frühestens nach drei Jahren einsetzen würde. Aber was war dann das, was ich die ganze Zeit über gespürt hatte? Konnte ich glauben, was er sagte?

Ich stellte die Blumen in die Vase und schüttete mit der Gießkanne etwas Wasser dazu. »Das ist das Letzte, was ich für dich tun kann, Schatz«, sagte ich leise vor mich hin. Ein Satz, den ich jede Woche äußerte. Seit sie dort lag, brachte ich jeden Samstag einen Blumenstrauß hin. Eigentlich vollkommen sinnlos, und doch hatte ich das Gefühl, etwas machen zu müssen.

Es folgten die immer wiederkehrenden Rituale: alle Blumen auf dem Grab ansehen, nachschauen, ob sich noch genügend Erde auf der Ruhestätte befand und zum wahrscheinlich tausendsten Male mit Tränen in den Augen die Inschrift auf dem Stein lesen. Anschließend folgte der Weg nach Hause, wobei ich sie immer wieder vor mir sah und sogar ihre Hand in meiner fühlte. Manchmal dachte ich, sie würde neben mir laufen. Dann drehte ich den Kopf und bildete mir ein, sie würde mich anlächeln.

Unsere Töchter hatten längst schon eigene Familien, und so kam ich vom Friedhof immer wieder in ein leeres Gebäude. Oft fragte ich mich, was ich dort überhaupt machte. Carola und ich kamen früher meist gemeinsam von der Arbeit und unternahmen zusammen etwas. Kinder rannten durch die Wohnung, unser Bungalow lebte. Und heute? Den ganzen Tag arbeiten gehen und abends allein daheim herumsitzen, kann doch nicht das Lebensziel eines Menschen sein.

Ich setzte mich auf das Sofa und schaltete den Fernseher ein, und auch das war immer das Gleiche: einschalten, mich ärgern, dass trotz immenser Rundfunkgebühren nur Müll lief und wieder ausschalten. Die Hoffnung stirbt zuletzt, heißt es, so wohl auch beim Fernsehprogramm.

Meist ging ich dann hinaus auf die Terrasse und machte es mir auf der Bank bequem. Hier saßen wir früher immer gemeinsam. Ja, Carola war überall und doch fehlte sie an jeder Stelle. Wohin ich auch ging, konnte ich sie sehen, und zu jedem Bild in meinem Kopf gab es eine kleine Geschichte. Ich hoffte immerzu, dass sich dies eines Tages bessern würde, doch auch nach all den Jahren wurde es nicht anders. Ich überlegte sogar schon, ob ich nicht ausziehen sollte. Weg von Zuhause, an einen anderen Ort, der mich nicht ständig an sie erinnern würde; an einen Platz, an dem wir keine gemeinsame Geschichte hatten. Nach langer Überlegung kam ich allerdings zu dem Schluss, dass ich mich wie ein Verräter fühlen müsste. Als würde ich sie allein zurücklassen, denn Carola war für mich immer noch hier. Also blieb ich in unserem Haus wohnen, welches auf dem

Grundstück meiner Schwiegereltern stand, und leitete auch die Firma weiter, die uns mein Schwiegervater damals überließ. Spaß am Leben hatte ich jedoch nicht mehr. »Wo ist Carola jetzt? Hoffentlich geht es ihr dort gut.« Das waren Gedanken, die mir immer wieder durch den Kopf schwirrten. Kein Tag verging, an dem ich nicht mehrfach an sie dachte.

Als ich wieder einmal am Simulieren war, hörte ich plötzlich Schritte auf mich zukommen. Ich schaute nach vorn und erkannte Corinna, eine meiner Töchter. Schon früh bekamen wir damals unsere Zwillinge. Gerade mal 16 Jahre alt waren wir. Kurz nachdem Carola und ich uns den Namen Corinna für unsere Tochter ausgedacht hatten, bekamen wir vom Gynäkologen mitgeteilt, dass es Zwillinge werden würden. Ein zweiter Name musste also her. Nach einiger Zeit der Überlegung einigten wir uns auf Cornelia. Erst kurz darauf bemerkten wir, dass beide die gleichen Anfangsbuchstaben hatten. Doch uns gefielen diese Namen und wir wollten sie auch nicht mehr ändern. Zum Spaß bezeichnete ich Corinna und Cornelia, die wir nur Conny nannten, deshalb immer als die Co-Cos.

»Hallo, Papa!«, rief sie schon von weitem, kam zu mir auf die Terrasse und setzte sich neben mich. »Du sitzt schon wieder traurig da und denkst an Mama«, stellte sie fest. Ja, das tat ich, und ich wusste auch, dass meine Töchter das nicht mehr sehen wollten. »Papa, du musst nach vorn schauen. Mama kommt nicht mehr zurück.« Ich sah sie an und lächelte. »Wenn das so einfach wäre«, sagte ich nur, während sie mir einen Begrüßungskuss auf die Wange gab. »Mama hätte doch auch nicht gewollt, dass du nur noch teilnahmslos in der Ecke hängst«, ließ sie mich wissen. »Geh doch mal aus und triff dich mit anderen Frauen. Dein Leben geht doch weiter.« Ja, leider war das so. Ich hätte aber auch auf weitere Jahre verzichten können, die bis zu diesem Zeitpunkt überhaupt keinen Sinn mehr zu machen schienen. Dies sagte ich meiner Tochter natürlich nicht, und mich mit einer anderen Frau zu treffen, war völlig ausgeschlossen.

Ich blickte an Corinna vorbei und sah auf der Terrasse des anderen Hauses Elfriede, meine Schwiegermutter. Ich fuchtelte mit der Hand in der Luft herum, um sie zu grüßen, und sie winkte zurück. Ja, wir alle trauerten um Carola, und trotzdem war es nicht das Gleiche. Es ist von der Natur vorgesehen, dass erst Opa und Oma uns verlassen und später dann die Eltern, bevor wir selbst eines Tages an der Reihe sind. Für meine Töchter wurde diese Reihenfolge schon nicht eingehalten. Natürlich sollten Mama und Papa vor einem sterben, doch die Großeltern waren noch da – das passte nicht. Ich hatte meine Partnerin verloren. Es ist zwar klar, dass im Normalfall einer vor dem anderen geht, aber natürlich nicht so früh, wie es bei uns der Fall war. Außerdem war es auch hier so, dass ihre Eltern noch lebten. Bei diesen war es allerdings etwas völlig Unnormales – ihr Kind starb vor ihnen. So etwas wünscht sich niemand.

Auch nach dem Tod meiner Frau ließen sie mich dort wohnen, was nicht selbstverständlich war. »Du bist doch unser Sohn«, sagten sie immer. Ja, aber nicht der leibliche. Ich war der Adoptivsohn und gleichzeitig auch der Schwiegersohn.

Carola und ich waren damals schon zusammen, als mich meine Mutter misshandelte und das Jugendamt mich ihr wegnahm. Bei Familie Klein fand ich ein neues Zuhause. Viele Stunden unterhielten wir uns darüber, ob ich bleiben oder wegziehen sollte, doch sie bestanden darauf, dass ich weiterhin dort wohne. Obwohl ich Carola überall im Haus sah, befolgte ich ihren Willen. Aber was wäre, wenn ich wirklich einmal eine andere Frau kennenlernen würde? Wie wären ihre Reaktionen, wenn ich mit einer Fremden dort leben würde, statt mit ihrer Tochter?

»Papa?« Ich schreckte aus meinen Gedanken. Corinna schaute mich grinsend an. »Du warst geistig schon wieder weit weg«, erklärte sie mir. Ich sah sie an und lächelte zurück. Sie und ihre Schwester waren Carola so ähnlich. Nicht nur vom

Äußeren, sie hatten auch charakterlich viel gemeinsam. »Corinna, es wird wohl noch einige Zeit vergehen, bis ich wieder einigermaßen normal bin«, erklärte ich ihr, »tut mir bitte den Gefallen und drängt mich nicht.« Sie schaute mich eine ganze Weile an, drückte mir einen Kuss auf die Wange und meinte: »Ich gehe Oma begrüßen. Nachher komme ich noch mal zu dir.« Dann stand sie auf und ging zum anderen Gebäude. Ich schaute ihr nach. Sogar den Gang hatte sie von ihrer Mutter. Immer wieder versuchten mich meine Töchter zu einem normalen Leben zu drängen, doch wäre das sinnvoll? Sollte ich jemand sein, der ich nicht bin? Schon bei den Familienfeiern oder auch bei Festen meiner Freunde tat ich immer so, als würde es mir gut gehen, so, als hätte ich Freude an allem. Ich wurde zum Schauspieler – lachte und feierte mit, obwohl mir innerlich zum Heulen zumute war. Zu Hause aber wollte ich das nicht. Jeder, der mich besuchte und dem das nicht passte, wusste, wo die Tür war.

Es dauerte eine Weile, dann sah ich erneut eine hübsche Frau auf mich zukommen. Es war Conny. Viele Leute sagen, dass man eineiige Zwillinge nicht auseinanderhalten könne. Ich konnte darüber nur lachen. Ich wusste genau, wer Corinna und wer Conny war. Auch Zwillinge hatten kleine Unterscheidungsmerkmale, die ich als Vater natürlich kannte.

Sie setzte sich zu mir und nahm mich in den Arm. Sie war etwas sensibler und einfühlsamer als ihre Schwester. Während Corinna mich immer aufbauen wollte, war Conny eher der Typ, der mich zu trösten versuchte. »Papa, du tust mir so leid«, meinte sie und drückte mir ebenfalls einen Kuss auf die Wange, »wenn ich dir doch irgendwie helfen könnte.« Ich drehte den Kopf und grinste sie an. »Mir ist nicht mehr zu helfen, Conny.« Auch meine Tochter lachte nun: »Langsam scheint dein Humor zurückzukommen.«

Wir unterhielten uns noch eine Weile, bevor sie verkündete: »Papa, der eigentliche Grund für meinen Besuch ist dein Geburtstag. Du wirst bald 50 und wir möchten gern mit dir feiern. Es wäre doch schön, wenn alle deine Freunde und auch die ganze Verwandtschaft kommen würden.« Ich hatte es befürchtet: Die Co-Cos wollten eine große Party machen. Doch danach war mir nicht zumute. Seit Carola damals erkrankte, hatten wir so etwas nicht mehr gemacht. Nur ihren letzten Geburtstag feierten wir noch mit den engsten Freunden, wenn man das überhaupt so nennen kann. Jetzt wieder damit anzufangen wäre, als ob ich sie vergessen hätte. Auch hierbei würde ich mir eher wie ein Verräter vorkommen. Ich wollte es meiner Tochter erklären: »Conny, du weißt doch …« Weiter kam ich jedoch nicht, da ich von der anderen Seite jäh unterbrochen wurde. »Keine Widerrede, du musst nach vorn sehen und wir werden deinen Geburtstag feiern, ob du willst oder nicht.« Corinna war zurückgekommen und forderte nun energisch, dass ich zur Normalität zurückkehren sollte. Welches Argument hätte ich hier vorbringen können, das ich nicht schon einmal versucht hätte? Meine Töchter kannten mittlerweile alle meine Ausreden, und so musste ich schließlich klein beigeben. »Wir werden dir eine schöne Party bereiten«, rief Corinna voller Freude, »aber du musst deine Freunde selbst einladen.« »Okay«, stimmte ich schließlich zu, »aber dafür ist das Wohnzimmer vielleicht etwas zu klein.« Conny lachte laut: »Wir feiern doch solch einen großen Tag nicht im Wohnzimmer.« »Aha, und wo sonst?« »Na, in einer Location, die sich dafür eignet«, rief Corinna. Abwechselnd sah ich meine Töchter an. Ich wusste genau, dass es kein Entkommen gab, wenn sich die Co-Cos etwas in den Kopf gesetzt hatten. Wenn sie etwas gemeinsam ausheckten, dann akzeptierten sie keine Widerrede. »Und wo wäre das?«, wollte ich wissen. Beide grinsten und Conny meinte: »Das wird nicht verraten.« Ich überlegte, denn einen kleinen Haken hatte ihr Plan. »Wohin soll ich meine Freunde denn einladen, wenn ich den Ort nicht weiß?«, fragte ich nach. 1:0 für mich. Die Co-Cos wurden ruhig und fingen an, nachzudenken. Wenn sie zusammen Pläne machten, waren sie normalerweise unübertrefflich, doch ihre Vorhaben scheiterten gelegentlich an irgendwelchen Kleinigkeiten. Sogar Carola hatte oft Angst vor ihren Überlegungen, weil es meist an uns hängen blieb, wenn sie wieder einmal etwas vergaßen.»Wie wäre es, wenn ich euch die Adressen und die Telefonnummern von ihnen gebe und ihr ladet sie selbst ein?«, machte ich den Vorschlag. Damit waren sie einverstanden. Auch mein schauspielerisches Talent stellte ich an diesem Mittag wieder einmal unter Beweis. Es war furchtbar, wenn sie im Doppelpack zu mir kamen und verlangten, ich solle doch wieder »normal« werden. Mit einer von ihnen konnte ich noch vernünftig reden, aber nicht mit beiden gleichzeitig. Meist machte ich dann gute Miene zum bösen Spiel.

Einen Augenblick unterhielten wir uns noch. Ich wollte wissen, was es zu essen geben würde, worauf ich nur gesagt bekam, ich solle mich überraschen lassen. Natürlich fragte ich auch, wie viele Leute kommen würden, denn vielleicht müsste ich eine Prioritätsliste anfertigen. Den meisten meiner Fragen wichen sie jedoch geschickt aus.

Nach einiger Zeit sprang Corinna mit den Worten:»Bin bei Oma und Opa« auf und rannte zum anderen Haus hinüber. Conny blieb jedoch sitzen und ich wusste genau, dass sie noch etwas von mir wollte. Ich sagte kein einziges Wort, sah sie nur an. Es dauerte auch nicht mehr lange, bis sie endlich anfing zu erzählen:»Papa, ich habe ein Problem. Kann ich dich etwas fragen?« Nun ging es andersherum und ich nahm sie in den Arm. »Schatz, du weißt genau, dass du jederzeit zu mir kommen kannst, wenn du etwas auf dem Herzen hast.« Es wurde still. Sie schien nicht so recht zu wissen, wie sie mit der Sprache herausrücken soll.»Papa, es ist so, dass …« Erneut folgte eine Pause. Noch einen Augenblick druckste sie herum, bevor sie endlich zu erzählen begann:»Zwischen Florian und mir läuft es nicht mehr. Er hat schon eine andere und wir werden uns scheiden lassen.« Das war eine Nachricht, die ich gar nicht hören wollte, obwohl es sich schon seit längerer Zeit angekündigt hatte. Florian war ihr Mann, und wenn die beiden mit ihrer Tochter Jennifer bei uns zu Besuch waren, gab es zwischen Conny und ihm keinerlei nette Worte und ebenso wenige Zärtlichkeiten wie Händchenhalten oder mal einen Kuss.»Das tut mir leid zu hören«, teilte ich ihr mit, und das stimmte wirklich. Die beiden passten gut zusammen und es freute mich damals, als sie ihn uns vorstellte. Von Anfang an kam ich mit ihm gut aus und auch Carola mochte ihn. Er war immer da, wenn ich Hilfe brauchte, und er war auch nicht solch ein Macho wie der Mann von Corinna. Diesen Spinner konnte ich gar nicht leiden, ließ es mir aber nicht anmerken.»Könnte ich mit Jennifer ein paar Tage bei dir wohnen? Es wäre nur so lange, bis ich wieder eine Wohnung gefunden habe.« Natürlich konnten sie das, was ich ihr auch mitteilte.»Ihr beide seid jederzeit willkommen, Conny«, sagte ich und freute mich darauf, dass es dann endlich nicht mehr so ruhig im Haus wäre. Vielleicht würden mich die zwei auf andere Gedanken bringen.

Jennifer war sechs Jahre alt, gut erzogen, aber auch ziemlich wild, wenn sie am Spielen war. Es waren gerade Ferien und mein Urlaub begann an diesem Wochenende. Ich hatte mir mal eine vierwöchige Auszeit von der Firma gegönnt, denn ich wusste, dass ich mich auf meine Mitarbeiter verlassen konnte, und war für Notfälle immer auf dem Handy erreichbar. So konnte ich mich uneingeschränkt auf meine Enkelin konzentrieren, die nach den Ferien in die Schule kommen würde, während meine Tochter zur Arbeit musste. Es würde gewiss etwas stressig werden, mich aber andererseits etwas von meiner Trauer ablenken.

Als Conny gegangen war, lief ich nach innen, um die Betten zu beziehen und etwas zu putzen. Die beiden ehemaligen Kinderzimmer der Mädchen standen seit ihrem Auszug leer, und so konnte meine Tochter wieder in ihr altes Zimmer ziehen. Für Jennifer hatte ich Corinnas früheren Raum vorgesehen.

Als ich fertig war, ging ich ins Büro, nahm einen Zettel und schrieb Namen, Adressen und Telefonnummern meiner Freunde auf. Ich wusste natürlich nicht, auf welchem Weg sie die Leute einladen wollten. Ich hatte auch keine Ahnung, wo diese Geburtstagsfeier stattfinden sollte, aber über eines war ich mir im Klaren: Ich hatte keine Lust darauf. Warum konnten sie mich nicht einfach in Ruhe lassen?

Nach einiger Zeit lief ich zum anderen Haus hinüber und besuchte meine Schwiegereltern, oder anders gesagt, meine Adoptiveltern. Je nachdem, wie man es ausdrücken möchte. »Habt ihr schon die Hiobsbotschaft gehört?«, fiel ich gleich mit der Tür ins Haus. »Ich muss tatsächlich meinen Geburtstag feiern.« »Ja, und es wird Zeit, dass du mal auf andere Gedanken kommst«, meinte Manfred, der schon mit einem Bier für mich auf der Terrasse wartete. »Ihr findet das toll?«, fragte ich. »Ja, natürlich«, antwortete Elfriede, die gerade zur Tür herauskam, »dann kommst du endlich mal wieder unter Leute. Du igelst dich viel zu sehr ein.« Doch ich verstand die beiden nicht. Wie konnten sie so schnell zur Normalität übergehen, nachdem die Tochter verstorben war?

Ich setzte mich zu Manfred an den Tisch, der gerade die Flasche öffnete und sie mir reichte. »Ich weiß nicht, ob ich schon so weit bin«, ließ ich die beiden wissen, »was ist, wenn ich das nicht durchhalte?« »Du wirst es schaffen«, erklärte mir meine Schwiegermutter, »überleg mal, was du als Jugendlicher durchgemacht hast. Da war Aufgeben keine Option für dich.« »Ja, da war ich auch noch jung, jetzt bin ich alt«, gab ich zu bedenken. »Alt?« Manfred runzelte die Stirn. Die zwei waren 26 Jahre älter als ich und ich erzählte ihnen, dass ich alt wäre. Und trotzdem. »Ja, alt«, bestätigte ich meine Aussage, »meine Enkel nennen mich Opa Micha und dich Opa Manfred. Damit stellen sie uns vom Alter her auf eine Stufe.« Elfriede grinste und Opa Manfred prostete mir zufrieden zu. Auch ich nahm nun endlich einen kräftigen Schluck.

»Micha, jeder trauert anders«, klärte mich Elfriede anschließend auf, »aber auch für dich wird es jetzt Zeit, endlich wieder nach vorn zu schauen. Was deine Töchter vorhaben, ist vollkommen richtig.« War es das wirklich? Ich sprach das an, was mir schon lange auf der Seele brannte: »Warum habt ihr den Tod von Carola so schnell abgehakt? Ich verstehe das nicht.« »Abgehakt?« Manfred fiel fast die Flasche aus der Hand. »Wir haben gar nichts abgehakt, wir gehen damit nur anders um als du.« Elfriede erklärte weiter:»Wir haben uns, Micha. Wir haben das Gleiche erlebt und können darüber reden. Das befreit etwas.« Manfred sprach es deutlicher aus:»Was Elfriede damit sagen will, ist, dass du den Menschen verloren hast, dem du dich anvertrauen konntest, wenn du dich mal schlecht gefühlt hast. Vielleicht wäre es gut, wenn du einen Psychiater oder einen Psychotherapeuten fragen würdest. Mit uns redest du ja nicht darüber.«»Ich soll zu einem Seelenklempner gehen?«, rief ich.»Haltet ihr mich für bekloppt?« Meine Schwiegermutter schüttelte den Kopf:»Das hat nichts mit Beklopptheit zu tun, aber manchmal ist es besser, mit einem Unbeteiligten über seine Probleme zu reden.« Erneut setzte ich die Flasche an. Hätte es einen Sinn, etwas dagegen zu sagen? Ich dachte mir meinen Teil und blieb ruhig.

Gegen Abend lief ich nach Hause. Wieder mal in ein leeres Gebäude. Ich holte noch ein Bier aus dem Kühlschrank und setzte mich an den Küchentisch. Noch einmal ging ich das Gespräch mit Carolas Eltern durch. Wenn meine Frau und ich vor Problemen standen, dann redeten wir auch immer darüber. Hatten sie vielleicht recht und ich sollte mir wirklich von einem Fachmann helfen lassen? Ich überlegte noch eine Zeit lang und kam dann zu dem Entschluss, diese Entscheidung auf den nächsten Tag zu verschieben oder auf den übernächsten. Auch die kommende Woche oder der anschließende Monat schienen mir dafür geeigneter zu sein als der augenblickliche Moment.

Am nächsten Nachmittag ging ich erneut zu meinen Schwiegereltern. Sie hatten uns alle zum Kaffee eingeladen. Corinna kam mit ihrem Mann und ihren beiden Söhnen, Conny brachte hingegen nur ihre Tochter mit. Die Neuigkeit aus ihrer Ehe hatte sie ihren Großeltern bereits erzählt. Natürlich waren sie alles andere als begeistert. Genau wie ich, der auf seinen Lieblingsschwiegersohn verzichten musste und dafür das dumme Geschwätz dieses Blödmanns zu ertragen hatte. Bereits wie in den letzten Jahren ließ ich mir aber auch an diesem Mittag nichts anmerken. Er wusste natürlich auch bei diesem Treffen alles besser und stellte sich selbst als den großen Meister in allen Belangen hin. Mich regte dieser Mensch schon auf, wenn ich ihn nur sah, Corinna hingegen schien diese Art der Überheblichkeit zu gefallen.

Die Kinder der beiden waren sieben und neun Jahre, also etwas älter als Jennifer, und sogar damit gab er an. Er prahlte, dass er es eher als Connys Mann geschafft hatte, für Nachwuchs zu sorgen. »Wollen wir ihm gleich eine reinhauen oder später?«, fragte ich Conny leise ins Ohr, die neben mir saß und herzhaft zu lachen begann. »Du von links und ich von rechts«, flüsterte sie zurück, doch Manuel, wie dieser schreckliche Typ hieß, machte weiter. »Es ist doch klar, dass Corinna vor ihrer Schwester Mutter wurde«, erklärte er mir, »sie kam nämlich auch früher auf die Welt.« Er starrte mich an und wartete auf eine Reaktion, doch ich blieb ganz ruhig. »Ich weiß, ich war dabei«, erklärte ich nur kurz.

Nach dem Kaffee wandte ich mich an Conny: »Wollen wir zwei etwas spazieren gehen? Ich glaube, wir haben viel zu besprechen.« Conny war einverstanden und so liefen wir etwas später in den angrenzenden Wald. Wir ließen uns über Corinnas Ehemann aus und machten unsere Späße über ihn. Conny hatte ihre Schwester sehr gern, aber ihren Mann mochte sie so wenig wie ich auch.

Nachdem wir wieder einmal richtig gelacht hatten, erzählte sie mir von ihrer Ehe und warum es ihrer Meinung nach nicht funktioniert hat. Natürlich gab sie sich selbst die Schuld. So war Conny: Sie sah sich immer als Sündenbock. Darin unterschied sie sich stark von ihrer Schwester.

»Schatz, du hast nichts falsch gemacht. Du hast doch daran keine Schuld, dass dein Mann eine andere hat«, versuchte ich, sie zu beruhigen, doch Conny sah das anders: »Wenn ich so wäre, wie er mich gern hätte, dann bräuchte er keine andere Frau.« Ich blieb stehen. Das konnte doch nicht ihr Ernst sein, was sie gerade von sich gegeben hatte. Ich stellte mich vor sie und schaute ihr in die Augen:»Du bist aber nun mal so, wie du bist, und das hat Florian vorher gewusst. Ihr wart einige Jahre zusammen, bevor ihr geheiratet habt.« Conny senkte den Kopf. »Habe ich mich so verändert, Papa?« Ich lächelte und nahm sie in den Arm.»Nein, das hast du nicht. Du bist immer noch dasselbe liebenswerte Mädchen, aber ich glaube, Florian ist nicht mehr der Gleiche.« Sie schaute mich fragend an, doch auch ich konnte nicht genau sagen, warum ich diese Meinung vertrat.

Es dauerte lange an diesem Nachmittag, bis ich sie davon überzeugen konnte, dass für eine Scheidung meistens beide verantwortlich sind. Obwohl wir bereits auf dem Heimweg waren, sprachen wir noch immer über dieses Thema.

Zu Hause angekommen, holten wir Jennifer von Uroma und Uropa ab und stellten erfreut fest, dass Manuel bereits gegangen war, Corinna aber leider auch. Um meine Tochter tat es mir schon leid. Nur wenn sie mal allein kam, konnten wir uns auch vernünftig unterhalten.

Wir verabschiedeten uns von Elfriede und Manfred und gingen in mein Haus.»Dein Kinderzimmer brauche ich dir wohl nicht zu zeigen«, stellte ich grinsend fest, als wir vor der Tür standen. Conny öffnete und staunte. Alles war noch so wie damals, als sie auszog. Wir hatten nichts verändert und die Co-Cos waren seit dieser Zeit nicht mehr dort.

Dann zeigten wir Jennifer ihr vorübergehendes Reich. »Morgen hole ich unsere Sachen«, erklärte meine Tochter,»das meiste ist schon gepackt.« Sie drehte sich zu mir um und umarmte mich.»Danke, dass du uns aufnimmst«, säuselte sie mir ins Ohr, und es schien, als wäre sie den Tränen nahe.

Nachdem wir Jennifer ins Bett gebracht hatten, setzten wir uns auf die Terrasse und sprachen noch sehr lange miteinander. Sie erzählte mir, dass sie und Florian sich am Vorabend unterhielten. Die Angst vor der Trennung war enorm. Erst nachdem sie es endlich geschafft hatten, einen sauberen Schlussstrich unter ihre Beziehung zu ziehen, wurde sie ruhiger. Das fiel mir schon den ganzen Tag auf, und an diesem Abend war es, als würde der ganze Druck von ihr weichen. Unsere Unterhaltung veränderte auch mich, denn ich merkte, dass ich wirklich jemanden zum Reden benötigte, und auch bei meiner Tochter war es so. Wir machten plötzlich Späße und lachten viel. Alles wirkte auf einmal so befreiend, und so gingen wir auch erst spät in unsere Betten.

Am Morgen stand ich früh auf, denn ich hatte für die nächsten vier Wochen eine Enkelin zu Besuch, um die ich mich kümmern musste. Doch sie schlief noch und Conny war schon weg. Ich schlenderte in die Küche und deckte den Frühstückstisch. Dabei dachte ich über den letzten Abend nach. Ich unterhielt mich mit meiner Tochter wie damals mit meiner Frau. Nebenan schlief ein Kind, und es kam mir vor wie früher, als die Welt noch in Ordnung war. Vielleicht hatten meine Schwiegereltern recht und ich brauchte wirklich wieder jemanden an meiner Seite. Viel lieber wäre mir aber gewesen, wenn Carola zurückgekommen wäre.

Meine Gedanken wurden von einem lauten »Guten Morgen, Opa« jäh unterbrochen. Ich erschrak; jedoch nicht, weil Jennifer plötzlich hinter mir stand, sondern weil ich mich absolut nicht mit dem Wort »Opa« anfreunden konnte. Auch nach so langer Zeit hatte ich damit noch Probleme.

»Komm her, Jennifer«, rief ich, »das Frühstück ist gleich fertig.« Lieber hätte ich sie ja einfach nur Jenny genannt, doch das wollten ihre Eltern auf keinen Fall. »Wir suchen uns doch nicht einen schönen Namen heraus, damit anschließend nur die Hälfte davon ausgesprochen wird«, sagten sie. So redete damals auch meine Mutter. Na ja, das konnte man wohl sehen, wie man wollte, aber im Kindergarten und später in der Schule würden sich die Kinder garantiert nicht daran halten. Auch aus mir wurde irgendwann ein Micha. Aber mir war es im Prinzip egal, und so respektierte ich die Bitte meiner Tochter. Auch Corinna und meine Schwiegereltern nannten sie so, wie es ihre

Mutter wollte. Lediglich Manuel ließ sich nichts sagen und rief sie in der Kurzform oder betitelte sie sogar abwertend als »das Küken«.

»Ist Mama schon zur Arbeit?«, erkundigte sie sich. Ich nickte zustimmend und erklärte ihr, dass sie sich an diesem Tag mit ihrem alten Opa zufriedengeben müsse. Doch ich vernahm eine Antwort, mit der ich nicht gerechnet hätte: »Du bist nicht der alte Opa, du bist der junge Opa. Der alte Opa wohnt drüben in dem anderen Haus.« Nun musste ich mir doch ein Lachen verkneifen. Wenn Manfred das gehört hätte.

Als ich mich wieder gefangen hatte, fragte ich, ob sie denn gut geschlafen hatte. »Ja, das habe ich«, rief sie und wollte wissen, ob es stimme, dass dies das frühere Zimmer von Tante Corinna sei. Ich musste schmunzeln. Tante Corinna und Tante Conny waren auch so Wörter, die ein Vater nur langsam begreift. »Ja, das stimmt. Mama schläft in ihrem früheren Kinderzimmer und du im ehemaligen Zimmer von Tante Corinna.«

Jennifer nahm endlich Platz und ich schenkte ihr ein Glas Milch ein. »Willst du ein Brötchen?«, fragte ich sie, und ihre Augen fingen an zu leuchten. »Hast du welche? Bei uns zu Hause gibt es immer nur Toastbrot. Mama sagt, Brötchen sind ungesund.« Oh, natürlich, das hatte ich ja absolut vergessen – Toastbrot war mit dem vielen Zucker darin ja wesentlich nährstoffreicher. Welchen Mist hatte sie dem Kind da erzählt?

Ich schnitt eine Semmel auf und legte die beiden Hälften auf ihren Teller. Carola und ich orderten früher sämtliche Teigwaren immer direkt beim Bäcker, sodass ich sie morgens am Hoftor zusammen mit der Zeitung reinholen konnte. Auch nach ihrem Tod hielt ich an diesem Brauch fest, änderte nur die Menge. »Mama und Papa trennen sich, haben sie gesagt«, bekam ich plötzlich erklärt, während sie verzweifelt versuchte, die Butter zu verteilen. »Opa, warum trennen sich meine Eltern? Müssen die nicht für immer zusammenbleiben?« Kindliche Logik, aber ich glaube, damit hatte sie gar nicht mal so unrecht. Natürlich, eigentlich ist es unverantwortlich, ein Kind in die Welt zu setzen und sich später einen anderen Partner zu suchen, aber ich wusste doch nicht, was bei den beiden der wahre Grund für die Trennung war. Ich versuchte, der Kleinen so gut ich es konnte zu vermitteln, dass es halt manchmal nicht anders geht. Normalerweise wäre das auch die Aufgabe der Eltern gewesen, die sich davor aber scheinbar gekonnt gedrückt hatten. Um den vielen weiteren Fragen, die mich auch gar nichts angingen, zu entgehen, schlug ich vor, nach dem Frühstück in den Zoo zu fahren, und Jennifer war begeistert.

Natürlich fuhren wir mit der Bahn, denn bereits da beginnt für Kinder, die nur das Auto gewohnt sind, das Abenteuer.

Kreuz und quer schlenderten wir durch den Tierpark und Jennifer bekam große Augen. Sie war zwar mit ihren Eltern früher schon dort, aber da war sie noch jünger. Nun sah es aus, als würde sie alles noch einmal mit anderen Augen beobachten. Sie strahlte und ich hatte schon die Befürchtung, dass sie nicht mehr nach Hause wollte.

Im Zoo aßen wir auch zu Mittag und anschließend kaufte ich noch ein Eis für jeden. Danach spielte sie zuerst auf dem großen Spielplatz und fand auch sofort Anschluss. Jennifer hatte keine Probleme, auf andere zuzugehen, und so hatte sie sich schnell mit einem anderen Mädchen angefreundet.

Ich setzte mich derweil auf eine der vielen Bänke, die dort standen, und schaute zu. Die Kinder rutschten viele Male von der Riesenrutsche und ich konnte endlich durchatmen.

Plötzlich kam sie zu mir gerannt.»Hast du etwas zu trinken dabei?«, fragte sie mich. Ich hatte zwei kleine Wasserflaschen mitgenommen, von denen ich ihr eine gab. Zwar konnte man dort an verschiedenen Kiosken etwas kaufen, doch diese lagen weit auseinander, und wenn Kinder Durst haben, dann sofort. Sie pumpte die Hälfte des Inhalts in sich hinein und rannte wieder weg. Schon von Anfang an gaben wir den Zwillingen nur Wasser zu trinken und sie gewöhnten sich daran. Ich war froh, dass Conny und Florian dabei geblieben sind, im Gegensatz zu

Manuel. Dieser gab Jonas und Elias nur Limonade mit der Begründung, dass diese wegen des Saftanteils viel gesünder wäre als Wasser. Ich sagte dazu nichts, er wusste ohnehin immer alles besser.

»Reizend, ihre Tochter«, hörte ich auf einmal eine Stimme von der Seite. Ich drehte den Kopf. Neben mir saß eine junge Frau und lächelte mich an. »Das ist nicht meine Tochter«, erklärte ich ihr, »das ist meine Enkelin.« Die Frau zog die Mundwinkel wieder herunter und musterte mich von oben bis unten. »Sie sind der Opa?«, fragte sie erstaunt und ließ ihren Blick nochmals an mir heruntergleiten. »Gut gehalten«, sagte ich nur kurz und packte die Flasche zurück in meinen Rucksack. Ich hatte mich wirklich recht gut gehalten. Weiße Haare sah man nur vereinzelt, kahle Stellen am Kopf waren noch nicht vorhanden und die dicke Männerwampe konnte ich bis dahin auch noch verhindern. Ich weiß nicht genau, warum ich das tat, aber ich erzählte ihr, dass meine Frau verstorben sei, Jennifers Mutter arbeiten müsse und ich gerade Urlaub hätte. So kamen wir ins Gespräch. Wir unterhielten uns eine lange Zeit und zwischendurch kamen immer wieder die Kinder zu uns. Während Jennifer den Rest der Flasche die Kehle hinunterlaufen ließ, schaute ich immer wieder mal zur Seite. Ich sah, wie die Frau sich um ihre Tochter kümmerte, und da war sie wieder – Carola. So saßen auch wir früher auf dem Spielplatz. Eine unserer Töchter ging zu ihr, die andere kam zu mir. »Carola, wo bist du bloß?«, ging es mir durch den Kopf, und plötzlich fühlte ich mich nicht mehr wohl. Alles war auf einmal so seltsam und ich musste aufpassen, dass ich die Mutter der Kleinen nicht mit dem Namen meiner Frau anredete.

Meine Enkelin bekam von alldem nichts mit. Sie hatte einen Riesenspaß und lenkte mich ab. Der Einzige, der aber scheinbar müde wurde, war ich. Mir war nicht mehr bewusst, dass Kinder auch anstrengend sein können.

Als wir später am Nachmittag wieder zurückkamen, spielten wir noch etwas. Kinderspiele hatte ich noch genügend von meinen Töchtern zu Hause. Weder Carola noch ich konnten sie wegwerfen und deponierten sie deshalb im Keller. Wir würfelten bis zu Connys Rückkehr und dann musste sie sogar noch mitmachen. Schließlich schafften wir es doch, Jennifer müde zu bekommen. Wir aßen zu Abend und bereits da fielen ihr die Augen zu. Als sie endlich im Bett lag, schlief sie auch sofort ein. Danach gingen meine Tochter und ich wieder auf die Terrasse und unterhielten uns über den Tag. »Papa, du hast heute so gestrahlt, als ich hierherkam.« Ich grinste sie an. »Der Tag hat mich an früher erinnert«, erklärte ich ihr. »Es war fast genauso wie damals, als ihr noch so klein wart. Nur Mama hat gefehlt.« Conny nahm meine Hand und lächelte, als sie sagte: »Nimm bitte unseren Rat an und triff dich auch mal wieder mit anderen Frauen. Du musst wieder …« Ich unterbrach sie: »Ich weiß, Conny. Irgendwann muss ich die Vergangenheit hinter mir lassen, aber für diesen Schritt muss man bereit sein, und das bin ich bislang nicht.« Sie schien dies auch zu akzeptieren, vielleicht tat sie auch nur so. Auf jeden Fall bohrte sie nicht mehr weiter, doch eines musste ich noch loswerden: »Deine Tochter hat mich heute gefragt, warum die Tiere im Zoo zusammenbleiben, während Mama und Papa auseinandergehen. Ich konnte diese Frage nicht beantworten. Ich denke, es ist besser, wenn ihr das übernehmt.«

Nächtlicher Besuch

Conny und ich unterhielten uns noch den ganzen Abend, bis wir uns endlich dazu entschlossen, in unsere Betten zu gehen. Ich lief ins Schlafzimmer und dort in das angrenzende Bad. Nachdem ich mich gewaschen und die Zähne geputzt hatte, legte ich mich hin und schaltete das Licht aus. Eigentlich wollte ich schlafen, doch der ganze Tag lief noch einmal wie ein Film vor mir ab. Ich hatte abermals das glückliche Gesicht von meiner Enkelin vor Augen, als sie die ganzen Tiere sah, und erinnerte mich wieder an unsere Töchter. Auch mit ihnen waren wir manchmal dort und sie schauten genauso, wie Jennifer das heute getan hatte. Während dieser ganzen Erinnerungen bin ich dann doch irgendwann eingeschlafen.

Geweckt wurde ich von einer Stimme. »Lass mich los!«, hörte ich plötzlich. Ich öffnete die Augen und richtete meinen Oberkörper auf. Das Licht brauchte ich nicht einzuschalten, denn das, was ich zu sehen bekam, leuchtete aus dem Dunkeln heraus – Carola. Sie stand in einer hellen Wolke vor meinem Bett und starrte mich an. »Du musst mich loslassen!«, sagte sie. »Lass mich los und lebe dein Leben!« Schlagartig war ich hellwach. »Schatz, du bist hier?«, rief ich ihr zu, doch sie schien mich nicht zu verstehen. »Lass mich los und lebe dein Leben!«, wiederholte sie sich, bevor die Wolke sich langsam auflöste und meine Frau mit sich nahm.

Sofort drehte ich mich um und schaltete das Licht ein. Ich zitterte am ganzen Körper. Was war geschehen? Meine verstorbene Frau war tatsächlich bei mir. Ja, ich war froh darüber, sie noch einmal bei mir zu haben, hatte aber auch gleichzeitig Angst. Konnten Verstorbene wirklich zu uns kommen?

Noch eine Weile starrte ich auf die Stelle, an der bis vor ein paar Sekunden Carola zu sehen war. Gedanken rasten durch meinen Kopf. War sie es wirklich? Ist so etwas möglich? Was sollte ich jetzt tun? Immer wieder sah ich das Bild von meiner verstorbenen Frau vor mir und merkte auf einmal, dass ich vollkommen nassgeschwitzt war.

Nachdem ich mich von diesem Schrecken etwas erholt hatte, ging ich zur Toilette. Während ich dem Drang meiner Blase nachgab, sah ich immer wieder dieses Bild vor mir, wie meine Frau in dieser Wolke stand und mit mir redete. »War sie es wirklich?«, fragte ich mich erneut. Wie in Trance drückte ich die Spülung und lief ins Schlafzimmer zurück. Zur Sicherheit schaute ich in jede Ecke, doch ich konnte weder etwas hören noch sehen.

Gerade wollte ich mich wieder ins Bett legen, als mir etwas einfiel. »Du kannst doch jetzt nicht schlafen gehen«, sagte eine Stimme in mir, und das stimmte. Ich war viel zu aufgedreht und mein Herz raste noch immer. Nervös lief ich in die Küche und setzte mich auf einen Stuhl an den Tisch. Ich schaute auf meine Hände – sie zitterten. Genauer gesagt war mein ganzer Körper in Aufruhr. War das wirklich geschehen? Immer wieder stellte ich mir diese Frage und genauso oft starrte ich zur Tür. Würde sie auch an diesen Ort kommen?

Ein Tropfen fiel auf den Tisch. Woher kam der? Ich wischte mit der Hand über die Stirn und schaute darauf – sie war völlig nass. Zunächst hatte ich nicht bemerkt, dass mir immer noch der Schweiß herunterrann. Ich wollte aufstehen und von der Küchenrolle ein Tuch abreißen, doch ich war wie gelähmt. Erneut ging mein Blick zur Tür. Statt allmählich ruhiger zu werden, wurde meine Angst immer größer. Sollte ich Conny wecken? Aber was sollte ich ihr sagen? Dass ihre Mutter gerade durch mein Schlafzimmer wandelte? Sie würde mich für verrückt halten und wer weiß, vielleicht war ich das sogar.

Noch eine Weile saß ich da und wusste nicht, was ich machen sollte. Schließlich riss ich mich zusammen, stand auf und ging zum Schrank. Auf dem Weg dorthin behielt ich die Tür im Auge. Beim Vorbeigehen blickte ich in den Flur. Es war dunkel dort. Ich hatte das Licht nicht eingeschaltet und in meiner Fantasie kam plötzlich meine Frau hereingeschwebt. Es schien, als würde ich darauf warten. Alle Haare meines Körpers richteten sich auf.

Schnell rannte ich in die Ecke und drehte mich herum, doch da war nichts. »Wenn mich jetzt Jennifer sehen könnte«, ging es mir durch den Kopf. Wenn sie sich so benehmen würde, was wäre dann? »Stell dich nicht so an«, würden wir ihr wahrscheinlich zurufen, »Gespenster gibt es nicht.« Wurde ich gerade eines Besseren belehrt?

Endlich konnte ich ein Tuch abreißen und mir damit über die Stirn reiben. Es war wirklich vollkommen nass. Zur Sicherheit nahm ich noch ein paar mit, wollte sie gerade in die Hosentasche stecken und ... Erst jetzt merkte ich, dass ich überhaupt nichts anhatte. Wie Gott mich erschaffen hatte, stand ich in der Küche. Und nun? Ich konnte nicht ins Schlafzimmer gehen, irgendetwas in mir weigerte sich. Ich beschloss, mich nackt an den Tisch zu setzen. Wir sind auch früher schon ohne Kleidung vor den Mädchen herumgelaufen. Carola meinte, dass dieses »Niemand darf mich nackt sehen« absolut kindisch war. »Wir erziehen unsere Kinder natürlich«, sagte sie immer.

Ich ging zum Tisch zurück und blieb auf halbem Weg stehen. Der Kühlschrank lachte mich an. Ich öffnete ihn und holte mir eine Flasche Bier heraus. Vielleicht würde es mich müde machen oder wenigstens etwas beruhigen. Ich setzte mich und trank einen Schluck, und schon wieder war dieses Bild vor meinen Augen. Carola stand in einer hell erleuchteten Wolke. War sie es wirklich? Sie war nicht sehr scharf. Es war alles etwas verschwommen und auch ihre Stimme hörte sich an wie ein Echo. Doch es gab keinen Zweifel – sie war es wirklich. Einen Traum schloss ich mittlerweile aus – viel zu real war das alles. Doch genau diese Erkenntnis brachte mich zu der Frage: Was wollte sie von mir? »Lass mich los und lebe dein Leben«, sagte sie. Auch wenn ich wie gelähmt war, als sie vor mir stand – diesen Satz hatte ich mir eingeprägt, aber was meinte sie damit? Sie war doch tot; ich konnte sie gar nicht halten. Ich verstand das nicht.

Noch eine ganze Weile saß ich dort und leerte meine Flasche. Hatte ich mich beruhigt oder zeigte das Bier seine Wirkung? Ich wurde müde und war lange nicht mehr so aufgeregt. Schließlich stand ich auf und ging zurück ins Schlafzimmer. Noch einmal nahm ich den Weg zur Toilette, klatschte mir aus dem Hahn am Waschbecken einen Schwall Wasser ins Gesicht und stellte mich vor das Bett. Der Blick ging erneut dorthin, wo vor Kurzem noch meine Frau zu sehen war. Würde sie heute Nacht noch einmal kommen? Schließlich legte ich mich wieder hin und sah mich um. Alles war friedlich. Ich löschte das Licht. Vielleicht könnte ich sie nur im Dunkeln erkennen. Erneut erhob ich meinen Oberkörper und schaute noch einmal umher. Doch auch dieses Mal war nichts zu sehen, und so schloss ich die Augen. Es dauerte allerdings lange, bis ich einschlief.

Am Morgen wurde ich durch Stimmen geweckt.»Carola?«, rief ich und schreckte hoch, musste jedoch feststellen, dass es nur der Radiowecker war. Ich ließ mich auf das Kissen zurückfallen und dachte über das Erlebte der Nacht nach. Stand wirklich meine Frau vor dem Bett? Zuerst war ich mir sicher, dass es real war, doch je mehr ich darüber nachdachte, desto überzeugter war ich, dass alles nur ein Traum gewesen sein muss. Es kann doch nicht sein, dass Tote uns besuchen, oder doch?

Die Frage, wo Carola nun ist, stellte ich mir schon öfter, jedoch ohne wirklich ernsthaft darüber nachzudenken. Doch an diesem Morgen wollte ich wissen, was nach dem Tod mit uns geschieht, und begann zu grübeln. Kein Mensch konnte dies beantworten und schon gar nicht der Fragesteller selbst. Trotzdem machte ich mir Gedanken darüber. Ich glaubte nicht, dass es nach dem Tod weitergehen würde. Aber sollten wir wirklich einfach die Augen schließen und alles wäre dunkel? Ähnlich wie in einer Nacht, in der man nichts träumt, nur dass man am anderen Tag nicht mehr aufwacht? Aber was wäre dann mit unserem Glauben? Die Pfarrer sagen immer, dass man nach dem Leben bei Gott ist, doch wenn dem gar nicht so ist, dann wäre alles, was die Kirche verkündet, gelogen. Es ist aber auch schwer vorstellbar, dass man ohne Körper irgendwo im Nirgendwo herumgeistert. Ich hatte meine Frau in der Nacht gesehen und sie hatte ihren Körper noch. Dieser lag aber in der Erde in einem Sarg. Was also sollte das? Dann konnte es auch nur ein Traum gewesen sein, der allerdings sehr echt wirkte. Alles Nachdenken brachte nichts. Völlig erschöpft ging ich in die Küche, um den Tisch zu decken. Ich erschrak, denn da stand meine Flasche von letzter Nacht. Als ich sie leer trank, war ich der festen Überzeugung, dass das Erlebte wirklich stattgefunden hatte. Erneut kam ich ins Grübeln und merkte, dass ich dabei wieder anfing, zu zittern.

Ich deckte den Tisch und schaute mich dabei immer wieder nach allen Seiten um. Als ich fertig war, kam auch schon Jennifer aus ihrem Zimmer. Wir frühstückten und beschäftigten uns anschließend mit Brettspielen. Man konnte mit meiner Enkelin gut spielen. Sie war keines dieser Mädchen, die immer gewinnen mussten, sondern kam auch mal mit einer Niederlage klar, und trotzdem hatte ich an diesem Morgen keinen Spaß. Ständig musste ich an letzte Nacht denken. War diese Begegnung nun real oder nicht? Andauernd sah ich Carola vor mir. Sogar Jennifer merkte, dass etwas nicht stimmte. »Opa, was ist denn heute los mit dir?«, fragte sie. Ich lächelte sie an, aber was sollte ich sagen? »Hattest du schon mal einen komischen Traum?«, stellte ich eine Gegenfrage. »Natürlich«, kam es sofort zurück, »und du hattest heute Nacht so einen komischen Traum?« Ich nickte bloß, doch sie wollte mehr wissen. »Was hast du denn geträumt?« »Von deiner Oma«, erklärte ich kurz und hoffte, dass sie sich damit zufriedengeben würde, doch weit gefehlt. »Du vermisst sie, oder?«, fragte sie weiter. Ja, natürlich tat ich das und nickte deshalb bestätigend. Sie kam daraufhin zu mir, legte ihre kleinen Arme um mich und meinte: »Nicht traurig sein, du hast doch noch mich.« Obwohl ich den Tränen nahe war, musste ich schmunzeln. Dass Kinder sehr fürsorglich sind, ist allgemein bekannt, auch wenn sie dafür ihre eigene Art und

Weise haben. Eigentlich dachte ich, dass sich dieses Thema damit erledigt hätte, aber Jennifer bohrte weiter:»Was hat Oma denn gesagt?« Bevor ich antworten konnte, musste ich erst einmal schlucken. Die ganzen Gefühle kamen wieder hoch, die ich letzte Nacht erlebte.»Oma sagte, dass ich nicht traurig sein soll«, klärte ich meine Enkelin auf. Sie setzte sich wieder auf ihren Platz und man konnte sehen, wie es in ihrem Kopf arbeitete.»Du bist also traurig, weil Oma gesagt hat, du sollst nicht traurig sein? Das verstehe ich nicht«, meinte sie. Damit hatte sie auch recht, denn das verstand ich selbst nicht.»Lebe dein Leben«, sagte Carola, und das bedeutete, ich sollte in die Zukunft sehen und nicht zurück. So konnte man es jedenfalls auslegen, und trotzdem saß ich hier und ... Und schon wieder tat ich so, als wäre das Erlebte echt gewesen. Aber es war doch nur ein Traum. Es muss einer gewesen sein. Wie lange würde es wohl dauern, bis ich diesen überwunden hätte?

Zum Mittagessen gingen wir wieder ins andere Haus hinüber. Noch bevor ich Elfriede und Manfred begrüßen konnte, plapperte Jennifer schon los.»Opa hat heute Nacht von Oma geträumt«, rief sie ihnen entgegen. Die beiden sahen mich fragend an. Scheinbar wollten sie Einzelheiten hören, aber ich sagte nichts. Mein Traum ging keinen etwas an und außerdem wäre es auch für meine Schwiegereltern bestimmt nicht einfach gewesen, wenn ich ihnen davon erzählt hätte.

Erst am Abend, nachdem Jennifer schon im Bett gelegen hatte und ich mit ihrer Mutter allein war, fing ich an, in allen Einzelheiten davon zu berichten. Conny hörte genau zu.»Und du glaubst nicht, dass es mehr zwischen Himmel und Erde gibt, als wir verstehen?«, fragte sie mich anschließend. Meinte sie das ernst? Ich sah sie lange an, bevor sie weiterredete:»Vielleicht war es gar kein Traum und Mama war wirklich bei dir.« Erneut schaute ich ihr eine längere Zeit in die Augen.»Papa, wir Menschen glauben immer, alles zu wissen, aber was ist, wenn sie dir wirklich etwas mitteilen wollte?«»Und was?«, wollte ich von ihr wissen, »Dass ich mir eine andere Frau suchen soll?« »Ja, unter anderem auch das. Wenn sie dir wirklich erschienen ist und dir gesagt hat, dass du dein Leben leben sollst, dann meinte sie das Gleiche wie Corinna und ich.« Sie ergriff meine Hand. »Papa, schau in die Zukunft und bleibe nicht in der Vergangenheit hängen. Du kannst ohnehin nichts mehr ändern.« Natürlich hatte sie damit recht. Ich konnte ihren Tod nicht verhindern und ihn auch nicht ungeschehen machen, aber normal weiterleben, als wäre nichts passiert, wollte ich auch nicht. »Conny, es war wirklich nur ein Traum, sonst nichts«, erklärte ich meiner Tochter noch einmal. »Mama ist nicht zu mir gekommen und wird es auch nicht.« Sie sah mich an und schüttelte den Kopf. »Glaubst du wirklich nur an das, was du siehst?« Das war einmal. Seit dem Tod meiner Frau hoffte ich schon, dass es nach dem Leben an einem anderen Ort weitergeht. Was sollte ich auch sonst tun? Dass die Körper in der Erde vergammeln, ist erwiesen, aber was ist mit der Seele? Gibt es so etwas überhaupt? Seit meinen Überlegungen am Morgen weigerte ich mich auch zu akzeptieren, dass es nach dem Leben einfach dunkel ist und nichts mehr kommt, denn ich redete mir ein, dass Carola jetzt an einem Platz ist, an dem sie Freude hat. Dass sie allerdings aus dem Totenreich erschien, hielt ich für sehr unwahrscheinlich, denn ich war schon Realist. Für mich stellte sich nicht die Frage, ob ein Glas schon halb leer oder erst halb voll ist, bei mir war es einfach zur Hälfte gefüllt.

Conny ging bald darauf zu Bett, denn sie musste am nächsten Tag zur Arbeit. Ich blieb hingegen noch etwas draußen sitzen und dachte über unser Gespräch nach. Conny konnte sehr überzeugend sein und etwas war dran an dem, was sie sagte. Doch was passiert wirklich nach dem Leben? Wir werden es wohl erst dann herausfinden, wenn wir selbst einmal an der Reihe sind.

Es war schon ziemlich dunkel und ich beschloss, mich ebenfalls ins Bett zu legen. Die Flasche Bier, die vor mir auf dem Tisch stand, wollte ich noch leer trinken, als ich im Garten an den Büschen hinter dem Gartenteich etwas bemerkte. Ich schaute genauer hin und erblickte Carola, die mir lachend zuwinkte. Nur ganz kurz war sie zu sehen, aber diese Zeit reichte, um die Härchen am ganzen Körper aufrecht stehenzulassen. Ich schaute noch einmal dorthin, doch sie war nicht mehr da. Schnell entschied ich mich dafür, den Rest der Flasche nicht zu trinken. Zumindest nicht auf der Terrasse. Ich nahm mein Bier, ging ins Wohnzimmer und schloss die Tür. Dann ließ ich alle Rollläden herunter. Es war wie in der Nacht zuvor. Ich wusste nicht, ob ich sie wirklich gesehen hatte oder ob es ein Traum war, und bei genauerer Überlegung wollte ich das auch gar nicht. Aber plötzlich hatte ich auch kein Verlangen mehr, ins Bett zu gehen. Sollte das in dieser Nacht so weitergehen?

Auf der Terrasse beschloss ich noch, die Flasche nicht mehr leerzutrinken, nun war das Gegenteil der Fall. Ich pumpte das Bier ab und holte mir sogar noch ein neues aus dem Kühlschrank. Auf gar keinen Fall konnte ich in diesem Moment ans Schlafen denken. Ich setzte mich an den Küchentisch und stützte die Ellenbogen auf den Tisch. Das Gesicht vergrub ich in meinen Handflächen. Was war bloß mit mir los? »Entschuldige, ich wollte dir keine Angst machen«, hörte ich auf einmal jemanden sagen. Ich erstarrte. Diese Stimme kannte ich. Ganz langsam hob ich den Kopf. Auf der anderen Seite des Tisches saß meine Frau. Sie war erneut von einer Wolke oder Ähnlichem umhüllt und war nur unscharf zu erkennen. »Carola?«, flüsterte ich. »Entschuldige«, vernahm ich erneut, und wie schon in der Nacht löste sich die Wolke einfach auf und nahm sie mit. Alle Haare auf meinen Armen standen nach oben.

Wie gelähmt saß ich da. Keinen Millimeter konnte ich mich bewegen. Erst als ich mich endlich wieder etwas beruhigt hatte, stellte ich mir einige Fragen. War das eben real? Schlief ich schon und träumte wieder einmal? War es vielleicht ein Bier zu viel?

Nach einiger Überlegung war ich mir sicher, dass Letzteres der Fall gewesen sein musste. Ich lief ins Schlafzimmer. Das ganze Grübeln sagte mir nur eines: Am nächsten Morgen müsste ich fit für meine Enkelin sein.

Nachdem ich mich gewaschen und vorsichtshalber noch mal unter das Bett geschaut hatte, legte ich mich hin. Scheinbar war ich so mit den Nerven fertig, dass ich auch sofort einschlief.

Als ich am Morgen aufwachte, war alles wieder in Ordnung. Es gab in dieser Nacht keine Besucher. Vorsichtshalber schaute ich noch mal durch das Zimmer und sogar zur anderen Seite des Bettes, in dem meine Frau früher immer schlief. Doch ich konnte nichts Ungewöhnliches finden. Gedankenverloren tappte ich in die Küche. Als Erstes schaute ich auf den Stuhl, auf dem ich Carola am Vorabend sitzen sah. Er stand ordentlich am Tisch und nichts deutete darauf hin, dass dort jemand gesessen hatte. Ich überlegte noch etwas und mit der Zeit wurde es mir auch immer klarer: In der Nacht, in der ich sie sah, hatte ich wirklich geträumt. Dessen war ich mir nun sicher und am Abend davor war eindeutig der Alkohol schuld. Es gab niemals Besuch aus dem Jenseits.

So wie in dieser Nacht ging es auch weiter. Es gab weder Überraschungen noch sonstige Zwischenfälle. Meine Frau erschien mir nicht mehr. Das war auch gut so, denn ich war am Abwägen, den Rat meiner Schwiegereltern vielleicht doch zu beherzigen und einen Psychiater aufzusuchen.

Den Rest der Woche genoss ich mit der Kleinen. Wir machten Tagesausflüge, spielten zu Hause fast alle Spiele durch, die ich noch von meinen Töchtern hatte, und fuhren natürlich auch einkaufen. So wie man es von einem Opa erwartete, kaufte ich ihr Sachen, die sie sich wünschte. Eine Barbie, eine Halskette und sogar ein neues Fahrrad, da das alte irgendwann nicht mehr mitgewachsen war.

Für Jennifer fing dann der Ernst des Lebens an – die Schule begann. Florian bekam an diesem Tag nicht frei und so ging ich mit meiner Enkelin und Conny mit. Treffpunkt war um neun Uhr in der Kirche, und wie es oft so ist, war auch dieses Mal die Mutter aufgeregter als die Neuschülerin selbst. Eigentlich war ich kein großer Kirchgänger, denn ich hatte nie verstanden, was die Pfarrer predigen. Sie lesen einen Text aus der Heiligen Schrift und erklären ihn dann. Dabei wissen sie selbst nicht mehr als wir »Nichtgeistlichen«. Unser ganzer Glaube steht in der Bibel, und über mehr können auch Pfarrer nicht im Bilde sein. Zum Glück gab es aber an diesem Morgen nur eine Rede, die sogar zum größten Teil an die Kinder gerichtet war.

Danach liefen wir geschlossen zur Schule. Jennifer ging mal bei mir und mal bei ihrer Mutter an der Hand. Im anderen Arm trug sie die ganze Zeit über ihre Schultüte. Ich sah sie öfter aus den Augenwinkeln an. Sie war so stolz, nun endlich ein Schulkind zu sein. »Jetzt bin ich groß«, hatte sie schon öfter an den Tagen zuvor gesagt, nachdem ich ihr die Schultüte gekauft hatte. Mama hat sie dann gefüllt, denn wenn es darum geht, machen Großeltern meist alles verkehrt. Zucker ist lange nicht so schädlich, wenn er von den Eltern kommt.

Die Schule ging am ersten Tag nur zwei Stunden und Conny und ich holten sie danach auch wieder ab. »Ich bin jetzt ein Schulkind«, betonte sie auf dem Heimweg mehrmals, und auch ich war stolz. Aber ich war ebenfalls froh, dass auch das vorerst letzte Enkelkind endlich in der Schule war. Ich konnte Manuels Gerede von seinen großen Kindern nicht mehr ertragen und es fiel mir immer schwerer, meinen Mund zu halten. Jetzt endlich ging auch Jennifer in die Schule. Nicht, dass ich sie den beiden anderen Enkeln vorgezogen hätte, aber … Haben Großeltern Lieblingsenkel? Natürlich nicht, niemand wird bevorzugt, oder? Ich glaube, wenn wir mal zu uns selbst ehrlich sind, dann können wir diese Frage allerdings oft bejahen – viele von uns haben Lieblingsenkel und meine Favoritin war eben Jennifer. Schon allein deshalb, weil sie nicht von Manuel war.

Gegen Abend erwarteten wir auch den Rest der Familie. Wir veranstalteten ein spätes Kaffeetrinken. Natürlich waren Elfriede und Manfred eingeladen, aber auch Florian, Corinna mit ihren Kindern und – Manuel. Die vier kamen auch zuerst, und bei meinem Schwiegersohn war nun nicht mehr Jennifer, das Kindergartenkind, der Mittelpunkt, sondern Conny und ihre gescheiterte Ehe. Immer wieder machte er seine blöden Witze über sie. Sie ließ sich zwar nichts anmerken und lachte sogar etwas gequält mit, aber wer sie kannte, wusste, dass es unter der Oberfläche brodelte. »Manuel, kommst du bitte mal mit nach draußen, du könntest mir mal bei etwas behilflich sein?«, fragte ich ihn gerade noch rechtzeitig, bevor mir der Kragen platzte. Natürlich kam er auch sogleich mit, denn wenn man ihn um Hilfe bat, war er sofort dabei. Es war bei ihm aber keine Hilfsbereitschaft, sondern so etwas wie eine Genugtuung zu wissen, dass es ohne ihn nicht gehen würde.

»Wie kann ich dir denn helfen?«, wollte er wissen, als wir im Garten standen. Ich schaute ihn böse an. Diesen Blick von mir kannte er bereits und wusste, dass er dann vorsichtig sein musste. »Du könntest mir helfen, nicht zum Mörder zu werden«, klärte ich ihn auf. Sein dummes Grinsen nahm er schon mal aus dem Gesicht. Ich machte weiter: »Wenn du nicht augenblicklich damit aufhörst, Conny zu beleidigen, dann wirst du nämlich noch heute einen schweren Unfall haben.« Kein Lachen, kein Widerwort mehr. Er wusste, was die Stunde geschlagen hatte, und quälte sich lediglich ein »Ja, Micha« heraus. Ich ließ ihn einfach stehen und ging wieder zu den anderen. Auch der Rest der Familie kam nach und nach zu uns und es wurde sogar noch eine schöne Feier.

Später ging Corinna mit ihrer Familie nach Hause. Auch meine Schwiegereltern verabschiedeten sich und liefen zu ihrem Haus zurück. Florian blieb noch etwas. Bereits den ganzen Mittag konnte ich seine Blicke beobachten, die er Conny zuwarf. Er schien noch viel für sie zu empfinden, doch warum hatte er dann eine andere?

41

Wir saßen auf der Terrasse und für das Schulkind kam die Zeit, ins Bett zu gehen. Conny stand auf und brachte ihre Tochter in ihr Zimmer. »Kommst du nicht mit, Opa?«, fragte Jennifer. Ich lächelte: »Nein, der Opa bleibt heute mal hier sitzen, aber dein Papa möchte dich begleiten.« Ihre Augen strahlten: »Wirklich? Papa, kommst du mit?« Erschrocken schaute Florian zu mir: »Ich soll Jennifer ins Bett bringen? Warum das?« »Weil du ihr Vater bist und nicht ich.« Natürlich hatte er das schon öfter getan. Auch als die beiden noch zusammen waren, brachte er seine Tochter immer mal wieder ins Bett. Meistens wechselten sie sich ab, doch an diesem Abend erschrak er sichtlich. War es, weil er nicht mit seiner Frau allein sein wollte?

Als sie weg waren, nahm ich meine Flasche, lehnte mich zurück und nippte daran herum. Schon den ganzen Tag kreisten die Gedanken in meinem Kopf. Immer wieder kamen die Erinnerungen hoch, als unsere Töchter eingeschult wurden. Nach der Kirche brachten wir die Kinder noch gemeinsam zur Schule. Doch als sie im Klassenraum waren, liefen wir nicht nach Hause, sondern schlenderten Hand in Hand umher. Sie hatten damals an ihrem ersten Tag nur zwei Stunden Unterricht und Heimgehen rentierte sich nicht.

»An diesem Tag hatten wir unseren ersten großen Streit«, hörte ich plötzlich eine Stimme. Noch völlig in Gedanken lächelte ich und nickte zustimmend. Oh ja, den hatten wir. Da war auf einmal diese Frau. Auch sie wartete auf dem Schulhof auf ihren Sohn. Ich sah ihr Gesicht wieder vor mir. Sie war gut aussehend und … Ich stutzte. Wer hatte eben mit mir gesprochen? Ich drehte den Kopf und erblickte Carola, die direkt neben mir auf der Bank saß. Wie von einer Tarantel gestochen sprang ich auf und meine Flasche flog quer über die Terrasse. Erneut stellten sich mir alle Haare auf. Mit weit aufgerissenen Augen starrte ich sie an. »Keine Angst«, sprach sie mit sanfter Stimme, »ich bin nicht wirklich hier, sondern nur in deiner Fantasie.« Sollte mich das beruhigen? Ich sah eine Tote vor mir, die mir erklärte, dass ich keine Angst haben müsste. Aber genau das machte mir Furcht.

Conny und Florian kamen herausgeeilt. »Was ist passiert?«, fragte meine Tochter. »Ich … da …«, stammelte ich und deutete auf den Platz, auf dem Carola saß. »Was ist dort?«, wollte Conny von mir wissen. Sie sah sie nicht? Sie erkannte ihre eigene Mutter nicht? »Es ist deine Fantasie, deshalb kannst auch nur du mich sehen«, meinte Carola. Meine Tochter kam zu mir und legte ihren Arm um mich. »Papa, was ist los?« Sie klang sehr besorgt. So wie ich in diesem Moment schwitzte, war das auch kein Wunder. »Die Flasche ist noch ganz, aber ausgelaufen«, hörte ich Florians Worte, der den Rest des Bieres zurück auf den Tisch stellte. »Soll ich dir eine neue holen?« Ich nickte nur kurz.

»Ich habe gerade deine Mutter gesehen«, erklärte ich Conny, als Florian nach drinnen gegangen war. »Ich glaube, ich drehe langsam durch.« Eigentlich dachte ich, dass meine Frau wieder verschwinden würde, doch das tat sie nicht. »Komm, setz dich wieder zu mir«, sagte sie stattdessen und schaute auf den Platz neben sich. Ich machte, was sie verlangte. Wenn sie wirklich nur ein Gespinst meiner Einbildungskraft wäre, dann könnte sie mir auch nichts tun.

Florian kam in der Zwischenzeit zurück. »Ist alles wieder in Ordnung?«, fragte er. Ich nickte. »Da war eine große Spinne, vor der ich mich erschreckt hatte«, erklärte ich ihm. Mein Schwiegersohn lachte laut: »Die muss aber riesig gewesen sein, wenn du dafür sogar dein Bier wegwirfst.« Gequält lächelte ich mit, und endlich setzten sich auch er und Conny wieder. Florian öffnete zwei Flaschen, gab mir eine und wir stießen an. »Ist alles wieder in Ordnung, Papa?« Meine Tochter war wieder einmal sehr besorgt um mich, doch ich konnte ihr keine Antwort geben. War wieder alles normal? Ich traute mich nicht, den Kopf zu drehen, aber eine Stimme konnte ich vernehmen: »Ich bin noch da«, sagte sie. Carola saß also noch immer neben mir. »Erzähle ihnen die Geschichte von der Einschulung damals«, forderte sie mich auf, »vielleicht bringt es etwas.« Ich schaute zu ihr. »Was soll das denn bringen?«, fragte ich zurück, was mir ebenfalls eine Frage einbrachte. »Mit wem redest du?« Conny sah mich fragend an. »Ich ... niemand ... alles gut.« Meine Tochter stand auf und setzte sich neben mich auf den noch freien Platz. Nun war es fast wie früher – auf der einen Seite meine Frau und auf der anderen eine meiner Töchter. Nur, dass ich nicht meinen Arm um Carola legen konnte. Dies machte Conny nun bei mir. »Papa, du bist schon den ganzen Tag so seltsam. Willst du uns nicht sagen, warum?« Ich schwieg zuerst noch. Sollte ich etwas dazu sagen? Eigentlich ginge es niemanden etwas an, aber andererseits war es meine Tochter, die fragte, und wenn es umgekehrt gewesen wäre, dann hätte ich auch wissen wollen, was sie beschäftigte. Außerdem hatte sie mir auch von ihren Eheproblemen berichtet. »Es sind die Gedanken an früher«, teilte ich ihr mit, »der Tag hat mich an eure Einschulung erinnert.« »Das war bestimmt schön damals, oder?« Erwartungsvoll schaute sie mich an. »Anfangs ja, aber dann hatten wir den größten Streit unseres Lebens.« Florian fing plötzlich an zu lachen: »Ihr hattet mal Streit? Das nehme ich dir nicht ab.« Aber es war wirklich so, auch wenn viele Leute es nicht glauben wollten. Was blieb mir anderes übrig – ich musste es erzählen:

Konkurrenz

»Schatz, beeil dich, wir kommen zu spät«, rief ich meiner Frau zu. Wenn Carola aufgeregt war, dann musste sie oft auf die Toilette. An diesem Morgen war es ganz besonders schlimm, denn die Einschulung der Zwillinge stand bevor. Endlich kam sie aus dem Badezimmer. »Wir sind bestimmt die jüngsten Eltern«, rief sie nervös. »Was werden die von uns halten?« Ich stellte mich vor sie, hielt sie an den Schultern fest und erklärte: »Schatz, wir sind immerhin schon 22 Jahre alt. Auch wenn wir vielleicht die Jüngsten sind – wir sind noch zusammen und darauf können wir stolz sein. Wer weiß, wie viele Alleinerziehende heute da sein werden.« Erst jetzt merkte ich, dass sie zitterte. »Trotzdem werden wir auffallen in unserem Alter«, meinte sie. Nun musste ich lachen. »Wir werden ohnehin Aufsehen erregen – wir haben Zwillinge.« Endlich lachte auch Carola einmal. »Komm, lass uns gehen«, sprach sie endlich. Ich öffnete die Haustür und wir liefen hinaus. Anschließend schloss ich ab, nahm meine Frau in den Arm und wir schlenderten los. Weit kamen wir allerdings nicht. Gerade mal ein paar Meter hatten wir zurückgelegt, als sie plötzlich stehen blieb. »Ich muss noch mal zurück, ich habe etwas Wichtiges vergessen.« Kaum hatte sie es gesagt, rannte sie auch schon los. Ich wartete. Was hatte sie vergessen? Die Papiere konnten es nicht sein, denn diese hatten wir bereits ausgefüllt und abgegeben. Ich dachte noch mal scharf nach, und in dem Moment, in dem es mir einfiel, kam meine Frau auch schon wieder um die Ecke. An jeder Hand nun ein Kind. Jetzt erst merkte ich, dass auch ich sehr aufgeregt war. Als sie auf mich zukamen, lächelten wir uns nur an, doch wir sagten keinen Ton. Ohne ein Wort darüber zu verlieren, war uns beiden klar: Das durfte niemals jemand erfahren.

Da wir spät dran waren, gingen wir gleich in die Kirche hinein. Für die Kinder waren in der vordersten Reihe Plätze reserviert, die Eltern mussten sich welche suchen. Da wir nicht von hinten zuschauen wollten, quetschten wir uns noch irgendwo dazu. Ich saß neben einer Frau, die nicht viel älter als ich zu sein schien. Sie grinste mich von der Seite an und fragte:»Na, wird dein Bruder oder deine Schwester eingeschult?« Entsetzt starrte ich sie an.»Nein, unsere Töchter«, erklärte ich. Carola hatte wohl recht – wir werden auffallen. Aber von der Seite kam erst mal nichts mehr.

Ich schaute nach vorn und suchte die Mädchen, und als hätten sie es gemerkt, sprangen sie plötzlich auf, drehten sich herum und winkten uns zu.»Das sind deine?«, wollte die Frau neben mir wissen. Ich nickte:»Ja, das sind Corinna und Conny.« Daraufhin streckte sie mir die Hand entgegen:»Und ich bin Claudia.«»Micha«, sagte ich nur kurz und schaute zu meiner Frau. Sie hatte scheinbar von alledem nichts mitbekommen und sah nur nach ihren Kindern. Ich drehte mich wieder herum:»Wird dein Kind auch eingeschult?«»Ja, mein Sohn ist …« Sie deutete dabei nach vorn, doch ich verstand sie nicht mehr, da laute Orgelmusik einsetzte.

Als die Kirche zu Ende war, liefen wir geschlossen zur Schule. Die Kinder wurden in Klassen eingeteilt und verschwanden im Gebäude. Nun hatten wir Eltern Zeit. Der Unterricht ging am ersten Tag nur zwei Stunden. Nach Hause zu laufen rentierte sich nicht. Carola und ich beschlossen gerade, etwas spazieren zu gehen, als Claudia plötzlich neben uns stand.»Hallo, ihr zwei«, sagte sie,»ich bin neu hier in der Stadt. Habt ihr nicht Lust, mal mit mir etwas zu unternehmen?« Als sie das fragte, schaute sie mir in die Augen und lächelte. Auch Carola blieb dieser Blick nicht verborgen. Abwechselnd schaute sie uns an und ein scharfes»Nein!« kam aus ihrem Mund. Eifersüchtig? Aber weshalb?»Warum denn nicht«, wollte ich von ihr wissen,»dann können wir doch …?«»Nein!«, rief sie erneut und diesmal noch etwas lauter. Das war deutlich. Ich traute mich auch nicht mehr nachzufragen. Kopfschüttelnd schaute ich zu Claudia und sie wusste Bescheid. »Na, dann vielleicht ein andermal«, meinte sie, während Carola schnell nach meiner Hand griff. Dann gingen wir los. Wohin, wusste ich nicht. Meine Frau war auffallend ruhig. Wir waren schon ein paar Minuten unterwegs, als es plötzlich losging: »Du hättest dich wirklich mit dieser Person getroffen?« Etwas schockiert drehte ich den Kopf zu ihr. »Findest du sie hübscher als mich? Dann brauchst du mich ja nicht mehr.« Oh nein, was war jetzt schon wieder los? »Schatz, was redest du da? Ich dachte nur, dass wir vielleicht eine neue Freundschaft aufbauen könnten.« Carola war wie von Sinnen: »Mit einer Frau? Was wäre denn, wenn ich eine Freundschaft mit einem Mann wollen würde?« »Nichts wäre dann«, ließ ich sie wissen. Carola wurde zwar ruhiger, doch sie riss ihre Augen auf. Ich wusste, was das bedeutete: »Du hättest nichts dagegen, wenn ich mich mit einem anderen Mann treffen würde?« Kleinlaut schüttelte ich nur den Kopf, was meine Frau noch wütender machte: »Ich könnte mich also mit einem anderen treffen und das würde dir überhaupt nichts ausmachen?« »Nein, würde es nicht, weil ich dir vertraue«, erwiderte ich. Carola blieb stehen und starrte mich an. »Wirklich?«, kam es leise aus ihrem Mund. Ich nickte: »Schatz, wenn wir uns nicht vertrauen würden, hätte unsere Beziehung keinen Sinn mehr.« Sie lächelte, legte ihre Arme um mich und es folgte ein langer Kuss.

Nach einiger Zeit gingen wir weiter. »Aber du hättest dich mit ihr getroffen«, sagte sie plötzlich. Oh, nein, es ging schon wieder los. »Nein, nicht ohne dich. Als sie ›wir‹ sagte, meinte sie uns beide und nicht nur mich«, klärte ich auf. Damit war sie erst einmal zufrieden, jedoch nicht lange. Kaum waren wir zurück auf dem Schulhof, ging es auch schon weiter. Claudia stand vor dem Gebäude und wartete auf ihren Sohn. »Da ist sie schon wieder«, stellte Carola fest. Ich gab daraufhin keine Antwort, aber ich schaute mir Claudia nun etwas genauer an. Ja, sie war wirklich sehr hübsch und hatte auch ein süßes Lächeln.

Vorher fiel mir das gar nicht so auf, erst als meine Frau damit anfing.

Die Schule war zu Ende. Wir nahmen unsere Kinder und gingen nach Hause. Als Carola nicht hinschaute, winkte mir Claudia zum Abschied zu. Ich traute mich jedoch nicht, dies zu erwidern. Lediglich ein Lächeln schenkte ich ihr.

Am nächsten Tag ging dann der Unterricht richtig los. Meine Frau fuhr schon zur Arbeit und ich brachte die Zwillinge in die Schule. Kaum auf dem Schulhof angekommen, erblickte ich auch gleich die Person, die für unseren Streit am Vortag verantwortlich gewesen war. Schon von Weitem winkte sie mir zu. Die Mädchen gingen in ihren Klassenraum, während Claudia zu mir kam. »Na, heute allein?«, fragte sie. Ich traute mich kaum, ihr zu antworten. Hatte Carola mit ihrer Vermutung recht und sie wollte wirklich etwas von mir? Ich glaubte damals, dass sie eher eine Freundschaft suchte. Sie wohnte erst kurze Zeit in unserer Stadt und kannte noch niemanden. Außerdem war sie einige Jahre älter als ich. »Ja, heute bekomme ich keinen Ärger, wenn wir uns unterhalten«, antwortete ich. »Ist deine Frau wirklich so eifersüchtig?« Fragend schaute sie mich an. »Ja, leider, dabei hat sie dafür überhaupt keinen Grund.« »Aha«, machte sie nur, drehte leicht den Kopf zur Seite und meinte: »Weil du der treue Ehemann bist, der andere Frauen überhaupt nicht ansieht.« »Ja … nein … ich meine, ich hatte noch nie etwas mit einer anderen.« Oje, das hätte ich nicht sagen sollen. Plötzlich kam sie näher. »Noch nie? Immer nur mit der gleichen? Das ist doch langweilig.« Sie ergriff meine Hand und zog mich an sich. Schnell legte sie einen Arm um mich und kam mit ihren Lippen nahe an meinen Mund heran. Mein Herz klopfte bis zum Hals. Wie lange war es her, dass ich eine andere Frau geküsst hatte? Mir wurde heiß und kalt gleichzeitig, doch kurz bevor es wirklich geschah, kriegte ich noch die Kurve. Ich riss mich schnell von ihr los, drehte mich herum und ging wortlos weg.

Auf dem Heimweg ging mir natürlich nichts anderes im Kopf herum als das soeben Erlebte. Ständig sah ich diese Frau vor mir und stellte mir ihre weichen Lippen auf meinem Mund vor. Ich spürte noch ihre Hand in meiner und blickte in ihre fordernden Augen. Den ganzen Weg bis zu meinem Auto konnte ich an nichts anderes denken.

Am Nachmittag, als Carola und ich von der Arbeit nach Hause kamen, beschloss ich, ihr alles vom Morgen zu erzählen. Doch das hätte ich besser nicht tun sollen.»Du hast es doch darauf angelegt«, brüllte sie mich an und knallte mir eine. Eigentlich war ich mächtig stolz darauf, den Reizen dieser Frau widerstanden zu haben, und bekam als Belohnung eine Ohrfeige. Was war falsch an dem, was ich getan hatte?

Den ganzen Abend redete sie nicht mehr mit mir. Ein paar Mal versuchte ich noch, ein Gespräch zu beginnen, doch ohne Erfolg – ich bekam keine Antwort. Sie war so sauer, dass ich es sogar vorzog, auf dem Sofa zu schlafen.

Am nächsten Morgen ging es weiter. Nur das Nötigste redete sie mit mir.»Bringst du die Mädchen wieder in die Schule?« Sie redete mit einer solchen Betonung, dass ich nicht wusste, ob es eine Frage oder schon ein Befehl war. Ich antwortete nicht, denn eigentlich war ausgemacht, dass wir, wie sonst auch, zusammen zur Arbeit fahren und die Zwillinge von Elfriede zum Unterricht gebracht werden. Wortlos räumten wir zusammen den Frühstückstisch ab, dann ging sie zur Tür hinaus und brauste davon. Ich nahm meine Töchter an die Hand und lief mit ihnen zur Schule. Kaum dort angekommen, stand ich auch schon erneut vor Claudia.»Es tut mir leid wegen gestern«, erklärte sie,»ich weiß ja, dass du verheiratet bist.« »Schon gut«, erwiderte ich nur kurz und wollte gerade wieder gehen, als sie mich zurückhielt.»Meinst du nicht, wir könnten uns mal abends treffen? Natürlich zusammen mit deiner Frau, ich kenne hier doch sonst niemanden.« Ich schüttelte den Kopf:»Ich weiß nicht, warum, aber sie ist plötzlich sehr eifersüchtig. Ich glaube, das wird nichts.«»Und wir beide?« Bei dieser Frage vergaß ich beinahe das Atmen. »Du möchtest dich mit mir allein treffen?«, fragte ich ungläubig. Sie nickte. Ich überlegte kurz. Ja, sie war nett, und einer Freundschaft mit ihr hätte eigentlich nichts im Weg gestanden. Eigentlich, denn am Tag zuvor hatte sie noch versucht, mich zu küssen. Ich lehnte ab, drehte mich schnell herum und ging nach Hause. Auch dieses Mal ging mir so einiges durch den Kopf, aber ich war mir sicher, dass ich meine Frau nicht betrügen würde.

Am Nachmittag erzählte ich Carola nicht, dass ich Claudia nochmals traf. Wie hätte ich das auch machen sollen? Sie redete immer noch nicht mit mir. Auch mehrere Versuche, diese Situation zu ändern, scheiterten.

Noch die ganze Woche geschah das Gleiche – Claudia machte mich an, ich widerstand ihren Reizen und Carola redete nicht mit mir. Allerdings hatte ich auch meine Zweifel, ob ich ihre Annäherungsversuche weiterhin ignorieren konnte, denn je länger meine Frau sauer auf mich war, desto sturer wurde ich und desto mehr dachte ich darüber nach, mich doch noch mit ihr zu treffen. Es war eine Situation, die normalerweise zur Trennung führen kann. Keiner wollte nachgeben und jeder glaubte, im Recht zu sein.

Am Freitagabend stand plötzlich Manfred in der Tür. Natürlich hatten meine Schwiegereltern alles mitbekommen und versuchten, zu schlichten. »Was ist eigentlich mit euch los?«, fragte er. Das war eine wirklich berechtigte Frage, doch bevor ich antworten konnte, schoss es aus Carola heraus: »Der Herr möchte sich unbedingt mit einer anderen Frau treffen.« Mit einem ernsten Gesichtsausdruck schaute er zu mir. »Das stimmt doch gar nicht«, konterte ich, »Claudia hat lediglich eine Freundschaft zu uns gesucht.« »Und du wolltest das sogar«, brüllte sie. Ihre Stimme wurde sehr zittrig. Manfred griff ein: »Ihr beiden erzählt jetzt eure Geschichten – jeder seine, ohne dass ihn der andere unterbricht.«

Das taten wir auch, und mein Schwiegervater war der Schiedsrichter. Carola gestand auch irgendwann, dass sie etwas überreagiert hatte, und ich sah ein, dass eine Freundschaft mit einer Frau zwar möglich wäre, aber nicht, wenn diese bereits eindeutige Signale an mich gesendet hatte.

Nachdem wir uns endlich wieder in den Armen lagen und uns sogar geküsst hatten, ging Carolas Vater wieder nach Hause. Meine Frau und ich redeten jedoch noch den ganzen Abend weiter. Es gab eine lange Aussprache, bis sie schließlich in meinem Arm einschlief.

* * *

Ich war fertig mit meiner Erzählung und wurde von den beiden mit großen Augen angesehen. Sie waren mittlerweile auf der Bank zusammengerutscht und wussten nicht so recht, was sie sagen sollten. »Ihr hättet euch beinahe wegen einer anderen Frau getrennt?« Conny konnte es nicht glauben. Ihre Eltern, die scheinbar immer nur harmonisch zusammenlebten, hatten Streit? Das passte so gar nicht in das Bild der heilen Welt, das alle von uns hatten. »Papa, warum hast du das gemacht?« Ich schaute sie lange an. »Eigentlich hatte ich gar nichts gemacht«, versuchte ich, mich zu rechtfertigen, »Claudia hatte mich angemacht und deine Mutter dachte, dass auch ich etwas von ihr wollte, und je mehr sie mich beschuldigte, desto interessanter wurde die Frau für mich. Erst ein langes, klärendes Gespräch zwischen uns schaffte Klarheit.«

Es war bereits dunkel und das Licht auf der Terrasse ließ uns begreifen, wie viele Stechmücken es auf der Welt geben müsste. »Ich gehe dann mal nach Hause«, sagte Florian und stand auf. Die Enttäuschung darüber war meiner Tochter anzusehen. Sie sehnte sich wohl auch nach solch einem klärenden Gespräch. »Ich bringe dich noch zum Tor«, erklärte sie ihm, und nachdem

51

ich mich von ihm verabschiedet hatte, liefen die beiden durch den Garten. Einen Augenblick schaute ich ihnen noch nach. Insgeheim hoffte ich, dass die zwei Hand in Hand dorthin gehen würden, doch mein Wunsch wurde nicht erfüllt. Und doch blieb Conny lange weg. Wollten sie sich am Tor aussprechen? Zeitpunkt und Ort wären mir egal gewesen, wenn sie nur wieder zueinandergefunden hätten. Aber ein großes Problem gab es da, denn Florian hatte bereits eine andere Frau.

Es dauerte lange, bis meine Tochter zurückkam. »Und? Habt ihr miteinander gesprochen?«, wollte ich von ihr wissen. Sie lächelte mich kurz an und umarmte mich. »Nein, aber ich würde gern. Ich liebe ihn noch so, Papa.« Ein kurzer Kuss und dann gingen wir schlafen. Ein anstrengender Tag war zu Ende. Doch bevor sie in ihrem Zimmer verschwand, drehte sie sich nochmals um: »Papa, habt ihr tatsächlich vergessen, uns zur Einschulung mitzunehmen?«

Am nächsten Morgen war ich nun allein. Ich hatte Jennifer nach dem Frühstück in die Schule gebracht und wusste nicht so recht, was ich mit dem Tag anfangen sollte. Zwei Wochen Urlaub lagen noch vor mir, und meine Enkelin fehlte plötzlich. Ich hatte mich so an sie gewöhnt, es hätte ruhig noch ein paar Tage so weitergehen können.

Ich saß auf der Terrasse, lehnte mich zurück und schloss die Augen, als ich eine Stimme vernahm: »Ich hoffe, bei Conny und Florian wird alles wieder gut.« Ich lächelte. »Oh ja«, antwortete ich zufrieden, »das wünsche ich mir auch.« Ich sah die beiden plötzlich vor mir, wie sie sich in den Armen lagen und sich küssten. Ich sah … Erst jetzt fiel es mir auf. Wer redete da? Ich riss die Augen auf und neben mir saß Carola. Schnell sprang ich auf. Eigentlich wollte ich fragen, was sie hier machte, doch keinen Ton brachte ich heraus. »Keine Angst, ich tue dir nichts«, sagte sie leise und lächelnd. Noch immer konnte ich nicht sprechen. »Komm, setz dich zu mir«, befahl sie. Nur zögerlich lief ich wieder an meinen Platz zurück. Mit einigem Abstand setzte ich mich schließlich neben sie. Dieses Mal schaute ich genauer hin. Sie wirkte etwas verschwommen. »Hast du deine Wolke heute nicht dabei?«, fragte ich und merkte dann erst, wie dumm diese Frage war. »Doch, habe ich«, gab sie mir zur Antwort, »aber am Tag siehst du sie nicht.« Wenn ich gewusst hätte, dass es wirklich meine Frau war, die neben mir saß, dann hätte ich zahlreiche Fragen gehabt, aber ich war immer noch sehr skeptisch. Als ich vor ein paar Minuten ihre Stimme hörte, hatte ich die Augen geschlossen. »Das wird es sein«, ging es mir durch den Kopf, »ich bin eingeschlafen.« »Nein, das bist du nicht«, erwiderte sie daraufhin. Nun war ich noch verwirrter. Sie antwortete mir auf einen Satz, den ich nur dachte. Also doch ein Traum. »Es ist auch kein Traum, ich bin wirklich hier«, sagte sie. Jetzt wusste ich gar nicht mehr, was ich noch sagen oder denken sollte. »Wieder meine Fantasie«, kam es mir in den Sinn. Ich stand einfach auf und ging zum Kühlschrank. An diesem Tag hatte ich noch keinen Schluck getrunken. Am Alkohol konnte es also nicht gelegen haben. Ich holte eine Flasche Bier heraus, öffnete sie und trank erst einmal einen kräftigen Schluck daraus. Dabei war es mir vollkommen egal, dass es erst 10 Uhr morgens war. Ich war davon überzeugt, dass sie weg wäre, wenn ich mich wieder umdrehen würde.

»Trink nicht so viel«, sprach hinter mir jemand. Oh nein, sie war noch da. So langsam aber sicher war ich wohl am Durchdrehen. Ich nahm noch einen großen Schluck. »Ich lasse mir von niemandem vorschreiben, wie viel ich zu trinken habe«, sagte ich laut und drehte mich dabei um. »Das habe ich auch gar nicht vor«, sagte Florian, der plötzlich vor mir stand. »Oh, du bist es«, rief ich überrascht. »Hast du draußen jemanden gesehen?« Er schüttelte den Kopf: »Nein, erwartest du Besuch?« Das Gegenteil war eher der Fall. Ich wartete, bis mein Hirngespinst wieder ging. Ich war schon dermaßen durcheinander, dass ich Florians Stimme mit der meiner Frau verwechselte. »Ich erwarte niemanden«, verkündete ich, »aber ich könnte dennoch Besuch bekommen.« Mein Schwiegersohn sah mich lange an.»Was ist eigentlich mit dir los?«, wollte er anschließend von mir wissen. »Du warst gestern schon so komisch, du trinkst am frühen Morgen Bier und du bist auch sehr nervös.« Ich schaute ihn nicht einmal an, lief an ihm vorbei und setzte mich an den Küchentisch. Er tat es mir nach.»Micha, was ist los?«, fragte er erneut. Sollte ich ihm sagen, was mich bedrückte? Einerseits war er wie ein Freund für mich, aber er wollte sich auch von meiner Tochter trennen. Vielleicht würde er mich für bekloppt halten und das bei der Scheidung gegen Conny einsetzen. Allerdings hatte das Trennungsjahr gerade erst begonnen, es war also noch viel Zeit bis dahin. Ich beschloss, ihm von meinen Sorgen zu berichten:»Weißt du, es ist etwas viel für mich in letzter Zeit. Eure Trennung macht mir sehr zu schaffen. Außerdem kamen gestern wieder die Erinnerungen an die Einschulung der Zwillinge und zudem sehe ich andauernd Carola neben mir sitzen.« Es dauerte eine Weile, bis er mir antwortete:»Es ist doch schön, wenn deine Frau bei dir ist.« Ich wusste, dass er es nicht verstehen würde. Warum hatte ich überhaupt etwas gesagt?»Micha, du denkst immer an sie und trägst sie in deinem Herzen. Das, zusammen mit den Erinnerungen, kann schon mal dazu führen, dass du sie siehst, auch wenn sie gar nicht da ist.«»Aber sie redet mit mir, Florian. Ich habe Angst, durchzudrehen.« Er grinste.»Wer hat denn noch nicht mit Verstorbenen geredet?«, fragte er. Ja, da hatte er recht, aber im Normalfall standen diese nicht plötzlich vor einem und gaben Antwort.

Ich beschloss, das Thema zu wechseln.»Was habt ihr denn gestern Abend noch zu bereden gehabt?«, wollte ich von ihm wissen. Er zögerte mit der Antwort. Sein Blick fiel auf die Tischplatte.»Conny sagte mir, dass sie noch immer in mich verliebt ist«, kam es leise heraus. Ich wartete, bis er weiterredete, doch es folgte nichts mehr.»Und?«, fragte ich deshalb. Endlich schaute er mich an.»Ich mag sie auch noch sehr«, meinte er. »Du magst sie?«, fragte ich ungläubig.»Ja, ich mag sie noch und ich überlege, ob ich sie wieder zurückhaben will.« Fassungslos ließ ich die Kinnlade nach unten fallen.»Florian, du redest von einem Menschen mit Gefühlen. Bei dir hört sich das an, als wolltest du eine ausgeliehene DVD zurückhaben. Wenn du sie noch liebst, dann gehe zu ihr und sprich mit ihr. Wenn du sie nur magst, dann lass es.« Man konnte deutlich erkennen, wie es in seinem Kopf arbeitete. Schließlich nickte er kaum sichtbar. »Hättest du um Carola gekämpft, wenn sie sich von dir hätte trennen wollen?«, fragte er. „Natürlich hätte ich das", antwortete ich hastig. Er grübelte. »Conny kämpft nicht um mich«, stellte er fest. War das sein Ernst? »Du nimmst sie also nur zurück, wenn sie auf Knien gekrabbelt kommt?« Auch wenn es mein Lieblingsschwiegersohn war, wurde ich nach dieser Bemerkung sauer, doch er beschwichtigte: »Nein, das nicht, aber es scheint ihr gar nichts auszumachen, wenn ich einfach gehe.« Ich sah ihn lange an. »Ist etwas?«, fragte er. Nun war ich mit Kopfnicken dran: »Du kennst Conny. Sie ist nicht der Typ Mensch, der verbissen um etwas kämpft. Sie zieht sich dann lieber in ihr Schneckenhaus zurück und lässt es geschehen. Diese Tatsache nutzt du gerade aus. Wenn es mit der anderen Frau etwas werden sollte, dann trennst du dich von meiner Tochter, und wenn nicht, dann gehst du zu ihr zurück. Conny würde dieses Spiel sogar mitmachen, aber diese Einstellung ist absolut schäbig.« Eigentlich wollte ich noch weitersprechen, doch er unterbrach mich. »Ich habe keine andere«, meinte er kurz und schaute erneut auf die Tischplatte. »Du hast keine andere?« Jetzt verstand ich gar nichts mehr. Florian fing zu berichten an: »Du hast gestern erzählt, dass du neugierig auf diese Claudia wurdest, weil Carola solch ein Theater gemacht hatte.« Ich nickte und er berichtete weiter: »Bei mir war es genau umgekehrt. Wir haben sie kennengelernt und Conny hat nichts unternommen, um mich von ihr fernzuhalten. Das war für mich eine Art Freifahrschein.« Ich stützte die Ellenbogen auf den Tisch und legte meinen Kopf auf die Handflächen: »Florian, nimm es nicht persönlich, aber du bist ein Idiot. Deine Frau hat dir vertraut und du hast sie schwer enttäuscht.« »Ich weiß«, gab er zu, »ich habe es völlig vermasselt und nun kann ich nicht mehr zurück.«»Warum nicht?«»Weil ich so fasziniert von dieser Frau war, dass ich mit ihr geschlafen habe. Das wird mir Conny niemals verzeihen.«»Damit konnte er recht haben oder auch nicht. In dieser Beziehung kannte ich meine Tochter überhaupt nicht. Darüber hat sie verständlicherweise niemals mit mir geredet. Welche Frau spricht schon gern mit ihrem Vater über solch intime Sachen? Ich hatte für meinen Schwiegersohn nur einen Rat:»Versuche, es ihr zu erklären. Wer weiß, vielleicht verzeiht sie dir ja doch.« Bevor er ging, gab ich ihm noch die Empfehlung, ein klärendes Gespräch mit meiner Tochter zu führen und damit nicht mehr so lange zu warten.

Als er gegangen war, trank ich die Flasche aus und setzte mich wieder auf die Terrasse. Ich lehnte mich zurück und schloss die Augen.»Dein Rat war gut. Bei uns hat es damals auch funktioniert«, hörte ich eine Stimme. Meine Fantasiegestalt war wieder da.»Hallo, Carola«, sagte ich, ohne die Augen zu öffnen. Mehr oder weniger hatte ich Hoffnung, dass sie wieder verschwunden wäre, wenn ich sie erneut öffnen würde. »Ich war damals so dumm«, teilte sie mir mit,»ich weiß genau, dass du niemals fremdgegangen wärst.« Ich wurde hellhörig. »So, warum denn das?«, fragte ich nach und bekam zur Antwort:»Weil du mich dafür zu sehr geliebt hast.« Oh ja, das stimmte. Carola war meine erste Freundin und ich wollte auch nie eine andere. Ich hatte sie in all den Jahren niemals betrogen. Bis zu ihrem Tod war ich ihr treu.»Ich dich auch nicht«, kam es plötzlich von der Seite. Es ging schon wieder los. Ich bekam Antworten auf Fragen, die ich gar nicht gestellt hatte. Was war es dieses Mal? Das Bier am frühen Morgen? Das Gespräch mit Florian, welches mich wieder an meine Frau erinnerte?

Ich öffnete die Augen und schaute zur Seite. Eigentlich hoffte ich, nichts zu sehen, doch sie saß wirklich neben mir. Ich lächelte sie an. Irgendwie müsste ich wohl damit leben, dass sie ständig bei mir ist. Aber in diesem Moment fiel mir etwas auf – um sie herum war so etwas wie eine Landschaft. Ja, sie saß, allerdings nicht auf dieser Bank, sondern irgendwo anders. Vom

Hintergrund in dieser Wolke konnte ich nicht viel wahrnehmen, doch es reichte, um an der Existenz dieser Gestalt zu zweifeln. Es kam einem Hologramm in einem Science-Fiction-Film gleich. Blendete hier jemand etwas ein, um mich fertigzumachen? Wortlos stand ich auf und ging in die Küche. Ich machte mir noch einen Kaffee, drehte mich herum und sie kam mir tatsächlich hinterher. Jetzt bemerkte ich auch, dass sie gar nicht lief, sondern schwebte. Die Beine bewegten sich nicht, sondern nur die Wolke. Kurz vor mir hielt sie an.»Du bist ein guter Vater, die Zwillinge vermissen mich gar nicht«, sagte sie, doch das konnte ich nicht so stehen lassen.»Carola, wir alle vermissen dich. Du hast eine große Lücke hinterlassen, die sich auch nie mehr schließen wird.« Sie lächelte. Können Tote so etwas?»Jeder ist ersetzbar, es sind nur Körper. Solange du an mich denkst, bin ich auch bei dir«, meinte sie. Fragend schaute ich sie an:»Such dir wieder eine Frau und werde glücklich, erst dann kann ich es auch sein.« Bevor ich antworten konnte, löste sie sich vor mir auf. Nun benötigte ich den Kaffee umso mehr. Was war das gerade? Wie auch bereits bei den anderen Malen, als sie mir erschien, kam mir alles so real vor und doch hatte ich den Eindruck, dies alles geträumt zu haben. Wurde es vielleicht wirklich von jemandem eingeblendet?

Der Morgen ging schnell vorbei und ich lief zur Schule. Ich war noch etwas früh und so stellte ich mich im Schulhof in eine Ecke. Äußerlich hatte sich an dieser Schule seit damals nichts verändert, und so kam es, dass ich plötzlich dachte, auf meine Töchter zu warten. Alles war wie früher. Ich schaute mich um, ob ich eine Umgestaltung finden konnte, doch ich entdeckte nichts. Plötzlich dachte ich sogar, Claudia zu sehen. Was sie wohl heute macht?

Kurze Zeit später rannten die Kinder aus dem Gebäude. Ich musste kurz schmunzeln. Sie kamen so unbekümmert daher. So waren wir früher auch, und ich merkte, wie rasch die Zeit vergangen war.»An den Kindern merkt man, wie schnell man altert«, heißt es. Das stimmt wohl, und nun wartete ich hier sogar schon auf meine Enkelin.

Zusammen mit Jennifer ging ich zu meinen Schwiegereltern. Seit Carolas Tod kochte Elfriede meist für mich mit und inzwischen sogar auch für ihre Urenkelin. Ich bereitete dagegen meist das Abendessen zu, wenn Conny von der Arbeit kam. Sowohl meine Frau und ich als auch unsere Töchter lernten das Kochen bei meiner Schwiegermutter.

Nach dem Essen hatte ich allerdings etwas mit ihnen zu besprechen. Jennifer spielte mit einer ihrer Puppen, so konnte ich mich mit den beiden unterhalten. »Wisst ihr, was die Co-Cos wegen meines Geburtstags geplant haben?«, fragte ich. »Ja, aber wir verraten es dir nicht«, erwiderte Manfred. »Schade«, sagte ich nur kurz und ließ meinen Blick über den Garten schweifen. Einen Augenblick kehrte Ruhe ein. Elfriede unterbrach diese Stille: »Du sagtest, du willst mit uns reden. Das war es doch wohl nicht, oder?« »Doch, mehr wollte ich nicht«, log ich sie an, aber die beiden kannten mich viel zu gut. »Nun sag schon, was du auf dem Herzen hast.« Meine Schwiegermutter schaute mich auffordernd an. Erneut wartete ich einen Moment. Diese Frage war nicht so leicht für mich. »Ihr habt immer gesagt, ich solle mir wieder eine Partnerin suchen und …« Elfriede strahlte: »Hast du eine Freundin gefunden?« Ich schüttelte den Kopf. »Ich weiß nicht, wie es wäre, wenn hier eine andere herumlaufen würde.« Abwechselnd sah ich die zwei an und ergänzte: »Ich habe mir darüber Gedanken gemacht. Es wäre für mich schon eine komische Situation, aber wie wäre es dann erst für euch?« Manfred erklärte: »Micha, du bist nicht nur unser Schwiegersohn, sondern auch unser Adoptivkind. Nichts liegt uns mehr am Herzen, als dich glücklich zu sehen.« Das hätte er nicht sagen brauchen, denn das wusste ich auch so. Aber damit ist er meiner Frage geschickt ausgewichen. Ich bohrte nach: »Aber wie würdet ihr euch fühlen, wenn ich plötzlich eine andere Frau im Arm hätte?« Manfred war ehrlich: »Es wäre anfangs sicherlich kein schöner Anblick, aber das Leben geht weiter und mit der Zeit werden wir uns schon daran gewöhnen. Wichtig ist, dass du wieder Spaß am Leben hast.« Er lächelte, doch das sah sehr gequält aus. Elfriede ergänzte:»Es wäre schön, wenn du endlich wieder mit einer Frau zusammen wärst. Carola will es schließlich auch.« Ich erschrak.»Carola will, dass ich mir eine Lebensgefährtin suche?«, rief ich. Die beiden waren still.»Wie kommst du darauf?«, fragte ich. Sie zögerte mit der Antwort, doch schließlich meinte sie:»Conny hat uns alles erzählt. Wir wissen, dass sie dir erschienen ist.« Conny? Mir fiel ein, dass ich wohl mal ein Wörtchen mit meiner Tochter reden müsste.»Elfriede, das war doch nur ein Traum«, gab ich zu bedenken.»Tote können uns nicht erscheinen.« Erneut herrschte Stille. Glaubte sie wirklich an so etwas? Wenn ja, wusste ich wenigstens, von wem Conny das hatte.

Zunächst war sie noch ruhig, doch ich konnte erkennen, dass es in ihr brodelte.»Elfriede, was bedrückt dich?«, wollte ich wissen. Es dauerte noch eine ganze Weile, in der sie sich auf der Unterlippe herumbiss. Schließlich sagte sie leise:»Ich glaube daran, dass sie zu uns sprechen. Die Toten möchten uns damit etwas sagen, wir müssen nur genau hinhören.« Jetzt war ich es, der Zeit brauchte. Hatte sie das wirklich so gemeint? Ich schaute hilfesuchend zu meinem Schwiegervater, doch er gab seiner Frau recht:»Micha, es gibt viel mehr zwischen Himmel und Erde, als wir denken. Sag mir einen Grund, warum es nicht so sein könnte, wie es Elfriede gerade beschrieben hat.« Langsam wurde ich blass. So kannte ich die beiden noch gar nicht. Ich zog das Ganze etwas ins Lächerliche:»Das wäre gut, wenn es so wäre, dann wüsste ich wenigstens, dass ich nicht bekloppt bin.« Ich fing an zu lachen, was aber keiner erwiderte. Im Gegenteil, sie schauten mich eher böse an.»Nun kommt, ihr zwei. Carola ist tot. Ich vermisse sie auch sehr, aber es ist unmöglich, dass sie aus dem Totenreich zu mir kommt.«»Warum?« Es war nur ein einziges Wort von Manfred, doch das brachte mich aus dem Konzept. Sollte ich ihm wirklich erklären, warum so etwas nicht sein kann? Ich starrte ihm in die Augen und gleichzeitig forderte er mich auf, meine Meinung zu begründen, doch das konnte ich nicht. »Wenn man gestorben ist, dann kommt man in eine Kiste und anschließend in ein Loch, und das war es«, sagte ich, obwohl auch ich mittlerweile glaubte, dass meine Frau irgendwo weiterlebte. »Und die Seele?«, wollte Elfriede wissen. Was sollte diese Frage? »Es gibt keine Seele«, antwortete ich ihr, »oder glaubst du, dass ein Geist aus uns heraussteigt und zum Himmel auffährt?« Erneut machte ich mich über ihre Äußerung lustig, doch sie sah mich nur strafend an. Manfred mischte sich wieder ein. »Was glaubst du, wo Carola jetzt ist?«, fragte er, »Wir sind davon überzeugt, dass sie nun im Paradies ist und es ihr gut geht.« Elfriede ergänzte: »Wenn du annimmst, dass sie im Grab liegt und alles vorbei ist, dann wundert mich nicht, dass du so um sie trauerst.« Ich riss die Augen auf. Was hatte denn das eine mit dem anderen zu tun? »Carola ist tot«, wiederholte ich mich, »sie ist nicht mehr bei uns, ganz egal, was mit uns nach dem Leben geschieht.« »Das stimmt nicht, Opa«, rief Jennifer plötzlich. Oje, wir waren wohl etwas zu laut. Sie kam zu mir und sprang auf meinen Schoß. »Ich weiß, dass Oma jetzt bei den Engelchen ist, und weil sie dort ist, geht es ihr auch gut«, belehrte sie mich. Sie legte ihre kleinen Arme um meinen Hals und drückte mich fest. Dann redete sie weiter: »Oma hat jetzt im Himmel viel Spaß und kann machen, was sie will. Freut dich das denn nicht?« Die Worte dieses Mädchens gingen mir unter die Haut. Von dieser Seite gesehen hatte sie natürlich recht. Ich weigerte mich allerdings, zu glauben, dass es so etwas wie »Engelchen« geben würde. »Doch Jennifer, das freut mich auch«, sagte ich trotzdem, war mir dessen aber nicht so sicher.

Später am Mittag ging ich mit meiner Enkelin zurück nach Hause. Wir setzten uns auf die Terrasse und sie machte ihre Hausaufgaben. »Nur beaufsichtigen, auf keinen Fall helfen«, erklärte mir ihre Mutter einmal. Auch da war ich anderer Meinung, denn wenn sie etwas nicht verstanden hatte, hielt ich es für meine Pflicht, ihr noch einmal zu sagen, wie es geht. So saß ich nur dabei und sah ihr zu. Dabei glitten meine Gedanken allerdings ab. Noch einmal ließ ich mir das Gespräch mit meinen Schwiegereltern durch den Kopf gehen. Sie waren beide überzeugt, dass es so etwas wie eine Seele gibt, die den Körper nach dem Tod verlässt. Aber warum hat man dann noch keine gesehen? Weil es keine gab. Zumindest war das meine Meinung. Allerdings, wenn ich ehrlich sein soll, dann dachte auch ich manchmal darüber nach, wo Carola jetzt wohl sein mag. Auch ich hoffte natürlich, dass sie an einem anderen Ort ein neues Leben begonnen hat und an mich denkt. Aber wo sollte das sein und wie sollte das funktionieren? Hier passten Realismus und Hoffnung einfach nicht zusammen. Innerlich kämpften sie sogar gegeneinander und ließen mich nicht zur Ruhe kommen.

Ich schaute wieder zu Jennifer und plötzlich sah ich das Bild von Carola vor mir, die meist die Hausaufgaben mit den Co-Cos machte. Sie saß dabei, und wenn die beiden etwas nicht verstanden hatten, erklärte sie es ihnen noch einmal. Das kam aber selten vor, da sich die zwei oft gegenseitig halfen. Meine Frau kontrollierte eigentlich nur. Sie setzte sich immer zwischen sie und bekam so alles mit. Bereits früher wurde das immer auf der Terrasse gemacht. Allein schon der Blick in den Garten und das Wissen, die Arbeiten in der Natur zu erledigen, ließen den Spaßfaktor ansteigen. Gelegentlich verirrte sich mal eine Biene oder ein Schmetterling zu ihnen, und natürlich war dies viel schöner, als im dunklen Zimmer zu hocken.

Ich lehnte mich im Stuhl zurück und musste wohl gegrinst haben.»Opa, bist du glücklich?«, fragte Jennifer auf einmal. Ich zuckte zusammen. Ich war gedanklich so weit weg, dass ich bei ihren Worten erschrak.»Warum fragst du das?«, stellte ich eine Gegenfrage und bekam zur Antwort:»Weil du so grinst.« Ja, ich lächelte meistens, wenn ich an Carola dachte. Auch ich ertappte mich bereits des Öfteren dabei. Wir hatten eine wunderschöne Zeit zusammen.»Weißt du, Jennifer, deine Oma hat früher auch hier gesessen und hat aufgepasst, dass deine Mama und Tante Corinna ihre Hausaufgaben richtig machten. Ich habe mich gerade wieder daran erinnert.« Meine Enkelin wurde ruhig. Man sah, wie es in ihrem Kopf arbeitete, und dann fragte sie:»Wie konntet ihr die beiden eigentlich auseinanderhalten? Im Wohnzimmer steht ein Bild, auf dem sie noch klein sind, und sie sehen genau gleich aus.« Ich musste lachen und erklärte ihr, dass auch Zwillinge nicht genau gleich sind. »Irgendeinen Unterschied erkennt man immer«, sagte ich,»und wenn man sie besser kennt, kann man sie sofort unterscheiden.«»Und wie war es, als sie noch Babys waren?« Die kindliche Neugierde und die dazu gestellten Fragen können manchmal brutal sein, doch meistens haben sie ihre Berechtigung. Wenn das jemanden stört, dann ist er überfordert oder einfach nur zu faul, um nachzudenken.»Als sie noch Babys waren, haben wir ihnen Namensbändchen angelegt«, teilte ich ihr mit, »bis wir sie eindeutig voneinander unterscheiden konnten.« Damit gab sie sich erst einmal zufrieden und machte mit ihren Schulsachen weiter. Ich jedoch überlegte. Dieses Gespräch mit meinen Schwiegereltern ging mir nicht mehr aus dem Kopf. Sollte es tatsächlich so etwas wie einen Ort geben, an den wir nach unserem Tod hinbefördert werden? Würden wir wirklich in den Himmel kommen? Ich schaute nach oben. Dort sollte sich Carola nun befinden? In den Wolken schwebend oder darauf sitzend, um zu uns herunterzuschauen? Natürlich wäre es schön zu wissen, dass es ihr gut geht, oder wie sich Jennifer ausdrückte, dass sie»Spaß hat«, wo sie jetzt ist. Gibt es womöglich sogar ein Paradies, in das wir alle kommen? Ist das vielleicht sogar da oben? Offen gestanden glaubte ich nicht daran. Die Vorstellung, dass alle Toten der letzten tausend Jahre dort herumschwirren sollen, machte mich etwas nervös. Und was, wenn mal keine Wolken da sind?

Ich brach meine Gedanken ab und sah zu meiner Enkelin. Sie war völlig in ihre Arbeit vertieft. Ich beschloss, in die Küche zu gehen und mir ein Bier zu holen. Natürlich hoffte ich, dass mir dabei nicht wieder meine Frau erscheinen würde. Seit dieser Unterhaltung vorhin hatte ich noch mehr Angst, sie zu treffen, und meine Gedankengänge der vergangenen Minuten machten dies nicht besser. Während der letzten Tage dachte ich, das alles geträumt oder mir eingebildet zu haben, und nun bestätigten mir Manfred und Elfriede, dass es so etwas wirklich geben könnte.

Es dauerte nicht mehr lange, da kam auch Conny von ihrer Arbeitsstelle nach Hause. Jennifer war abermals bei Oma und Opa Manfred, während sich Opa Micha mit seiner Tochter unterhalten wollte. Ich erzählte ihr von unserem Gespräch am Mittag und wollte von ihr wissen, was sie glauben würde. Doch sie sah mich erst einmal nur lange an. Schließlich meinte sie: »Es ist doch die Aufgabe der Eltern, ihren Kindern so etwas zu erklären.« Was sollte das heißen? Hatte etwa Carola ...? »Ich habe euch so etwas niemals beigebracht«, teilte ich ihr mit, »Hat Mama mit euch geredet?« Erneut dauerte es lange, bis sie weitersprach: »Mama hat uns gesagt, dass du an so etwas nicht glauben würdest und mit uns darüber heimlich gesprochen. Sie war davon überzeugt, dass es ein Leben nach dem Tod gibt.« Carola hat also fest an den Himmel oder das Paradies geglaubt. Kam sie deshalb zu mir, um zu zeigen, dass sie recht hatte? Nein, diese Überlegung war Nonsens. »Wann war das?«, wollte ich wissen. »Da war sie schon sehr krank«, teilte sie mir mit, »sie sagte, dass sie keine Angst vor dem Tod hätte, weil sie genau wüsste, dass es danach weitergehen würde.« Diese Worte waren vollkommen neu für mich. Wir waren so lange zusammen, doch darüber hatten wir nie wirklich gesprochen. Conny redete weiter: »Mama hat sich immer über die Wissenschaftler aufgeregt, die unbedingt beweisen wollen, dass es Jesus niemals gegeben hat. Sie wollen damit berühmt werden und nehmen dabei in Kauf, dass Millionen Menschen dann den Boden unter den Füßen weggezogen bekämen.« Da hatte meine Tochter recht. Wenn wir einen solchen Bericht im Fernseher sahen, dann schimpfte Carola immer: »Viele Leute haben keine Angst vor dem Tod, weil sie wissen, dass sie nach dem Leben zu Gott kommen. Und was machen diese Typen da?« Dann gab es für mich immer nur zwei Möglichkeiten – zustimmen oder ganz ruhig sein. Niemals hätte ich mich auf die Seite der Wissenschaft stellen dürfen. Aber wenn sie so fest daran geglaubt hat, dann lebt sie vielleicht tatsächlich irgendwo weiter und kann mich sogar besuchen. Oder gingen jetzt die Nerven mit mir durch? Doch plötzlich hatte ich einen Einfall. Ich wollte am nächsten Tag zu jemandem gehen, der sich eigentlich damit auskennen sollte.

Am kommenden Morgen gab es die gleiche Prozedur wie sonst auch. Jennifer und ich frühstückten und ich brachte sie zur Schule. Doch auf dem Rückweg ging ich nicht direkt nach Hause, sondern machte einen kleinen Umweg an der Kirche vorbei. Wenn mir einer weiterhelfen konnte, dann ein Pfarrer. Diese Leute haben doch den direkten Kontakt nach oben. Zumindest behaupten das einige, und ein jahrelanges Studium muss sich doch auch auszahlen.

Ich ging zur Tür, doch sie war verschlossen. Wofür gibt es eigentlich Kirchen, wenn man nur mal sonntags für eine Stunde hineindarf? »Wollen sie zum Pfarrer?«, hörte ich hinter mir eine Stimme. Ich drehte mich herum. Ein Arbeiter, den ich vorher nicht sah, streckte seinen Kopf aus einem Gebüsch heraus. »Ja, eigentlich schon«, rief ich zurück, und der Mann grinste. »Schon mal auf die Uhr gesehen? Um diese Zeit sitzen die am Frühstückstisch. Versuchen Sie es mal im Gemeindebüro.« Er deutete zur anderen Straßenseite. Ich bedankte mich und lief hinüber.

Dem Tor folgte ein langer Hof und dahinter befand sich ein Areal, das so riesig war, dass man das Haus, welches darauf stand, fast nicht sah. Und Manfred glaubte, wir hätten ein großes Grundstück. Was macht ein Pfarrer mit solch einem Besitz? Ich war endlich am Eingang angekommen. Natürlich war auch dieser nicht offen und ich musste klingeln. Nach kurzer Zeit hörte ich den Türöffner, trat ein und stand vor fünf geschlossenen Türen. Langsam aber sicher kam ich mir vor, als hätte ich ein Schloss betreten, doch neben einem Eingang hing ein Schild, auf dem »Gemeindebüro« stand. Ich klopfte, trat ein und bereute schon wieder, dass ich dorthin gegangen war. Drei Leute standen im Raum und schauten mich neugierig an. »Kann ich Ihnen helfen?«, fragte eine von ihnen. Was war das für eine Frage? Sonst wäre ich wohl nicht gekommen. »Ich möchte zum Pfarrer«, sagte ich, was dort aber scheinbar nicht üblich ist. »Wenn ich ihnen nicht weiterhelfen kann, dann kann ich ihnen gern einen Termin bei ihm geben.« Einen Termin? Ich wollte keinen Bankberater, sondern einen Pfarrer. »Worum geht es denn?«, wollte sie wissen. »Möchten Sie heiraten oder soll Ihr Kind getauft werden?« Mein Kind? Wie war die denn drauf? »Ich möchte zum Pfarrer«, wiederholte ich mich, was aber nichts brachte. Noch mehrmals stellte sie mir die Frage was ich den wolle, bis es mir zu dumm wurde. »Was geschieht mit uns nach dem Tod?«, fragte ich entnervt. Den Blick von ihr werde ich so schnell nicht vergessen. »Das weiß ich nicht, das müssen sie einen Pfarrer fragen«, meinte sie schließlich. »Haben sie es endlich begriffen?«, schimpfte ich. »Dann können sie mir ja endlich einen Termin geben.« Ich bekam einen und sogar noch in derselben Woche.

Ich ging wieder nach draußen und begab mich auf den ewig weiten Weg zurück zum Hoftor, als mir ein Mann entgegenkam. »Guten Tag«, sprach er ganz freundlich, »wollen Sie zu mir?« Woher sollte ich das wissen? Ich kannte ihn doch gar nicht. »Ich wollte zum Pfarrer«, erklärte ich ebenso höflich. »Ich bin der Pfarrer«, kam es zurück. Na ja, die Taufe von Jennifer und somit mein letzter Besuch in der Kirche war schon etwas länger her. Doch auch von Carolas Beerdigung kannte ich ihn nicht. Scheinbar war er noch nicht so lange in der Gemeinde. »Ich habe mir gerade einen Termin bei Ihnen geben lassen«, sagte ich, »wir sehen uns also in dieser Woche noch.« Ich lächelte. »Worum geht es denn?«, wollte er aber jetzt schon wissen. Oje! Natürlich, ich wollte mit einem Geistlichen darüber reden, aber nun, wo er vor mir stand, kam mir mein Anliegen etwas seltsam vor. »Ich möchte Sie nicht aufhalten, wir sehen uns …« Er ließ mich nicht ausreden.»Ich habe gerade Zeit. Kommen Sie mit in die Kirche, da sind wir ungestört.«

Wir gingen zusammen über die Straße und ins Gotteshaus hinein. Wir setzten uns auf eine Bank und er sah mich auffordernd an.»Wissen Sie, was ich Sie fragen möchte, ist nicht so ganz einfach.« Er sagte nichts und sah mich weiterhin an. Ich beschloss, von vorn anzufangen.»Meine Frau ist vor drei Jahren verstorben und ich hatte gestern ein etwas komisches Gespräch mit meinen Schwiegereltern. Sie sind überzeugt, dass die Seele in den Himmel kommt und …«»Natürlich, wohin denn sonst?«, unterbrach er mich. Was hatte ich auch erwartet?»Ja, ich weiß, dass die Kirche so denkt, aber es ist für mich schwer vorstellbar. Ich denke, dass nach dem Leben einfach Schluss ist.«»Nein, so ist es nicht. Jesus hat mit der Auferstehung den Tod besiegt und deshalb leben wir anschließend alle in Gott weiter.« In Gott? Warum habe ich auch gefragt? Ich wollte gerade gehen, als er weiterredete:»Wissen Sie, Ihrer Frau geht es gut, wo sie jetzt ist. Unser Herrgott hat sie zu sich geholt und kümmert sich auch um sie.«»Hätte er das etwas später getan, könnte ich mich noch selbst um sie kümmern.« Erneut wurde ich wütend.»Sie war gerade mal 46 Jahre alt! Das war viel zu früh!«, beschwerte ich mich. Zur Antwort bekam ich:»Die Wege des Herrn sind unergründlich, den einen holt er früher, den anderen später.« Ich starrte ihn an. Wusste er überhaupt etwas? Ich bekam langsam Zweifel.»Bei meiner Frau war es auf jeden Fall viel zu früh, das können Sie ihm sagen.«»Sie können es ihm auch selbst mitteilen«, meinte er.»Im Gebet können Sie Ihre Klagen erläutern.«»Dann kann ich es auch gleich meiner Frau erzählen.«»Ihrer Frau?«»Ja, meiner Frau«, erklärte ich ihm,»sie ist mir schon öfter erschienen und hat gesagt, ich soll sie loslassen und mir eine andere Partnerin suchen. Das ist doch nicht normal.« Nun wurde er ruhiger. Er schaute mich an, als wäre ich irgendwo ausgebrochen. Das war mir in diesem Moment jedoch egal. Wofür hat er denn so lange studiert? Er sollte doch mehr wissen als wir Normalsterblichen. Ich erzählte ihm daraufhin das bisher Erlebte. Wie würde er reagieren?

Als ich endlich fertig war, meinte er, dass es in der Trauer vollkommen normal sei, dass man sich einbilde, den geliebten Menschen zu sehen. Noch etwa 20 Minuten redete er auf mich ein, verstanden hatte ich kein Wort. Inzwischen glaubte ich, dass Manfred recht hatte. Er sagte mal:»Ein Theologiestudium dauert so lange, damit man lernt, unangenehmen Fragen aus dem Weg zu gehen.«

Nachdem selbst ein Pfarrer mir keine Antwort auf meine Fragen geben konnte, lief ich wieder nach Hause. Auf dem Weg dorthin schwirrte mir immer wieder seine Predigt durch den Kopf. Ich hatte zwar nicht viel kapiert, aber dennoch erinnerte ich mich an seine Worte, dass es wohl schon mehreren Menschen so erging wie mir. Auch andere sahen Verstorbene vor sich, aber wenn ich ihn richtig verstanden hatte, stellte er es als eine Art Einbildung dar. Genau das wollte ich hören. Es war nicht möglich, dass ich von meiner Frau besucht wurde. Meinen Schwiegereltern erzählte ich davon allerdings nichts.

Mit einem Kaffee bewaffnet setzte ich mich zufrieden auf die Terrasse. Es waren also doch nur Hirngespinste, die ich erlebte. Aber wodurch wurden sie ausgelöst? Ich konnte mir nicht vorstellen, dass es am Alkohol gelegen hatte. In der Nacht war es klar – das waren Träume, doch tagsüber war ich wach. Was war da der Grund? Mir fiel ein, dass ich auch da immer mal kurz die Augen geschlossen hatte. War ich eingeschlafen? Aber wenn ja, warum hatte ich dann immer wieder das gleiche Erlebnis?

»Ach, wenn sie doch jetzt bei mir wäre«, wünschte ich sie mir zurück.»Und genau deshalb habe ich keine Ruhe«, hörte ich jemanden sagen.»Conny?«, rief ich. War sie schon zu Hause? Ich schaute über den Tisch auf jede Sitzgelegenheit. Es war niemand da. Hörte ich jetzt auch schon Stimmen? Wie lange würde es dauern, bis ich verblöden würde?

Ich stand auf und wollte gerade in die Küche gehen. Ein zweiter Kaffee würde mir guttun, doch dazu kam es nicht. Als ich mich umdrehte, stand Carola in der Terrassentür. Ich erschrak so heftig, dass ich fast meine Tasse hätte fallen lassen. Ich brachte auch keinen Ton heraus.»Micha, du musst mich loslassen«, sagte sie. Wie versteinert stand ich da und blickte sie an.»Micha, ich komme nicht zur Ruhe, weil du so stark an mir festhältst. Lass mich bitte los.« Ich konnte sie auch nur sehr undeutlich sehen und dann löste sie sich wieder auf. Noch eine lange Zeit stand ich da und schaute auf die Stelle, an der eben noch meine Frau zu sehen war. Was war es dieses Mal? Ich hatte kein Bier getrunken und auch meine Augen waren offen, und trotzdem sah ich sie. Erst jetzt bemerkte ich, dass ich eine Gänsehaut bekommen hatte.

Nach einiger Zeit ließ die Schockstarre nach und ich ging in die Küche. Um die Stelle, an der sie gerade noch gestanden hatte, machte ich allerdings einen kleinen Bogen. Ich füllte meine Tasse und dachte nach. Es konnte doch nicht sein, dass meine verstorbene Frau plötzlich vor mir stand. Oder doch? Ich wusste nichts mehr und auch der Pfarrer konnte nicht helfen. Von wegen, das wäre nur Einbildung. Gut, Carola war etwas undeutlich und auch ihre Stimme war verzerrt, doch ich war mir sicher, dass sie es war und vor allem – sie stand wahrhaftig vor mir.

Erneut setzte ich mich mit meinem Kaffee nach draußen. Zum ersten Mal, seit sie mir erschien, dachte ich nicht darüber nach, ob sie es wirklich war. Auch nicht daran, woran es gelegen haben könnte, dass eine Tote vor mir stand, sondern ich beschäftigte mich damit, dass dies nicht noch einmal passiert. »Ich komme nicht zur Ruhe, weil du so stark an mir festhältst«, hatte sie gesagt. Dieser Satz kreiste in meinem Kopf und setzte sich dort fest. Was meinte sie damit?

Ich blickte zur Uhr und erschrak. Es war höchste Zeit, Jennifer abzuholen. Doch auch unterwegs kamen mir immer wieder ihre Worte in den Sinn. Warum sagte sie so etwas und was meinte sie mit: »Du musst mich loslassen«? Ich hatte sie doch schon lange nicht mehr. Gern hätte ich jetzt mit jemandem darüber gesprochen, doch mit wem? Wenn mir nicht einmal ein Pfarrer weiterhelfen konnte, wer dann? Sollte ich vielleicht wirklich einmal zu einem Psychiater gehen? Doch auch er wäre wahrscheinlich nur überzeugt gewesen, dass ich mir das alles eingebildet hatte. Vielleicht würde er auch sagen, dass ich verrückt bin und mich mit Tabletten abfüllen. Plötzlich schien die Lösung so nahe zu sein. Was wäre, wenn ich weder irre war noch mir ihr Erscheinen eingebildet hatte? Ich musste jede Möglichkeit in Betracht ziehen, hörte sie sich auch noch so komisch an. Vielleicht war sie wirklich bei mir und wollte mir etwas mitteilen, so wie es Elfriede bereits vermutete.

Ich kam an der Schule an. Gerade noch rechtzeitig, denn die Kinder kamen schon herausgestürmt. »Hallo, Opa Micha«, rief meine Enkelin. Wenn sie bloß damit aufhören würde. Einfach nur Micha, so wie ich auch von anderen genannt werde, würde vollkommen ausreichen, doch Conny wollte es so. »Jeder Opa muss einen Namen haben«, sagte sie einmal. Aber genau dieses »Opa« war es ja, was mich störte. »Wie war die Schule?«, wollte ich wissen, obwohl diese Frage eigentlich überflüssig war. Am Anfang finden es alle Kinder ganz toll und später wollen sie nicht mehr hin. »Schön«, bestätigte sie meine Vermutung, dann liefen wir nach Hause.

Am Abend kam Conny von der Arbeit. Wir waren gerade mit dem Essen fertig, als es an der Terrassentür klopfte. Corinna besuchte uns und hatte sogar ihre Kinder dabei. »Hallo, Opa Micha«, riefen sie und verschwanden mit Jennifer in ihrem Zimmer. »Wenn die mal älter werden, dürfen wir sie nicht mehr alleinlassen«, scherzte ich. Während mir von Conny ein scharfes »Papa!« entgegenwehte, grinste Corinna. »Die dürften sogar«, sagte sie und erntete einen bösen Blick von ihrer Schwester.

Vorsichtshalber wechselte ich das Thema. Ich wollte den beiden ohnehin etwas mitteilen:»Ich war heute Morgen in der Kirche.« Die Köpfe flogen herum und zeitgleich riefen die Co-Cos:»Du warst in der Kirche?« Meine Töchter waren sehr verständnisvoll und man konnte mit ihnen über fast alles reden. Ich beschloss daher, ihnen von meinem Tag zu berichten.»Ich wollte von einem Pfarrer wissen, ob es wirklich sein kann, dass eure Mutter bei mir war.« Beide sahen mich erwartungsvoll an, doch sie sagten nichts. Waren ihre Blicke überhaupt erwartungsvoll oder waren sie eher verwundert oder gar bemitleidend?»Er meinte, dass er so etwas schon öfter gehört hat«, berichtete ich.»Und was sagte er sonst noch dazu?«»Nichts sagte er«, schimpfte ich,»zumindest nichts Brauchbares. Stattdessen wollte er mir erzählen, dass ich mir alles nur eingebildet habe.« Meine Wut auf diesen Pfarrer steigerte sich.»Wofür studieren die so lange?«, rief ich. Conny versuchte, mich zu beruhigen:»Papa, es ist doch normal, dass man zu Toten spricht.« Genau das war der Punkt.»Ja, wenn ich zu Toten rede, dann bin ich ein gläubiger Mensch, wenn sie aber zu mir sprechen, dann habe ich nicht mehr alle Kugeln am Weihnachtsbaum.« Nun gingen die Blicke wirklich etwas ins Bemitleidende.»Corinna, Conny, es ist doch wirklich so. Wenn die Toten mich nicht verstehen, dann brauche ich auch nicht mit ihnen zu reden. Wenn sie mich aber verstehen, warum sollten sie dann nicht auch antworten?« Scheinbar war die Frage berechtigt, denn die zwei sagten darauf nichts, sondern sahen sich nur an. Nach einer kurzen Zeit meinte Corinna:»Aber stell dir vor, alle Toten könnten aus dem Jenseits zu uns sprechen. Wie soll das gehen?« Ich stellte eine Gegenfrage:»Du glaubst doch an ein Leben nach dem Tod. Wie soll das gehen?« Abwechselnd sah ich zu ihnen.»Wenn eines davon möglich ist, dann auch das andere.« An ihren Blicken konnte ich erkennen, dass ich ihnen gerade Beschäftigung für den Abend geliefert hatte, vielleicht sogar für die nächsten Tage oder noch länger.

Später kamen die zwei Jungs wieder aus dem Kinderzimmer und Corinna ging mit ihnen zu meinen Schwiegereltern zurück. An diesem Tag bekam sie genügend Input für die nächsten Wochen. Ich war gespannt, ob ich darüber noch einmal etwas hören würde.

Nachdem sie gegangen waren, begann ich mit dem zweiten Teil der Geschichte – Carola. Ich wartete absichtlich, bis ich mit Conny allein war, denn mit ihr konnte ich darüber besser reden. »Ich habe es vorhin bei deiner Schwester nicht erwähnt«, erklärte ich, »aber eure Mutter war heute wieder bei mir.« Diesen Blick, den sie mir zuwarf, konnte ich allerdings nicht deuten. »Was hat sie gesagt?«, fragte sie nur. Ich lächelte sie an: »Nichts Neues, nur wieder einmal, dass ich sie loslassen soll.« Conny wurde ernst: »Papa, mach dich darüber nicht lustig. Ich habe in den vergangenen Tagen öfter darüber nachgedacht. Es ist egal, was wir glauben und was nicht, aber wenn es wirklich so ist, dass sie keine Ruhe findet, weil du an ihr ziehst, dann quälst du sie damit.« Ich nickte. »Ja, das ist wohl so, aber wie ziehe ich an ihr? Ich bin mir keiner Schuld bewusst.« »Ich weiß es doch auch nicht«, antwortete meine Tochter, »du scheinst etwas zu machen, was sie nicht in Ruhe lässt.« »Aber was soll das sein, Conny?«, wollte ich wissen, »Auch andere denken an ihre Verstorbenen. Sie hängen Bilder auf, reden mit ihnen, pflegen das Grab und noch mehr. All das tue ich auch, doch dass die Toten erscheinen, passiert scheinbar nur mir.« »Du musst noch etwas anderes machen«, meinte sie, »und was das ist, kannst nur du allein herausfinden.«

Ein halbes Jahrhundert

Einen Monat später hatte ich Geburtstag. Ich versuchte, Carola zu vergessen, doch ich schaffte es nicht. Wie sollte das auch funktionieren? Überall an den Wänden hingen ihre Bilder. Auf der Kommode, dem Nachttisch und sogar dem Küchenschrank standen Fotos von ihr, und ich weigerte mich, sie wegzuräumen. Doch seit dem Tag, an dem ich beim Pfarrer war, erschien sie mir auch nicht mehr. Hatte ich es geschafft? Wenn ja, woran lag es? Hatte ich sie endlich losgelassen? Waren es doch nur Einbildungen oder Träume? Ich beschäftigte mich nicht mehr damit, sondern versuchte, das Erlebte zu verdrängen.

Mein Geburtstag fiel in diesem Jahr auf einen Samstag, daher passte es relativ gut, dass die Co-Cos etwas für mich planten. Eine Überraschungsparty sollte es plötzlich werden. Womit wollten sie mich denn überraschen? Ich wusste doch, wer alles kommen würde, schließlich gab ich ihnen die Liste meiner Freunde. Wie alt ich wurde, wusste ich auch, und ich kannte ziemlich alle Locations in unserer Stadt. Würden wir vielleicht weiter wegfahren? Womöglich in einen Freizeitpark und dort eine Polonaise über die Achterbahn machen? Damit hätten sie mich eventuell verblüffen können, doch ich dachte nicht wirklich, dass dies geschehen würde. Eigentlich war es aber auch egal, denn bereits vor einigen Jahren planten Carola und ich, unseren 50. Geburtstag zusammenzulegen. Ich war zwar sieben Monate älter als sie, doch in unserer Jugend feierte ich an ihrem großen Tag auch meinen gleich mit. Zum einen hatten wir im Mai meist schöneres Wetter als im Oktober, und zum anderen war dies die Zeit, in der ich bei meiner Pflegefamilie ein neues Leben begonnen hatte. Ich ließ das Alte hinter mir und fing fast ganz von vorn an. Und nun? Meine Frau war tot und ich machte mir nicht mehr viel aus dem Leben. Womit also könnte man solch einem Muffel, zu dem ich wurde, eine Freude bereiten?

Noch am Morgen machten sie ein großes Geheimnis um alles. Ich muss zugeben, dass ich langsam neugierig wurde. Wie ein Kind, das schon Tage vor Weihnachten heimlich die Geschenke suchte, wollte ich etwas herausfinden. Sogar Jennifer versuchte ich auszufragen, doch entweder wusste auch sie nichts oder sie spielte ihre Rolle als kleine Unwissende hervorragend.

Wie jeden Samstag ging ich auch an diesem Morgen auf den Friedhof. Ich lief am Blumenladen vorbei und holte die obligatorischen drei roten Rosen mit etwas Grünzeug drumherum. Die Floristin wusste schon Bescheid und machte den Strauß früh fertig. Wenn ich dorthin kam, konnte ich ihn einfach aus einem Eimer mit Wasser herausnehmen. Ich bezahlte immer monatlich, da an den Samstagen viel im Laden los war und ich sonst ewig gewartet hätte.

Auch an diesem Tag folgte das gleiche Ritual. Ich brachte den Strauß zum Grab, warf den alten weg, wechselte das Wasser und stellte den neuen in die Vase. Und doch war an diesem Tag alles anders, denn ich hatte Geburtstag. Eigentlich war es wie sonst auch, aber mental fuhr ich gerade Achterbahn. So begann ich, mit meiner Frau zu reden:

»So, Schatz, heute ist mein großer Tag – das halbe Jahrhundert ist voll. Ich weiß, wir wollten eigentlich im nächsten Jahr unsere großen Jahrestage zusammenlegen, und ich hätte auch lieber an diesem Tag gefeiert, aber unsere Töchter nötigen mich dazu, es heute zu tun. Du weißt ja, wie sie sind. Wenn sich die Co-Cos etwas in den Kopf gesetzt haben, dann ziehen sie es auch durch.«

Ich machte eine kurze Pause, denn das Wasser stand mir in den Augen und auch meine Stimme war leicht zittrig. Ständig schaute ich auf die Blumen. Ja, Rosen sind schön und sie duften gut, genau wie meine Frau. Ich musste lächeln während dieser Gedankengänge, und endlich konnte ich weiterreden:

»Heute Abend fahren wir irgendwohin. Corinna und Conny machen ein großes Geheimnis daraus und ich weiß auch nicht, wen sie alles eingeladen haben. Ich lasse mich überraschen, aber in meinem Herzen bist du heute mein Ehrengast.« Noch eine Weile stand ich dort. Bilder unseres gemeinsamen Lebens schossen mir durch den Kopf. Oh ja, wir hatten eine schöne Zeit zusammen. Ich dachte an Momente, die die Trauer etwas erträglicher machten, und schließlich wischte ich mir die Tränen aus dem Gesicht und trat den Heimweg an. Lust zu feiern hatte ich jetzt erst recht nicht mehr.

Am Nachmittag wollte ich noch einmal entspannen und ging in den angrenzenden Park. Immer wieder dachte ich darüber nach, was sie am Abend mit mir vorhaben könnten und wen sie außer den Personen auf der Liste noch eingeladen hatten. Die Freunde von früher gingen mir dabei durch den Kopf, aber nur kurz. Denn als ich so simulierte, rannte plötzlich mein Leben noch einmal im Schnelldurchlauf an mir vorbei. Was hat man schon alles erlebt? Ich dachte wieder an meinen Vater. Gerade mal 14 Jahre alt war ich, als er starb. Bei der Beerdigung versteckte ich mich hinter einem Baum, damit ich von meiner Mutter nicht entdeckt wurde. Nie mehr war ich an seinem Grab. Auch Mama sah ich nicht mehr, obwohl ich ihr damals im Gerichtssaal versprochen hatte, sie später einmal zu besuchen. Was macht sie heute? Lebt sie überhaupt noch? Sogar mit meinem Bruder traf ich mich nicht mehr, obwohl wir uns immer gut verstanden. Mit meinem neuen Leben bei der Familie Klein ließ ich das alte komplett hinter mir und trotzdem war es ein Teil von mir. Auch die alten Freunde kamen mir in den Sinn, Mädchen, von denen ich geschwärmt hatte, und sogar Urlaube, in denen ich mit meinen Eltern weggefahren war. Wenn man so darüber nachdenkt, fallen einem auch wieder die Fehler ein, die man machte. Waren es denn überhaupt welche? Wie wäre mein Leben wohl verlaufen, wenn ich mich bei der einen oder anderen Sache anders entschieden hätte? Wo wäre ich heute, wenn Carola und ich damals nicht zusammengeblieben wären, womit ja alle gerechnet hatten?

Ich setzte mich auf eine Bank und blickte durch den Park. Dort hinten an den Bäumen hatte ich damals Anita und Andreas gesehen. Sie umarmten und küssten sich innig. Genau wie wir hielten auch sie ihre Liebe geheim und hatten später auch geheiratet. Wir waren noch eine ganze Weile befreundet, doch irgendwann verloren wir uns aus den Augen. Auch Peter, damals mein bester Freund, hatte ich nach der Schule nicht mehr gesehen. Zu sehr waren wir mit den Kindern und dem Abitur beschäftigt. Und wieder kam eine Frage auf – wie wäre unser Leben verlaufen, wenn Carola nicht schwanger geworden wäre? Sie vergaß nur einmal die Pille zu nehmen, und schon ... Nachdem die Familie Klein mich aufgenommen hatte, hätte ich sogar ihren Namen annehmen können. Besser wäre es auf jeden Fall gewesen; ich gehörte zur Familie und hieß anders. Vor der Hochzeit überlegte ich erneut. Manfred sagte schon damals, dass wir eines Tages die Firma übernehmen sollen, und natürlich wäre es besser gewesen, wenn meine Frau und ich als Eigentümer den Namen beibehalten hätten. Beide Male brachte ich es jedoch nicht fertig und entschied mich dafür, weiterhin Lahme zu heißen. Es wäre mir wie ein Verrat an meinem Vater vorgekommen. Meine Frau war damit einverstanden. »Dann bin ich halt eine lahme Carola, nicht jeder kann schnell sein«, scherzte sie damals.

Das ganze Grübeln brachte nichts. Ich stand auf und ging langsam zurück. Bevor ich abgeholt und ins Ungewisse geschleppt wurde, musste ich noch duschen.

Zu Hause angekommen, ging ich aber zuerst an den Kühlschrank und holte mir ein Bier. Diese ganzen Überlegungen im Park sorgten nur dafür, dass mir vor dem Abend etwas mulmig wurde. Ich trank einen kräftigen Schluck und schon wieder überlegte ich: Wohin würden sie mich bringen und was würde mich dort erwarten? Plötzlich merkte ich, dass ich sogar Angst bekam. Zudem war es die erste große Feier, an der ich ohne meine Frau teilnahm.

Plötzlich klopfte es an die Scheibe. Ich sah hinaus und erkannte Manfred. Alle kamen über die Terrasse, kaum jemand benutzte den Haupteingang, aber die Bauform des Hauses lud auch dazu ein. Wenn ich zu meinen Schwiegereltern ging, machte ich es genauso. Ich öffnete ihm. »Ich wollte nur mal nach dir sehen«, sagte er. »Wie geht es dir denn?« Ich lächelte gequält. »Es ging mir schon mal besser. Ich weiß nicht, ob das heute Abend nicht alles etwas zu viel für mich wird.« Er klopfte mir auf die Schulter, ging an mir vorbei und kam mit zwei Flaschen Bier aus der Küche zurück. »Zur Beruhigung«, sagte er nur.

Wir setzten uns ins Esszimmer und unterhielten uns. Ich erzählte ihm von meinen Gedankengängen am Mittag, und er hörte gespannt zu. Anschließend sagte er: »Weißt du, Micha, darüber darf man sich keine Gedanken machen. Einmal an einer bestimmten Stelle ›nein‹ gesagt statt ›ja‹, und wir hätten ein ganz anderes Leben gehabt.« Etwas verwundert schaute ich ihn an. »Aber du redest jetzt nicht von deiner Hochzeit, oder?« Mein Schwiegervater lachte. »Nein, eigentlich nicht, aber auch da wäre alles anders gekommen. Jede Entscheidung, die wir getroffen haben, hat uns dahin gebracht, wo wir jetzt sind. Auch die im Standesamt.« Wir stießen an und tranken einen Schluck, doch das war wohl zu wenig. »Komm, Micha, hau die Pfütze runter, ich hole noch zwei Pullen.« Ich wies ihn darauf hin, dass ich bereits eine Flasche intus hatte, bevor er zu mir kam, doch er lächelte. »Na und? Dann wirst du wenigstens etwas lockerer.« Dann stand er auf und machte seine Drohung wahr.

Auch als wir tranken, grübelte ich wieder über das Leben. Seit Carolas Tod war ich nur noch am Nachdenken. So kamen mir nun Manfreds Worte wieder in den Sinn. »Micha, bist du eingeschlafen?«, hörte ich ihn plötzlich. Ich zuckte noch nicht einmal zusammen. Stattdessen wiederholte ich seine Worte: »Du sagtest eben, dass unsere Entscheidungen uns dorthin gebracht haben, wo wir jetzt sind, und das beschäftigt mich gerade.« Ich schaute ihn an. »Würde Carola noch leben, wenn sie damals ›nein‹ zu mir gesagt hätte?« Wäre sie ...«" Mein Schwiegervater unterbrach mich lautstark: »Du glaubst doch nicht wirklich, dass sie noch leben würde, wenn sie einen anderen Mann geheiratet hätte? Micha, sie hatte Krebs, und daran hast du keine Schuld.« Ja, das stimmte wohl, doch die Vorstellung, wie das Leben verlaufen wäre, wenn ich mich bei irgendetwas anders entschieden hätte, ließ mich nicht los. »Manfred, ich glaube, ich habe alles richtig gemacht«, erklärte ich ihm nach einiger Überlegung und setzte die Flasche an. Mein Schwiegervater schüttelte den Kopf. »Ich glaube, es war doch ein Bier zu viel«, meinte er und grinste. »Nein, ehrlich«, begann ich mit der Begründung, »stell dir mal vor, ich wäre damals bei meiner Mutter geblieben. Sie hätte keine Ruhe gehabt, bis sie Carola und mich auseinandergebracht hätte. Wo wäre ich dann heute? Ich weiß nicht, ob ich solche tollen Töchter hätte. Ich habe auch keine Ahnung, wo ich jetzt wohnen würde, aber eines ist sicher: Ich hätte nicht so wunderbare Schwiegereltern.« Schon fast verlegen starrte Manfred mir in die Augen. Hatte ich es geschafft, seine harte Schale zu durchbrechen? Nein, hatte ich nicht, denn bereits einige Sekunden später fiel ihm ein »Blödmann« aus dem Mund und er hielt mir seine Flasche zum Anstoßen hin.

Nachdem Manfred gegangen war und ich mich endlich geduscht hatte, standen die Co-Cos in der Tür. »Bist du so weit?«, fragten sie. War ich das? »Eigentlich nicht«, sagte ich, »warum fahrt ihr nicht allein und macht euch einen schönen Abend? Ich übernehme auch die Rechnung«, was ich ohnehin tun musste. Doch die beiden hatten etwas dagegen: »Nichts da, du kommst mit«, meinte Corinna. »Du brauchst mal wieder Abwechslung.« Was kann man der geballten Macht von Zwillingen schon entgegensetzen?

Wir fuhren los. Corinna saß am Steuer, Conny daneben, und ich musste nach hinten. So ist das halt, wenn man älter wird. Nur gut, dass ich nicht mehr in den Kindersitz passte.

Wir waren ziemlich lange unterwegs. In unserer Nähe kannte ich so ziemlich alles, wo wir hätten hinfahren können, aber so weit von zu Hause weg war auch für mich alles fremd. Nach etwa 35 Minuten bogen wir in einen Feldweg ab. Was wollten sie dort? Vielleicht würden sie mich auf einen Grillplatz bringen, doch dafür war der Oktober eigentlich nicht mehr warm genug. Ich hatte schon meine Gründe, warum ich früher immer zusammen mit Carola gefeiert hatte. Doch plötzlich hielten wir an einer Hütte an. Sie stand mitten im Feld, war weiträumig eingezäunt und schien so gar keinen Sinn zu haben. Alle Läden waren geschlossen und niemand war zu sehen. Wollten sich meine Töchter einen Scherz mit mir erlauben?

Wir stiegen aus und gingen durch das Tor. Auch auf dem Gelände war kein Mensch, und erneut stellte ich mir die Frage, was ich hier sollte. »Wo bringt ihr mich denn hin?«, wollte ich deshalb von den beiden wissen. »Wollt ihr mich hier vergraben?« Keine der beiden antwortete, stattdessen öffneten sie die Tür. Komisch, sie war gar nicht verschlossen. »Geh hinein!«, befahl Corinna und grinste mich blöde an. Drinnen war es stockdunkel. Natürlich liebte ich meine Töchter und vertraute ihnen, doch nun wurde mir etwas mulmig. Mit langsamen Schritten lief ich weiter. Ich konnte absolut nichts sehen und wollte anfangen zu tasten, doch es war nichts da, an dem ich mich hätte orientieren können.

Ich musste schon mitten im Raum gewesen sein, als plötzlich das Licht anging. »Herzlichen Glückwunsch«, hörte ich gleichzeitig von allen Seiten. Geblendet vom Licht kniff ich schlagartig die Augen zusammen, als mich auch schon jemand umarmte. Ich hatte keine Ahnung, wer das war. Langsam gewöhnte ich mich an die Helligkeit und ein kurzer Blick durch den Raum ließ mir einen Schauer den Rücken herunterlaufen. Ich konnte mindestens 30 Menschen ausmachen. Wer sie im Einzelnen waren, erkannte ich aber noch nicht. Zuerst widmete ich mich deshalb der Person, die ich eben noch im Arm gehabt hatte. Es war Elfriede und neben ihr stand Manfred. Meine

Schwiegereltern hatten mir zwar schon am Morgen gratuliert, doch scheinbar bestanden sie darauf, dies am Abend erneut zu tun. Auch von meinen Töchtern wurde ich nochmals in den Arm genommen, gefolgt von ihren Kindern. Sogar Florian und Manuel schlossen sich an. Die Anwesenheit meines Lieblingsschwiegersohns freute mich ganz besonders. Kam er wirklich nur meinetwegen oder hatte die Ehe der beiden doch noch eine Chance? Als die Familie durch war, kamen die Nächsten an die Reihe. Alle meine Freunde waren anwesend und beglückwünschten mich, und sogar einige Mitarbeiter aus der Firma, mit denen ich gut auskam und auf die ich mich verlassen konnte. Je weiter es dem Ende zuging, desto größer wurden die Überraschungen. Plötzlich standen Anita und Andreas vor mir. Ich wollte schon anfangen, dumme Fragen zu stellen, nach dem Motto:»Wo kommt ihr denn her?«, doch ich brachte keinen Ton heraus.»Wir wünschen dir alles Gute«, meinten sie, und auch bei ihnen kam ich um eine Umarmung nicht herum. Die beiden hatte ich zuletzt bei Carolas Beerdigung gesehen und da stand mir der Kopf nicht nach Smalltalk. Jetzt allerdings schon. »Schön, euch wieder mal zu sehen«, brachte ich allerdings nur heraus. Noch viel zu aufgeregt war ich, um einen klaren Gedanken fassen zu können. Ich teilte ihnen noch mit, dass ich bald zu ihnen kommen würde, da stand die nächste Überraschung vor mir – meine Mutter. Wie versteinert starrte ich ihr ins Gesicht. „Mama", sagte ich nur. Ich konnte kaum reden. Entsetzt schaute ich zu meinen Töchtern.»Mama hat gesagt, wir sollen versuchen, dass ihr euch wieder annähert«, erklärte mir Conny. Auch meine Mutter stand da und wusste wohl nicht, was sie machen sollte. Aber meine Tochter, oder besser gesagt meine Frau, hatte recht – man kann nicht ewig auf jemanden sauer sein, und wir hatten uns auch nach dem Prozess im Gerichtssaal schon umarmt. Ich versprach ihr damals, dass sie mich öfter sehen könnte, wenn sie mich »freigeben« würde. Mir war damals klar, dass ich nie mehr zu ihr zurückgehen würde. Auch das Jugendamt meinte, dass ich in einer Pflegefamilie besser aufgehoben wäre. Mama aber drohte, dass sie um mich kämpfen werde bis zum Schluss. Erst als ich ihr sagte, dass sie mich dann ganz verloren hätte, gab sie nach. Corinna und Conny standen neben uns und warteten gespannt auf eine Reaktion von mir. Schließlich machte ich einen Schritt auf sie zu und breitete die Arme aus. Meine Mutter folgte meiner Einladung prompt, und so lagen wir uns nach 36 Jahren wieder in den Armen.

»Warum hast du dich nie bei mir gemeldet?«, fragte Mama. Diese Frage war berechtigt. Zwar hatte ich damals ein neues Leben begonnen, doch das war nicht wirklich ein Grund, die Familie zu verstoßen. »Ich weiß es nicht«, sagte ich deshalb wahrheitsgemäß. Natürlich wollte ich sie zuerst nicht mehr sehen. Immerhin schlug sie mit einem Stock auf mich ein, sodass ich die Marmortreppe hinunterfiel, und sogar danach drosch sie noch weiter auf mich ein. Ich kam ins Krankenhaus und musste operiert werden. Hätte sie das nicht gemacht, wäre ich allerdings niemals bei Familie Klein gelandet, wobei wir wieder bei der Unterhaltung vom Nachmittag mit Manfred sind. Ich hätte bestimmt nicht so eine schöne Zeit gehabt. Allerdings war das kein Grund, ihr dafür dankbar zu sein. Was hätte meine Mutter getan, wenn sie erfahren hätte, dass ich mit 16 Jahren Vater werden würde?

»Hast du geheiratet?«, unterbrach sie meine Gedankengänge. »Ja, das habe ich«, sagte ich nur kurz und schaute auf eine Person, die hinter meiner Mutter stand und die ich permanent aus den Augenwinkeln sah. Kahler Kopf und Vollbart. Eigentlich war mir dieser Mann fremd und doch kam mir das Gesicht sehr bekannt vor. Erst als ich ihn längere Zeit anstarrte, kam er näher. »Hallo, Brüderchen«, gab er sich zu erkennen. Ich konnte es nicht fassen, es war tatsächlich mein Bruder, mit dem ich mich in meiner Jugend so gut verstanden hatte. Auch wir umarmten uns natürlich und ich freute mich sehr, ihn nach so langer Zeit wiederzusehen, doch der Anblick seiner Platte irritierte mich etwas. »Weißt du, was Glatze auf Arabisch heißt?«, fragte ich ihn. Ich konnte es mir einfach nicht verkneifen und er wusste wohl, dass auf ihn eine dumme Bemerkung wartete. »Okay, lass deinen Spruch los«, kam es zurück, und ich klärte ihn auf: »Wardamalhaarda.« Er grinste. »Wie geht es dir?«, wollte er anschließend wissen, und es begann das übliche Geplapper. »Wie geht es dir?«, »Was hast du die Jahre über gemacht?«, »Hast du Kinder?« All diese typischen Fragen, die einen interessieren, wenn man sich eine Ewigkeit nicht gesehen hat.

Nach einer Zeit stellte meine Mutter aber die entscheidende Frage: »Wo ist deine Frau? Ich würde sie gern kennenlernen.« Was sollte ich darauf antworten? Sie ist hier, doch du siehst sie nicht? Auch wenn Carola nicht mehr unter uns weilte, war sie dennoch immer bei mir, aber das würde Mama nicht verstehen. Ich erklärte ihr deshalb: »Carola ist vor drei Jahren gestorben; sie hatte Krebs.« »Oh, das tut mir leid. Ich hätte gern gewusst, wen du dir ausgesucht hast.« Ich überlegte und mir fiel ein, dass die beiden sich kannten: »Du hast sie damals bei der Verhandlung im Gerichtssaal gesehen. Es war das Mädchen, welches ich vergewaltigt haben sollte.« »Die Tochter der Familie, zu der dich das Jugendamt gesteckt hat?« Sie wirkte etwas verbittert, was aber kein Wunder war. Schließlich hatte Carola gegen sie ausgesagt und war mitschuldig daran, dass das Jugendamt mich ihr wegnahm.

Mama äußerte sich dazu auch weiter nicht mehr, stattdessen wollte sie etwas anderes wissen: »Wer sind eigentlich die beiden hübschen Damen, die mich hierher eingeladen haben?« Sie deutete dabei auf Corinna und Conny, die links und rechts von uns standen und jedes Wort neugierig verfolgten. »Ihr habt euch nicht vorgestellt?«, fragte ich. »Nein, das wollten wir dir überlassen«, meinte Conny, und meine Mutter erklärte: »Sie sagten, dass sie Verwandte von deiner Frau sind.« »Verwandte von meiner Frau?«, wiederholte ich und schaute zu Corinna. »Was hätten wir denn sagen sollen?«, kam es zurück, und damit hatte sie auch vollkommen recht. Sie konnten sich nicht vorstellen, ohne mit der Tür ins Haus zu fallen. »Mama, das sind

Corinna und Conny, meine Töchter, also deine Enkelkinder.«
Mama fiel die Kinnlade herunter. »Das sind meine Enkelin-
nen?«, kam es leise aus ihr heraus. Man erkannte sofort, dass
sie gerührt war. »Ich habe Enkelkinder«, rief sie laut, und nun
mussten sich die beiden natürlich umarmen lassen. Man konnte
bei meiner Mutter sogar eine Träne erkennen, die sich auf den
Weg nach unten machte. »Ich habe Enkelkinder«, wiederholte
sie immer wieder, sodass ich meinen Blick fragend zu meinem
Bruder richtete. Er verstand auch sofort. »Ich habe keine Kinder«, sprach er, »aber dafür Nichten, wie ich gerade erfahren
habe.«

Nachdem sich meine Mutter etwas beruhigt und ihre Tränen
weggewischt hatte, fragte sie: »Wenn du schon so früh Vater
werden musstest, warum dann gleich zwei Kinder?« Wir lachten und das Eis war scheinbar gebrochen, doch ich kannte
meine Mutter. Wenn sie noch immer so wäre wie damals, dann
würde sie nachtreten.

Da Elfriede und Manfred in der Nähe waren, stellte ich ihr auch
gleich die beiden Menschen vor, die mich aufgenommen und
Carola und mir sehr geholfen hatten. Mama war auffallend
freundlich zu den beiden, doch ich hatte schon vorher bemerkt,
dass sie sich verändert haben musste. Sie war lange nicht mehr
so aufbrausend wie damals und auch nicht mehr so hochnäsig.
Was war passiert? Irgendwann musste ich das in Erfahrung
bringen, oder war das auch mehr Schein als Sein? Sie hatte
schon früher immer, wenn andere dabei waren, die vornehme
Dame gespielt.

Meine Mutter und mein Bruder setzten sich an einen Tisch. Später wollte ich noch einmal zu ihnen, denn ich musste natürlich
wissen, wie es den beiden in den vergangenen Jahrzehnten
erging. Vorher aber erwartete mich noch eine andere Aufgabe,
denn – Alex war gekommen. Ich lernte sie damals im Tierheim
kennen. Nein, nicht wirklich. Als ich damals zur Familie Klein

kam, wollten sie im Winterurlaub in die Berge zum Skifahren. Da ich das nicht konnte, quartierten sie mich, solange sie ihrem Hobby nachgingen, in einer Kinder- und Jugendbetreuungsstelle ein. Auch Alex war dort. Wir machten unsere Scherze, dass wir im Tierheim abgegeben wurden. Manchmal, wenn es niemand mitbekam, bellten wir sogar zur Begrüßung oder zum Abschied. Zwischen uns entwickelte sich eine wunderbare Freundschaft. Allerdings war sie auch der Grund, dass ich mich vorübergehend von Carola trennte. Ich erzählte abends immer, wie mein Tag war, und meine Freundin dachte, dass Alex ein Junge wäre. Sie wurde so eifersüchtig, als sie erfuhr, dass es sich dabei um ein Mädchen handelte, dass ich die Reißleine ziehen musste. Aber dadurch hatten wir auch bemerkt, wie sehr wir ineinander verliebt waren, und wurden schließlich unzertrennlich.

Nun standen wir voreinander und ich konnte es nicht fassen. »Hallo, Micha«, sagte sie leise, »alles Gute zum Geburtstag.« Allmählich löste sich meine Versteinerung. »Alex«, flüsterte ich, und endlich nahmen auch wir uns in die Arme und ich wollte sie am liebsten überhaupt nicht mehr loslassen. Nachdem meine Frau damals mitbekommen hatte, dass ich nichts von ihr wollte, freundeten sich die beiden sogar an. Alexandra, wie sie richtig hieß, besuchte uns noch öfter, doch plötzlich riss der Kontakt ab. Zu Carolas letztem Geburtstag kam sie zwar auch, doch das Wissen, dass es der letzte sein würde, ließ keine Stimmung aufkommen. Stattdessen kümmerten wir uns an diesem Tag nur um die Hauptperson. Zuletzt sah ich sie bei der Beerdigung, doch wir begrüßten uns nicht. Mir war einfach nicht danach.

»Ich freue mich sehr, dass du gekommen bist«, teilte ich ihr mit, doch sie lächelte und sagte: »Na ja, eigentlich bist du ja zu mir gekommen.« Ich verstand nicht, was sie meinte, und so musste ich auch geschaut haben. »Deine Töchter haben mich eingeladen, und dabei sind wir ins Gespräch gekommen«, erklärte sie. »Da die beiden aber nicht wussten, wo gefeiert werden soll, schlug ich das hier vor.« »Du wohnst hier?«, fragte ich erstaunt. Alex lächelte mich an. »Ja, hier im Ort. Diese Hütte ist das Vereinsheim des ortsansässigen Vogelschutzvereins.« Jetzt wusste ich auch endlich, wo sie zu Hause war. Sie kam zwar öfter zu uns, jedoch fuhren wir nie zu ihr. »Hast du dich etwas daran gewöhnt, dass Carola nicht mehr bei dir ist?«, wollte sie wissen. Ihre Frage hatte sie wirklich sehr einfühlsam gestellt und ich merkte sofort wieder, warum ich diese Frau so mochte. Trotzdem konnte ich darauf nicht antworten und schüttelte nur den Kopf.

Die erste Stunde verbrachte ich nur damit, mit jedem Einzelnen zu reden, danach gab es auch schon das Essen. Meine Töchter hatten ein Büfett bestellt, und es hat wirklich hervorragend geschmeckt.

Beim Essen saß ich noch bei meinen Schwiegereltern und meinen Töchtern mit ihren Familien. Florian saß sogar neben seiner Frau. Danach widmete ich mich natürlich den Leuten, die ich längere Zeit nicht gesehen hatte, und das waren in erster Linie Anita, Andreas und natürlich Alex. Die drei kannten sich noch von damals, als wir im Garten unsere Verlobung feierten. Aber natürlich wandte ich mich auch meiner Mutter und meinem Bruder zu.

Fast den ganzen Abend redeten wir von der »guten alten Zeit«, dem aktuellen politischen Geschehen und natürlich von Carola. Dabei schielte ich immer mal wieder zur Seite. Meine Freundin aus dem Tierheim sah beinahe noch so aus wie früher: schwarze, ganz kurze Haare, volle Lippen und einen sexy Blick. Ich musste damals schon aufpassen, dass ich mich nicht in sie verliebte, aber heute als Witwer …

Oh mein Gott! Was passierte gerade mit mir? Ich drehte mich nach einer anderen Frau um und auch noch zu Alex. Wenn Carola das wüsste. »Ich muss mal auf die Toilette«, erklärte ich den anderen, stand auf und ging nach draußen. Mit dem Rücken stützte ich mich an einen Zaun. Ich wollte gerade beginnen nachzudenken, da standen meine Töchter neben mir.

»Das habt ihr toll eingefädelt«, sagte ich etwas trotzig, doch scheinbar verstanden sie nicht, was ich von ihnen wollte. »Was meinst du?«, fragte Corinna. Böse sah ich sie an. »Ihr habt vor, mich mit Alex zu verkuppeln, dabei wisst ihr genau, dass ich verheiratet bin.« Wütend drehte ich mich um und ging ein paar Schritte weiter. Als ich anhielt, stand Conny neben mir. »Papa, wir möchten dich nicht verkuppeln, wir dachten, dass du dich freuen würdest, sie nach so langer Zeit wieder einmal zu sehen.« Und da hatten sie recht. Natürlich freute ich mich, aber ich hatte auch den Eindruck, etwas Falsches zu tun. »Es tut mir leid, Conny«, ließ ich sie wissen, »aber das fühlt sich nicht richtig an, wenn ich neben ihr sitze. Da gehört Mama hin.« Meine Tochter legte den Arm um mich. »Papa, Mama ist nicht mehr da«, sagte sie in ruhigem Ton, »und sie wird auch nicht mehr kommen. Aber du bist noch da und du musst sehen, wie es weitergeht.« Auch Corinna stand plötzlich wieder vor mir. »Mama wäre froh, wenn es dir wieder besser gehen würde. Meinst du, sie hätte etwas dagegen, wenn du wieder mit einer anderen Frau zusammen wärst?« Conny war es, die weiterredete: »Sie hat dir doch selbst erklärt, dass du loslassen musst, und früher hast du doch auch immer ihre Wünsche respektiert.« Ich schaute sie an und anschließend Corinna. Natürlich hatten die beiden recht und es war auch richtig, was sie taten, und doch sträubte sich etwas in mir gegen die Vorstellung, eine andere Frau in mein Leben zu lassen. »Woher wisst ihr eigentlich, wo sie wohnt?« Diese Frage war wohl berechtigt, da ich es selbst nicht wusste. Conny klärte mich auf: »Mama hatte ihre Adresse aufgeschrieben. Bevor sie starb, gab sie Oma den Zettel, weil sie meinte, solch eine gute Freundschaft sollte nicht einfach weggeworfen werden.« Wollte meine Frau wirklich, dass ich den Kontakt zu Alex aufrechterhalte? Warum denn das?

Zusammen gingen wir wieder hinein. Es dauerte noch eine Weile, dann erklärten mir Anita und Andreas, dass sie nach Hause müssten. Wir standen auf und liefen nach draußen. Sogar Alex ging mit. Zusammen brachten wir die zwei zu ihrem

Wagen. Kein Wunder, dass ich keine Autos sah, als wir herkamen – der Parkplatz war auf der anderen Seite der Hütte. Wir machten noch aus, dass wir uns in Zukunft wieder öfter treffen würden, immerhin waren wir mal richtig gut befreundet. Wir winkten ihnen noch hinterher und plötzlich standen wir allein da. Mir fiel absolut nichts ein, was ich hätte sagen können, und so entstand eine komische Situation. Alex war es schließlich, die diese Stille unterbrach. »Micha, es wäre schön, wenn wir uns wieder öfter sehen könnten«, meinte sie. Ich musste nicht lange überlegen. Ich mochte diese Frau, und sollte ich mich wirklich mit ihr treffen, würde ich Carola auch nicht betrügen. Wir würden dann über alles Mögliche reden, so wie an diesem Abend auch, und mehr wäre nicht. »Hast du morgen Zeit?«, fragte ich deshalb. Sie lächelte mich an. »Ja, habe ich. Wenn du willst, dann komme ich zu dir.« Auch ich lächelte nun, machte einen Schritt auf sie zu und wir umarmten uns.

»Küss sie!«, hörte ich plötzlich ganz deutlich Carola sprechen. Natürlich erschrak ich, denn es klang, als würde sie hinter mir stehen. Doch ich wusste, dass das nicht sein konnte, und so reagierte ich zuerst auch nicht. Aber diese Stimme hörte sich so echt an. Es war nicht das seltsame Rauschen, welches ich immer hörte, wenn sie mir erschien, sondern sie war deutlich zu vernehmen. Allerdings kam es mir so vor, als ob sie es nicht in mein Ohr, sondern direkt in meinen Kopf gesprochen hätte.

Wir standen noch eine Weile so da. Es war angenehm, sie im Arm zu halten, und als wir etwas voneinander abließen, waren unsere Gesichter nahe beieinander. Ich spürte ihren warmen Atem an meiner Wange und schaute auf ihre einladenden Lippen. »Lass mich los und beginne ein neues Leben«, vernahm ich auf einmal. Es kam mir vor, als wollte mich meine Frau verkuppeln, und dann ließ ich mich einfach dazu verleiten. Bevor ich mich versah, drückte ich meine Lippen auf ihre. Es war nur ein kurzer Kuss, aber er war schön und Alex lächelte mich an. Trotzdem war es nicht richtig, oder doch? Ich wusste nichts mehr. Hin- und hergerissen war ich. Was sollte ich jetzt machen? Wir standen voreinander, hielten uns noch fest, und keiner schien zu wissen, was wir tun sollten. Dieser Moment kam mir wie eine Ewigkeit vor.

Irgendwann ließen wir voneinander ab. »Wir gehen besser wieder hinein«, sagte ich. Alex nickte zustimmend. Ich hatte tatsächlich eine andere Frau geküsst. Zum ersten Mal, seit ich mit Carola verheiratet war. Ich war verunsichert – hatte ich sie nun betrogen? Bevor ich eine Antwort finden konnte, fiel mir ein, dass meine Frau sogar dabei gewesen sein musste. Wer sonst hätte mir diese Worte sagen können? Ich küsste also während ihrer Anwesenheit jemand anderen. Wie konnte ich so etwas nur tun? Andererseits hatte sie mich aber selbst dazu aufgefordert, oder war sie es gar nicht? Ich war völlig verwirrt.

Als wir innen ankamen, sah ich, dass einige bereits gegangen waren und andere das Gleiche tun wollten. Fast alle von ihnen würde ich nächste Woche wiedersehen und ging deshalb zu Mama und meinem Bruder. Doch wo war Alex plötzlich? Ich schaute mich um und sah sie bei meinen Töchtern stehen. Was hatten sie zu bereden?

Ich konnte mich mit meiner Mutter nicht lange unterhalten. Schon vorher wurden wir immer wieder gestört und auch jetzt kamen Leute, die sich verabschieden wollten. Ich stand auf und ging mit ihnen hinaus. Einem nach dem anderen gab ich die Hand oder umarmte ihn. Gelegentlich warf ich einen Blick in den Raum und sah, dass Alex, Corinna und Conny noch immer zusammenstanden. Langsam wurde ich unruhig.

Nach einiger Zeit kamen sie aber mit unserem letzten Gast heraus. Auch ihm sagten wir »Auf Wiedersehen«, und ich bat meine Töchter: »Geht schon vor, ich komme gleich nach.« Sie gingen wieder nach innen und ich wandte mich Alex zu. »Hör mal, wegen vorhin …«, druckste ich herum, doch sie unterbrach mich. »Das hätte nicht passieren dürfen, ich weiß.« Wir sahen uns an und sie sprach weiter: »Es wird auch nicht mehr passieren.« Erneut schauten wir uns in die Augen und sie hauchte mir entgegen:»Es sei denn, du willst es.«Bevor wir uns versahen, pressten wir schon wieder die Lippen aufeinander. Dieses Mal sogar etwas länger. Doch plötzlich erschrak ich und ließ von ihr ab. Was machte ich da? Was würde Carola davon halten? Erneut bekam ich Schuldgefühle und eine leichte Panik machte sich breit. Heute Nacht würde sie mich wieder besuchen und mit mir schimpfen, davon war ich überzeugt. Alex merkte, dass etwas nicht stimmte.»Ich gehe dann mal«, ließ sie mich wissen und ging in Richtung Parkplatz. Nach ein paar Metern drehte sie sich allerdings noch einmal herum.»Sehen wir uns morgen trotzdem?«, fragte sie. Ich lächelte ihr zu und rief:»Natürlich sehen wir uns«, ohne jedoch genau zu wissen, ob ich das auch wollte.

Ich lief zurück ins Haus. Elfriede und Manfred sowie meine Töchter saßen bei meiner Mutter und meinem Bruder. Auch ich gesellte mich zu ihnen.»Warum hast du dich die ganzen Jahre nicht gemeldet?«, fragte meine Mutter erneut. Auch dieses Mal hatte ich dafür keine Antwort, jedoch fiel mir auf die Schnelle eine Ausrede ein:»Bis ich 18 war, durfte ich es vom Jugendamt aus nicht. Danach hatten wir viel mit der Erziehung der Co-Cos zu tun und danach geriet es eine Zeit lang in Vergessenheit. Später wusste ich nicht, ob du mich noch einmal sehen wolltest.« Während meine Mutter rief:»Natürlich wollte ich dich sehen«, fragte mein Bruder:»Wen habt ihr erzogen? Was sind Co-Cos?« Meine Töchter, meine Schwiegereltern und auch ich mussten lachen. Natürlich, diesen Ausdruck kannten sie bislang nicht, und ich erklärte:»Die Co-Cos sind meine Töchter. Wir gingen anfangs von nur einem Kind aus und suchten uns den Namen Corinna aus. Als wir erfuhren, dass es Zwillinge werden, benötigten wir noch einen Namen. Nach langem Kampf entschieden wir uns für Cornelia. Erst später bemerkten wir, dass die Anfangsbuchstaben gleich sind. Also machte ich aus Corinna und Cornelia einfach Co-Co.« Während mein Bruder nun auch zu lachen begann, schüttelte meine Mutter nur den Kopf. Sie war wie Conny der Auffassung, dass die Namen, die Kinder bekommen, auch ausgesprochen werden sollen. Lange Zeit hatte sie mich immer nur Michael genannt, während alle anderen die Kurzform riefen. »Und die Mutter der beiden ist das Mädchen aus dem Gerichtssaal?«, fragte Mama noch einmal nach. Ich nickte und erklärte: »Nachdem wir uns richtig kennengelernt hatten, verliebten wir uns sofort ineinander und das hielt bis zu ihrem Tod an.« Ruhe kehrte ein. In den vergangenen Jahren hatte ich eines gelernt: Wenn vom Tod oder vom Sterben die Rede ist, sagt plötzlich niemand mehr etwas. Ist es die Angst, etwas Verkehrtes von sich zu geben?

Mama brach irgendwann die Stille: »Ich dachte schon, du wärst mit dieser anderen Frau verheiratet. Die mit den schwarzen, kurzen Haaren.« »Das ist nur eine Freundin«, erklärte ich ihr, »zwischen uns ist nichts.« »Da hast du auch recht«, meinte meine Mutter, »nach dem Tod deines Vaters hatte ich auch keinen Mann mehr. Man kann doch nicht einfach so einen anderen Partner nehmen, schließlich war man ja mit jemandem verheiratet.« Corinna mischte sich ein: »Aber Oma, nach drei Jahren kann sich doch Papa wieder eine Freundin suchen. Wenn er wieder eine andere hat, betrügt er doch seine verstorbene Frau nicht.« »Doch«, wehte es scharf von der anderen Seite des Tisches herüber, »wenn man sich im Leben für einen Partner entschieden hat, dann ist man diesem treu, auch über den Tod hinaus.« Ist das wirklich so? Als ich Alex geküsst habe, betrog ich da Carola? War Mama tatsächlich dieser Meinung, oder hatte sie deshalb keinen Mann mehr, weil sie keiner wollte? Ich erinnere mich noch gut, wie sie damals mit Papa umgesprungen ist. Er wurde angebrüllt und teilweise sogar geschlagen. Ich rätsle bis heute, warum er sich das so lange hat gefallen lassen.

»Darüber werde ich wohl noch etwas grübeln müssen«, dachte ich, und da kam auch schon die nächste Frage: »Was sind das eigentlich für Kinder, die den ganzen Abend hier herumspringen?« Meine Mutter wollte das wissen. Oje, die hatten wir ihr wohl vorenthalten. Sie saßen zwar beim Essen bei uns, jedoch hatte sie da noch nicht gefragt. Ich erklärte ihr: »Das

Mädchen heißt Jennifer und ist die Tochter von Conny, die beiden Jungs sind Jonas und Elias, die Söhne von Corinna.« In Familiensachen blickte Mama immer schnell durch und es kam auch sofort:»Dann sind das meine Urenkel?« Natürlich wurden die drei gleich zu ihrer neuen Uroma gerufen. Bei dieser Gelegenheit stellten wir ihr auch die Väter vor. Zum Glück war auch Florian noch anwesend. Er und Manuel saßen etwas abseits von uns und keiner verriet meiner Mutter, dass Conny und ihr Mann getrennt lebten.

Es wurde spät. Die Kinder mussten ins Bett und auch meine Mutter und mein Bruder wollten nach Hause. Mama ging schon stark auf die 80 zu und konnte an diesem Abend nicht mehr. Gesagt war aber noch lange nicht alles. Ich hatte noch so einige Fragen und auch die beiden wollten noch mehr über mein Leben wissen. Ich schlug deshalb vor, die Telefonnummern auszutauschen. Irgendwann müsste es doch mal möglich sein, sich zu treffen.

Wir gingen hinaus. Noch eine kurze Umarmung, dann liefen wir zu unseren Autos. Ich stieg ein und wir fuhren los.»Es war doch ein schöner Abend«, rief Corinna nach hinten. Ja, das war es, und das sagte ich den beiden auch, doch in Gedanken war ich ganz woanders. In diesem Moment dachte ich nicht an meine Mutter oder meinen Bruder. Ich fragte mich nur eines: Wie konnte es mir passieren, dass ich eine andere Frau geküsst habe?

Zu Hause nahm ich mir eine Flasche Bier und setzte mich ins Esszimmer. Ich kam den ganzen Abend fast nicht dazu, etwas zu trinken. Dauernd war ich dabei, mich zu unterhalten. Oder zu küssen, fiel mir wieder ein. Ich sah in den Garten. War meine Frau schon irgendwo zu sehen? Ich war wie besessen von dem Gedanken, dass sie mir erscheinen würde, und immer mehr kam die Angst vor der Nacht in mir auf. Sie würde mich besuchen, dessen war ich mir sicher. Wäre sie wohl sehr sauer? Würde sie arg schimpfen?

Conny setzte sich zu mir. Sie kannte mich gut und ein Blick genügte, um zu sehen, dass mich etwas beschäftigte.»Was ist mit dir, Papa?«, fragte sie.»Machst du dir Vorwürfe, dass ihr euch geküsst habt?« Ich erschrak. Woher wusste sie das?»Geküsst? Wir uns?«, rief ich und lachte.»Wir haben uns doch nicht geküsst.«»Papa, Corinna und ich haben uns mit Alex unterhalten. Sie mag dich sehr und wir wissen, dass du sie auch magst.« Ja, das tat ich wirklich, und trotzdem hätte das nicht passieren dürfen. Meine Tochter stand auf, setzte sich neben mich und legte ihren Arm um meine Schulter.»Sie ist ein toller Mensch und ihr würdet gut zusammenpassen. Wir würden uns freuen, wenn du ihr eine Chance geben würdest.«»Ihr eine Chance geben?«, rief ich aus.»Was meinst du damit?« Conny blieb ruhig.»Sie hat uns berichtet, dass sie schon lange in dich verliebt ist, und du hast sie doch auch sehr gern.«»Conny, jemanden sehr gern haben genügt nicht für eine Beziehung. Außerdem kann ich Mama das nicht antun«, erklärte ich ihr. Sie schaute mich daraufhin ernst an.»Hast du nicht selbst gesagt, dass Mama zu dir gesprochen hat, du sollst dir wieder eine Frau suchen?« Warum hatte ich ihr nur davon erzählt? Wie sollte ich aus dieser Nummer wieder herauskommen?»Conny, ich bin müde und ich muss auch erst über alles nachdenken. Können wir morgen weiterreden?« Von der Stimme, die ich an diesem Abend hörte, erzählte ich lieber nichts.

Sie ging schließlich ins Bett und ich schleppte mich widerwillig ins Schlafzimmer. Ich hatte unheimliche Angst vor dieser Nacht. Carola war mir zwar schon eine Weile nicht erschienen, doch ich war mir sicher, dass dies nach diesem Abend geschehen würde. Ihre Stimme hörte ich ja bereits. Am liebsten hätte ich meine Tochter gebeten, in dieser Nacht bei mir zu bleiben. Doch was hätte sie dazu wohl gesagt? Wahrscheinlich hätte sie mich für komplett verrückt gehalten. Nein, da musste ich allein durch.

Nach dem Waschen legte ich mich hin und löschte das Licht. Ich lag auf dem Rücken und starrte ins Dunkel. Wann würde sie kommen? Ich lauerte, doch es geschah nichts. Nach einer Weile fiel mir ein, dass sie immer erst wartete, bis ich eingeschlafen war, um mich dann zu wecken. Also drehte ich mich auf die Seite und schloss die Augen. Ich überlegte. Hatte sie mich vielleicht gar nicht geweckt? Träumte ich das alles? In der Hoffnung, vielleicht dieses Mal die Antwort zu finden, ging ich immer wieder alle Möglichkeiten durch, bis ich irgendwann einschlief.

Ich bin doch nicht verliebt

Ich wurde wach. Draußen war es schon hell und niemand störte mich in der Nacht. Überhaupt konnte ich in den vergangenen Wochen durchschlafen. Hatte ich es tatsächlich geschafft? Ich setzte mich im Bett auf und dachte über den gestrigen Abend nach. Alex und ich waren uns wirklich etwas nähergekommen, doch was bedeutete das? Ich bekam plötzlich Gefühle in der Magengegend wie ein Teenager, der an seinen Schwarm denkt. Hatte ich mich in sie verliebt?

Etwas durcheinander stand ich auf und lief ins Bad. Selbst auf dem Klo musste ich noch an sie denken, und als ich in der Küche ankam, ging es weiter. Conny stand dort und strahlte mich an. »Und? Gut geschlafen?«, fragte sie. Ich grinste nur, denn ich wusste an diesem Morgen nicht, wo mir der Kopf stand. Ich hatte auch keinen Hunger, und so nahm ich mir nur eine Tasse Kaffee und setzte mich an den Tisch. »Opa, bist du verliebt?«, kam es plötzlich von der Seite. Jennifer saß dort und starrte mich fragend an. »Wie kommst du denn darauf?«, fragte ich zurück. Die Ehrlichkeit von Kindern ist immer wieder verblüffend, und so sagte sie: »Mama hat vorhin mit Tante Corinna telefoniert und hat gesagt, wenn du dich nicht so dumm anstellst, hast du bald wieder eine Frau.« »Jennifer, so etwas sagt man nicht«, wehte ein scharfer Wind vom Schrank herüber, an dem Conny stand. Sie kam zu uns. »Papa, so habe ich das nicht gemeint, ich wollte nur …« »Doch, das hast du so gemeint«, unterbrach ich sie, »und du hast ja recht. Ich glaube, der gestrige Abend war der schönste, seit eure Mutter nicht mehr bei uns ist.« Conny strahlte. »Heißt das, dass du jetzt wieder öfter unter Leute gehst?«, wollte sie wissen. Zögernd nahm ich meine Tasse und schlürfte daraus. »Ich denke, so vereinzelt würde mir das bestimmt guttun«, ließ ich sie wissen, »aber das heißt nicht, dass ich mir eine neue Frau suche.« »Aber Papa …« »Nichts, aber Papa«, schimpfte ich, »ich habe euch schon einmal gesagt, dass ich noch etwas Zeit brauche. Außerdem wisst ihr doch gar nicht, ob Alex mich auch will.« Ein kleiner Kopf schoss in die Höhe. »Tante Corinna hat Mama erzählt, dass diese Frau in dich verliebt ist«, rief meine Enkelin. Dieses Mal kam von Conny noch nicht einmal eine Widerrede. Ich schaute ihr in die Augen und sie meinte: »Jennifer hat recht. Wir unterhielten uns gestern eine lange Zeit mit ihr und sie sagte, dass sie sich schon damals in dich verliebte und dieses Gefühl auch niemals nachgelassen hat. Im Gegenteil – als sie dich gestern sah, war es sogar so stark, dass sie Herzklopfen bekam.« Nun war ich sprachlos. Alex war in mich verliebt? Eigentlich hätte ich mir das denken können, nachdem sie mich zweimal geküsst hatte. Oder hatte ich sie geküsst? Aber wenn letzteres der Fall war, dann hat sie es zumindest erwidert. In meinem Kopf ging die Achterbahnfahrt wieder los. Tausend Gedanken rasten umher. Könnte ich mich auch in sie verlieben? Hatte ich es vielleicht schon getan? Was würde Carola dazu sagen? Die letzte Frage war für mich die wichtigste.

Nach dem Frühstück rannte Jennifer zu Oma und Opa Manfred. Corinna wollte mit ihrer Familie dorthin kommen, und so konnten die Kinder miteinander spielen. Da es ein wunderschöner, sonniger Tag war, zog ich mir eine Jacke an und setzte mich mit meinem Kaffee nach draußen. Conny leistete mir Gesellschaft. »Hast du heute Nacht über alles nachgedacht, wie du es gestern Abend versprochen hast?«, wollte sie wissen. Ich musste grinsen. Das hatte sie nicht vergessen. »Nein, habe ich nicht«, erklärte ich. »Ich wollte es, aber ich war so müde, dass ich gleich eingeschlafen bin.« »Dann hast du ja heute Zeit dafür«, meinte sie. Etwas verlegen schaute ich sie an und sie merkte sofort, dass ich etwas auf dem Herzen hatte. »Was ist los?«, fragte sie. Zuerst druckste ich noch etwas herum: »Ich habe auch heute keine Zeit, weil ... also ich habe ...« »Papa, was ist los?«, wiederholte sie ihre Frage. »Na ja, Alex kommt heute

Mittag zu mir. Ich hoffe, du bist damit einverstanden.« Ihr Gesicht hellte sich zusehends auf.»Alex kommt hierher?« Sie konnte es scheinbar nicht fassen.»Hast du das gehört?«, rief sie plötzlich an mir vorbei,»Alex kommt heute Mittag.« Warum schrie sie mit einem Mal so? Ich drehte den Kopf und sah, dass Corinna schon fast bei uns war. Sie setzte sich neben mich und lächelte mich an.»Das finde ich großartig, Papa«, meinte sie nur. So langsam aber sicher fühlte ich mich wie ein kleines Kind. Oder war das schon das Alter? War ich schon so weit, dass sich meine Kinder um mich kümmern mussten? Ab wann glaubt unser Nachwuchs, dass wir es im Leben nicht mehr allein schaffen? Ich fühlte mich jedenfalls mit 50 noch zu jung dafür. Allerdings wollte ich auch keinen Streit und antwortete auf ihre Bemerkung erst einmal nicht.»Ich hole mir noch einen Kaffee«, erklärte ich den beiden und stand auf. Ohne jegliche Begleitung und ohne Gehhilfen lief ich in die Küche und schenkte mir sogar selbst ein. Ich überlegte: Gut, nun stand bei meinem Alter zwar die Fünf vorn, aber noch nicht die Acht. Oder bedeutete ihre Fürsorglichkeit etwas völlig anderes?

Mit einer vollen Tasse ging ich zurück und setzte mich wieder zu meinen Töchtern.»Eurer Reaktion entnehme ich, dass ihr nichts dagegen habt, wenn ich mich mit Alex treffe«, mutmaßte ich. Conny setzte sich wieder einmal neben mich und legte ihren Arm um meine Schulter. Irgendwie passte das zur Betreuung durch meine Töchter.»Natürlich haben wir nichts dagegen. Wir sind ja froh, dass du dir wieder eine Frau suchen willst.« Ich schreckte hoch.»Stopp, das habe ich nicht gesagt«, erklärte ich energisch,»wir beide sind Freunde und nicht mehr.«»Freunde, die sich auch schon mal küssen«, meinte Corinna und grinste mich blöde an. Ich verteidigte mich:»Das war nur ein Freundschaftskuss und hatte nichts zu bedeuten.« Von der anderen Seite hörte ich nur:»Ja, ist schon klar«, und dann wuschelte mir Conny durch das Haar. Beide lachten, mir aber war danach nicht. Hatte es am Vorabend wirklich den Anschein, dass ich etwas von Alex wollte?

»Ich gehe wieder rüber«, sprach Corinna anschließend, »kommt ihr dann auch zum Essen?« Ohne eine Antwort abzuwarten, rannte sie davon. Doch wir hatten es nicht wirklich eilig. Es gab nur die Reste vom Vortag. Viel wichtiger war mir ein Gespräch mit Conny allein, weil sie viel einfühlsamer war als ihre Schwester. »Weißt du, Alex ist eine tolle Frau und ich mag sie sehr.« »Das ist doch gut«, unterbrach sie mich, »ihr zwei seid auch ein schönes Paar.« Ich schüttelte den Kopf. »Wir sind kein Paar und wir werden auch niemals eins. Wir sind nur Freunde. Warum wir uns geküsst haben, weiß ich auch nicht.« Erneut legte meine Tochter den Arm um mich: »Weil ihr mehr seid als nur Freunde. Alex hat gesagt, dass sie in dich verliebt ist, und wenn du zu dir selbst ehrlich bist, dann empfindest du auch etwas für sie.« »Ja, Freundschaft«, sagte ich nur kurz, doch sie schaute mich schon wieder mit diesem Blick an, der mir immer signalisierte, dass sie mir nicht glaubt. »Du empfindest mehr als Freundschaft für sie. Papa, mich kannst du belügen, aber zu dir selbst solltest du ehrlich sein.« Warum hatte ich auch noch einmal mit diesem Thema angefangen? »Es wird Zeit, essen zu gehen«, teilte ich ihr mit und wollte gerade aufstehen, doch sie zog mich auf die Bank zurück. »Warum sträubst du dich so gegen eine Beziehung mit ihr?« »Conny …«, sagte ich nur, doch sie unterbrach mich: »Wenn sie dich doch liebt und du sie wenigstens sehr gern hast, dann versucht es doch miteinander. Wenn es nichts wird, dann kannst du immer noch davonlaufen.« Ich sah sie an. Oh ja, diesen Gesichtsausdruck von ihr kannte ich. Er bedeutete: »Wehe, du widersprichst.« Also musste ich deutlicher werden: »Und was würde Mama dazu sagen? Mich wundert es ohnehin, dass sie vorige Nacht nicht bei mir war.« Doch sie gab nicht auf. »Mama hat doch gesagt, dass du sie loslassen und nach vorn schauen sollst. Das hast du zumindest erzählt.« Ja, das hatte ich, doch ich fragte mich immer öfter, warum ich nicht einfach meinen Mund gehalten hatte.

Schließlich gingen auch wir beide zu meinen Schwiegereltern. Wir ließen uns alle an dem großen Tisch im Esszimmer nieder. Dort saßen wir immer zusammen, wenn die ganze Familie anwesend war. Es war also nichts Neues, und doch kam es mir an diesem Tag anders vor. Warum, wusste ich nicht, doch plötzlich kamen wieder Erinnerungen. Wir hatten als Teenager immer hier gegessen. In diesem Raum fanden Carola und ich nach unserer Trennung wieder zusammen. Von dort aus ging es direkt auf die Terrasse, und so spielte sich die Hälfte unserer gemeinsamen Zeit vor der Heirat hier ab.

Ich bekam einen Stoß in die Seite und schaute in diese Richtung. Conny grinste mich an.»Oma fragt, ob du auch noch ein Stück Fleisch willst.« Ich sah nach oben, wo Elfriede mit der Servierplatte stand und schon ein Stück Braten an der Gabel hing.»Nein, danke, ich bin satt«, ließ ich sie wissen, was mir allerdings fragende Blicke der Anwesenden einbrachte.»Papa, ist alles in Ordnung?«, fragte Corinna. Ich hatte nur ein kleines Stück gegessen, und das waren sie nicht von mir gewohnt. Ich wusste auch nicht, was mit mir los war. War es das neue Alter? War es das Erlebte mit Alex am Vorabend?»Ja, mir geht es gut«, log ich sie an, als ich vom Ende des Tisches wieder einmal einen vollkommen dummen und überflüssigen Kommentar von Manuel vernehmen musste:»Er denkt gerade an seine neue Geliebte.« Gehässig lachte er los. Ich sprang auf und wollte ihm gerade an den Kragen. Leider musste ich um den ganzen Tisch herumrennen und genau in die Arme von Manfred, der sich zwischen uns stellte.»Micha, beruhige dich«, sprach er leise, »er ist es nicht wert.« Da hatte er recht. Ich ließ meinen Teller einfach stehen, drehte mich herum und ging wieder zu meinem Haus. Man musste sich auch nicht unbedingt über seine Kommentare aufregen. Wenn man ihn kannte, war alles klar.

Ich setzte mich erneut auf die Terrasse. Wieder einmal ließ ich mir den letzten Abend und den Morgen durch den Kopf gehen. Ja, ich mochte Alex sehr und vielleicht könnte ich mich auch in sie verlieben, hatte aber bis dahin noch nicht ernsthaft darüber nachgedacht. Warum musste alles so kompliziert sein? »Carola, warum kannst du nicht wieder zurückkommen?«, sagte ich schon fast flehend vor mich hin. »Und was wäre dann?«, bekam ich von irgendwoher eine Antwort. Ich drehte den Kopf und meine Frau saß tatsächlich wieder einmal neben mir. Natürlich erschrak ich, auch wenn dies schon öfter geschah. »Micha, du ziehst an mir. Ich komme nicht zur Ruhe«, erklärte sie zum wiederholten Mal. »Carola, du machst mir Angst, wenn du mich besuchen kommst«, sagte ich. Zuerst war sie noch ruhig und schaute mich nur an, dann machte sie mit ihrer Erklärung weiter. »Micha, dort, wo ich jetzt bin, geht es mir wirklich gut. Aber immer, wenn du dir wünschst, dass ich wieder bei dir wäre, werde ich dort weggerissen. Du machst es mir sehr schwer.« »Aber Schatz, du verstehst das nicht«, begann nun ich zu berichten, »deine Töchter beabsichtigen, mich mit Alex zu verkuppeln. Sogar deine Eltern sagen, dass ich mir wieder eine Frau suchen soll. Aber ich bin doch mit dir …« Weiter kam ich nicht. »Ich bin nicht mehr auf der Erde und werde an diesem Ort auch nicht mehr bei dir sein«, unterbrach sie mich. »Alex ist eine tolle Frau, die gut zu dir passt. Werde glücklich mit ihr und lass mich los.« »Aber Carola, ich kann doch nicht …« Auch dieses Mal kam ich nicht mehr weiter. Vor meinen Augen löste sie sich auf, während sie wiederholte: »Werde glücklich mit ihr und lass mich los.« Dann war ich wieder allein. Oder war ich das schon die ganze Zeit? Immer wenn sie mir erschien, sah ich sie zwar vor mir, und doch war es, als würde ich dies alles träumen. Es war wie eine reelle Begegnung in einer Fantasiewelt. Dieses Mal klang sie auch anders – sie hatte nicht ihre eigene, sondern eine vollkommen fremde Stimme. Sie war auch nicht so einfühlsam wie sonst, sondern eher gereizt. War sie es überhaupt?

Als ich in die Richtung schaute, in der ich eben noch meine Frau gesehen hatte, konnte ich Corinna erkennen, die gerade auf dem Weg zu mir war. Eigentlich rechnete ich mit Conny und ich schaute auch noch einmal hin, damit ich die beiden nicht verwechselte, doch sie war es wirklich. Schon bald war sie bei mir und setzte sich an den Tisch. »Papa, ich wollte mich nur entschuldigen. Was Manuel eben losgelassen hat, gehört sich nicht. Ich habe …« Ich unterbrach sie: »Du musst dich nicht entschuldigen, denn du hast nichts falsch gemacht.« »Außer dass du diesen Spinner geheiratet hast«, wollte ich noch anfügen, doch das konnte ich mir verkneifen. Auch sie hatte es nicht leicht mit ihm und seinen verbalen Entgleisungen. Stattdessen sagte ich: »Wenn sich einer entschuldigen muss, dann ist es dein Mann, aber darauf kann ich gut verzichten.« Sie lächelte und legte ihre Hand auf meine. »Ihr beide werdet wohl niemals Freunde«, stellte sie fest, und ich bestätigte: »Nein, werden wir nicht, und das ist auch nicht schlimm. Aber im Moment ist er auf dem besten Weg, zu meinem Feind zu werden.« Sie lächelte mich daraufhin nur an. Ich beschloss, das Thema zu wechseln und meiner Tochter von meinem Erlebnis zu berichten. »Mama war eben wieder hier«, sagte ich nur kurz und wartete auf ihre Reaktion. Das Lächeln blieb, doch ihr Gesichtsausdruck veränderte sich, da sie die Stirn in Falten legte. »Mama war hier?«, wiederholte sie. »Ja, ich weiß, das hört sich komisch an«, wollte ich mich rechtfertigen, »du und deine Schwester könnt mich ja einweisen lassen.« Eigentlich wollte ich einen Scherz machen, doch sie grinste noch nicht einmal. Stattdessen meinte sie: »Nein, das geht nicht. Ich habe es schon versucht, doch da macht Conny nicht mit.« Wir schauten uns kurz an, dann lachten wir laut los. »Na, Stimmung ist ja schon mal da«, hörten wir plötzlich. Tochter Nummer zwei war gekommen. »Mama war hier«, wiederholte Corinna zum zweiten Mal. Conny setzte sich zu uns, schaute uns abwechselnd an und fragte: »Und die hat euch einen Witz erzählt, oder warum seid ihr so fröhlich?« »Nein, sie hat gesagt, ich soll mit Alex glücklich werden.« Ob sie mir das glauben würde? Sie dachte kurz nach. »Na also, wenn Mama das schon sagt.« Ihre Antwort war teilweise schon ernst gemeint. Andererseits nahm sie das aber auch zum Anlass, ihre Forderung nach einer Frau für mich zu untermauern. Demzufolge sagte ich auch nichts mehr dazu. Aber eines musste ich noch einmal nachfragen:»Deine Schwester hat gesagt, dass du dagegen warst, mich einweisen zu lassen.« Das Lachen ging weiter.»Natürlich war ich dagegen«, sagte sie, »ich stecke doch meinen Lieblingspapa nicht in die Klapse.« »Lieblingspapa?«, wollte ich wissen.»Wie viele hast du denn?« Sie legte wieder einmal ihren Arm um mich.»Nur einen, deshalb bist du ja mein Lieblingspapa.« Sie drückte mir einen Kuss auf die Wange und rannte nach innen.»Mit uns hast du es nicht einfach«, meinte Corinna, stand auf und kam zu mir. Auch sie nahm mich nun in den Arm.»Ich gehe wieder rüber zu Opa. Nicht, dass sich Manuel auch noch mit ihm anlegt.« Auch von ihr bekam ich einen Kuss und dann ging sie. Beim Weggehen rief sie noch:»Denk daran, was Mama gesagt hat. Mach dich an Alex ran.« Als müsste ich mich an sie heranmachen. Das ging umgekehrt am Vorabend viel besser.

Etwa eine Stunde später kam sie wirklich, und als es klingelte, merkte ich, dass ich aufgeregt war. Warum war das so? Ich wollte doch gar nichts von ihr. Ich war auch kein Teenager mehr, der nervös wurde, weil ein Mädchen oder eine Frau zu mir kam. Ich drückte auf den Knopf, das Tor öffnete sich und sie kam hereingefahren. Alex stellte ihr Auto neben das Haus und als Gentleman holte ich sie natürlich ab. Auf dem Weg dorthin spürte ich plötzlich wieder ihre zarten Lippen auf meinen und schlagartig bekam ich weiche Knie. Mein Herzschlag erhöhte sich und meine Hände wurden feucht. Ich wollte gerade darüber nachdenken, was dies nun wieder zu bedeuten hat, als sie ausstieg. Sofort kam sie auf mich zu und bevor ich mich versah, umarmten wir uns.»Schön, dich wiederzusehen«, sagte sie. Ich sah sie mir zwar am Vortag schon an, doch außen war es bereits dunkel und das Licht drinnen war alles andere als hell. Jetzt, hier im Garten und bei Sonnenschein, wirkte sie noch viel reizvoller. Ihre Augen leuchteten, der Mund strahlte und ihre Lippen schienen»Küss mich!« zu rufen. Ich weiß, das hört sich alles kitschig an, doch in diesem Moment dachte ich nicht ein einziges Mal an Carola.

»Ich freue mich auch, dich zu sehen«, erwiderte ich, und dabei log ich noch nicht einmal. Erinnerungen an die Zeit im »Tierheim« kamen wieder. Wir hatten uns großartig verstanden und viel gelacht. Wenn ich an damals zurückdenke, wie sie mich ansah, dann wird mir bewusst, dass es sein könnte, dass sie mich dort schon angemacht hatte. Oder war es ihr normaler Blick? »Wir können auf die Terrasse gehen, wenn es dir nicht zu kalt ist«, schlug ich vor. »Zu kalt?« Alex lachte. »Man könnte im T-Shirt herumlaufen.«

Wir setzten uns und in diesem Moment merkte ich, dass dies keine gute Idee war. Man konnte vom anderen Haus genau hierhin schauen, und plötzlich spürte ich die Blicke der Familie. Sie lehnten sich alle aus den Fenstern und standen teilweise sogar draußen. Sie lachten und zeigten mit den Fingern auf uns. »Micha?« Ich zuckte zusammen und sah zur anderen Seite. Alex grinste mich an. »Du warst gerade geistig in einer anderen Welt«, stellte sie fest. »Oh, sorry«, sagte ich nur und blickte wieder hinüber zum anderen Gebäude. Niemand war zu sehen, und doch wusste ich, dass sie hinter den Gardinen standen. »Willst du etwas trinken? Vielleicht ein Bier?«, fragte ich. »Lieber nicht, ich muss noch fahren«, erklärte sie, »sonst muss ich heute Nacht hierbleiben.« Sie lächelte mich an und mir wurde plötzlich so anders. Ich hörte mich schon sagen: »Ich habe viel Platz.« Oder hatte ich es sogar gesagt? Ich wusste nichts mehr, nur, dass ich mich gerade zum Narren machte und zu schwitzen begann. So fühlte ich mich zuletzt, kurz bevor ich mit Carola zusammenkam. War ich etwa doch in Alex verliebt?

Sie begann vom Vortag zu berichten: »Du, wegen gestern, da muss ich mich wohl entschuldigen. Ich hätte dich nicht einfach küssen dürfen. Es tut mir leid.« Sie hat mich also geküsst und nicht umgekehrt. Doch ich konnte sie beruhigen: »Du brauchst dich nicht zu entschuldigen. Sicherlich hast du gemerkt, dass ich die Küsse erwiderte.« »Oh, ja, das habe ich«, hauchte sie zurück. Es folgte ein langer Blick, bei dem wir einander in die Augen starrten. »Und nun?«, fiel es mir plötzlich ein. Oh ja, ich benahm mich wirklich, als würde ich meiner ersten großen Liebe gegenüber sitzen. »Hast du Lust, etwas spazieren zu gehen?«, fragte ich in meiner Verlegenheit. »Gern«, kam nur zurück, und so standen wir auf und liefen durch das Tor in den Park. Doch auch dort wusste ich nicht wirklich, wie es weitergehen soll. Alex aber scheinbar auch nicht, und so entwickelte sich eine seltsame Situation. Wir liefen wortlos nebeneinanderher.

Eine ganze Weile ging das so, bis ich mich endlich zusammenriss. Ich bin schließlich ein erwachsener Mann. Abrupt blieb ich stehen. Alex ging noch zwei Schritte weiter, hielt dann ebenfalls an und drehte sich herum. »Was ist los?«, fragte sie. Ich stellte mich vor sie und nahm ihre Hände. »Ich habe mit meinen Töchtern geredet und die sagten mir, dass du gestern mit ihnen geredet hast, und nun muss ich mit dir reden, weil ich ... ich ...« Aha, erwachsen also. Von wegen. Ich startete den nächsten Anlauf: »Sie haben mir erzählt, dass du in mich verliebt bist. Stimmt das?« Jetzt begann sie herumzudrucksen: »Na ja, schon, aber nicht erst seit gestern.« Sie starrte kurz auf den Boden. »Micha, ich habe mich schon im Tierheim in dich verliebt, und als ich euch besucht habe, wurde es nicht besser.« Sie schaute wieder zu mir. »Natürlich wollte ich euch nicht auseinanderbringen, aber ich konnte eure traute Zweisamkeit nicht mehr ertragen. Deshalb bin ich nicht mehr gekommen. Ich war einfach eifersüchtig.« »Hattest du keinen Freund?«, wollte ich von ihr wissen. Sie lächelte. »Weißt du noch, als ich damals zu dir sagte, dass ich auch gern solch einen Jungen wie dich hätte, weil bei mir nur Idioten anstehen würden? Daran hat sich nichts geändert. Ich hatte immer wieder mal einen Mann, aber nie war es etwas Ernstes.« Sie ließ meine Hände los und umarmte mich. Ich erwiderte dies, aber keiner redete. So standen wir mitten im Park und hielten einander fest. Alex war eine tolle Frau, das hatte ich schon öfter bemerkt, und sie im Arm zu halten, war sehr angenehm. Ich weiß nicht, was über mich kam, aber ich hörte mich plötzlich selbst sagen: »Ich würde dich jetzt gern küssen.« Sie ließ etwas von mir ab. Unsere Gesichter waren dicht voreinander, als sie flüsterte:»Dann tu es doch.« Das brauchte sie mir nicht zweimal zu sagen, und schon legten wir die Lippen aufeinander.

Langsam gingen wir wieder zurück. Wir redeten kaum, keiner wusste so recht, was er sagen sollte, und trotzdem liefen wir Hand in Hand. Waren wir nun zusammen?

Zu Hause angekommen, schlug ich vor, nach innen zu gehen. Es war zwar noch immer nicht kalt, doch ich fühlte mich außen beobachtet. Was würden sie denken, wenn sie uns händchenhaltend dort sitzen sehen würden? Wäre es meinen Schwiegereltern überhaupt recht? Elfriede sagte ja, dass es sie freuen würde, wenn ich wieder eine Frau an meiner Seite hätte, aber wie würde Manfred reagieren? Er machte nicht den Eindruck, dass er es gut finden würde. Immerhin war ich mit seiner Tochter ... Oh nein, ich hatte Carola völlig vergessen. Fiel ich ihr an diesem Mittag in den Rücken? Immerhin war ich mit einer anderen Frau zusammen und wir küssten uns sogar. Was würde sie dazu sagen? Andererseits hatte sie mich doch aufgefordert, mir wieder eine Partnerin zu suchen. Ich soll sie loslassen, sagte sie, doch das würde ich mit Sicherheit nicht tun. Selbst dann nicht, wenn ich mit Alex zusammenkommen würde.

»Das ist ein schönes Bild von euch beiden«, hörte ich auf einmal. Ich erschrak. Geistig war ich gerade weit entfernt und blendete alles um mich herum aus. Ich saß im Wohnzimmer und sah zu Alex. Sie stand an einem Tisch, den ich zu einem Trauerplatz umfunktionierte. Er hatte für mich schon beinahe einen Stellenwert wie ein Altar. Aber eigentlich war das ganze Haus ein Ort der Erinnerung.»Das Foto hat Manfred kurz vor unserer Hochzeit gemacht. Es stand immer bei uns im Schlafzimmer«, erklärte ich. Auch ich sah nun darauf. Carola und ich hatten uns im Arm und drückten unsere Wangen aneinander, während ihr Vater einen Witz machte. Meiner Frau hatte es wunderbar gefallen und sogar ich akzeptierte es. Normalerweise mag ich mich nicht, wenn ich lache, aber Carolas hübsches Gesicht lenkte von mir ab.

Sie stellte das Bild wieder zurück und kam zu mir. »Ich weiß, dass du noch sehr an ihr hängst. Meinst du, das mit uns beiden kann etwas werden?«, wollte sie wissen. Ich zuckte nur mit den Schultern. Wenn ich selbst gewusst hätte, was ich wollte, wäre alles einfacher gewesen. »Alex, komm bitte mal mit«, sagte ich, nahm ihre Hand und ging mit ihr zum Sofa. Wir setzten uns nebeneinander. »Ich muss dir etwas erzählen«, erklärte ich ihr, »auch wenn du mich für völlig verrückt hältst.« Teils verwundert und teils fragend sah sie mich an. »Weißt du, es ist etwas komisch, denn ...« Und schon verließ mich der Mut. Es war ja auch eine Schnapsidee. Eigentlich wollte ich ihr von meiner Frau erzählen und von ihren Besuchen bei mir, aber wahrscheinlich würde sie mir einen Vogel zeigen und nach Hause fahren. Es wäre sogar möglich gewesen, dass ich sie nie mehr wieder gesehen hätte. Ich beschloss deshalb, lieber meinen Mund zu halten. Aber ich hatte angefangen zu erzählen, was sollte ich jetzt sagen? Ich brauchte darüber nicht weiter nachzudenken, denn Alex kam mir zuvor: »Du wolltest mir erzählen, dass dir nachts Carola erscheint.« Nun war ich es, der sie fragend und verwundert anstarrte. »Woher weißt du das?«, wollte ich wissen und bekam zur Antwort: »Deine Töchter haben es mir berichtet.« Oje, und jetzt? »Alex, ich habe ... also ich bin ...« »Erzähle mir davon!«, forderte sie mich plötzlich auf. »Du willst das hören?« Meine Verwunderung war groß. »Ja, natürlich! Ich glaube an so etwas«, meinte sie. Zuerst überlegte ich, ob ich es wirklich wagen sollte, doch als sie ihre Hand auf meine legte und mich auffordernd anschaute, fing ich an zu erzählen. Ich berichtete ihr nicht nur von den nächtlichen Besuchen, sondern auch von denen, die am Tag stattgefunden hatten. Alex saß die ganze Zeit neben mir, hielt meine Hand und hörte aufmerksam zu.

Als ich fertig war, fragte sie: »Hattest du dabei keine Angst?« »Angst? Ich?«, versuchte ich, den Helden zu spielen, musste aber schon bald klein beigeben. »Beim ersten Mal habe ich mir beinahe in die Hose gemacht«, sagte ich leise. Wir sahen uns einen Moment in die Augen, dann fingen wir an zu lachen. Doch sofort wurde sie wieder ernst. »Ich glaube dir diese Geschichte«, meinte sie, »ich habe von so etwas schon gelesen.« »Du denkst nicht, dass ich einen Dachschaden habe?«, erkundigte ich mich. »Nein, das denke ich nicht, aber ich glaube, du solltest sie wirklich loslassen.« Ich nickte nur kurz und stand auf. »Ich gehe kurz in die Küche«, teilte ich ihr mit und lief los. Mein Ziel war klar – der Kühlschrank. Ich holte mir eine Flasche Bier heraus und öffnete sie, als Alex plötzlich neben mir stand. »Micha, ich meine es ernst, du musst loslassen.« Ich drehte mich herum, sodass ich direkt vor ihr stand. Sie redete weiter: »Ich kann mir vorstellen, dass es nicht leicht ist, aber wenn Carola deshalb ihre Ruhe nicht bekommt, dann quälst du sie damit.« Sie nahm mir die Flasche ab und stellte sie auf den Schrank. Dann griff sie nach meinen Händen und hielt sie fest. »Und mit uns kann es auch nichts werden. Wenn ich weiß, dass du so an deiner Frau hängst, dass du dir nichts sehnlicher wünschst, als sie zurückzubekommen, dann komme ich mir überflüssig vor.« »Das bist du aber nicht«, beruhigte ich sie und nahm sie in den Arm »Ich weiß nur nicht, wie ich es anstellen soll, nicht mehr an sie zu denken. Wie könnte ich sie jemals vergessen?« Alex schaute mich nun böse an: »Micha, du hast da etwas missverstanden. Du sollst sie nicht vergessen, denn das wäre schlimm. Du musst sie aber loslassen.« »Wo ist der Unterschied?«, fragte ich. »Wie kann ich jemanden loslassen und ihn trotzdem in Erinnerung behalten?« Ihre Stimme wurde leise. »Das ist ein sehr schmaler Pfad, das weiß ich. Vielleicht solltest du dich mit jemandem unterhalten, der sich damit auskennt.« »Und mit wem?«, wollte ich von ihr wissen. »Vielleicht mit einem Psychiater? Dorthin wollten mich meine Töchter auch schon schicken.« Doch Alex schüttelte den Kopf. »Ich meine jemanden, der das Gleiche erlebt hat wie du und diesen Weg schon gegangen ist.« Was sie sagte, erschien mir logisch. Es könnte doch nicht schaden, sich mit Gleichgesinnten zu unterhalten. Vielleicht gab es noch mehr Leute, denen ein Verstorbener erschien. »Du hast recht«, sagte ich, »aber wo finde ich solche Menschen?« Sie schwieg, doch ich bemerkte, dass sie gern noch etwas losgeworden wäre. »Alex, wo finde ich Personen, denen das auch passiert ist?«, fragte ich energisch. »Wahrscheinlich nur in Selbsthilfegruppen«, meinte sie leise. Sie ging einen Schritt zurück. Vermutlich dachte sie, dass ich ausrasten würde, doch ich blieb ruhig. Mir war bewusst, dass es so nicht weitergehen konnte. »Wo finde ich solch eine Gruppe?«, erkundigte ich mich. Alex schien überrascht über meine Reaktion. »Wir suchen zusammen eine, und wenn du willst, gehe ich sogar mit dir hin.« Ihre Worte beruhigten mich und ich zwang mich sogar zu einem Lächeln.

Eigentlich war sie ähnlich wie meine verstorbene Frau. Auch sie war sehr fürsorglich, zärtlich, liebevoll … Ich dachte darüber nach. Natürlich möchte ich hier nicht alle Eigenschaften aufzählen, die Alex mit Carola gemeinsam hatte, aber es waren sehr viele. Carola 2.0 kam mir kurz in den Sinn und ich erschrak heftig über meine eigenen Gedankengänge. Nein, einen Menschen, der genau wie ein anderer ist, kann es nicht geben. »Was ist mit dir?«, wollte sie plötzlich wissen. Sie hatte die Reaktion auf meine Überlegungen bemerkt und war besorgt. »Gar nichts, Schatz«, sagte ich und gab ihr einen Kuss. Erneut zuckte ich zusammen. Das machte ich immer bei meiner Frau, und Alex fragte auch sofort nach: »Schatz?« »Oh, es tut mir leid, Carola«, entschuldigte ich mich, »das habe ich früher immer gesagt.« »Carola?«, kam es von meinem Gegenüber. »Oh! Sorry. Nein, ich meinte Alex. Ich bin … also, weißt du …« Mir lief langsam der Schweiß herab. Jede andere Frau wäre jetzt wahrscheinlich verärgert gegangen, Alex jedoch legte ihre Hand auf meinen Rücken und schob mich vorsichtig nach vorn. »Komm mit«, forderte sie mich auf, »du bist ja völlig fertig.«

Wir gingen zurück ins Wohnzimmer und sie trug sogar meine Flasche hinter mir her. Erneut nahmen wir auf dem Sofa Platz. Ganz dicht saß sie neben mir und legte ihren Arm um mich. »Soll ich heute Nacht lieber bei dir bleiben?«, erkundigte sie sich. Ich nickte nur. In diesem Augenblick war ich wie ein kleines Kind. Es tat gut, mit jemandem darüber zu reden. Ich dachte auf einmal ganz anders, und doch wühlte mich das alles auf. »Willst du morgen von hier aus zur Arbeit fahren?«, fragte ich. »Ich muss diese Woche nicht arbeiten«, antwortete sie. Das war gut so, und prompt entschloss ich mich, ebenfalls zu Hause zu bleiben. Ich holte mein Handy aus der Tasche und schrieb meinem engsten Mitarbeiter eine Nachricht. »Dann haben wir morgen Zeit für uns«, sagte ich und lächelte sie an. Auch sie lächelte, doch es wirkte etwas gequält. Warum? Ich fragte lieber erst einmal nicht nach.

Gegen Abend klingelte das Telefon. Conny rief mich an, um zu fragen, ob sie nun auch wieder kommen könne. »Ja, natürlich«, erklärte ich ihr, »du kannst nach Hause kommen, wann immer du willst.«

Es dauerte auch nicht mehr lange, da öffnete sich die Haustür und sie kam herein. Sie rief noch einmal, dass sie jetzt eintreten würden. Trotzdem dauerte es noch eine ganze Weile, bis sie endlich im Wohnzimmer stand. »Sag mal, was denkst du eigentlich, was wir hier machen?«, wollte ich von ihr wissen. Sie grinste. »Papa, eine Frau und ein Mann allein in einer Wohnung. Ist das wirklich schon so lange her bei dir?« Auf diese Äußerung gab ich keine Antwort. Aber etwas anderes musste ich klären: »Alex wird heute Nacht hierbleiben. Wir sind also zu dritt heute Abend.« »Dann gehe ich in mein Zimmer«, meinte Conny, »ich will euch ja nicht stören.« Nun mischte sich Alex ein: »Eine Frau und ein Mann können sich auch normal unterhalten und nicht nur das machen, was ihr jungen Leute denkt.« Meine Tochter fing an zu lachen, und wie auf Kommando schlossen wir uns an. »Nein, im Ernst«, meinte Alex, »wir freuen uns, wenn du uns Gesellschaft leistest.«

Einen Augenblick später saßen wir zu dritt zusammen. Jennifer ging in ihr Zimmer. Sie wollte noch etwas spielen, bevor sie ins Bett musste. Conny hingegen war brennend an unserem

Mittag interessiert.»Habt ihr euch gut unterhalten?«, wollte sie wissen, wobei sie das letzte Wort etwas komisch betonte. Ich ging darauf nicht ein, sondern berichtete ihr von unserem Gespräch.»Seitdem ich Alex von Mama erzählte, habe ich ein flaues Gefühl in der Magengegend. Ich weiß nicht, warum, aber erst dabei merkte ich, wie dumm sich das anhört.«»Papa, nichts hört sich dumm an. Ich gehe fest davon aus, dass Mama dir etwas mitteilen wollte, und wie ich sehe, bist du ja auch ihrer Aufforderung gefolgt.« Sie schaute zu uns herüber und erst jetzt bemerkte ich, dass Alex in meinem Arm lag.»Nein, Conny, es ist nicht so, wie du denkst. Wir sind nicht ...« Sie unterbrach mich.»Du hast recht, es geht mich gar nichts an und es ist auch normal, dass ihr beide heute Nacht in einem Bett liegt.« Ein schelmisches Grinsen zierte ihr Gesicht.»Alex schläft nicht bei mir im Bett, was denkst du denn?« Ernster wurde ihr Gesichtsausdruck nicht, ihr Mund wurde eher noch breiter.»Ach, dann schläft sie im Keller?«»Nein, natürlich nicht«, regte ich mich auf, doch meine Tochter stellte die entscheidende Frage, über die ich den ganzen Mittag überhaupt nicht nachgedacht hatte:»Wo soll Alex denn schlafen, wenn nicht bei dir?« Ich erschrak und zählte im Gedanken die Betten im Haus. Ich hatte mein Doppelbett, Conny ihr altes Zimmer und Jennifer lag in dem ihrer Tante. Es gab keins mehr. Alex merkte, dass ich nervös wurde.»Micha, wir sind doch keine Teenies mehr. Aber wenn es dich stört, dann fahre ich nach Hause.« Das kam natürlich nicht infrage, und so willigte ich schließlich in diese Schlafkonstellation ein.

Wir saßen noch lange zusammen und redeten. Zwischendurch brachten wir Jennifer ins Bett. Auch Conny legte sich bald hin, da sie am nächsten Morgen wieder früh aufstehen musste. Alex und ich konnten uns Zeit lassen, da wir nicht zur Arbeit fuhren und für meine Enkelin erst zur dritten Stunde der Unterricht begann.

Schon längst hatten wir die Hosen und die Socken ausgezogen und kuschelten uns aneinander. Wir hatten es uns richtig gemütlich gemacht, und ich schielte auf die Beine meiner Freundin. Sie waren wunderhübsch und großartig geformt. Ich wurde richtig schwach bei diesem Anblick. Früher schaute ich immer nur meine Frau an, doch nun musste ich einfach dorthinsehen. Eigentlich wollte ich das heimlich tun, aber Alex hatte es wohl bemerkt. Sie lächelte mich an und säuselte:»Du darfst sie gern anfassen, wenn du das willst.« Das ließ ich mir nicht zweimal sagen. Vorsichtig streichelte ich über ihren rechten Oberschenkel.»Du hast wunderschöne Beine«, sagte ich zu ihr, drehte meinen Kopf und unsere Gesichter waren dicht voreinander. Es kam, was kommen musste. Wir küssten uns. Anfangs nur zaghaft, bis ich wohl mit meiner Hand etwas zu weit nach oben kam. Sie stöhnte kurz und griff auch bei mir an die Stelle, wo sich Männer nicht mehr beherrschen können. Dann knutschten wir wild herum und streichelten uns am ganzen Körper, bis ihre Hand schließlich in meinem Slip verschwand. »Lass uns ins Bett gehen«, flüsterte sie mir zu und knabberte sanft an meinem Ohrläppchen. Zusammen standen wir auf. Ich konnte gerade noch das Licht ausschalten, dann rannten wir los. Im Schlafzimmer angekommen, fielen auch die letzten Hüllen, und bevor ich mich versah, lag ich auf ihr.

Am nächsten Morgen wachte ich auf. Es war noch dunkel, doch ich konnte nicht mehr liegen. Alle Knochen taten mir weh. Leise stand ich auf und ging in die Küche. An der Kaffeemaschine angekommen, stellte ich eine Tasse darunter und drückte einen Knopf.»Na, du bist aber schon früh auf«, hörte ich hinter mir. Conny stand dort. Musste sie nicht arbeiten? Ich schaute auf die Uhr. Es war erst kurz vor 6.»Ich kann nicht mehr schlafen«, sagte ich. Sie schien viel Zeit zu haben. Sie stellte sich neben mich und grinste mich an.»Du hast eine wunderbare Frau in deinem Bett liegen und stehst so früh auf? Oder war sie heute Nacht nicht bei dir?« Ich gab ihr keine Antwort. Stattdessen ging ich zum Kühlschrank und holte die Milch heraus.»Papa, was ist los? Du machst keinen fröhlichen Eindruck. Hat es im Bett nicht funktioniert?« Ihr Grinsen wurde breit und ging nun über das ganze Gesicht. Wie konnte man um diese Uhrzeit nur so gute Laune haben?»Doch es hat leider funktioniert«, brummte ich in Richtung Kaffee. Ihre Stimme wurde leiser.»Ihr habt wirklich miteinander geschlafen?«, flüsterte sie schon fast. Ich drehte mich herum und starrte ihr in die Augen.»Das verzeiht mir Mama nie.« Ich ließ sie stehen und setzte mich an den Tisch.»Papa, ich muss jetzt gehen, wir reden heute Abend weiter, okay?« Ich nickte nur und versank in Selbstmitleid. Wie konnte mir das passieren? Zum ersten Mal hatte ich Carola betrogen. Ich fragte mich auch nicht, wie ich aus dieser Situation herauskommen, sondern nur, ob und wie ich das wiedergutmachen könnte.

Nachdem ich die Tasse leer getrunken hatte, stand ich auf und ging im Wohnzimmer an den kleinen Trauertisch. Ich nahm ihr Bild hoch, schaute es an und begann, mich zu entschuldigen:»Carola, es tut mir leid. Es ist einfach so passiert.« Ich bildete mir sogar ein, dass sich ihr hübsches Lächeln veränderte und sie mich nun böse ansah.»Ich hoffe, du kannst mir verzeihen«, fügte ich noch hinzu und stellte das Foto wieder hin.

Zurück in der Küche zapfte ich die nächste schwarze Brühe aus der Maschine. Ich war wütend auf mich selbst, und immer wieder stellte ich mir die Frage, warum ich das getan hatte.

Eine Weile saß ich noch dort, dann kam auch Alex. Sie strich mir sanft durch die Haare.»Was ist mit dir?«, fragte sie. Zuerst wollte ich losschimpfen, doch sie konnte ja nichts dafür. Die Zärtlichkeiten am Vorabend gingen eher von mir aus.»Ich habe meine Frau betrogen«, sagte ich leise. Sie hielt inne. Es dauerte etwas, dann setzte sie sich neben mich.»Micha, Carola lebt nicht mehr, du kannst sie nicht betrügen.«»Ich weiß«, erwiderte ich, ohne sie dabei anzusehen,»aber es kommt mir so vor.« Sie strich mir eine Haarsträhne aus dem Gesicht und sagte leise:»Du bist wohl noch nicht so weit.« Da hatte sie recht. Ich schlürfte an meinem Kaffee. Würde ich überhaupt eines Tages so weit sein?

Wir saßen noch etwas zusammen, aber geredet wurde nicht viel. Ich hatte keinen Hunger. Alex aß eine Kleinigkeit und später kam auch Jennifer aus ihrem Zimmer. Sie hatte sich schon gewaschen und war komplett angezogen. In dieser Hinsicht konnte man sich auf sie verlassen.

Zu dritt schlenderten wir schließlich zur Schule, doch auch dabei sprachen Alex und ich kaum. Nur Jennifer plapperte uns die Ohren voll. Wir bekamen erzählt, was sie gestern im Unterricht gemacht hatten und was heute drankommt. An diesem Tag war ich zum ersten Mal froh, dass sie ein paar Stunden weg sein würde.

Als wir sie abgesetzt hatten, traten wir den Rückweg an, doch weit kamen wir nicht. »Lass uns einen Augenblick setzen«, meinte Alex und deutete auf die Bank neben der Schule. »Geht es dir etwas besser?«, fragte sie, als wir Platz genommen hatten. »Nicht wirklich«, sagte ich nur knapp und griff nach ihrer Hand. Es wurde Zeit, auch mal wieder zärtlich zu ihr zu sein, nachdem ich sie am Morgen wie eine Aussätzige behandelt hatte. Schließlich konnte sie nichts für meine schlechte Laune. »Alex, entschuldige bitte. Ich weiß nicht, was über mich gekommen ist.« »Dass du mich heute Morgen so behandelst oder dass du mit mir geschlafen hast?«, erkundigte sie sich. Ich konnte mir sogar wieder einmal ein kleines Lächeln herausquälen. »Irgendwie beides«, erklärte ich ihr, »weißt du, ich …« Ich machte eine kleine Pause. »Alex, es war sehr schön gestern Abend. Gib mir noch etwas Zeit, das wird schon.« »Nur, wenn du zu einer dieser Gruppen gehst«, stellte sie mir wohl ein Ultimatum. Aber das hätte ich ohnehin getan; ich wollte mich unbedingt mit anderen unterhalten, die das Gleiche erlebt hatten. Vielleicht würde es ja etwas bringen und ich könnte ein schönes Leben mit … Ich stutzte in meinen Gedanken. Wollte sie überhaupt mit mir zusammen sein? Etwas Händchenhalten, ein paar Küsse und einmal Sex waren nicht unbedingt Anzeichen für eine richtige Beziehung. Andererseits kannten wir uns auch noch nicht lange. Eigentlich erst seit zwei Tagen, denn davor sahen wir uns einige Jahre nicht. Ich musste unbedingt herausfinden, wie sie dazu stand. Aber wie sollte ich das anstellen? Ich konnte sie doch nicht fragen, ob wir nun zusammen sind, und nach diesem Vorfall am Morgen wollte sie das auch ganz bestimmt nicht. Ich fing behutsam an:»Sag mal ... wegen uns ... ich meine ...« Das war kein vorsichtiges Anfangen, das war Gestotter, und so sah sie mich auch an. Der zweite Versuch folgte:»Ich meine, das mit uns ...« Weiter kam ich nicht.»Das wollte ich eigentlich von dir wissen«, unterbrach sie mich.»Wir haben uns oft geküsst, waren zärtlich zueinander und haben sogar zusammen geschlafen. Eigentlich dachte ich, dass wir nun ein Paar wären.« Sie hatte also die gleiche Ansicht.»Das dachte ich auch«, antwortete ich deshalb,»aber seit heute Nacht weiß ich, dass es nicht so einfach für mich ist.«»Ich weiß«, sagte sie leise und legte ihren Kopf auf meine Schulter,»deshalb sollst du ja dorthin gehen, und ich hatte dir auch angeboten, mitzukommen. Ich brauche das nämlich auch.« Jetzt war ich verwirrt.»Warum brauchst du das?«, erkundigte ich mich. Sie hob ihren Kopf, sah mich an und meinte:»Weil ich wissen will, wie man mit Menschen umgeht, die so etwas erlebt haben. Ich komme mir nämlich vor, als wäre ich gestern Abend nicht einfühlsam genug gewesen.« Ich legte meinen Arm um sie und leise sagte ich:»Alex, du warst großartig und es war auch sehr schön, aber da ist noch etwas, was du bislang nicht weißt.«»Oje, da gibt es noch etwas?« Sie sah mich fragend an und grinste dabei. Ich musste ebenfalls lachen und erklärte:»Ja, weißt du, es ist so ... also ... na ja, ich hatte vor Carola noch kein Mädchen, sie war meine erste Freundin.«»Ja, ich weiß. Das sagtest du damals im Tierheim schon«, bekam ich zur Antwort, doch ich war noch nicht fertig.»Ich habe meine Frau auch nie mit einer anderen betrogen und ...« Sie fiel mir ins Wort:»Ich bin erst deine zweite Frau, mit der du im Bett warst?« Sie rief es so laut, dass ich dachte, die ganze Stadt hätte es gehört. Ich senkte den Kopf, aber musste ich das? Muss man sich schämen, weil man in seinem ganzen Leben nur einen einzigen Partner hatte? Scheinbar nicht. »Das finde ich toll«, sagte sie laut. »Weißt du, bei so manchem Kerl, der mich angemacht hat, fragte ich mich schon, wo das Ding wohl schon überall drin war. Und wenn man genauer darüber nachdenkt, kann man sich manchmal davor ekeln.« »Dann hattest du scheinbar noch nicht so viele Partner.« Eigentlich hätte ich genauso gut fragen können, wie viele es waren, doch auf diese Art schien es mir etwas charmanter zu sein. »Nein, es waren nur ein paar. Weißt du, ich hüpfe nicht gleich mit einem Mann ins Bett. Gestern war eine Ausnahme, weil ich schon damals in dich verliebt war und es auch immer noch bin.« Das waren ehrliche Worte, die ich nur allzu gern erwidert hätte, doch das konnte ich nicht. Ja, ich mochte sie sehr, vielleicht fühlte ich sogar das Gleiche wie sie, doch Carola war noch zu stark in meinem Kopf. Aber wie sollte es mit uns weitergehen? Einfach wieder getrennte Wege gehen oder so tun, als ob nichts gewesen wäre, und gute Freunde bleiben? Sollten wir gar eine Partnerschaft wagen? Ich fragte sie danach und bekam eine überraschende und bestimmende Antwort: »Lass es uns versuchen und daran arbeiten.«

Noch eine ganze Weile saßen wir da und unterhielten uns. Sollte sie schon bei mir einziehen oder wäre es besser, damit noch zu warten? Und wenn sie bei mir schlafen würde, sollten wir dann weiterhin im gleichen Bett liegen? Es würde wohl seltsam aussehen, wenn ich sie im Keller im Gästezimmer unterbringen würde, doch damit hätte ich auch wieder das Problem gehabt, dass es mir vorkommen müsste, Carola zu betrügen. Darüber schwieg ich allerdings erst einmal.

Wir machten so lange Pläne, wie unsere Partnerschaft aussehen sollte, dass es sich nicht mehr lohnte, noch einmal nach Hause zu gehen. So warteten wir, bis die Schule zu Ende war, und konnten Jennifer gleich wieder mitnehmen. An diesem Morgen kamen wir zu keiner endgültigen Lösung. Wir wollten uns später noch einmal über unsere Beziehung unterhalten, denn eines war klar: Normal würde sie nicht werden.

Gestatten, Micha – bekloppt

Als wir zu Hause ankamen, ging meine Enkelin gleich zu ihren Großeltern zum Essen. Da ich mich nicht dazusetzen und meine Freundin zuschauen lassen konnte, blieb ich mit ihr in meinem Haus. Sie hätte wahrscheinlich mitessen können, doch eine Frage war noch immer nicht geklärt: Wie würden meine Schwiegereltern auf meine neue Partnerin reagieren? Ich musste dies erst in einem Gespräch mit ihnen herausfinden, und so bestellten wir uns an diesem Tag lieber eine Pizza.

Am Abend fuhr Alex nach Hause. Natürlich brachte ich sie zu ihrem Wagen.»Dann machen wir es so, wie besprochen«, sagte ich. Wir nahmen uns in die Arme und küssten uns noch einmal innig. Wir wollten versuchen, zusammenzuleben; probieren, ob es funktionieren würde. Sie wollte ihre Sachen holen und am kommenden Wochenende zu mir ziehen. Es gab noch vieles zu regeln, und wir wollten nichts überstürzen. Deshalb ließen wir uns Zeit.

Ein letzter Kuss, dann stieg sie in ihr Auto und fuhr davon. Noch lange winkte ich ihr hinterher, und kaum war sie aus meinem Sichtfeld, gingen die Zweifel wieder los.

Ich ging nach innen und sofort kam Conny aus ihrem Zimmer.»Und, Papa, was habt ihr ausgemacht?«, fragte sie neugierig. Ich grinste sie an.»Es wird dir nicht gefallen. Sie zieht nächstes Wochenende hier ein.« Meine Tochter riss die Augen auf.»Warum sollte mir das nicht gefallen? Das ist doch großartig«, rief sie und fiel mir um den Hals.»Papa, ich bin so froh, dass du wieder eine Frau in dein Leben lässt.« Während sie das sagte, drückte sie mich so fest, dass ich dachte, sie wollte mir das Genick brechen.»Conny, wir sind dann nicht mehr allein«, gab ich zu bedenken, doch das war ihr egal.»Dann sitzen wir halt abends zu dritt im Wohnzimmer, und wenn ich störe, dann werft ihr mich einfach hinaus.«»Das würde ich niemals tun«, erwiderte ich. Ich glaube, Conny war aufgeregter als ich. »Ich gehe in mein Zimmer«, rief sie plötzlich, und im selben Moment war sie auch schon verschwunden. Was jetzt kommen würde, wusste ich. Sie rief ihre Schwester an und erzählte ihr die Neuigkeit. Vielleicht war das auch gut so, denn endlich hatte ich einmal die Gelegenheit, in Ruhe über alles nachzudenken. Ich nahm im Wohnzimmer ein Bild von Carola, setzte mich damit auf das Sofa und begann zu überlegen: »War das wirklich richtig, was ich gemacht hatte?«»Ja, das war es«, vernahm ich undeutlich eine Stimme neben mir. Schnell drehte ich den Kopf und obwohl ich es eigentlich schon gewohnt sein musste, erschrak ich wieder einmal. Carola schwebte zu mir. »Werde glücklich mit ihr«, sagte sie immer wieder, während sie stetig näherkam. Erneut bekam ich Angst, doch kurz vor mir löste sich die Wolke auf. Mein Herz pochte wie verrückt, obwohl ich mir dieses Mal sicher war, dass es Einbildung gewesen sein musste. Doch ob real oder nicht, fragte ich mich erneut das Gleiche: Wann würden diese Besuche endlich aufhören?

Am nächsten Tag rief Alex bei mir an: »Ich habe eine Gruppe für dich finden können. Die Treffen sind immer mittwochs um 19:30 Uhr«, teilte sie mir mit. Nachdem sie mir auch den Ort genannt hatte, legte sie wieder auf. Was war denn das? Keine lieben Worte und kurz angebunden. Verstanden hatte ich das nicht. Außerdem sagte sie doch, dass sie mitgehen wollte. Wir hätten einen Treffpunkt vereinbaren können. Aber vielleicht würde sie ja dort auf mich warten, doch dann hätte sie es wenigstens sagen können.

Am Mittwoch lief ich dann dorthin. Da sich die Veranstaltung in unserer Stadt befand, brauchte ich das Auto nicht. Als ich zu diesem Gebäude kam, standen fünf Frauen vor einer Tür. Scheinbar war es noch abgeschlossen. Ich lief einfach zu ihnen und erkundigte mich, ob ich dort richtig war. Eine von ihnen bejahte zwar, doch etwas konnte nicht stimmen. Laut meiner

Uhr müsste es eigentlich gleich beginnen, doch wir waren gerade mal sechs Leute. Wo war der Rest? Ich beschloss, einfach abzuwarten. In dieser Zeit schaute ich mich um, doch von Alex fehlte jede Spur. Auch erschienen nicht viel mehr Menschen; lediglich eine Frau kam noch dazu und diese schloss die Tür auf. »Sind Sie die Leiterin?«, fragte ich. Sie lächelte:»Ja, das bin ich. Möchten Sie unserer kleinen Gruppe beiwohnen?« Ich stutzte. »Das sind alle?«, fragte ich nach.»Einer fehlt heute Abend«, erklärte mir jemand und bat mich, mitzukommen.

Wir liefen in einen Raum, in dem in der Mitte nur ein großer Tisch mit acht Stühlen stand. Nachdem sich alle gesetzt hatten, suchte auch ich mir einen Platz und bekam schon gleich die erste Frage gestellt:»Was führt sie zu uns?« Natürlich schauten alle zu mir und ich wurde etwas verlegen.»Eigentlich wollte ich mich nur anmelden. Wenn ich also störe, kann ich auch wieder gehen.«»Sie stören überhaupt nicht«, sagte die Frau neben mir,»erzählen Sie doch mal, wie Sie heißen und warum Sie hier sind.« Eine nach der anderen schaute ich an und merkte, dass sie mich gerade mit ihren Blicken durchlöcherten. Ich fühlte mich plötzlich nicht mehr wohl. Ich wollte nur noch fort, und wo war eigentlich Alex, die am Sonntag noch groß erzählte, dass sie mitkommen würde? Die anderen merkten scheinbar mein Unwohlsein.»Wir stellen uns erst einmal vor«, meinte die Leiterin. Eine nach der anderen sagte, wie sie hieß und warum sie da war. So schnell konnte ich mir die Namen natürlich nicht merken; ich müsste wohl später noch einmal nachfragen. Aber eines war klar: Alle diese Frauen hatten ihren Partner verloren und suchten Gleichgesinnte.

Dann war ich an der Reihe.»Also, ich heiße Micha und bin bekloppt«, erklärte ich. Die Frauen starrten mich immer noch an.»Warum bist du bekloppt?«, wollte eine von ihnen jetzt wissen. Plötzlich waren wir beim »Du«. Nun kam einer der Punkte, warum ich nicht zu diesem Treffen gehen wollte. Wie sollte ich ihnen erklären, dass mich meine verstorbene Frau besuchte? Sollte ich diese Sache überhaupt ansprechen?»Meine Frau ist vor drei Jahren verstorben und ich komme damit nicht zurecht«, erklärte ich. »Wie äußert sich das?«, fragte eine andere. Ich schaute in die Runde: »Na ja, ich vermisse sie halt sehr und außerdem ...« Oje, beinahe hätte ich etwas gesagt. »Bei uns bist du richtig«, meinte eine Dritte, »wir trauern alle um unsere Ehegatten.« Die Erste sprach nun wieder: »Du wirst sehen, dass es hilft, über den Verlust zu sprechen.« Erneut schaute ich eine nach der anderen an, und plötzlich fühlte ich mich viel wohler als noch vor einer Minute. Ich begann zu erzählen, was damals geschah.

Die Frauen hörten mir gespannt zu. Obwohl ich noch niemanden gut kannte, war es befreiend, Leuten, die Gleiches erlebt hatten, meine Geschichte zu berichten. Oder war es genau das? Konnte ich nur so frei reden, weil ich sie nicht kannte? Wir diskutierten noch eine Zeit lang über meine Frau und mich, doch gut verstellt hatte ich mich scheinbar nicht. »Und weiter?«, fragte plötzlich jemand. Ich sah fragend zu ihr: »Was heißt ›und weiter?‹ Was meinst du damit?« »Das war doch nicht alles, da muss noch etwas kommen«, meinte sie. Oje, und nun? Scheinbar hatte sie mich durchschaut. Sollte ich es ihnen erzählen? Ich druckste herum, und dann meinte die Leiterin: »Micha, du kannst uns alles erzählen, was dich bedrückt. Wir sind eine Selbsthilfegruppe und von dem, was hier gesprochen wird, dringt nichts nach außen.« Sollte ich wirklich? Was wäre das Schlimmste, das passieren könnte? Eigentlich nur, dass sie mich auslachen würden. »Meine Frau kommt mich manchmal besuchen.« Sofort trat Ruhe ein. Ich fuhr fort: »Ich weiß, das hört sich absurd an. Beim ersten Mal war es in der Nacht und am nächsten Tag dachte ich, dass ich geträumt hätte. Doch dann kam sie auch tagsüber. Sie war wie in eine Wolke gehüllt und nur verschwommen zu erkennen.« Erneut schaute ich auf die Reaktion jeder Einzelnen. Erwartungsvoll sahen sie zu mir. »Spricht sie auch?«, fragte mich jemand. »Ja, sie sagt immer wieder, dass ich sie loslassen müsste, da sie sonst keine Ruhe finden würde.« »Du hast sehr an ihr gehangen, oder?«, wurde ich gefragt, und ich sagte die Wahrheit: »Ja, das habe ich. Carola und unsere Töchter waren alles für mich. Es ist doch selbstverständlich, dass ich sie gern zurückhätte.«Einen Augenblick war es still, dann meinte die Frau, die mir gegenübersaß:»Vielleicht ist es ja wahr und sie findet wirklich keinen Frieden, wenn du so an ihr ziehst. Womöglich war sie wirklich bei dir, um dich darauf hinzuweisen. Wir wissen doch gar nicht, was nach dem Tod kommt.« Und eine andere sagte:»Egal, wie sehr du an ihr hängst und sie dir zurückwünscht, du weißt doch auch, dass das nicht geht.« Die Leiterin schaltete sich wieder ein:»Wenn so etwas passiert, sollte man nach einer Zeit sein eigenes Leben leben. Dieses ganze Zurückschauen bringt nichts.« Das waren Carolas Worte, wie ich auch gleich verkündete:»Das sagte sie auch: ›Lebe dein Leben und lass mich los‹, aber das ist nicht so einfach.« Erneut kehrte Ruhe ein.»Deine Frau sagt dir das?«, fragte mein Gegenüber.»Ja, ich soll mir eine neue Frau suchen und sie gehen lassen.«

Fast zwei Stunden redeten wir nur über mich und meine Probleme. Seltsamerweise lachte aber niemand. Würden sie das später zu Hause nachholen oder hatten sie wirklich so viel Verständnis? War ihnen vielleicht Ähnliches passiert und trauten sie sich bloß nicht, darüber zu sprechen?

Wir beendeten unsere Sitzung. Es war zwar anstrengend, aber auch irgendwie befreiend. Ich war der festen Überzeugung, dass sie mich auslachen oder mich für verrückt erklären würden, doch nichts dergleichen geschah. Wir standen auf und zogen unsere Jacken an:»Wir gehen normalerweise nach einem Treffen zusammen etwas trinken, doch die anderen können heute nicht. Würdest du mich begleiten?«, wollte die Frau wissen, die mir gegenübersaß. Ich hatte nichts mehr vor, und so sagte ich schließlich zu.

Wir schlenderten nebeneinander die Straße entlang. Das Lokal, in das sie wollte, kannte ich. Man konnte dort lecker essen, aber es gab auch einen Raum, in dem man einfach nur sitzen und etwas trinken konnte. Das Ambiente war eigentlich zu ro-

mantisch für ein einfaches Treffen. Er war mehr für ein Rendez-
vous bestimmt. Doch bevor ich mich mit ihr an einen Tisch
setzte, wollte ich doch noch wissen, wie sie hieß. »Kannst du
mir noch mal deinen Namen sagen?«, fragte ich. »Das war vorhin alles zu viel auf einmal.« Sie lächelte: »Mein Name ist Lilli-
ana.« »Oh, du bist Italienerin?«, wollte ich wissen, doch sie ver-
neinte: »Ich bin Deutsche, aber meine Eltern fanden den Namen
so schön. Mir ist er zu lang, sag einfach Lilli.«

Mittlerweile waren wir angekommen. Das Restaurant gehörte einem Griechen und so war es auch eingerichtet. So
musste man sich wohl einen Marktplatz in Athen vorstellen.
Der Raum aber, in den wir gingen, war anders. Das Licht war
rötlich gedimmt und es gab auch keine Stühle. Nur Parkbänke,
die alle in Richtung einer von hinten beleuchteten Glaswand
standen, die einen Sonnenuntergang über einem See zeigte.
Künstliche Bäume gab es ebenso wie Kopfsteinpflaster. Dieses
war allerdings aus Kunststoff, sah aber täuschend echt aus.
Man konnte wirklich denken, man wäre in einem Park. Dazu
spielte dezent griechische Musik. Ich war früher einige Male
mit Carola in diesem Restaurant und ich hörte auch von »dem
Raum der Liebenden«, doch wir waren nie drin. Warum hatten
wir eigentlich nicht wenigstens mal einen Blick hineingewor-
fen? Es hätte meiner Frau bestimmt gefallen, doch jetzt war ich
mit Lilli dort. Wollte sie wirklich mit mir hier sitzen?

»Das ist ja richtig romantisch hier«, stellte ich fest, nachdem
sie eine Bank für uns ausgesucht hatte. Sie lächelte mich nur
kurz an und starrte auf das Bild. Die Sitzmöbel waren wirklich
nur für zwei Personen gedacht; weit weg konnte ich nicht von
ihr.

Die Bedienung kam und meine Begleitung bestellte sich einen Wein. Eigentlich hätte ich lieber ein Bier getrunken, doch
bei dieser Kulisse schloss ich mich lieber an. Dann ging die The-
rapie los. Ja, eigentlich war die Gruppe vorbei, doch sie fing erneut damit an. Leise sagte sie: »Weißt du, mir ging es auch
lange Zeit wie dir.« Sie hörte auf zu sprechen. Was meinte sie
damit? Ich fragte nicht nach, sondern wartete. Sie schluchzte

kurz und erzählte weiter:»Immer wieder sah ich meinen Mann vor mir, der …«Ihre Stimme zitterte und ich konnte erkennen, dass sie mit den Tränen kämpfte. Ich wollte sie trösten und strich mit der Hand über ihren Rücken. Sofort kam sie noch näher zu mir und legte ihren Kopf auf meine Schulter. Jetzt hatte ich sie im Arm. Geplant war das nicht. Sie sprach weiter:»Er sagte, ich solle loslassen und glücklich werden. Ich soll mir einen anderen suchen. Aber das geht doch nicht so einfach, oder?«»Nein, das geht nicht so einfach«, flüsterte ich und zog sie etwas fester an mich. Wir saßen da wie ein Liebespaar. Ich wartete noch einen Augenblick, dann wollte ich wissen, was die anderen in der Gruppe dazu gesagt hatten. Sie hob ihren Kopf und wischte die Tränen weg.»Ich habe es ihnen nicht erzählt«, berichtete sie,»ich hatte Angst, dass sie mich für verrückt halten würden.«Ich fing an zu lachen.»So ging es mir auch. Deshalb habe ich so lange gezögert, bis ich mich überwunden hatte.«Sie schaute mich lange an.»Deshalb wollte ich mit dir heute Abend noch mal allein reden«, erklärte sie,»das kann nur jemand verstehen, der das ebenfalls erlebt hat.«Da musste ich ihr recht geben. Als ich das am Abend erzählte, merkte ich schon, dass Lilli die Einzige war, die mich aufmerksam anschaute.»Meinst du, wir beide könnten uns einmal privat treffen, um darüber zu sprechen?«Ich sah zu ihr. Lange Zeit schauten wir uns in die Augen. Sollte ich mich mit ihr treffen? Eigentlich kannte ich sie doch gar nicht. Sie merkte, dass ich zögerte.»Keine Angst, ich will dich nicht anmachen oder so etwas. Ich möchte nur mit dir reden.«Ich sagte schließlich zu und lud sie zu mir ein.»Wohnst du allein?«, erkundigte sie sich. »Normalerweise schon«, erklärte ich,»aber im Moment wohnen eine meiner Töchter und meine Enkelin bei mir.«

Wir unterhielten uns noch über eine Stunde und tranken auch noch einige Gläser Wein. Sie wurde mit der Zeit fröhlicher. Ob es am Getränk lag oder daran, dass sie sich endlich mal aussprechen konnte, wusste ich nicht.

»Wie alt bist du?«, wollte sie plötzlich von mir wissen. Spielt das Alter bei solchen Gesprächen eine Rolle? Eigentlich nicht, ich verriet es ihr dennoch. »Dann bin ich nur vier Jahre jünger als du«, stellte sie fest und ergriff meine Hand. Was hatte sie vor? Vor ein paar Minuten erklärte sie mir noch, dass sie mich bei einem Treffen nicht anmachen wollte, und nun begann sie schon im Restaurant damit. Ich sprach sie darauf an: »Lilli, ich weiß nicht, ob ich es vorhin erwähnt hatte, aber ich habe eine Freundin.« Sie schaute mich lächelnd an. »Micha, du hast das Gleiche erlebt wie ich. Ich fühle mich bei dir wohl. Wenn wir einige Zärtlichkeiten austauschen, dann heißt das doch nicht, dass wir auch zusammen sein wollen.« Was war das für eine Logik? Wir sind zärtlich zueinander, sie liegt in meinem Arm und wir halten Händchen. Trotzdem wollen wir nichts voneinander? So etwas kannte ich nur von einer guten Freundschaft, aber davon waren wir noch meilenweit entfernt. Und doch ließ ich es zu. Warum ich das tat, wusste ich selbst nicht, doch ich kann nicht behaupten, dass es unangenehm war. Mein ganzes Leben hatte ich solche Sachen nur mit Carola gemacht. Als Alex und ich uns näherkamen, war das etwas völlig Neues für mich. Ich hatte plötzlich eine andere Frau im Arm, doch ich konnte nicht behaupten, dass dies unangenehm gewesen wäre. Nun war es Lilli, und auch mit ihr hatte das Ganze seinen Reiz, wenn doch nur dieses schlechte Gewissen nicht gewesen wäre. Immer noch dachte ich daran, Carola zu hintergehen. Mehrere Leute hatten mir zwar schon erklärt, dass man einen Toten nicht betrügen kann, doch das Gefühl war weiterhin da. Außerdem war auch meine Mutter der Überzeugung, dass man sich nicht einfach einen anderen Partner suchen könnte.

Während dieser Gedankengänge spürte ich plötzlich, dass Lilli mir über die Hand streichelte. Obendrein lag sie schon die ganze Zeit in meinem Arm. Ich war aufs Neue hin- und hergerissen, und so beschloss ich, dem Ganzen ein Ende zu setzen. »Lilli, ich muss morgen früh aufstehen. Lass uns gehen«, sagte ich zu ihr und bemerkte erst in diesem Moment, dass ich ihr mit der anderen Hand durch ihr langes Haar strich. Erschrocken über mich selbst zuckte ich zusammen. »Was hast du denn?«, fragte sie und erhob endlich ihren Kopf von meiner Schulter.

»Ach, nichts«, log ich sie an, »aber ich muss nach Hause.« Hastig winkte ich der Bedienung, indem ich mit dem Arm in der Luft herumwedelte. Anschließend bezahlte ich die Rechnung und wir gingen nach draußen. »Es ist schon spät. Ich bringe dich besser nach Hause«, sagte ich, und wir gingen los.

Es war nicht weit, und so waren wir bald da. »Es war sehr schön heute Abend mit dir«, meinte sie, und ich gab ihr recht. Es war wirklich ein wunderbarer Abend. Das Thema war zwar nicht so berauschend, dafür aber die Begleitung.

Wir verabschiedeten uns und ich hatte auch schon ein paar Schritte zurückgelegt, als sie mich noch einmal rief. Ich blieb stehen und sie kam angerannt. »Vielen Dank für alles«, säuselte sie, beugte sich vor und küsste mich. Damit hatte sie mich völlig überrascht. Wir sahen uns noch kurz in die Augen, dann drehte sie sich herum und ging zurück zu ihrem Haus. Auch ich machte mich nun endgültig auf den Heimweg.

Pension Lahme

Am nächsten Tag hörte ich weder von Alex noch von Lilli etwas und auch am Freitag war es zunächst noch still um die beiden. Die Versuche, meine Freundin telefonisch zu erreichen, scheiterten. Sollte ich stattdessen meine neue Bekanntschaft aus der Gruppe anrufen? Nach einiger Überlegung beschloss ich allerdings, dies bleiben zu lassen. Ich hatte sie bei meinen Töchtern nicht erwähnt und auch sonst erzählte ich nichts von dem, was in der Gruppe gesprochen wurde. Es ginge auch niemanden etwas an.

Nach der Arbeit wollte ich meine Schwiegereltern besuchen, doch Manfred war nicht zu Hause. Das war mir aber ganz recht, denn ich wollte mich ohnehin mit Elfriede allein unterhalten. Schon damals, als ich zur Familie kam, nannte ich sie manchmal »Mama«, weil sie mir lieber war als meine leibliche Mutter. Ihr konnte ich mich auch immer anvertrauen, wenn ich mal etwas auf dem Herzen hatte. Deshalb sprach ich zum ersten Mal über das Erlebte in der Gruppe. »Ich habe eine Frau kennengelernt, die das Gleiche erlebt hat wie ich«, begann ich zu berichten, »auch ihr erscheint ihr verstorbener Mann.« Meine Schwiegermutter schaute mich eine Zeit lang an, dann legte sie ihre Hand auf meine: »Ich habe dir doch gesagt, dass es zwischen Himmel und Erde mehr gibt, als wir vermuten.« Ich nickte. »Ja, das hast du, aber es ist trotzdem schwer zu verstehen. Glauben kann ich es trotz allem noch immer nicht.« »Und was erzählt diese Frau darüber?«, wollte sie wissen. »Lilli? Keine Ahnung, wir haben kaum darüber gesprochen«, erklärte ich ihr, »Wir haben kurz angefangen und gleich wieder aufgehört.« »Warum habt ihr nicht weitergeredet?«, kam es prompt zurück. Das war eine berechtigte Frage. Warum vermieden wir dieses Thema? Ich konnte es ihr nicht beantworten. War es vielleicht, weil ich durch ihre Zärtlichkeiten völlig abgelenkt war? »Ich weiß es nicht«, erwiderte ich deshalb und mutmaßte:»Vielleicht, weil es nicht ganz einfach ist, darüber zu sprechen.« Nun nahm Elfriede wieder ihre Hand von meiner und stand auf.»Ich hole mir einen Kaffee«, teilte sie mit.»Willst du auch einen oder lieber ein Bier?« Ich entschied mich für Letzteres.

Während sie in der Küche war, dachte ich nach. Am Abend in diesem griechischen Restaurant sprachen wir über alles Mögliche, doch darüber unterhielten wir uns nur kurz. Redete sie auch nicht gern darüber, so wie ich? Aber wenn man einen Gleichgesinnten trifft, dann will man doch auch seine Erfahrungen austauschen.

Elfriede kam zurück und stellte eine Flasche vor mich. Ich berichtete ihr von meinen Gedankengängen:»Die Gruppe geht danach immer noch etwas trinken. Dieses Mal konnten die anderen nicht, und so waren wir beide allein.« Ich nahm erst einmal einen kräftigen Schluck, bevor ich weitersprach:»Wir waren beim Griechen und saßen in diesem hinteren Raum, der wie ein Park aussieht.« Meine Schwiegermutter legte die Stirn in Falten.»Das ist ein Ort für Liebespaare«, rief sie erschrocken, lachte aber dabei.»Wie lange kennt ihr euch denn schon?« Ich wurde nachdenklich.»Eigentlich hatten wir uns gerade erst kennengelernt«, antwortete ich und musste nun ebenfalls grinsen,»das war nicht angepasst, oder?« Sie schaute mich nur an und durchlöcherte mich fast mit ihrem Blick.»Wir saßen zusammen auf einer Bank und tranken Wein«, ergänzte ich. Elfriede war immer noch ruhig.»Magst du sie?«, wollte sie dann wissen.»Ja, sie ist nett«, antwortete ich wahrheitsgemäß,»doch das war nicht …« Oh nein! Jetzt erst merkte ich, was sie mit dieser Frage bezweckte.»Nein, Elfriede, wir sind kein Paar und wir werden auch keins. Wir sprachen einfach nur über unsere Probleme, weil …« Erneut musste ich unterbrechen, denn das stimmte noch nicht einmal. Wir redeten nur belangloses Zeug, was aber verständlich war. Die zwei Stunden in der Gruppe waren wirklich anstrengend, und anschließend über dieses Thema weiterzureden, schaffte man nicht so einfach.

»Wir sind in der kurzen Zeit schon Freunde geworden«, erklärte ich ihr deshalb, »mehr wird es zwischen uns auch nicht geben.« Meine Schwiegermutter grinste: »Du hast ja auch schon eine Freundin. Was macht die überhaupt?« Diese Frage konnte ich ihr nicht beantworten. Ich zuckte mit den Schultern und sagte: »Ich weiß es nicht. Ich habe sie am Montag zuletzt gesehen. Am Dienstag haben wir noch einmal telefoniert und seitdem hörte ich nichts mehr von ihr.« Ich sah den fragenden Blick, der mir entgegenkam, doch sie äußerte sich dazu nicht. Aber das reichte auch schon. Ich dachte über uns nach. Durch die Gruppe ließ ich Alex völlig außer Acht, doch das konnte so natürlich nicht weitergehen. Waren wir zusammen oder nicht? Auch ich benötigte Klarheit und beschloss nun doch, sie anzurufen.

Ich trank mein Bier leer und ging in mein Haus zurück. Dort setzte ich mich auf das Sofa und zog mein Handy aus der Tasche. Mit klopfendem Herzen wählte ich ihre Nummer. Warum war ich auf einmal so nervös? Während es bei ihr klingelte, machte ich mir darüber Gedanken. Über 30 Jahre lang waren wir nur Freunde, doch plötzlich küssten wir uns und schliefen sogar miteinander. Mir wurde immer bewusster, dass ich mich in sie verliebt hatte, obwohl ich das nicht wollte. Es durfte einfach nicht sein, denn ich war mit Carola verheiratet. Trotzdem machte ich den Vorschlag, dass sie bei mir einziehen könnte. Von Tag zu Tag wurde ich verwirrter.

Nach einiger Zeit beendete ich meinen Anrufversuch. Hörte sie ihr Telefon nicht, oder war sie vielleicht doch sauer? Wir wollten unsere Beziehung langsam angehen. Wollte sie das gar nicht, obwohl sie es sagte? Ich war hin- und hergerissen. Wir hatten uns doch nicht im Streit getrennt. Warum meldete sie sich nicht mehr?

Ich hörte mit dem Grübeln auf. Es war auch Zeit, denn Conny kam gerade zur Tür herein. »Hallo, Papa«, rief sie schon vom Flur aus. Es folgte eine kurze Umarmung und ich bekam einen langen Kuss auf die Wange. »Was ist denn mit dir los?«, fragte ich und schaute in ein strahlendes Gesicht. »Florian hat mich gefragt, ob wir in Ruhe über alles reden können. Weißt du, was das heißt? Er gibt mir vielleicht noch eine Chance.« Ihre Umhängetasche flog in hohem Bogen auf die Kommode und meine Tochter rannte in ihr Zimmer. Zuerst wollte ich ihr hinterherlaufen, denn eines störte mich an ihrer Äußerung enorm. Bald darauf erschien sie aber wieder im Wohnzimmer. »Papa, ich bin so glücklich«, sagte sie und ließ sich neben mir auf das Sofa plumpsen. »Warum?«, fragte ich kurz nach. Wie erwartet schoss ihr Kopf herum und sie rief: »Hast du mir nicht zugehört? Florian gibt mir vielleicht noch eine Chance.« »Doch, ich habe dir zugehört«, erklärte ich ihr, »allerdings hatte ich gehofft, dass ich mich verhört hätte.« Ihr Gesichtsausdruck wurde ernst. »Gönnst du es mir nicht?«, wollte sie wissen, doch ich meinte etwas ganz anderes: »Du sagtest eben, dass Florian dir noch eine Chance gibt.« »Ja, das tut er«, kam es zurück, und ich konnte das große Fragezeichen über ihrem Kopf sehen. Ich klärte sie auf: »Conny, du brauchst keine Chance zu bekommen, denn du hast nichts verkehrt gemacht. Dein Mann war es, der fremdgegangen ist, und nicht du.« Jetzt verzog sich ihr Gesicht ins Säuerliche. »Papa, ich habe dir schon einmal gesagt, dass er sich keine andere hätte suchen müssen, wenn ich so wäre, wie er es sich wünscht.« Ich konterte: »Und ich habe dir schon einmal gesagt, dass er dich vor der Ehe lange genug kannte und dich trotzdem geheiratet hat. Nein, Conny, du hast nichts falsch gemacht. Wenn einer eine zweite Chance bekommt, dann ist er es.« Nun wurde sie nachdenklich und ich erklärte weiter: »Conny, hier geht es um eure Ehe, nicht um einen Autokauf. An einer Beziehung muss man arbeiten. Sie ist kein Fahrzeug, das man wegwirft und sich ein neues zulegt, wenn einem das alte nicht mehr passt.« Damit hatte ich wohl ins Schwarze getroffen, denn sie wurde plötzlich sehr nachdenklich. Ein Grund für mich, weiterzumachen: »Schatz, wenn ihr euch zusammensetzt, dann darfst du auf keinen Fall denken, dass du an allem die Schuld hättest. Du darfst nicht alle Bedingungen hinnehmen, die er dir stellt.« »Papa hat recht«, kam plötzlich eine Stimme aus dem Flur. Wir drehten die Köpfe und sahen Corinna in der Tür stehen. »Glaube nicht, dass du irgendetwas verkehrt gemacht hast. Schuld sind immer nur die Kerle«, rief sie. Langsam kam sie näher. »Wo ist denn Manuel?«, fragte ich, bekam aber zuerst noch keine Antwort. Sie setzte sich wortlos neben mich. Ich schaute sie an und auch Conny blickte verwundert zu ihr. »Manuel ist ein Idiot!«, brüllte sie plötzlich und fiel mir weinend um den Hals. Nicht, dass sie mir damit etwas Neues erzählt hätte, doch das beantwortete noch nicht meine Frage. Trotzdem beließ ich es dabei, denn – wollte ich wirklich wissen, was da los war?

Nach einiger Zeit stand Conny auf, lief um mich herum und setzte sich neben ihre Schwester. Ein kurzes Streicheln über ihren Oberarm reichte aus. Corinna ließ mich los, drehte sich herum und die zwei lagen sich in den Armen. Es war immer wieder schön mitanzusehen, dass die beiden füreinander da waren.

Etwas später hatte sich Corinna wieder gefangen. »Er hat mich geschlagen«, schluchzte sie. Wie bitte? Manuel hat meine Tochter geschlagen? Das reichte mir. Ich konnte diesen Widerling noch nie ausstehen und damit ging er entschieden zu weit. »Wo ist er jetzt?«, fragte ich erzürnt und sprang auf. Nun war Corinna kein Thema mehr, denn die beiden mussten sich fortan um mich kümmern. Plötzlich standen sie links und rechts neben mir und hielten mich fest. »Papa, es bringt nichts, dass du dich so aufregst. Außerdem war es nur eine Ohrfeige.« »Nur eine Ohrfeige?«, rief ich, »Eine Frau zu schlagen, ist erbärmlich, und noch dazu meine Tochter.« Mein Blutdruck war in diesem Moment bestimmt an der 200er-Marke angelangt und es war gut, dass Manuel nicht neben mir stand.

Die Co-Cos brachten es schließlich fertig, mich einigermaßen zu beruhigen. Ich setzte mich wieder auf das Sofa und auf beiden Seiten passten meine Töchter auf mich auf. »Erzähle uns von eurem Streit«, forderte ich Corinna schließlich auf, doch sie winkte ab. »Es gibt nicht viel zu berichten«, meinte sie, »er kam zu mir und erklärte, dass der Sex mit mir keinen Spaß mehr mache und er sich für diese Zwecke eine andere suchen würde.«Ich starrte meine Tochter an, doch sprechen konnte ich gerade nicht. Hatte sie das wirklich so gesagt, wie ich es verstanden hatte? Nein, das konnte nicht sein. So dreist ist keiner, noch nicht einmal dieser Typ. Ich fragte noch einmal nach, doch sie bestätigte ihre Aussage noch einmal.»Aber eines verstehe ich nicht. Warum hat er dich geschlagen und nicht umgekehrt?«, wollte ich von ihr wissen. Sie antwortete:»Na ja, weil ich ihm gesagt habe, dass ich das nicht mitmachen würde und er dann ganz bei diesem Flittchen bleiben könnte.« Ich strahlte plötzlich, denn in diesem Augenblick war ich unheimlich stolz auf meine Tochter. Vergessen war vorerst die Ohrfeige. Stattdessen freute ich mich, dass sie diesem Kerl Paroli bot und sich nicht alles gefallen ließ. Zufrieden nahm ich meine Tochter in den Arm, und auch Conny, die wieder einmal um mich herum zu ihrer Schwester ging, umarmte sie und sprach:»Jetzt sind wir beide wieder Single.«

Als sich alle Gemüter wieder etwas beruhigt hatten, fragte ich nach den Kindern, und prompt zogen sich ihre Mundwinkel wieder nach unten.»Die wollten bei ihrem Vater bleiben, weil sie ihn so ›cool‹ finden.« Cool? Diesen Schwachkopf? Wenn man andere so abwertend behandelt, wie er das tat, konnte von Coolness wirklich keine Rede sein, und über den zukünftigen Verbleib von Elias und Jonas würde er glücklicherweise nicht entscheiden können. Corinna drehte sich wieder zu mir:»Papa, kann ich über das Wochenende bei dir bleiben?« Natürlich würde ich meine Tochter sofort bei mir aufnehmen, die Frage war nur, wo sie schlafen sollte. Dieses Problem hatte aber auch sie schon erkannt und ergänzte:»Ich kann hier auf dem Sofa schlafen, das macht mir nichts aus.« Ihr vielleicht nicht, aber mir.»Ich lasse doch meine Gäste nicht im Wohnzimmer übernachten«, erklärte ich ihr deshalb und begann zu überlegen.»Wir könnten tauschen«, fiel mir ein,»ich schlafe in Connys Zimmer und ihr beide in meinem Schlafzimmer.« Doch das wollte sie nicht und auch Conny hatte einen Einwand:»Und was ist, wenn Alex kommt?«»Alex? Ich habe die ganze Woche nichts von ihr gehört, und wenn ich sie anrufe, geht sie nicht ran«, erklärte ich. »Warum nicht?«, fragte Corinna. Diese Frage war zwar berechtigt, doch ich konnte sie nicht beantworten. Zu gern hätte auch ich gewusst, was los war. »Ich weiß es nicht«, sagte ich deshalb, und plötzlich war ich wieder das Gespräch des Abends. Der Satz »Ihr seid ein tolles Paar« fiel genauso wie »Ihr passt gut zusammen« und »Ihr liebt euch doch«. Letzteren ließ ich allerdings unbeantwortet, da wir dieses Thema bereits öfter diskutiert hatten. Die beiden anderen konterte ich mit den Worten: »Wenn sie nicht mehr antwortet, will sie auch nichts mehr von mir.«

Wie auch vorher schon war unsere Beziehung wieder einmal Gesprächsstoff für den Abend. Doch plötzlich hatte Conny eine Idee: »Papa, mein Zimmer ist doch groß genug. Können wir nicht das Gästebett von Oma und Opa herüberholen? Dann könnte Jennifer bei mir schlafen und Corinna hätte wieder ihr altes Zimmer.« Die zwei saßen nebeneinander und schauten mich mit einem Blick an, den ich nur zu gut kannte. Die beiden verstanden sich blind und die eine wusste auch ohne zu reden, was die andere wollte. Scheinbar hatten sie sich schon telepathisch abgestimmt und schauten mich erwartungsvoll an. Ich begann zu lachen. »Wie zwei treue Dackel«, sagte damals Carola immer, was mir gerade einfiel, als ich sie so vor mir sitzen sah. »Also gut«, gab ich schließlich nach. Welche Wahl hätte ich auch gehabt? Sie fielen sich um den Hals und anschließend war ich mit Umarmen dran. »Wir fragen Opa«, teilte mir Corinna schließlich mit, und die zwei rannten aus der Tür. Ich hatte zwar ebenfalls ein Gästebett im Keller, jedoch war dieses zusammenklappbar und nur für Notfälle gedacht.

Als ich wieder allein war, kam mir wieder die Zeit in den Sinn, als sie noch im Jugendalter waren. Auch damals waren sie unzertrennlich. Sie veräppelten die Leute und teilten alles miteinander, einmal sogar den Freund. Dieser wusste nicht, dass es Zwillinge waren, und fiel prompt auf ihr Spiel herein. Mal ging die eine, mal die andere mit ihm aus. »Der Arme«, sagte damals

Carola, doch wir beschlossen, uns in diese Angelegenheit nicht einzumischen. Sollte es jetzt wieder genauso werden? Ich war noch mitten in meinen Gedankengängen, als das Telefon klingelte. Manfred war am anderen Ende.»Kommst du rüber, damit wir das Bett abbauen können?«, fragte er. Da hatten die Co-Cos aber nicht lange um den heißen Brei herumgeredet, sie sind ja gerade erst hinübergegangen. Oder hatte Corinna meinen Schwiegereltern schon von ihrem Problem berichtet, bevor sie zu mir kam?»Ich bin gleich da«, sprach ich ins Telefon und legte wieder auf.

Als ich drüben ankam, erwartete mich mein Schwiegervater auch schon im Keller im dortigen Gästezimmer.»Ich glaube, dich freut es, wenn Corinna und Manuel sich wirklich trennen, oder?«, fragte er. Ich schaute ihn entgeistert an.»Nein, natürlich nicht«, klärte ich ihn auf,»dass ich ihn nicht mag, weiß jeder, aber solange Corinna mit ihm glücklich war, habe ich ihn akzeptiert.«»Und was sagst du zu seinem Entschluss, sich für den Sex eine andere zu suchen?«»Spricht für seinen miesen Charakter, aber welche Frau will diesen Kerl schon haben?«, sprach ich leise und grinste. Auch Manfred lachte und wuchtete die Matratze aus dem Bett. Als er sie hinaustrug, stellte ich mich in die Mitte des Raums und schaute mich um. Dieses Zimmer hatte Manfred damals für mich gedacht und er wollte es sogar nach meinen Wünschen umgestalten. Es sollte mein Jugendzimmer werden, wenn ich mich mal zurückziehen wollte. In Wirklichkeit hatten er und Elfriede es eher für den Fall vorgesehen, dass Carola und ich uns trennen, was damals jeder erwartet hatte. Doch das ist nie passiert. Lediglich drei Wochen brauchte ich diesen Raum, als wir damals Streit hatten. Gut, wir hatten uns wirklich getrennt, doch dabei merkten wir erst, wie verliebt wir ineinander waren. Später hatten wir auch immer nur von einer Auszeit geredet. Nachdem wir uns versöhnt hatten, räumte ich meine ganze Wäsche wieder in Carolas Zimmer und seit dieser Zeit war ich nur noch selten dort unten. Und doch wurden Erinnerungen geweckt. Einmal kam meine

Freundin herein und wollte sich zu mir legen, doch ich machte ihr verständlich, dass ich das nicht wollte. Schließlich ging sie wieder enttäuscht hinaus. Ich drehte mich herum und sah meinen Schwiegervater im Türrahmen stehen. »Na, werden Erinnerungen geweckt?«, fragte er mit ruhiger Stimme. Ich lächelte nur. Auch wenn ich dort nicht lange wohnte, ging ein Rückblick durch meinen Kopf. Erst sah ich Carola wieder in diesem Raum, dann waren wir zusammen oben. Plötzlich fiel mir meine Eisenbahn wieder ein. Ich hatte mir immer eine Modellbahn gewünscht, jedoch von meiner Mutter nie eine bekommen. Papa wollte mir zwar eine kaufen, doch Mama hatte es verboten. Elfriede und Manfred schenkten mir schließlich eine, als ich meinen ersten Geburtstag bei ihnen feierte. 15 Jahre alt wurde ich damals und ich hatte mich riesig darüber gefreut. Hier in diesem Zimmer hatte ich sie dann aufgebaut und auch immer mal damit gespielt. Nun stand sie zusammengepackt bei mir im Keller.

Endlich konnte ich aufhören, an die alten Zeiten zu denken, und machte mich am Lattenrost zu schaffen. Gemeinsam trugen wir ihn und die Matratze in Connys Zimmer. Unterwegs machte ich mir aber nochmals Gedanken über Manuel und meine Tochter. Als die beiden sich kennenlernten, war er noch zu ertragen. Erst später wurde er zu einem arroganten Schnösel. Dabei fragte ich mich immer, worauf er sich etwas einbildete. Er hatte nicht viel Geld, keinen gehobenen Posten in einer Firma und auch kein großes Auto. Warum also meinte er, etwas Besseres zu sein?

Wir räumten noch das Zimmer um, damit das zusätzliche Bett auch hineinpasste, und trugen den Rahmen anschließend aus dem Gästezimmer herüber. Dann begann für die Co-Cos die Umräumaktion. Conny holte Jennifers Sachen zu sich und Corinna ihre aus dem Auto.

Es war schon dunkel, doch Manfred blieb noch bei uns. Sogar Elfriede kam noch einmal herüber und brachte meine Enkelin mit. Ich schaute in die Runde. Alle waren mit irgendetwas beschäftigt oder am Reden. Jennifer diskutierte mit ihrer Mutter, weil sie es nicht so toll fand, sich mit ihr ein Zimmer teilen zu müssen. Es war wie ein Familientreffen, bei dem nur eine Person fehlte – Carola. »Oh Schatz, ich wünschte, du könntest jetzt auch hier sein«, dachte ich, denn dann wäre es wie früher gewesen. Das letzte Mal, als wir uns alle in diesem Haus so versammelten, war an ihrem Geburtstag. Sie wusste bereits, dass sie nicht mehr lange leben würde, und hatte noch einen ganz besonderen Wunsch – ihren großen Tag so feiern wie in ihrer Jugend. Ich erinnerte mich:

* * *

»Schatz, weißt du noch, als wir damals unsere Geburtstage zusammengelegt hatten?« Carola hatte ihre Arme um meinen Hals geschlungen und sah mich mit diesem Blick an, dem man nichts abschlagen konnte. »Okay, wenn du so kommst, dann willst du etwas von mir«, stellte ich fest. Sie grinste: »Das wird das letzte Mal sein, dass ich ein Jahr älter werde. Können wir es so machen wie damals, bevor wir heirateten?« Als ich zur Familie Klein kam, legten wir unsere Geburtstage zusammen. Carola hatte im Mai und ich im Oktober. Meist war es da schon so kalt, dass man draußen nichts mehr machen konnte, und außerdem wurde mir damals kurz vor ihrem großen Tag vom Jugendamt mitgeteilt, dass ich bei meiner Freundin und ihren Eltern bleiben konnte. Ein neues Leben begann und deshalb feierten wir gemeinsam. Später machten wir das nicht mehr und auch in diesem Jahr war ich eher dagegen. »Schatz, es ist doch nur dein großer Tag und nicht meiner. Ich denke, wir sollten dir zu Ehren eine Party machen und nicht meinetwegen.« Carola legte ihre Stirn in Falten: »Hatten wir ein glückliches Leben zusammen oder nicht?« Oh ja, das hatten wir. Natürlich gab es auch mal Meinungsverschiedenheiten, doch der große

Streit blieb größtenteils aus. Auch den Stress mit der Erziehung der Zwillinge, während wir selbst noch zur Schule gingen, meisterten wir dank der Hilfe ihrer Eltern. »Das hatten wir«, sagte ich deshalb und gab ihr einen Kuss. »Dann lass uns nicht nur meinen Geburtstag, sondern unser gemeinsames Leben feiern.« Sie lächelte mich an, während sie diese Worte sprach. Ich bewunderte immer wieder ihre Tapferkeit. Ich weiß nicht, wie ich nach einer solchen Diagnose reagiert hätte, doch Carola sagte: »Ich habe nur noch wenig Zeit und diese möchte ich noch genießen.« Schließlich sagte ich zu.

Wir setzten uns hin und schrieben auf, wie sie sich ihre letzte Feier vorstellte. Ihre Partys fanden größtenteils draußen statt, doch das war wegen des Wetters nicht immer einfach. Meistens fuhren wir zweigleisig. Wir planten zwar für draußen, überlegten uns aber auch immer, was wir machen würden, wenn die Wetterlage es mal nicht so gut mit uns meinen würde. So auch dieses Mal, doch es gab eine viel wichtigere Frage: Wen wollte sie einladen? Ihre Partys waren immer groß und mit vielen Leuten aber würde sie das noch schaffen? Sie war doch schon etwas schwach und konnte vieles nicht mehr so, wie sie das gern gemacht hätte. Ich wollte aber auch nicht direkt nachfragen, und so schrieb ich einfach »Gästeliste« auf ein Blatt und unterstrich das Wort. Anschließend sah ich sie an. Sie kam auch gleich auf den Punkt und bestätigte meine Vermutung: »Ich möchte dieses Jahr nicht so viele Leute einladen. Es sollen nur unsere Familie und unsere besten Freunde kommen.« Alles andere wäre auch zu viel gewesen.

Damals hatten wir sogar unsere komplette Schulklasse eingeladen und feierten das ganze Wochenende. Geschlafen hatten wir immer zu zweit in Zelten. Eine Klassenkameradin machte damals den Vorschlag, dass je ein Mädchen und ein Junge zusammen übernachten sollten. Ich suchte mir Anita aus, die damals schon mit Andreas zusammen war, und dieser nahm Carola mit. Am nächsten Tag beichtete mir meine Freundin, dass sie sich wild geküsst hatten und beinahe noch mehr passiert wäre. Das traf mich damals sehr hart und unsere Beziehung wurde erneut auf die Probe gestellt. Doch wir blieben zusammen und Carola entschuldigte sich mehrfach. Sogar Andreas tat dies bei mir und natürlich auch bei seiner Freundin. Wir waren damals schon gut mit den beiden befreundet und dies blieb bis zuletzt so. Die zwei heirateten ein paar Jahre nach uns und sind noch immer zusammen. Sie kamen zwar auch zur Beerdigung, doch ich nahm sie kaum wahr. Umso größer war die Freude, sie an meinem 50. zu sehen. Natürlich unterbreitete ich meiner Frau den Vorschlag, die zwei einzuladen, und sie stimmte auch sofort zu. »Außerdem möchte ich noch Andrea und Alex dabeihaben«, teilte sie mir mit. Ich staunte nicht schlecht. Andrea war damals ihre beste Freundin, doch irgendwann zog sie von hier weg. Sie hatte zwar ihre neue Adresse, doch getroffen hatten sie sich nicht mehr. Und Alex? Ja, unser einstiger Trennungsgrund und meine Frau freundeten sich zwar an, doch auch zu ihr brach der Kontakt irgendwann ab. Sie gab mir zwar ihre Telefonnummer, doch war diese auch noch aktuell? Schließlich stimmte ich zu, die beiden anzurufen. Bei Andrea war es wohl etwas schwieriger, denn sie wusste noch nichts von der Krankheit ihrer damaligen besten Freundin. Ich musste sie also nicht nur bitten zu kommen, sondern ihr auch noch erklären, dass Carola nicht mehr lange leben würde.

Bevor wir die Planung beendeten, musste ich noch etwas fragen, traute mich aber nicht so recht. Würde sie sich noch etwas wünschen? Wie sollte ich das anstellen? Ich konnte doch schlecht sagen: »Du lebst bald nicht mehr, deshalb können wir uns das Geld sparen.« Nein, das wollte ich nicht sagen und ich meinte es auch so nicht. Ganz im Gegenteil – ich wollte ihr noch eine Freude machen. Ich müsste ihr etwas schenken, an dem sie noch einmal so richtig Spaß hat. Aber was? Es dürfte nichts Materielles sein, eher so etwas wie ein Erlebnis. Doch auch das war schwierig, da sie schon stark entkräftet war. Es musste also etwas sein, bei dem sie nicht aktiv mitmachen musste. Da sollte es doch etwas geben?

Bereits am nächsten Tag begann ich mit dem Telefonieren. Ich erreichte wirklich beide Freundinnen und sie sagten zu. Doch es zerrte gewaltig an meinen Nerven. Nachdem ich immer wieder betonen musste, dass meine Frau bald sterben würde, brach ich irgendwann mit einem Weinkrampf zusammen. Natürlich wussten Carola und ich, was kommen würde, doch wir redeten kaum darüber. Wir waren überzeugt, es würde reichen, wenn es eines Tages so weit wäre, und nun immer wieder davon berichten zu müssen, war einfach zu viel. Ich begann schließlich mit den Vorbereitungen und unsere Töchter halfen kräftig mit. Conny war es, die plötzlich einen Einfall hatte: »Du kannst Mama doch eine Ballonfahrt schenken.« Das war eine ausgezeichnete Idee. Carola wollte immer mal mit einem Ballon fliegen, doch das wollte sie nicht allein tun. Ich hätte mitfliegen müssen, was aber nicht ging. Schon in der Kindheit hatte ich Höhenangst und scherzte immer wieder darüber, dass mir bereits schwindlig werden würde, wenn ich auf meinem eigenen Schatten stünde. Gebessert hatte sich das über die Jahre nicht, was auch meine Töchter wussten. »Sorry, Papa, ich habe nicht an deine Phobie gedacht«, sagte sie leise. Doch das war mir plötzlich alles egal, denn was sollte schon passieren? Die ganzen Jahre dachte ich, dass dieses Ding abstürzen könnte, doch das hatte sich schlagartig gelegt. Im schlimmsten Fall würde ich die Reise, die Carola bevorstand, gemeinsam mit ihr antreten. Davon sagte ich meinen Töchtern allerdings nichts. Gescheitert ist das Vorhaben allerdings, weil mir jemand sagte, dass man in dem Korb nicht sitzen kann und stundenlang stehen konnte Carola nicht mehr. Stimmte das überhaupt? Konnte man in diesen Dingern wirklich nicht sitzen? Wollte ich es glauben, weil meine Angst davor vielleicht doch stärker war, als ich zugeben wollte?

Ein paar Wochen später war es so weit – ihr Geburtstag war gekommen. Ausgerechnet an ihrem letzten Jahrestag regnete es, sodass wir improvisieren mussten. Wir räumten die Kommode ab und funktionierten sie in einen Geschenktisch um.

Doch was schenkt man jemandem, der nicht mehr lange zu leben hat? Sie wusste das und wollte nur noch spezielle Sachen. Vorzugsweise waren dies Nahrungsmittel, die sie nicht oft oder noch gar nicht gegessen oder getrunken hatte. »Bereitet mir einen Tisch mit Kaviar und Champagner und allen anderen Sachen, die ich noch nie probiert habe«, rief sie eines Tages. »Ich will Hummer und Muscheln und Austern und ...« Sie lachte herzhaft, während sie die Leckereien aufzählte, um mir im selben Augenblick weinend um den Hals zu fallen. Ja, sie wollte ihre letzten Tage noch genießen, doch immer wieder überkam sie die Realität und die Angst vor dem Tod. Es war eine Achterbahnfahrt der Gefühle.

Als ihr großer Tag angebrochen war, hielt ich ihr noch am Morgen im Bett einen Gutschein für einen Rundflug über die Region unter die Nase. In einem Flugzeug konnte sie sitzen und musste nichts machen, außer die Reise zu genießen. »Schatz, das ist eine großartige Idee«, lobte sie, war aber noch begeisterter von meinem Mut, mich ihretwegen in ein so kleines Flugobjekt zu setzen. Sie wusste von meiner Angst und machte sogar ihre Witze darüber. Wir fingen an, im Bett zu raufen, und lachten dabei, bis ich plötzlich auf ihr lag. Schlagartig wurde sie ernst. »Komm«, befahl sie leise, »der Morgen hat so toll begonnen, lass ihn uns perfekt machen.« Es war das letzte Mal, dass wir zusammen schliefen. Vielleicht war es nicht das intensivste Zusammenkommen zwischen uns, aber mit Sicherheit das emotionalste. Zum Einlösen des Gutscheins ist es leider nicht mehr gekommen.

* * *

»Erde an Micha«, riss mich plötzlich eine Stimme aus meinen Erinnerungen. Erschrocken drehte ich den Kopf und sah, dass mein Schwiegervater neben mir stand. »Du warst aber gerade sehr weit weg«, stellte er fest.»Etwas mehr als drei Jahre«, gab ich ihm zur Antwort.»Zuletzt kam die ganze Familie an Carolas letztem Geburtstag hier zusammen.«Manfred, der eben noch grinste, zog die Mundwinkel nach unten.»Daran hast du gedacht?«, fragte er. Ich nickte.»Ich erinnerte mich wieder an den Gutschein«, erklärte ich ihm. Meinem Schwiegervater entglitt ein leichter Aufschrei:»Wärst du da wirklich eingestiegen?« Diese Frage war berechtigt, denn ich wusste es selbst nicht. Ich war zwar einerseits froh, dass ich nicht in solch eine Kiste musste, aber andererseits hätte ich meiner Frau gern noch einmal eine Freude gemacht.»Lass uns über etwas anderes reden«, forderte ich ihn auf,»Wie geht es jetzt mit Manuel weiter?« Manfred verdrehte die Augen:»Lenke nicht vom Thema ab, Micha. Ich sehe doch, dass es dir gerade nicht gut geht.« Okay, er kannte mich wirklich, aber ich bin ja auch schon mit 14 zu ihnen gekommen.»Mir geht es nie gut, wenn meine Töchter Probleme haben«, log ich ihn an. Ich wollte einfach das Gespräch von mir weglenken. Doch Manfred konterte:»Wenn es ihnen nicht gut geht? Schau mal da rüber.« Okay, dagegen kam ich nicht an. Die Co-Cos lachten und es schien fast so, als hätten sie noch nie solch einen Spaß gehabt. Doch wer die beiden kannte, der wusste, dass es hinter der Fassade anders aussah. Auch wenn man in diesem Moment hätte glauben können, dass sie sich nur gegenseitig brauchten, so wusste ich, dass sie darunter litten, es ihren Ehemännern nicht recht machen zu können. Ich klärte Manfred auf:»Der Schein trügt. Glaube mir, ich kenne meine Töchter. Es geht ihnen augenblicklich schlechter als mir.« Mein Schwiegervater schaute noch einmal zu ihnen und man konnte gut erkennen, dass das Grübeln in seinem Kopf begann.

»Wir gehen dann mal nach Hause«, teilte mir Elfriede mit, die plötzlich neben uns stand. Mein Schwiegervater klopfte mir auf die Schulter.»Denk nicht mehr so viel über alles nach«, sagte er leise. Dann verabschiedeten sich die zwei und begaben sich auf den Heimweg. Jetzt war ich allein mit den Zwillingen und meiner Enkelin.

Als die drei fertig waren mit ihren Betten, kamen sie zu mir ins Wohnzimmer. Jennifer wurde an diesem Abend von ihrer Mutter ins Bett gebracht und von einer Frau, die genauso aussah. Manchmal frage ich mich schon, was die Kinder wohl denken, wenn sich Mama und Tante zum Verwechseln ähnlich sind. »Was machen wir denn nun?«, wollte ich wissen, »Ihr wollt bestimmt keine Gesellschaftsspiele machen wie früher.« »Warum denn nicht?«, rief Conny, und Corinna antwortete: »Weil er dann wieder genauso verlieren würde wie damals.« Gelächter brach auf dem Sofa gegenüber aus. Sie saßen wieder einmal nebeneinander und hatten sogar die gleichen Schlafanzüge an. Wenn eine von ihnen irgendwelche Kleidung entdeckte, von der sie wusste, dass sie auch der Schwester gefällt, dann wurde diese einfach zweimal gekauft. Sie hatten den gleichen Geschmack und auch sonst waren sie sich sehr ähnlich, nicht nur äußerlich. Ich glaube, sie hätten fast nahtlos die Kindererziehung der jeweils anderen übernehmen können.

Als wir am Überlegen waren, was wir an diesem Abend machen könnten, klingelte es an der Tür. Ich war überrascht, denn es war schon 20 Uhr. Auch Corinna und Conny sahen mich an. Neugierig stand ich auf und lief zur Sprechanlage. Ich schaltete die Kamera ein und sah Alex vor dem Tor stehen. Verwundert über diesen späten Besuch drückte ich den Toröffner und ging ihr sogar ein Stück entgegen. Sie fuhr mit ihrem Auto neben das Haus. Der Motor war noch nicht richtig aus, da sprang sie schon heraus und fiel mir die Arme. »Es tut mir so leid«, flüsterte sie mir ins Ohr und zog mich fest an sich heran. Was tat ihr denn leid? Außer, dass sie sich zwei Tage nicht bei mir gemeldet hatte, wüsste ich nicht, was sie verkehrt gemacht haben könnte. »Was ist los?«, wollte ich deshalb wissen, doch sie schüttelte nur den Kopf und klammerte sich noch fester an mich.

Nach einer Weile ließ sie mich endlich los. Ich fragte auch nicht mehr nach, schob sie zur Tür und sie ging wortlos mit.

Als wir im Flur ankamen, schaute ich sie genauer an.»Alex, hast du Kartoffeln ausgemacht?«, fragte ich, denn genau so sah sie aus. Völlig verdreckte Jeans, schmutziges Gesicht, und sie hatte sogar einen dazu passenden Körpergeruch.»So ähnlich«, sagte sie nur kurz und sah auf den Boden. Sie schien sich für etwas zu schämen. Aber warum?»Kann ich heute Nacht hierbleiben?«, kam es mir entgegen. Zu gern hätte ich in diesem Moment mehr gewusst, doch ich vermied weitere Fragen. Es war ihr allem Anschein nach auch so schon unangenehm genug.»Natürlich kannst du das«, antwortete ich,»geh erst einmal unter die Dusche. Zusammen liefen wir ins Schlafzimmer. Sie zog sich aus und verschwand im Bad. In der Zwischenzeit holte ich einen Schlafanzug von Carola aus dem Schrank und legte ihn auf das Bett. Dann nahm ich ihre schmutzigen Sachen, brachte sie in den Keller und ließ sie in der Waschmaschine verschwinden.

»Was ist los, Papa?«, fragte Conny, als ich ins Wohnzimmer zurückkam. Ich zuckte mit den Schultern.»Ich weiß es nicht. Ich denke, sie wird es uns nachher erzählen.« Corinna saß die ganze Zeit neben ihrer Schwester und rümpfte die Nase.»Da ich schon lange mit Manuel zusammen bin, habe ich mich an so manche Gerüche gewöhnt. Der Gestank, den Alex aber mitgebracht hat, ist sehr gewöhnungsbedürftig.«»Gewöhnungsbedürftig nennst du das?«, rief Conny,»Der ist abartig.« Ich begann zu grinsen. Meine Töchter waren normalerweise nicht so empfindlich, doch auch ich drehte die Nase weg, als Alex hereinkam. Zum Glück umarmte sie mich noch an der frischen Luft.

Nach einer gefühlten Ewigkeit kam Alex zu uns. Sie stand lange unter der Dusche und nun zog sie auch mal wieder die Mundwinkel nach oben.»Ist das ein Schlafanzug von Carola?«, fragte sie und zupfte an sich herum.»Ja, aber er hat ihr nicht so gut gefallen und sie hat ihn deshalb auch nicht getragen«, klärte ich auf.»Es macht dir also nichts aus, wenn ich ihn anhabe?«, wollte sie noch wissen. Ich schüttelte den Kopf. »Nein, es macht mir nichts aus. Ich muss dich aber warnen, du siehst darin nämlich zum Anknabbern aus.« Endlich lachte sie mal richtig. »Dann knabber doch«, säuselte sie, während sie sich neben mir auf dem Sofa niederließ. »Oh Gott, ich glaube, wir stören hier«, kam es von der anderen Seite des Tisches. Die Co-Cos wollten gerade aufstehen, doch ich hielt sie zurück. »Wollt ihr nicht wissen, welch wohlriechenden Duft unser Gast mitgebracht hat?« Eigentlich wollte ich einen Scherz machen, der bei meinen Töchtern auch funktionierte. Alex hingegen wurde wieder ernst. »Micha, ich hatte ja schon gesagt, dass es mir leidtut. Das Ganze kam so plötzlich und da ...« Sie machte eine Pause und ich beruhigte sie. Behutsam legte ich meinen Arm um sie und sie erzählte: »Eigentlich begann alles noch recht harmlos. Mein Chef machte mir immer wieder Komplimente wegen meines Aussehens. Anfangs dachte ich mir nichts dabei, doch er wollte immer öfter mit mir allein sein. Plötzlich hatten wir so viel Arbeit, dass er Überstunden anordnete. Kurz vor Ende der regulären Arbeitszeit rief er mich zu sich. Er wollte mir erklären, was ich in den kommenden Tagen alles erledigen müsste.« Ich merkte, dass es ihr nicht leichtfiel, darüber zu reden. Immer wieder schluckte sie zwischendurch. »Als wir nebeneinanderstanden, strich er plötzlich mit der Hand über meinen Hintern. Natürlich drehte ich mich weg und sagte ihm, dass er dies unterlassen solle, und dann ... dann ...« Alex war den Tränen nahe. Ich zog sie zu mir heran und sie legte ihren Kopf an meine Schulter. Leise fuhr sie fort: »Er hörte nicht auf und ging auf mich zu. Ich wich immer weiter zurück, bis ich mit dem Rücken an der Wand stand. Dann legte er seine Hand auf meine Brust und meinte, dass ich es doch auch wollen würde. Ich ... ich ...« Sie regte sich immer mehr auf und wurde lauter: »Ich habe ihm einfach eine geknallt«, brüllte sie mir ins Gesicht. Ich versuchte, sie zu beruhigen, und nahm sie in die Arme, als sie in Tränen ausbrach. »Das hast du gut gemacht«, lobte ich sie in der Zwischenzeit und streichelte zärtlich durch ihre Haare. »Etwas anderes hat er nicht verdient.« Conny setzte noch einen drauf:

»Hat es wenigstens richtig geklatscht, als du ihm eine geschmiert hast?« Alex weinte zwar weiter, lachte aber gleichzeitig über die Worte meiner Tochter. Sie hob den Kopf. »Ich dachte, dem fliegt die Rübe weg«, sagte sie und lachte endlich wieder. Doch nur kurz, dann wurde sie wieder ernst und sah mich an: »Micha, ich habe in diesem Moment rot gesehen. Ich hatte solche Angst, dass ich richtig fest zugeschlagen habe.« »Das war richtig so«, hängte sich nun auch Corinna in das Gespräch. »Ja, aber … also es ging noch weiter«, berichtete sie, »Er hielt sich die Wange und sah mich mit einem Blick an, dass es mir ganz anders wurde. Er hatte etwas Böses in den Augen und rief: »Das hättest du nicht tun sollen.« Ich rannte weg. Als ich durch den Gang eilte, merkte ich, dass niemand mehr da war. Er hatte nur zu mir gesagt, dass Überstunden zu machen sind, um mit mir allein zu sein.« Sie kuschelte sich wieder an mich. Damit sie etwas ruhiger wurde, streichelte ich ihr über die Schulter. Sie redete weiter: »Irgendwann war der Gang zu Ende, und so hatte er mich bald eingeholt. Er sagte, dass ich jetzt fällig sei, und kam auf mich zu und …« Ihr Kopf schnellte hoch und mit großen Augen starrte sie mich an. »Micha, ich hatte panische Angst, und dann habe ich …, ich habe …« Sie wurde etwas leiser. »Ich habe ihn mit voller Wucht in seine Eier getreten.« Diese Worte allein verursachten bei mir einen Stich in dieser Gegend. Vom Sofa gegenüber allerdings bekam sie Beifall. Meine Töchter saßen dort nebeneinander im Schneidersitz und applaudierten. »Hoffentlich hast du auch fest genug getreten«, rief Corinna, und Conny meinte: »Das macht der kein zweites Mal.« Alex gab ihr recht: »Bei mir zumindest nicht, denn bereits am nächsten Tag lag die Kündigung im Briefkasten.« Erneut legte sie ihren Kopf auf meine Schulter. Sie wurde ganz ruhig, doch ich hoffte, dass sie noch weiterreden würde. Immerhin wollte ich den Grund für ihr Aussehen wissen und warum sie noch abends spät bei mir erschien. Doch es kam erst einmal nichts mehr.

Ich wartete noch einen Augenblick. »Alex, ich habe deine Kleidung in die Waschmaschine getan«, teilte ich ihr mit. Eigentlich hoffte ich, dass sie uns nun erklären würde, warum sie so dreckig zu uns kam, doch sie sagte nur »Danke« und machte mit etwas anderem weiter: »Wisst ihr, ich habe nicht viel Geld. Ich hatte mir zwar etwas zur Seite gelegt, doch das ging komplett für die Miete drauf. Und nachdem ich nicht mehr arbeitete und kein Geld bekam, warf mich mein Vermieter aus der Wohnung.« »Moment mal, so einfach geht das auch nicht«, meinte Corinna, »der kann dich nicht einfach rauswerfen, weil du einmal die Miete nicht gezahlt hast.« »Hat er aber gemacht«, antwortete sie, »ich kann zwar dagegen klagen, aber wer soll das denn bezahlen?« »Arbeitest du nicht mehr?«, fragte nun Conny, »Du hast doch eine Kündigungsfrist.« Doch da kannte ich mich aus, denn ich hatte ja auch eine Firma. »Wenn du dem Chef eine knallst und ihm zusätzlich in seinen heiligen Bereich trittst, dann darfst du gleich gehen«, klärte ich sie auf, »und da sie ihre Kündigung provoziert hat, wird sie auch kein Arbeitslosengeld bekommen.« Alex schaute mich an und schüttelte nur den Kopf. »Aber wenn es doch gerechtfertigt war.« Conny schaute verwundert zu mir. »Ob es gerechtfertigt war oder nicht, muss ein Gericht klären. Ich nehme aber an, dass Alex auch dafür kein Geld hat.« Fragend schaute ich sie an. Wie erwartet schüttelte sie nur den Kopf, und deshalb beschloss ich, sie etwas aufzumuntern: »Das brauchst du auch nicht. Am Montag fahren wir zusammen in meine Firma. Der Anwalt kommt an diesem Tag immer zu uns. Du schilderst ihm den Fall und wir klagen auf Wiedereinstellung.« Alex erschrak und rief: »Micha, da gehe ich nie mehr hin. Ich will nicht …« Ich unterbrach sie: »Alex, das nennt sich nur so. Jedem ist bewusst, dass du dort nicht mehr arbeiten kannst, und dabei geht es auch nur um eine Abfindung.« »Abfindung?«, wunderte sich Corinna, »Sie hat ihm eine geballert, da wird sie keine Abfindung bekommen.« Ich gab ihr recht: »Normalerweise nicht, doch vielleicht können wir ihn wegen Nötigung oder sogar versuchter Vergewaltigung dranbekommen. Oft gibt es dabei sogar eine außergerichtliche Einigung, weil kein Chef in der Öffentlichkeit eines Verbrechens beschuldigt werden will.« Das Gesicht meiner Freundin hellte sich zunächst auf, doch sie gab zu bedenken: »Micha, das ist schon zwei Monate her. Meinst du, das geht noch?« Ich lächelte. »Da fragen wir nächste Woche noch mal genau nach. Wichtig ist, dass du ihm den genauen Ablauf schilderst und natürlich die Wahrheit sagst. Er wird dir dann einen Rat geben, was zu tun ist.« Alex schaute mich ununterbrochen an, als ich das sagte, und nach einer Zeit fragte sie leise: »Micha, ich weiß nicht genau, wo wir beide gerade stehen, deshalb frage ich lieber. Darf ich dir einen Kuss geben?« Sowohl meine Töchter als auch ich mussten lachen. So etwas musste sie mich wirklich nicht fragen.

Als wir endlich über ihren Chef und den Grund ihrer Entlassung im Bilde waren, stand noch immer die Frage im Raum, warum sie so verdreckt bei uns ankam. Ich fragte deshalb direkter nach. Endlich rückte sie mit der Sprache heraus: »Ich bin bei einer Freundin untergekommen. Es sollte nur für kurze Zeit sein, bis ich wieder einen Job habe, doch das stellte sich als schwierig heraus. Ich hatte nämlich keinen festen Wohnsitz mehr, und ohne den bekommst du keine Arbeit. Ohne Arbeit kriegst du aber auch keine Wohnung. Das ist eine Endlosschleife.« »Wie lange hast du bei ihr gewohnt?«, fragte ich. Mir war klar, dass sie inzwischen nicht mehr bei ihr lebte, denn so langsam setzte sich das Puzzle zusammen. »Ich war einen Monat bei ihr, dann warf mich ihr Mann raus, erlaubte mir aber, in der Gartenlaube zu übernachten. Kurz vor deinem Geburtstag bin ich dorthin gezogen und jetzt kann ich einfach nicht mehr. Die Kälte, die dicken Spinnen, die dort herumkrabbeln, und außerdem hat er einen ganzen Zoo in seinem Garten.« Einen Zoo?«, fragte Conny nach. »Ja, dort sind viele Tiere. Alles, was laufen kann, macht da herum: Ziegen, Schafe, Hühner und …« Es folgte eine kurze Pause. Gespannt sahen wir zu ihr. Wir wollten wissen, was wohl noch kommen würde. »Neben der

Hütte hat er einen Misthaufen angelegt«, rief sie aufgeregt, »und vorhin bin ich im Dunkeln da reingefallen. Er hatte kurz zuvor erst den Stall ausgemistet.« Ich begann zu grinsen. Bei der Art, wie sie das erzählte, gepaart mit dem dazugehörigen Gesichtsausdruck, konnte ich nicht mehr ruhig bleiben. Auch meine Töchter saßen da und versuchten verzweifelt, sich zu beherrschen. Aber Alex hatte Humor. Sie sah jeden einzelnen von uns an und gab bekannt:»Ihr dürft jetzt lachen: 3 – 2 – 1 und los!« Jetzt hielt uns nichts mehr und sie machte sogar selbst mit. Schon kurze Zeit später beruhigte ich mich aber wieder.»Bin ich froh, dass dir das passiert ist«, sagte ich, was mir zunächst einen bösen Blick einbrachte, doch ich erklärte:»Sonst wärst du jetzt nicht hier.«

Nachdem Alex mich nochmals gefragt hatte, ob sie hierbleiben dürfte, erklärte ich ihr, dass sie so lange bei mir wohnen könnte, wie sie wollte. Ich verstand ohnehin diese Frage nicht, denn es war eigentlich ausgemacht, dass sie ganz zu mir zieht. Da wir eine solch gute Stimmung hatten, fragte ich nicht nach, doch bei Gelegenheit müsste ich dieses Thema wohl noch einmal ansprechen.

Wir saßen an diesem Abend noch lange zusammen. Die Co-Cos holten Bier und Wein und es wurde richtig gesellig. Wir lachten viel und Alex kuschelte sich permanent an mich. Es war fast wie früher, als meine Töchter noch bei uns lebten. Auch da saßen wir oft abends zusammen und unterhielten uns, machten Späße und lachten natürlich auch viel. Ja, es war tatsächlich wie damals und trotzdem gab es einen gravierenden Unterschied – Carola wurde durch Alex ersetzt.

Liebe auf Probe

Als ich am nächsten Morgen aufwachte, lag Alex in meinem Arm. Sie schlief noch, und so konnte ich noch einmal über uns beide, den gestrigen Abend und unsere Zukunft nachdenken. Ja, ich mochte sie von ganzem Herzen, aber ich konnte Carola nicht vergessen. Viel zu sehr hing ich an ihr und alles im Haus und auf dem Grundstück erinnerte mich an sie. Eigentlich hatten wir beschlossen, es miteinander zu versuchen, hatten also bereits eine Beziehung. Doch war das wirklich sinnvoll? Auch in diesem Moment, als ich mit Alex kuschelte, dachte ich, Carola würde bei mir liegen. Hat eine Partnerschaft unter diesen Gesichtspunkten dann überhaupt Sinn? Und was sollte die Frage am Vorabend, ob sie bei mir bleiben dürfe?

Vorsichtig drehte ich mich so, dass ich meinen Arm unter ihr herausziehen konnte. Gleichzeitig legte sie sich mit einem Grummeln auf die andere Seite. Sie wachte noch nicht einmal auf. Kein Wunder, nach etlichen Nächten in einer Gartenlaube, in denen sie vermutlich kaum zur Ruhe kam.

Bevor ich das Schlafzimmer verließ, sah ich noch einmal nach ihr. Sie hatte sich etwas freigestrampelt und Carolas rosafarbener Pyjama war gut zu erkennen. Er stand ihr wirklich gut. Alex war äußerlich vollkommen anders als Carola, und doch waren sie beide gleich hübsch. Jede hatte ihre Reize und von beiden fühlte ich mich angezogen. Carola hatte langes, dunkelblondes Haar, das von Alex war schwarz und immer noch so kurz wie früher, als wir uns kennenlernten. Nicht jeder Frau steht eine Kurzhaarfrisur, aber bei ihr könnte ich mir keine andere vorstellen; es passte einfach.

Ich deckte sie behutsam zu und ging in die Küche. Corinna saß bereits dort und hatte noch immer ihren Schlafanzug an. »Gott sei Dank«, sagte sie, »ich dachte schon, du kämst jetzt nackt hierher.« Sie meinte es scherzhaft, denn schon von klein auf gewöhnten wir die Kinder an den natürlichen Anblick eines

Menschen. Auch später liefen wir immer mal ohne Kleidung durch das Haus. »Würde ich doch niemals machen«, konterte ich und ging zum Kaffeeautomaten. Ich holte mir eine Tasse des schwarzen Muntermachers und setzte mich zu ihr an den Tisch. »Papa, es war schön gestern Abend«, sprach sie leise. Ich schaute sie nur an; mehr brauchte ich auch nicht zu tun. Ich kannte meine Tochter und wusste, dass sie gleich mit der Erklärung beginnen würde. »Es war fast wie früher, als Mama noch da war und wir noch kleiner waren. Erinnerst du dich noch an die Abende, an denen wir einfach nur auf dem Sofa saßen und redeten?« Natürlich erinnerte ich mich daran. Gerade erst am Vorabend dachte ich, Carola wäre zurück. Corinna sprach weiter: »Alex ist zwar nicht Mama, und trotzdem war es familiärer als zu Hause. Manuel will immer nur fernsehen. Da gibt es keine Zärtlichkeiten oder Aussprachen, und wenn es bei ihm wieder mal drückt, dann ruft er mir ›Komm ins Bett, ich bin geil‹ zu. Es ist doch normal, wenn ich dann keine Lust habe.« Da hatte sie absolut recht, doch bevor ich antworten konnte, fragte sie: »Hat Mama auch mal mit dir geschlafen, obwohl sie dazu eigentlich keine Lust hatte?« Furchtbare Erinnerungen kamen hoch. »Ja, das hat sie, aber das sagte sie mir erst viel später. Gemerkt habe ich es aber trotzdem, denn es war auch für mich nicht schön.« Corinna dachte nach. »Ist Manuel vielleicht deshalb unzufrieden mit mir?« Ich erschrak. Sie war ja plötzlich wie Conny. Auch sie gab sich die Schuld am Scheitern ihrer Ehe und am Fehltritt ihres Mannes. Ich musste etwas tun. »Schatz, wenn ein Mann eine Frau nur wegen Sex braucht, dann läuft etwas gänzlich schief. Wenn er nicht zärtlich zu dir ist und du deswegen eigentlich nicht mit ihm schlafen willst, es aber trotzdem machst, dann ist es auch für ihn nicht toll. Das heißt, es liegt völlig an ihm, ob es schön wird oder nicht.« Sie lächelte mich an. »Muss ich mir keine Vorwürfe machen?«, fragte sie etwas ängstlich. So weit käme es noch. Ich stand auf, setzte mich neben sie und nahm sie in den Arm. »Natürlich nicht«, erklärte ich ihr, »wenn ihr beide zusammen fernsehen und bereits auf dem Sofa mit einem Vorspiel beginnen würdet, dann wäre euer Intimleben ein vollkommen anderes. Weißt du, bei solchen Machos werden Frauen anfangs schwach, denn sie wollen erobert werden. Dann aber ändern sie sich oft nicht und erwarten, dass die Frau ihnen gehorcht. Dann ist die Beziehung meist nicht mehr zu retten.« Corinna wurde nachdenklich. Sie starrte in die hintere Ecke des Raums und schlürfte ihren Kaffee. »Du hast recht«, sagte sie auf einmal ganz leise, »es war schon immer so, dass er bestimmte, was gemacht wird.« Erneut war sie geistesabwesend. Plötzlich sprang sie auf. »Ich muss mal darüber nachdenken«, sagte sie in ruhigem Ton, stellte ihre Tasse auf den Tisch und ging in ihr Zimmer.

Es dauerte nur ein paar Minuten, da kam Conny zu mir – ebenfalls im Pyjama. »Guten Morgen, Papa. Ich konnte mich nicht umziehen, sonst hätte ich Jennifer geweckt«, sagte sie. Ich lächelte nur, während sie an mir vorbeilief und sich ebenfalls einen Kaffee holte. »Wo ist denn Alex?«, wollte sie wissen, als sie sich auf der anderen Seite des Tisches niederließ. »Schläft noch«, erklärte ich kurz. Ich war gedanklich immer noch nicht in der Realität angekommen. Zu sehr machte es mir zu schaffen, dass Alex nun in Carolas Bett schlief. Für wie lange wusste ich zu diesem Zeitpunkt noch nicht. »Sie schläft sich mal richtig aus nach diesen Nächten in der Gartenhütte«, meinte meine Tochter. Ich nickte. Conny merkte, dass etwas nicht stimmte. Noch einmal nippte sie an der Tasse, dann fragte sie: »Papa, was ist los mit dir?« Sollte ich sie mit meinen Problemen belasten? Immerhin hatte sie selbst genügend eigene. Ich überlegte hin und her, doch schließlich beschloss ich, mich ihr anzuvertrauen: »Weißt du, es ist komisch, dass Alex nun neben mir liegt.« Scheinbar hatte sie dafür Verständnis, denn sie antwortete: »Das glaube ich dir. Du hast über 30 Jahre neben Mama gelegen und nun neben jemand anderem.« »Ja, aber das ist es nicht«, erklärte ich ihr. »Weißt du, Alex und ich haben beschlossen, dass wir es miteinander versuchen wollen. Es ist nicht nur ein anderer Mensch, der neben mir liegt, sondern eine neue Partnerin. Das ist noch mal etwas anderes.« Conny kam zu mir herüber und setzte sich neben mich. Sie legte ihren Arm um meine

Schulter und sagte:»Ich finde es toll, dass du überhaupt eine andere Frau an dich heranlässt.«»Es war aber ein hartes Stück Arbeit«, hörten wir plötzlich von der Seite. Alex stand in der Tür und hatte scheinbar alles mitangehört. Hatte ich etwas Verkehrtes gesagt? Ich dachte schnell noch einmal über die letzten zwei Minuten nach, doch ich konnte mich wieder beruhigen. »Setz dich«, befahl ich,»ich decke den Tisch und dann können wir frühstücken.« Sie war allerdings anderer Meinung:»Wenn du mich schon hier wohnen lässt, ist es wohl das Mindeste, dass ich dir im Haushalt helfe, wo es geht.« Ich zeigte ihr, wo sie alles finden konnte, und holte am Hoftor den Beutel mit den Brötchen. Da ich plötzlich zwei Gäste mehr in meiner Pension verköstigen musste, waren es natürlich viel zu wenige.

Nach dem Frühstück erklärten sich meine Töchter bereit, den Tisch abzuräumen. So konnte ich mit Alex einen kleinen Spaziergang unternehmen.»Du, Micha, ich habe vorhin gehört, was du gesagt hast«, begann sie zu erzählen,»es fällt dir nicht leicht, dass ich neben dir liege. Wenn du willst, dann kann ich auch auf dem Sofa schlafen.« Natürlich war das völliger Quatsch, was sie da sagte.»Nein, Alex, es ist schon gut so. Irgendwann muss ich mich doch mal daran gewöhnen, dass es nicht Carola ist, wenn jemand neben mir liegt.« Sie sah mich eine Weile an.»Manchmal habe ich das Gefühl, nur das fünfte Rad am Wagen zu sein, ich habe dann den Eindruck, zu stören«, sagte sie anschließend. Ich blieb stehen, stellte mich vor sie und legte meine Arme um ihre Taille:»Alex, du störst nicht, und ich bin immer froh, wenn du da bist. Es ist nur ein vollkommen fremdes Gefühl für mich, eine andere Frau im Arm zu haben. Ich hatte ja noch nie …« Ich redete lieber nicht mehr weiter, denn das war schon zu viel. Ich konnte sehen, dass sie über etwas grübelte.»Micha, du hast mir erzählt, dass ich erst deine zweite Frau bin. Ich kann also verstehen, dass es dir nicht leichtfällt, und wenn ich störe, dann gehe ich …« Nun musste ich sie unterbrechen:»Du gehst nirgendwohin. Ich muss mich lediglich daran gewöhnen, dass du in Zukunft neben mir liegst.« Sie lächelte mich an, doch ich war noch nicht fertig.»Wenn du das überhaupt willst«, fügte ich noch hinzu. Sie erschrak sichtlich über meine Worte und ich erklärte:»Alex, am Montag hatten wir besprochen, dass du dieses Wochenende bei mir einziehst, und gestern hast du mich gefragt, ob du diese Nacht hierbleiben kannst. Hast du es dir anders überlegt?« Mit großen Augen starrte sie mich zuerst an, um anschließend den Kopf hängen zu lassen. Ich sprach weiter:»Weißt du, ich habe lange gerätselt, was ich überhaupt will. Jetzt weiß ich es, habe aber das Gefühl, dass du etwas unschlüssig bist.«»Nein, Micha, ich bin nicht unschlüssig. Es ist so, dass ich mich geschämt und mich deshalb nicht gemeldet habe.« Erneut senkte sie den Kopf.»Geschämt? Warum denn?«, fragte ich nach. Leise kam es aus ihr heraus:»Weil ich keine Arbeit habe und keine Wohnung, in einer Gartenhütte hausen muss, pleite bin und gestunken habe wie ein Schwein.« Ich nahm sie in den Arm.»Wenn du gleich zu mir gekommen wärst, dann hättest du ein Zuhause gehabt, ein kuscheliges Bett, Geld und eine Dusche.« Endlich umarmte auch sie mich und ein Kuss folgte.

Etwas später, nachdem wir uns voneinander lösen konnten, gingen wir Hand in Hand weiter. Zuerst liefen wir fast wortlos nebeneinanderher, doch dann blieb sie stehen, schaute mir ernst in die Augen und dann kam das, vor dem ich am meisten Angst hatte.»Ich liebe dich, Micha«, hauchte sie mir entgegen. Was hätte ich darauf antworten sollen? Dass ich meine Frau liebe und nicht sie? Oder liebte ich Alex wirklich und wollte dieses Gefühl nur nicht an mich heranlassen?»Du brauchst nicht zu antworten«, erklärte sie plötzlich,»ich weiß, dass du innerlich mit dir selbst kämpfst, aber irgendwann würde ich diese Worte gern von dir hören.« Ich lächelte sie an und strich ihr mit dem Handrücken zärtlich über die Wange. Anschließend sagte ich nur:»Das wirst du.«

Bald waren wir wieder zurück. Die Co-Cos saßen im Wohnzimmer und schauten uns erwartungsvoll an. Was wollten sie von uns? So, als hätte ich ihre Blicke gar nicht bemerkt, setzten wir uns auf das andere Sofa. Aber auch Alex blieb dies nicht verborgen. »Micha, die warten auf etwas«, flüsterte sie mir zu. »Ich weiß«, antwortete ich, schaute zu meinen Töchtern und legte das blödeste Grinsen auf, das ich konnte. Alex fing an zu lachen. »Hör auf damit, die beiden machen sich Sorgen um dich«, schimpfte sie und schlug mir leicht auf den Oberarm. »Sorgen? Um mich?« »Natürlich um dich«, rief Conny, »du hast eine tolle Frau neben dir sitzen und wartest immer noch, dass Mama zurückkommt.« Corinna blies ins gleiche Horn: »Papa, wenn du mal zu dir selbst ehrlich wärst, dann würdest du auch merken, dass du in Alex verliebt bist, so wie du sie immer ansiehst.« Hatten sie recht? So langsam glaubte ich selbst daran. Ich hatte sie gern in meiner Nähe; sie zu berühren, war einfach schön, und sogar der Sex mit ihr machte unheimlich Spaß. »Ja, könnte sein«, verteidigte ich mich, »aber etwas in mir sträubt sich dagegen.« Ich schaute zu Alex und in einen Gesichtsausdruck, den ich kaum deuten konnte. Verwunderung, Verliebtheit, aber vor allem Unmengen an Fragezeichen. Ich nahm ihre Hand und erklärte: »Alex, ich glaube mittlerweile selbst, dass ich mich in dich verliebt habe. Es ist nur so, dass es mir ständig so vorkommt, als würde ich meine Frau betrügen.« Sie ließ keinen Blick von mir, doch sie drückte meine Hand noch etwas fester. »Ich weiß mittlerweile auch, dass es nicht so ist, aber Carola macht sich in meinem Herzen noch immer so breit, dass niemand anderes mehr hinzupasst.« »Du bist eben eine treue Seele«, rief Conny von der anderen Seite des Tisches, »aber so langsam musst du Platz für Alex schaffen. Mama ist daran nämlich nicht schuld.« Da hatte sie recht, und nachdem Alex ihre Mundwinkel fallen gelassen hatte, erklärte ich: »Carola ist schon ein ganzes Stück zur Seite gerutscht. Bald passt du ganz hinein.« Endlich hellte sich das Gesicht meiner Freundin etwas auf und sie lächelte sogar ein wenig, als sie sagte: »Aber denke auch daran, was Carola an ihrem letzten Geburtstag zu uns sagte.« Was meinte sie damit? Nun war ich derjenige mit den Fragezeichen. »Sie sagte, sie wünscht sich, dass wir beide ein

Paar werden.« Ich zuckte zusammen. Das hatte ich völlig vergessen. Carola sagte das wirklich und meine Töchter überhörten das natürlich nicht.»Was hat Mama gesagt?«, rief Corinna.

Mir blieb keine andere Wahl – ich musste es erzählen:

* * *

An Carolas Geburtstag regnete es. Meist hatten wir an diesem Tag schönes Wetter, doch dieses Mal sollte es nicht sein. Es war auch irgendwie passend zur Situation. Allein der Gedanke daran, dass ich nie mehr mit ihr diesen Ehrentag begehen dürfte, ließ mir einen Schauer über den Rücken laufen. Es war überhaupt der letzte Geburtstag, den wir zusammen feiern konnten. Meinen würde sie wohl nicht mehr erleben und den unserer Töchter erst recht nicht. Elfriede und Manfred hatten ihren Tag für dieses Jahr bereits hinter sich, und um zu Freunden zu gehen, war sie schon zu schwach.

Noch bevor die ersten Gäste kamen, dachte ich plötzlich über Sachen nach, die mir vorher noch nie in den Sinn kamen. Irgendwann wäre alles das letzte Mal mit ihr. Dass dies ihr letzter Geburtstag sein würde, war klar, doch was war mit anderen Dingen? Scheinbar belanglose Gewohnheiten fielen mir ein. In absehbarer Zeit würden wir wohl das letzte gemeinsame Frühstück einnehmen, zum letzten Mal durch den Garten schlendern oder nebeneinander im Bett liegen. Hatten wir am letzten Wochenende schon unseren letzten Sex? Wann würden wir uns zum letzten Mal küssen? Dann allerdings würde das Ende wohl unmittelbar bevorstehen.

Ein Kollege sagte zu mir:»Ihr habt es gut, ihr könnt euch wenigstens voneinander verabschieden und euch noch ein paar schöne Tage machen. Meine Frau starb bei einem Autounfall.

155

Sie fuhr morgens weg und kam nicht mehr zurück.« Es ist gewiss ein Schock, wenn der Partner auf diese Weise aus dem Leben gerissen wird, doch ist ein langer Abschied wirklich besser? Ist es sinnvoller, nicht zu wissen, ob und wann man noch einmal gemeinsam vor dem Fernseher sitzt, den anderen in den Arm nimmt oder ihm eine Geschichte erzählt? Damals dachte ich wirklich, dass es nicht ganz so schlimm wäre, wenn man sich richtig voneinander verabschieden könnte, doch heute weiß ich: Das ist völliger Blödsinn. Ich habe meine Partnerin über Wochen beim Sterben begleitet und mitangesehen, wie sie immer mehr zerfiel, wie sie immer schwächer wurde, bis sie im Bett noch nicht einmal allein den Kopf heben konnte. Natürlich erinnere ich mich noch an die Zeit, als wir ein glückliches Ehepaar waren. Ich habe auch noch die Bilder im Kopf, wie wir als Teenager zusammenkamen, aber auch die, als Carola kaum noch atmen konnte und schließlich in meinem Arm für immer ihre Augen schloss. Augenblicke, an die ich mich nicht gern erinnere und die doch zu meinem Leben dazugehören. Nein, ein langer Abschied ist nicht wirklich besser.

Die Türklingel riss mich aus den Gedanken. Meine Frau war noch im Bad und so musste ich ihren ersten Besucher empfangen. Ich staunte nicht schlecht, als nach dem Öffnen des Tores ausgerechnet Alex in den Hof gefahren kam. Ich ging ihr entgegen und wir begrüßten uns herzlich. Lange Zeit hatten wir uns nicht gesehen.

Wir liefen nach innen und auch Carola war zwischenzeitlich aus dem Bad gekommen. Alles dauerte bei ihr länger als früher. Ihre Bewegungen wurden immer langsamer, doch auch sie begrüßte nun den ersten Gast, und schließlich gingen wir ins Wohnzimmer. Alex griff in ihre Tasche und holte eine Flasche Champagner heraus. »Alles Liebe zum Geburtstag«, sagte sie und überreichte sie Carola. Diese fiel aus allen Wolken: »Bist du verrückt? Das Zeug ist doch so teuer. Ich dachte eher daran, dass ihr zusammenlegt.« Alex ließ sich nicht beirren. »Das bist du mir wert«, meinte sie, und während sich die beiden umarmten, stellte ich die Flasche in eine Kühltheke. Manfred hatte ein paar Tage zuvor einen Einfall. Er erklärte uns, dass die meisten Sachen, die sich Carola wünschte, gekühlt werden müssten, aber im Kühlschrank würde sie keiner sehen. Er machte deshalb den Vorschlag, eine Kühltheke zu mieten. Das wäre dann ein kalter, durchsichtiger Geburtstagstisch, ähnlich wie beim Metzger. Er erzählte mir sogar, wo man ein solches Teil herbekommen würde. Ein super Einfall, wie sich später herausstellte. Allmählich kamen auch die anderen Gäste und jeder brachte die begehrten Nahrungsmittel mit. Die Theke wuchs zu einem Tisch voller Leckereien und ich freute mich darauf, sie diese ganzen Köstlichkeiten essen zu sehen. Unsere Töchter waren anderer Meinung. Zwar gönnten sie ihr diese ganzen Sachen, doch sie fanden, es wäre wie eine Henkersmahlzeit. Darüber konnte man geteilter Meinung sein, doch eines war klar: Das hatte sie sich noch einmal verdient. Mir wurde nur etwas flau im Magen, als Carola mir mitteilte, dass sie zwar alles probieren würde, es für sie allein aber zu viel wäre.»Das meiste musst du wohl essen«, erklärte sie mir grinsend. Hatte sie das gemeint, als sie sagte, wir sollten zusammen feiern? Wir hatten zwar viel Geld, doch Manfred brachte uns schon früh bei, nicht abzuheben. So etwas stand nie auf unserem Speiseplan. Auch später nicht, als wir beide unseren eigenen Haushalt hatten, und das aus gutem Grund – ich ekelte mich vor diesen ganzen Krabbeltierchen. Wusste das meine Frau nicht? Mir fiel ein, dass wir darüber nie gesprochen hatten.

Zwischenzeitlich hörte es auf zu regnen und wir konnten sogar nach draußen gehen. Wir hatten zwar nichts aufgebaut, doch auch ein kleiner Spaziergang durch unseren parkähnlichen Garten lenkte von der gedrückten Stimmung ab. Eine normale Geburtstagsparty war das nämlich nicht. Wir gaben uns alle Mühe, es wie eine aussehen zu lassen, doch es war auch klar, dass die Hauptperson bald nicht mehr unter uns weilen würde. Konnte man angesichts dessen da noch gute Laune haben? Was sollten wir denn feiern? Ihren baldigen Tod bestimmt nicht, und das neue Lebensjahr zu begrüßen, war schon fast makaber. Aber was war es dann? Erst später wurde mir bewusst, dass sie einfach noch einmal all die Leute um sich haben wollte, die ihr etwas bedeuteten.

Die Party dauerte auch zum Glück nicht lange. Jeder konnte sehen, dass sich Carola immer mehr quälte, je später es wurde, und dann kam das Schlimmste des ganzen Tages – der Abschied. Kein »Tschüss bis bald« oder »Mach's gut, wir sehen uns« folgte, sondern jeder wusste, dass es ein »Lebewohl« für immer war. Aber was soll man in solch einer Situation tun oder sagen? Und so kam, was kommen musste: Carola wurde von allen umarmt und es wurde viel geweint, was noch mehr an ihren Nerven zerrte. Doch sie blieb zunächst noch tapfer.

Nach einer gefühlten Ewigkeit war es dann endlich vorbei – die Freunde und Verwandten gingen nach Hause. Das war der Zeitpunkt, an dem die ganze Anspannung aus ihr herausbrach. Sie fiel mir um den Hals und weinte bitterlich. Alex stand daneben und strich ihr tröstend über den Rücken. Sie musste noch bleiben. Meine Frau ließ sie noch nicht gehen. Es folgte eine Situation, die ich eigentlich nicht beschreiben möchte.

Als sich Carola beruhigt hatte, setzte sie sich und befahl uns, auf dem gegenüberliegenden Sofa Platz zu nehmen. »Ihr zwei mögt euch«, stellte sie fest. Was sollte das denn werden? »Ja, wir mögen uns«, sagte Alex, »aber wenn du jetzt glaubst, wir würden dir jetzt beichten, dass wir damals doch etwas miteinander gehabt hätten, dann liegst du falsch. Wir waren wirklich nur befreundet.« Carola lächelte: »Ja, das weiß ich. Micha hätte mich nicht angelogen, sondern sich dafür hundertmal entschuldigt.« »Ja, er ist ein sehr anständiger Mensch, mit dem man gut auskommt«, erklärte Alex. Carola zog die Mundwinkel noch etwas weiter nach oben: »Genau das meine ich.« Dieses Gespräch wurde immer seltsamer. »Micha, wir waren lange verheiratet, und ich kenne dich gut genug, um zu wissen, dass du ewig um

mich trauern wirst, und das sollst du nicht.«Ich unterbrach sie:
»Natürlich werde ich um dich trauern, das ist doch vollkommen normal«, doch auch darauf konterte sie:»Ja, ich werde
sterben, doch nur mein Leben ist zu Ende; deines jedoch geht
weiter. Wir können es beide nicht ändern.« Sie machte eine
kurze Pause. Gelegenheit, etwas zu sagen, doch mir fiel zu diesem Zeitpunkt absolut nichts ein. So redete sie weiter:»Micha,
bitte versprich mir etwas. Suche dir eine andere Frau und
werde wieder glücklich.« Ich begann zu zittern. Schon die ganzen Jahre, in denen wir zusammen waren, dachte sie nur daran,
dass es mir gut geht. Sogar jetzt, kurz vor ihrem Tod, sollte ich
ihr so etwas versprechen. Ich konnte darauf auch zunächst
nicht antworten. Ich zitterte immer stärker und nun begannen
auch noch die Tränen zu laufen. Alex legte ihren Arm um mich
und versuchte, mich etwas zu trösten. Ich kam mir so jämmer-
lich vor. Meine Frau hatte den Tod vor Augen und war doch so
tapfer, und ich?»Ich kann doch nicht einfach wieder zur Tages-
ordnung übergehen«, rief ich.»Du kannst doch nicht verlangen
…«»Doch, das kann ich«, unterbrach sie mich,»stelle ein Bild
von mir auf und behalte mich in guter Erinnerung. Aber bitte
zerstöre dich nicht selbst durch übertriebene Trauer. Suche dir
eine Frau und werde wieder glücklich.« Allmählich bekam ich
meine Gefühle wieder in den Griff. Alex hielt mich noch immer
im Arm und streichelte sogar meine Hand.»Und wie stellst du
dir das vor?«, wollte ich von Carola wissen.»Eine Frau zu finden, die dir auch nur annähernd das Wasser reichen kann, ist
fast aussichtslos.«»Nein, das ist es nicht«, widersprach sie.
»Natürlich ist jeder Mensch anders und eine zweite Carola
wirst du nicht mehr finden, aber es gibt noch viele andere hübsche und großartige Frauen, die dich lieben werden, wenn du
ihnen eine Chance gibst.«»Ach ja?«, rief ich.»Weißt du, wie
lange das dauern kann, bis ich solch eine Frau finde?« Carola
lächelte erneut:»Nicht lange, Schatz. Neben dir sitzt eine, die
dich schon lange liebt, und du sagtest ja selbst, dass du sie sehr
magst. Gebt euch beiden eine Chance.« Mit den Worten:»Ich

muss mich einen Augenblick hinlegen«, verließ sie das Wohnzimmer. Man merkte ihr an, dass das, was sie sagte, auch für sie nicht leicht war. Ich jedoch konnte darauf erst einmal nichts erwidern, sondern saß nur da und hatte den Mund offen.

Noch eine Weile dauerte es, bis ich mich wieder gefangen hatte. Ich musste das Gehörte erst verdauen. Dann endlich wandte ich mich Alex zu. »Carola sagte, dass du in mich verliebt bist. Stimmt das?« Sie nickte. »Schon seit damals, als ich dich zum ersten Mal sah.« »Im Tierheim?«, fragte ich nach. Auch sie lächelte nun endlich: »Ja, und der Kuss, den ich dir zum Abschied gab, war auch nicht freundschaftlich gemeint, wie ich damals behauptet hatte. Ich musste dich einfach küssen.« Ich schluckte. Dann war Carolas Eifersucht damals doch nicht so unbegründet. »Ich kann mir nicht vorstellen, dass du es ihr erzählt hast. Woher weiß sie es dann?«, fragte ich und bekam zur Antwort: »Frauen merken so etwas. Es ist noch nicht lange her, da rief sie mich an und fragte mich, ob ihr Verdacht richtig sei. Ich bejahte, und dann bat sie mich, dich nach ihrem Tod öfter zu besuchen.«

Später fuhr auch Alex nach Hause. Sie hatte sich tatsächlich in mich verliebt. Ich konnte mich jetzt nicht einfach hinsetzen und so tun, als wäre alles normal. Ich musste mit Carola darüber reden, doch als ich bei ihr ankam, schlief sie. Auch am nächsten Tag sprachen wir nicht darüber und Alex sah ich nach der Beerdigung lange Zeit nicht wieder.

* * *

»Papa, weißt du, was das heißt?«, rief Corinna, als ich mit dem Erzählen fertig war, »das war so etwas wie Mamas letzter Wille.« Ich nickte: »Ja, ich weiß. Trotzdem ist es schwer für mich, einfach so loszulassen.«Und Alex ergänzte:»Dafür geht er ja in diese Selbsthilfegruppe.« Ich konnte es kaum glauben. Ich wusste selbst, dass es andere schwer mit mir hatten. Meine Töchter, meine Schwiegereltern und vor allem Alex litten unter dieser Situation, und trotzdem brachten sie Verständnis für mich auf. Ich musste mich irgendwie aus dieser Lage befreien. Aber wie? In diesem Moment war ich davon überzeugt, meiner Freundin zeigen zu müssen, dass ich sie zumindest sehr mochte. Ich beugte mich zu ihr hinüber und gab ihr unter dem Beifall meiner Töchter einen langen Kuss.

Am Mittwoch war es dann wieder so weit – die Gruppe begann von Neuem. Dieses Mal waren etwas mehr Leute gekommen. Eine von ihnen teilte uns allerdings mit, dass sie zum letzten Mal dabei wäre, weil ihr neuer Lebenspartner etwas dagegen hätte.»Was hat er denn gegen die Gruppe?«, fragte eine andere. »Er hat nichts gegen die Gruppe«, teilte sie uns mit, »er kann nur nicht verstehen, wie ich noch so an meinem Mann hängen kann, während ich gleichzeitig mit ihm zusammen bin. Er möchte, dass ich mich entscheide.« »Wozwischen entscheiden?«, wollte die Leiterin wissen. Wir trauten unseren Ohren nicht, als sie sagte:»Zwischen meinem verstorbenen Mann und ihm.« Eigentlich wollte ich dazu gar nichts sagen, doch ein »Noch so jemand« kam mir über die Lippen.»Was meinst du damit, Micha?«, fragte jemand. Auch in der zweiten Stunde konnte ich mir die Namen noch nicht behalten.»Ich hatte letzte Woche eine Unterhaltung mit meiner Mutter. Die meinte, dass man sich auch über den Tod hinaus treu sein muss.« »So ein Quatsch«, sagte Lilli daraufhin, »ich bleibe doch nicht ewig allein.« Eine Diskussion entbrannte, doch alle waren der gleichen Meinung: Man betrügt seinen verstorbenen Partner nicht, wenn man nach dessen Tod einen anderen hat.»Es ist aber trotzdem ein komisches Gefühl«, erklärte ich, »ich habe 30 Jahre mit meiner Frau in diesem Haus gelebt. In jedem Raum, in jedem Winkel habe ich sie gesehen, und nun soll plötzlich eine andere diesen Platz einnehmen.« »Ja, das stimmt«, äußerte sich die Frau neben mir. »Nachdem ich meinen neuen Lebensgefährten kennengelernt hatte, dauerte es lange, bis ich mich daran gewöhnte, und trotzdem sehe ich noch überall meinen Mann im Haus.« Fast alle erklärten das Gleiche an diesem Abend: Man kann sich wieder einen neuen Partner suchen, ohne den alten zu betrügen. Mich beruhigte das natürlich. Ich kam mir schon schlecht dabei vor, als ich Alex geküsst hatte, aber die Worte meiner Mutter gaben mir den Rest. Jedes Mal, wenn ich meiner Freundin einen Kuss gab, sah ich das mahnende Gesicht von Mama vor mir.

»Gehst du heute mit?«, fragte mich eine Frau, als die Gruppe vorbei war, »wir gehen anschließend nämlich immer etwas trinken.« »Ich weiß«, gab ich zur Antwort, »wir waren letzte Woche auch schon in diesem Lokal.« Sie schaute mich etwas komisch an und meinte: »Letzte Woche waren du und Lilli nicht dabei.« Ich verstand nicht. Fragend schaute ich zu Lilli und als ich sie grinsen sah, wusste ich Bescheid. Trotzdem bestätigte sie mir noch einmal meinen Verdacht: »Ich wollte halt mit dir allein sein.«
Wir gingen hinaus. Karin hieß die Frau, die wissen wollte, ob ich mitgehen würde, wie ich herausbekam. »Du warst also in der vergangenen Woche mit Lilli allein weg.« »Ja, in ein griechisches Restaurant hat sie mich geschleppt.« »Aber doch nicht in den Liebespark, oder?«, wollte sie wissen. Ich kannte mich da nicht aus. »Das Restaurant neben dem Supermarkt«, erklärte ich ihr deshalb. Karin lachte: »Vorn kann man ganz normal essen und im hinteren Raum ist der Liebespark. Sie hat wohl ein Auge auf dich geworfen.« Vorsichtig schaute ich zurück. Lilli lief ein paar Meter hinter uns. Außer mir gab es noch einen Mann, neben dem sie herschlenderte und sich rege mit ihm unterhielt. Ich versuchte, Karin zu erklären, warum mir der Ort, an den sie mich brachte, ganz recht war: »Weißt du, ich habe ja schon berichtet, dass mir meine Frau erscheint, und Lilli passiert das Gleiche. Es war schön, dort zu sitzen und eigentlich wollten wir uns auch darüber unterhalten. In der Gruppe wäre

das nicht verstanden worden.«»Lillis Mann erscheint ihr?«, fragte sie verwundert.»Sie ist schon so lange bei uns, aber davon hat sie noch nie erzählt.«»Sie sagte es mir, als wir in diesem ›Park‹ saßen«, berichtete ich,»und nur, wenn man so etwas selbst erlebt hat, kann man es auch verstehen. Deshalb fand ich es auch so angenehm, mich mit ihr zu unterhalten.«

Wir kamen an. Eine Bar, die so gar nichts vom Flair des Lokals von voriger Woche hatte. Wir gingen an einen Tisch. Eigentlich hatte ich geplant, mich neben den anderen Mann zu setzen. Wir hatten noch kein Wort miteinander gewechselt und ich wusste nicht einmal seinen Namen. Doch Lilli hatte scheinbar etwas dagegen. Sie schob ihn einfach zur Seite und nahm neben mir Platz. Frech grinste sie mich an. Ich nutzte die Nähe zu ihr und wollte wissen:»Du sagtest doch letzte Woche, dass dir dein Mann gelegentlich erscheint. Warum sprichst du das in der Gruppe nicht an?« Ich redete bewusst leise, sodass die anderen davon nichts mitbekamen. Lilli kam ganz dicht an mein Ohr und flüsterte:»Ich erzähle es dir später einmal. Die anderen müssen davon nichts mitbekommen.« Ich akzeptierte ihren Wunsch und machte den Vorschlag, dass sie mich doch mal besuchen könnte. Ihr Gesicht hellte sich auf.»Aber gern komme ich zu dir.« Sie klimperte schon fast mit den Augen, als sie das sagte. War meine Einladung ein Fehler? Mir fiel ein, dass sie mir beim letzten Mal einen Abschiedskuss gab, aber nicht auf die Wange, sondern auf den Mund. Hatte ich mit meiner Einladung irgendeine Hoffnung bei ihr geweckt?

Unser gemütliches Zusammensein endete und wir standen noch einen Augenblick vor dem Lokal. Ich stellte mich so, dass ich mich in unserem kleinen Kreis auf der anderen Seite von Lilli befand. Bereits am Tisch versuchte sie ständig, meine Hand zu halten, und als wir endlich auseinandergingen, lief ich wie ein schüchterner Schuljunge rasch davon. Immerhin würde ich sie am Freitagnachmittag wiedersehen, denn für diesen Zeitpunkt hatten wir uns verabredet.

Als ich nach Hause kam, saß Alex im Wohnzimmer und wartete auf mich. »Warum bist du noch auf?«, fragte ich sie. »Ich wollte auf meinen Freund warten«, erklärte sie lächelnd, »vielleicht können wir zusammen noch etwas trinken.« Sie hatte bereits eine Flasche Wein geöffnet und, wie ich sehen konnte, auch schon ordentlich davon gebechert. »Nein, lass mal, wenn ich noch mehr trinke, kann ich die Nacht auf der Toilette verbringen«, teilte ich ihr mit, setzte mich zu ihr und gab ihr erst einmal einen Kuss. »Wie war es denn?«, wollte sie wissen. »Ganz nett«, antwortete ich. »Alex, ich muss dir etwas sagen, es ist nämlich so …«

Ich erzählte ihr alles vom letzten und auch von diesem Treffen. Auch, dass wir anschließend noch etwas trinken waren und ich das in der vorigen Woche mit Lilli allein tat. Ich hatte nichts zu verbergen, deshalb berichtete ich von jeder Kleinigkeit. Von jeder? Nein, denn ein kleines Detail ließ ich aus – den Kuss in der Vorwoche. Ich wollte sie nicht beunruhigen, denn er ging nicht von mir aus und ich hatte ihn auch nicht erwidert. Leider wusste ich nicht, dass mir das Weglassen dieser »Kleinigkeit« noch viel Ärger bereiten würde.

Und es hört nicht auf

Am nächsten Tag erlebte ich nach der Arbeit eine Überraschung. Florian wartete bei meinen Schwiegereltern auf mich. »Kann ich dich kurz sprechen?«, fragte er. »Von mir aus auch lange«, teilte ich ihm mit und grinste. Da er nur mit mir reden wollte, gingen wir ins Esszimmer. In der angrenzenden Küche holte ich noch zwei Flaschen Bier, und damit setzten wir uns an den Tisch. Nun saßen wir dort und niemand sagte etwas. Ich wusste nicht, was er auf dem Herzen hatte, aber ich wollte ihn auch nicht drängen. So schwiegen wir uns an und nippten gelegentlich an den Flaschen. Vereinzelt schaute ich zu ihm und konnte erkennen, dass er nach den passenden Worten suchte. Noch einen Augenblick geduldete ich mich, doch nach einer Weile bot ich ihm an, dass ich an Weihnachten noch einmal kommen könnte. »Wohnt Conny noch bei dir?«, fragte er plötzlich sehr leise. Ich merkte gleich, dass es nur ein Versuch war, die Stille zu unterbrechen, denn dass seine Frau bei mir lebte, wusste er genau. »Florian, was willst du?«, wollte ich schließlich von ihm wissen. Schon wieder begann er herumzudrucksen. Dieses Mal ließ ich es nicht so weit kommen, wieder in eine endlose Stille zu rutschen. Unsere Flaschen waren bereits leer, obwohl wir noch kein Wort geredet hatten. Ich stand auf. »Ich hole Nachschub«, teilte ich ihm mit, »überlege du dir in der Zeit, was du von mir willst.«

Als ich zurückkam, rief er mir schon entgegen: »Ich will Conny zurück.« Verwundert über seine Worte drückte ich ihm die Flasche in die Hand. »Das musst du ihr sagen und nicht mir.« Erneut nahm ich am Tisch Platz. »Micha, ich habe Mist gemacht und weiß nicht, ob ich noch eine Chance bei ihr habe.« Meine Laune stieg stetig an. Würde ich meinen Lieblingsschwiegersohn zurückbekommen? Ich wusste ja, dass meine Tochter ihn noch immer liebte und ihn sofort zurücknehmen würde, doch so einfach sollte er nicht davonkommen. Ich glaubte damals, wenn er zu ihr gegangen wäre, als ob nie etwas gewesen wäre, hätte sie »ja« gesagt. Aber genau das wollte ich nicht, denn eine Entschuldigung von ihm war das Mindeste. Außerdem hörte sich das, was er gerade von sich gab, völlig anders an, als es Conny geschildert hatte. Ich beschloss, mir erst einmal seine Version anzuhören. »Florian, du hast Conny sitzenlassen, weil du eine andere hattest. Du kannst nicht einfach zu ihr gehen, als ob nie etwas gewesen wäre.« Er nickte. »Ja, ich weiß, aber was könnte ich tun? Du kennst doch deine Tochter gut. Kannst du mir einen Rat geben?« Ich trank einen Schluck und überlegte. Eigentlich gab es dafür nur eine Lösung. »Geh zu ihr und erkläre es ihr. Sprich mit ihr genauso, wie du es gerade mit mir machst.« Was hätte ich anderes sagen sollen? Nachdem, was mir meine Tochter erzählt hatte, waren sie sich doch schon einig, oder? »Ich soll einfach zu ihr gehen und sie fragen, ob sie mich noch will?«, fragte er entsetzt. Ich grinste ihn an. »Natürlich, was denn sonst?« Nun benötigte er einen Schluck. »Ich dachte, wenn ich ihr sage, dass ich …« »Nein«, rief ich ihm scharf entgegen, »du wirst ihr keine Märchen erzählen und keine Ausreden auftischen. Du hast Mist gemacht, und dazu musst du stehen.« Er schaute mich an und ich dachte in diesem Moment, Angst in seinen Augen zu erkennen. Ich machte weiter: »Florian, etwas ist in eurer Beziehung schiefgelaufen, sonst hättest du dir keine andere gesucht. Mit irgendwas warst du unzufrieden, und darüber müsst ihr reden.« Er riss die Augen auf, doch er sagte nichts. Dafür fiel mir aber noch etwas ein: »Wenn du versuchst, deine Frau mit Lügen zurückzubekommen, dann machst du genau da weiter, wo es zwischen euch endete. Was glaubst du, wie lange diese Beziehung dann dauern wird?« Erneut wurde es ruhig und ich konnte deutlich erkennen, wie es in seinem Kopf arbeitete. »Du hast recht, Micha«, meinte er plötzlich, »ich muss mit Conny reden und mich für mein Verhalten entschuldigen. Wir müssen an unserer Beziehung arbeiten.« Ich hatte einen kleinen Einwand: »Aber gib ihr für das Scheitern nicht die Schuld und versuche nicht, sie zu dem zu machen, was sie nicht ist. Auch Manuel ist damit gescheitert.«»Manuel?«, fragte er nur.»Ja, er wollte Corinna so ändern, wie er sie gern hätte«, erklärte ich ihm,»und nun hat er gar nichts mehr.« Florian war entsetzt.»Corinna und er sind nicht mehr zusammen?«, kam die Frage. Ich schüttelte den Kopf und erzählte ihm das, was ich von meiner Tochter gesagt bekommen hatte. Eigentlich ging mich das nichts an und ich hatte auch kein Recht, ihm das alles zu berichten, doch die Hoffnung, dass Florian die Lage kapierte und er und Conny wieder ein Paar werden, war groß.»Wo ist Corinna jetzt?«, erkundigte er sich nach einer Weile.»Sie wohnt auch bei mir«, sagte ich und konnte mir ein Grinsen nicht verkneifen. Auch Florian zog die Mundwinkel etwas nach oben:»Die Zwillinge wohnen beide bei ihrem Papa?«»Ja, in ihren Kinderzimmern.« Jetzt lachten wir etwas lauter. So laut, dass Manfred es als Einladung auffasste und zu uns kam. Bewaffnet mit drei Flaschen Bier betrat er das Esszimmer, setzte sich zu uns und ein gemütlicher Männerabend begann.

Nach etwa zwei Stunden und etwas zu viel Alkohol standen wir endlich auf.»Am liebsten würde ich heute Nacht bei Conny schlafen«, meinte Florian. Doch ich erklärte ihm, dass das nicht ging:»Sie ist nicht allein, ihre Tochter schläft bei ihr. Kennst du die Kleine?« Er schaute mich seltsam an.»Natürlich kenne ich sie. Jennifer ist auch meine Tochter.« Ich ging einen Schritt auf ihn zu.»Richtig, es ist auch deine Tochter, die dich im Übrigen sehr vermisst. Also verbock es nicht.« Er schaute mich lange an, legte seine rechte Hand auf meine Schulter und sagte:»Micha, du bist mehr als ein Schwiegervater; du bist auch noch ein guter Freund. Vielen Dank für alles.« So etwas hörte man doch gern. Ich nickte ihm und Manfred kurz zu und ging mit breiter Brust durch die Terrassentür hinaus. Hatte ich nun Feierabend oder musste ich mich noch auf einen Diskussionsabend einstellen?

Als ich in den Flur kam, erwartete mich bereits Alex.»Wo warst du denn so lange?«, wollte sie wissen. Ich schaute ins Wohnzimmer und stellte eine Gegenfrage:»Wo sind die Kinder?« In dem Moment, als ich dies aussprach, merkte ich erst, wie verwirrt mich dieses Gespräch gemacht hatte. »Ich meinte Conny und Corinna«, verbesserte ich mich schnell, doch Alex lächelte nur. »Die Kinder sind in ihren Zimmern«, klärte sie mich auf.

Wir gingen ins Wohnzimmer und setzten uns auf das Sofa. Noch immer grinste sie und ich erzählte, wo ich war und was wir beredet hatten. Schnell wurde sie ernst. »Meinst du, das wird wieder zwischen den beiden?«, fragte sie. »Ich denke schon. Florian hat einen Fehler gemacht und bereut ihn«, erklärte ich meinen Standpunkt, »außerdem lieben sich die beiden noch immer. Die Frage ist nur, ob Conny ihm verzeihen kann.«

Ich legte meinen Arm um sie und schaute mich um. Alex war so dankbar, weil ich sie bei mir aufnahm, dass sie seitdem den Haushalt machte. Wäsche waschen, bügeln, Staub wischen und saugen – über all das musste ich mir keine Sorgen mehr machen. So ordentlich wie in diesem Moment war mein Wohnzimmer schon lange nicht mehr. »Du wirkst so bedrückt«, stellte sie plötzlich fest. Ich lächelte sie an. »Nein, es ist alles gut«, log ich sie an. Dass ich nichts hätte, war natürlich nicht richtig. Auch wenn Florian sagte, dass ich ihm sehr geholfen hatte, musste ich über unser Gespräch nachdenken. Ja, er hatte seine Frau mit einer anderen betrogen, und ich verlangte von ihm, sich für eine der beiden zu entscheiden. »Du kannst nicht zwei Frauen haben«, erklärte ich ihm noch vor ein paar Minuten, doch was machte ich? Ich hatte schon einmal mit Alex geschlafen und auch jetzt lag sie wieder in meinem Arm. Obwohl es schön war, sie zu haben, machten sich auch Zweifel breit. Was war anders an meiner Situation? Ich betrog meine Frau mit Alex. Kann man einen verstorbenen Partner überhaupt betrügen? Immer wieder stellte sich mir die gleiche Frage und genauso oft kam ich zu keiner Lösung. Dieses Mal aber fiel mir noch etwas anderes ein: Wenn ich mit Alex zusammen bin und dabei an Carola denke, betrüge ich dann nicht auch meine Freundin gedanklich?

»Micha, was ist mit dir?«, vernahm ich auf einmal eine Stimme neben mir. Ich drehte den Kopf und schaute in zwei hübsche Augen. Alex sah mich besorgt an. Sie war eine wunderbare Frau, und mir wurde immer bewusster, dass ich den Rest meines Lebens mit ihr zusammen sein wollte. Mir war klar, dass Carola nicht mehr zu mir zurückkommen würde. Ich wusste auch, dass ich eine Zukunft mit Alex haben könnte, und trotzdem sträubte sich etwas in mir. Warum war das nur so kompliziert? Vor allem aber interessierte mich eines: Warum konnte ich ihr nicht einfach sagen, was mich bedrückte? Schließlich vermied ich es, ihr eine Antwort zu geben, sondern zog sie noch etwas fester an mich heran.

Nachdem ich auf ihre Frage keine Antwort gegeben hatte, fing sie ein anderes Thema an: »Übrigens hat deine Mutter vorhin angerufen. Ich soll dir ausrichten, dass du am Sonntag zum Kaffee zu ihr kommen sollst.« Meine Mutter? Das ging aber jetzt schnell. 35 Jahre sahen wir uns nicht und nun konnte sie es nicht mehr abwarten. Ich zweifelte allerdings daran, dass sie sich wirklich so verändert hatte, wie sie sich an meinem Geburtstag gab. Sie konnte bei anderen immer die nette, liebevolle Dame spielen.

Alex riss mich aus meinen Gedanken. »Gehst du zu ihr?«, wollte sie wissen. Ich schüttelte leicht den Kopf, sagte aber gleichzeitig: »Ich weiß es noch nicht.« Sollte ich mir das wirklich antun? Natürlich war viel Zeit vergangen und es war auch möglich, dass sie sich verändert hatte, doch so ganz wollte ich das nicht glauben. Etwas in mir sträubte sich dagegen, in die Höhle des Löwen zu marschieren. Die Frage war auch noch, ob ich meine Freundin mitnehmen sollte. Ich kannte zwar Mamas Standpunkt, dass ich meine Frau mit ihr betrügen würde, doch das war mir egal. Alex und ich waren jetzt ein Paar, und wenn meine Mutter und ich uns wieder annähern würden, dann müsste sie das akzeptieren. Aber andererseits wäre es besser, wenn sie beim ersten Treffen noch nicht dabei wäre, damit wir erst einmal die Fronten klären könnten. Ich beschloss, sie selbst entscheiden zu lassen. »Willst du als meine neue Partnerin mit mir dorthin gehen?« Auch Alex fand es nicht gut. »Ich glaube, es ist besser, wenn du erst einmal allein gehst. Beim nächsten Mal komme ich gern mit«, ließ sie mich wissen. Wenn es denn ein nächstes Mal geben würde. Natürlich wäre es möglich gewesen, dass sich meine Mutter und ich wieder versöhnen, genauso hätte es aber auch sein können, dass wir in Zukunft wieder getrennte Wege gehen.

Am nächsten Morgen folgte das wöchentliche Ritual – ich lief ins Blumengeschäft, holte die Rosen und brachte sie auf den Friedhof. Sogar Alex kam mit; sie wollte sich ansehen, was ich jeden Samstag machte. Zusammen liefen wir ans Grab. Meine Freundin sah zu, wie ich die alten Blumen wegwarf, das Wasser wechselte und die neuen Rosen hineinstellte. »Das machst du jeden Samstag?«, fragte sie. Ich stellte mich vor sie, lächelte und erklärte leise: »Und das darfst du mir auch nicht verbieten.« »Natürlich nicht«, flüsterte sie mir zu, und plötzlich konnte ich erkennen, dass sie sehr traurig wurde. »Was hast du?«, wollte ich von ihr wissen. »Nichts Besonderes«, schluchzte sie, »Carola war nun mal eine gute Freundin. Ich bin immer traurig, wenn ich vor ihrem Grab stehe.« Ich schaute ihr in die Augen. Eine Träne machte sich gerade auf die Reise. Ich ging noch einen Schritt auf sie zu und nahm sie in die Arme. Von dieser Seite aus hatte ich das noch gar nicht betrachtet. Ich war immer nur mit mir selbst beschäftigt, mit meiner eigenen Trauer. Manchmal dachte ich auch noch an meine Schwiegereltern, doch niemals hätte ich geglaubt, dass auch Alex so leidet. In diesem Moment kam ich mir sehr egoistisch vor. Ich hielt sie fest und sie weinte sich an meiner Schulter aus.

Nach einer Weile ließ sie mich los und holte ein Taschentuch aus der Jackentasche. Nachdem sie sich die Nase geputzt hatte, sagte sie: »Schau, Carola, hier stehen wir vor deinem Grab. Dein Mann und deine Freundin …« Ich legte meinen Arm um Alex und vollendete ihren Satz: »… sogar als Paar, so wie du es dir gewünscht hast.«

Wir gingen wieder zurück und unterhielten uns, denn eines musste ich noch fragen:»Du sagtest vorhin, dass du immer traurig bist, wenn du vor ihrem Grab stehst. Wie oft kommst du denn hierher?« Wir liefen Hand in Hand und plötzlich spürte ich, dass sie meine Hand fester drückte.»Mindestens einmal im Monat bin ich hier.« Abrupt blieb ich stehen.»Und warum bist du dann nicht mal zu mir gekommen?« Ich war etwas schockiert, doch Alex klärte mich auf:»Micha, du bist ein gutaussehender und wohlhabender Mann. Ich hingegen habe es im Leben zu nichts gebracht. Auch wenn Carola gewollt hat, dass wir ein Paar werden, wie hätte es denn ausgesehen, wenn ich nach ihrem Tod bei dir aufgetaucht wäre?« Ich sagte darauf nichts. Für mich wäre es so gewesen, als hätte jemand nach einem guten Freund gesehen. Aber sie hatte recht, natürlich hätte man das auch anders auffassen können. Und Alex sagte noch etwas, an das ich überhaupt nicht gedacht hatte:»Micha, ich akzeptiere, dass es dir schwerfällt, eine andere Frau zu lieben, aber sieh es doch mal andersherum. Ich habe mich in den Mann einer guten Freundin verliebt. Glaubst du, das ist besser? Ich konnte nicht einfach vor deiner Tür stehen.« Mir verschlug es die Sprache. Auch dieser Standpunkt war neu für mich. Diese Worte musste ich erst einmal sacken lassen. Ich wusste im Moment nicht, was ich hätte sagen können, und so legten wir den Rest des Weges wortlos zurück.

Nach dem Essen ging ich in den Garten. Carola hatte vor vielen Jahren am Teich ein kleines Rosenbeet angelegt. Ich schenkte ihr zum Geburtstag einmal einen Rosenstrauch und sie hatte daran solch eine Freude, dass sie mehr davon wollte. Nach und nach kamen noch welche hinzu und nun wurde es höchste Zeit für den Herbstschnitt. Wir ließen uns damals von einem Gärtner zeigen, wie man das macht, und seitdem schnitt meine Frau jedes Jahr im Oktober ihre Blumen. Dabei saß ich oft auf der Bank nebenan und sah ihr zu. Nach ihrem Tod hatte ich diese Arbeit übernommen. Es war auch keine Gartenarbeit wie jede andere, es wurde für mich zu einem Ritual. Ich schaute genau, wo ich schneiden musste, und erinnerte mich dabei an sie. Wegen der Dornen trug sie immer dicke Handschuhe und hatte manchmal Probleme, damit die Rosenschere zu halten. Wie jedes Jahr sah ich sie auch dieses Mal wieder hier sitzen. Sie hatte dabei immer einen so komischen Gesichtsausdruck: verkniffen, konzentriert und doch lächelnd. So erinnerte ich mich an sie, wenn ich zu ihren Blumen ging und daran herumschnitt. Es war immer wunderbar, ihr bei dieser Arbeit zuzusehen.»Ach Carola, warum kannst du nicht zu mir zurückkommen?«, hörte ich mich plötzlich selbst reden.»Es war alles viel einfacher, als du noch da warst.«

Ich saß auf dem Boden und starrte die Rosen an. Sie waren längst verblüht, nur gelegentlich hingen zwischen ihnen noch kleine, die versuchten, dem immer kälter werdenden Wetter zu trotzen.»Nicht nur die Rosen verblühen, sondern irgendwann auch das Leben.« Ich erschrak. Wer hatte das gesagt? Langsam drehte ich den Kopf zur Bank und erkannte Carola. Sie saß einfach so da und lächelte mich an. Ich überlegte. Es war Morgen, ich hatte ausgeschlafen und noch keinen Alkohol getrunken. Warum sah ich schon wieder meine verstorbene Frau? Wie erstarrt blickte ich zu ihr.»Warum tust du das immer wieder?«, fragte sie mich.»Wa … was denn?«, stotterte ich. Noch immer lächelte sie und befahl gleichzeitig:»Komm zu mir!« Wie ferngesteuert stand ich auf, ging zu ihr hin und ließ mich neben ihr nieder. Ich zitterte am ganzen Körper und schaute sie ununterbrochen an. Obwohl ich jetzt viel näher bei ihr war, sah es so aus, als wäre sie noch genauso weit weg wie vorher.»Micha, ich habe es dir schon ein paarmal erklärt. Immer wenn du mich zu dir wünschst, dann reißt du mich aus etwas heraus. Ich bekomme keine Ruhe dort, wo ich jetzt bin.«»Ich … ich mache doch gar nichts«, versuchte ich zu erklären.»Doch, Micha, du wünschst, dass …«»Du bist nicht echt«, unterbrach ich sie,»ich habe keine Angst vor dir und du kannst mir nichts tun.« Das Lächeln auf ihren Lippen verschwand.»Natürlich ist der Körper, den du siehst, nicht echt, aber trotzdem bin ich bei dir«, ließ sie mich wissen.»Ich will dir auch nichts tun, aber dann lass doch auch bitte mich in Ruhe.« Sie schaute mich an und gleichzeitig an mir vorbei. War das wirklich Carola? Es wirkte fast wie ein Hologramm. »Du warst heute Morgen mit Alex an meinem Grab. Ihr seid ein hübsches Paar. Du hast jetzt eine andere Liebe gefunden, Micha. Lass mich bitte los. Hörst du, Micha, du musst mich gehen lassen!« Plötzlich wirkte sie verschwommen, wurde immer blasser. Ich hörte noch einmal: »Lass mich los«, und dann löste sich langsam auf, bis sie schließlich ganz verschwunden war.

Es dauerte eine Weile, bis ich mich gefangen hatte. Ich wusste: Was eben geschah, war kein Traum und keine Einbildung, und doch konnte es nicht sein. War es eine optische Täuschung? Eine Lichtspiegelung? Aber woher kamen dann diese Worte? Ich zog ein Taschentuch aus der Hose und rieb mir damit über die Stirn. Als ich es ansah, bemerkte ich, dass es vollkommen nass war und ich noch immer zitterte. Es hatte in diesem Moment keinen Sinn, über das Erlebte nachzudenken, denn ich war viel zu aufgebracht.

Als ich wieder etwas ruhiger wurde, stand ich auf und lief zum Haus. Permanent sah ich in Gedanken Carola vor mir und wie sie neben mir saß. Tat sie das überhaupt? Sie war ganz dicht bei mir und doch kam es mir so vor, als wäre sie kilometerweit entfernt.

Ich lief ins Bad und schüttete mit den Händen Wasser ins Gesicht. Es war nass, es war kalt, und doch änderte sich nichts an meiner Gefühlslage. Immer noch sah ich Carola vor mir. »Wie siehst du denn aus?«, sagte plötzlich jemand zu mir. Conny stand neben mir. »Mir geht es nicht so gut«, erklärte ich ihr, »deine Mutter war gerade wieder bei mir.« Meine Tochter kam auf mich zu und legte ihren Arm um meine Schulter. »Papa, du tust mir so leid«, sagte sie, »wenn ich doch nur mal dabei sein könnte.« Ich schaute sie an. »Du warst schon mal dabei. Als wir mit Florian auf der Terrasse saßen und ich euch die Geschichte eurer Einschulung erzählte, saß sie neben mir.« Conny runzelte die Stirn. »Mama sagte mir damals schon, dass

173

nur ich sie sehen kann. Weißt du, wenn sie sich nur mir zeigt, kann ich niemals beweisen, dass sie wirklich da ist.« Meine Tochter redete weiterhin nicht. »Conny, Mama kommt zu mir und nur ich kann sie sehen und das macht mich erst richtig fertig, weil jeder glaubt, ich würde durchdrehen. So langsam glaube ich das aber auch selbst.« Mit der freien Hand strich sie mir über den Arm. Die Tatsache, dass sie gar nichts sagte, bestätigte meine Vermutung. Hatte sie anfangs noch behauptet, dass es mehr zwischen Himmel und Erde gibt, als wir wissen, so dachte sie jetzt wohl auch, dass ich nicht mehr alle Kerzen auf der Torte habe. »Ich gehe wieder an den Teich«, teilte ich ihr mit, »ich muss die Rosen fertig schneiden.« Dann ging ich hinaus, ohne zu wissen, dass mein Leben beim Zurückkommen erneut eine Wende nehmen würde.

Als ich mit den Blumen fast fertig war, kam meine Schwiegermutter zu mir. »Immer wenn du das machst, sehe ich Carola vor mir«, sagte sie. Ja, da fühlte sie genau wie ich. »Vorhin war sie wieder hier«, erzählte ich ihr, ohne mich von meiner Arbeit abzuwenden. Es wurde ruhig. Ich drehte den Kopf. Elfriede saß an der gleichen Stelle, wo ich zuvor noch meine Frau erblickt hatte. »Auch wenn du mir nicht glaubst, Carola war …« »Warum soll ich dir denn nicht glauben?«, unterbrach sie mich. Ich stand auf und setzte mich erneut auf die Bank. »Elfriede, sie sagt immer wieder das Gleiche. Ich soll sie loslassen, sonst hätte sie keine Ruhe, aber ich mache doch gar nichts.« Sie nahm meine Hand und schaute mir in die Augen. »Micha, wie sehr du noch an ihr hängst, merken sogar Manfred und ich. Wenn es das ist, was Carola meint, dann hast du sie wirklich noch nicht losgelassen und quälst sie. Willst du das?« »Nein, natürlich nicht«, erwiderte ich, »aber ich muss doch um sie trauern dürfen, oder?« Elfriede hielt immer noch meine Hand und fing plötzlich an, an ihr zu rubbeln. »Ich friere nicht«, teilte ich ihr mit und grinste, aber sie blieb ernst. »Doch das tust du, du merkst es nur nicht.« Wie sollte ich das denn verstehen? »Wir frieren alle«, fing sie an zu erklären, »und deshalb brauchen wir jemanden, der uns wärmt. Diese Person war Carola für dich. Nachdem sie aber nicht mehr bei dir ist, versuchst du, diese Wärme von ihr zu holen, und das geht nicht.« Zuerst kapierte ich gar nichts von dem, was sie redete, doch nach einer Zeit des Nachdenkens dämmerte es mir. »Du meinst also, ich soll Carola ihren Frieden lassen und mir diese Wärme von einer anderen Frau holen?«»Du hast eine tolle Freundin, Micha. Fange mit ihr ein neues Leben an und lasse deine Frau los.« Ich nickte und nach einer Weile sagte ich: »Ich werde heute Abend darüber nachdenken.« Natürlich war das gelogen, denn ich hatte mir schon oft Gedanken gemacht. Das Ergebnis war immer das Gleiche: Ja, ich müsste mein Glück bei einer anderen Frau suchen und Carola loslassen. Die Theorie war einfach, aber in der Praxis nicht umsetzbar. Zumindest noch nicht, denn ich brachte es nicht fertig. Es war, als würde Carola an einem Seil davonfliegen wollen und ich würde es festhalten. Obwohl sie gar nicht mehr zu sehen und bereits weg war, versuchte ich, genau das zu verhindern. Ich kam mir vor wie in einem Hamsterrad.

»Papa«, hörte ich jemanden aus der Ferne rufen. Eine meiner Töchter kam mit einer Frau zu mir herübergelaufen. Es war einer der seltenen Momente, an denen ich nicht wusste, welcher der Zwillinge es war. Ebenso wenig erkannte ich die Frau. Erst als sie näherkamen, sah ich, dass es Corinna war, die Lilli mitbrachte. »Hallo Micha«, sagte sie schließlich, als sie bei mir ankam. »Lilli, was machst du hier?«, wollte ich natürlich wissen. Wir hatten zwar ein Treffen vereinbart, jedoch an einem anderen Tag. Ich bekam zur Antwort: »Ich wollte dich mal besuchen, damit wir über unsere Gemeinsamkeit reden können.« Ich stellte sie meiner Schwiegermutter vor. »Das ist die Frau, von der ich dir erzählt hatte.«»Deren Mann zu ihr kommt?«, fragte sie. »Genau die, ich bin also nicht der Einzige, dem dies passiert.«»Dann lasse ich euch besser mal allein«, ließ uns Elfriede wissen und ging zurück zu ihrem Haus. Lilli setzte sich inzwischen auf den Platz meiner Schwiegermutter. »Vorhin ist es wieder passiert«, erzählte ich, doch sie schien gar nicht zuzuhören. Dafür meine Tochter. »Mama war wieder hier?«, rief sie überrascht. Was wollte sie?« Ihre Schwester schien ihr nichts von meinem Erlebnis geschildert zu haben. »Das Gleiche wie immer: Ich soll sie loslassen«, teilte ich ihr mit. »Wie geschieht das bei dir?«, fragte ich Lilli anschließend. »Was?«, fragte sie zurück. »Na, wenn dein Mann zu dir kommt.« Langsam wurde ich sauer. »Ich gehe mal wieder rein«, rief mir Corinna zu, »mir wird etwas kalt.« Das war eine gute Idee. Es war an diesem Tag zwar sonnig, jedoch keineswegs warm, und ich war auch schon lange genug im Garten. »Lass uns auch hineingehen«, schlug ich Lilli vor.

Wir gingen ins Esszimmer und setzten uns an den Tisch. »Also, erzähl mal. Wie erscheint dir dein Mann?«, wollte ich wissen. »Mein Mann?« Sie schien etwas überrascht zu sein über diese Frage. »Ach so, mein Mann«, rief sie plötzlich und lachte seltsam, »na ja, der steht halt einfach so vor mir und lächelt. Dann ist er plötzlich wieder verschwunden.« »Und er sagt nichts?«, fragte ich nach. »Nein, aber es ist doch schön, dass er mich mal besuchen kommt.« Irgendetwas stimmte nicht. Ich konnte mir nicht vorstellen, dass jemand über solch ein Erlebnis so lapidar spricht. Bereits in diesem Restaurant, in das wir am ersten Tag nach der Gruppe gingen, wich sie diesem Thema aus. Zwar redete sie davon, wenn ich sie fragte, doch genau schildern konnte sie das Erscheinen ihres Gatten nicht. Ich wollte nachfragen, doch bevor ich das tun konnte, kam Conny aus ihrem Zimmer. »Oh, du hast Besuch«, stellte sie fest, »dann will ich nicht stören.« Sie wollte gerade wieder gehen, doch ich hielt sie zurück: »Du störst nicht, komm nur zu uns.« Es war mir auch ganz recht, dass sie da war. Ich hatte ihr schon so viel über das Erscheinen ihrer Mutter erzählt, dass sie sich selbst ein Bild von Lillis Aussage machen sollte. Etwas stimmte hier näm- lich nicht.

Schließlich kam sie näher, gab unserem Besuch die Hand und stellte sich vor: »Hallo, ich bin Conny.« »Hallo nochmals, ich bin immer noch Lilli.« Immer noch? Sie kannte Conny doch noch gar nicht, oder hatten sie sich irgendwann schon kennen- gelernt? Wohl eher nicht. Wesentlich näher lag es, dass sie meine Töchter verwechselte. An diesem Tag hatten auch noch beide Jeans an und einen roten Pulli. Der von Corinna war zwar etwas dunkler und hatte eine Applikation, doch wenn man nicht so genau hinsah, konnte man die beiden schon verwechseln. Die Haare hatten sie ohnehin gleich. Überhaupt schien Lilli nur Augen für mich zu haben. »Conny, das ist die Frau aus der Gruppe, von der ich dir erzählt habe.« »Na, dann unterhaltet euch mal«, sprach sie lächelnd und ging in die Küche. »Ist das deine Tochter?«, fragte meine Bekanntschaft. »Ja, das ist Conny, sie …« Ich konnte nicht weitersprechen, da Corinna in diesem Moment kam. Das Esszimmer war kein geschlossener Raum, sondern nach zwei Seiten offen. Jeder, der durch die Wohnung lief, musste dort hindurch. »Na, war es euch auch zu kalt draußen?«, rief sie grinsend und verschwand ebenfalls in der Küche. Lilli schaute verwundert, doch sie sagte bislang noch nichts. Die Gelegenheit, sie nochmals auszufragen. »Also, dein Mann steht plötzlich einfach so vor dir und lächelt dich an?« Sie gab mir darauf keine Antwort, sondern griff nach meiner Hand und meinte: »Micha, lass uns doch von etwas anderem reden, zum Beispiel über uns.« Jetzt war ich derjenige, der verwundert schaute: »Was gibt es denn über uns zu reden?« »Na ja, ich möchte …« Corinna ging in Richtung ihres Zimmers, doch plötzlich stutzte sie. »Soll ich euch etwas zu trinken bringen?«, fragte sie. »Nein, danke, ich möchte gerade nichts«, sagte ich und hoffte, dass mein Besuch ebenfalls nichts wollte. Diesen Gefallen tat sie mir allerdings nicht. »Ich hätte gern ein Wasser«, erklärte sie, und meine Tochter lief in die Küche zurück. Schon kurz darauf stellte sie ihr ein Glas auf den Tisch und ging wieder. »Weißt du, Micha, ich dachte, dass wir beide uns etwas besser kennenlernen könnten.« Nun ließ sie die Katze aus dem Sack. Wie ich bereits befürchtete, hatte sie nicht viel Interesse an einer Unterhaltung über unsere toten Gatten. Bevor ich antworten konnte, stand Conny neben uns. »Wollt ihr etwas …? Oh, ihr habt ja schon zu trinken?« Ich entschied mich um. »Bring mir doch bitte ein Bier, Schatz«, bat ich sie, und Conny lief los. Lilli aber war sichtlich genervt von den vielen Störungen. »Ist deine Tochter dement?«, fragte sie, »sie war doch vor zwei Minuten erst hier.« Jetzt wurde ich langsam sauer. Was fiel ihr ein, so über meine Töchter zu reden? Doch ich blieb ruhig.

Als Conny mit dem Bier kam, bedankte ich mich bei ihr und sagte laut zu meinem Besuch: »Meine Tochter hat eine Krankheit und muss gepflegt werden. Tagsüber ist sie bei meinen Schwiegereltern und abends sowie an den Wochenenden kümmere ich mich um sie.« Lilli erschrak. Welche Krankheit hat sie denn?«, wollte sie wissen. »Sie hat eine seltene Drüsenerkrankung, die manchmal bis ins Gehirn strahlt. Dann vergisst sie, was sie gerade gemacht hat.« Ich schaute zu Conny, zwinkerte mit dem Auge und hoffte, dass sie mitspielen würde. Sie reagierte prompt. »Ja, die habe ich. Wollt ihr etwas trinken?« Die Frauen schauten sich an und ich musste mich beherrschen, sonst hätte ich laut gelacht. Dann fragte Conny: »Wer sind sie überhaupt?« Lillis Blick hatte etwas Fragendes, aber sie schien auch genervt zu sein. So hatte sie sich den Tag sicher nicht vorgestellt. »Ich hole euch noch etwas zu knabbern«, sprach Conny und verschwand in der Küche.

Mein Besuch begann zum zweiten Mal: »Weißt du, Micha, wir beide könnten doch mal etwas zusammen unternehmen. Was hältst du davon?« Ich konnte ihr keine Antwort geben, denn Corinna kam aus ihrem Zimmer. »Soll ich euch etwas zu knabbern bringen?«, rief sie uns im Vorbeigehen zu. »Nein, danke«, sagte ich laut, und gerade als sie in die Küche ging, kam Conny mit einem Teller mit Salzgebäck heraus. »So, bitte schön. Ich gehe dann in mein Zimmer, damit ich euch nicht störe«, teilte sie uns mit und verschwand. »Das ist ja schlimm«, stellte Lilli fest und wollte noch wissen, ob diese Krankheit für immer bleibt. »Ja, dafür gibt es kein Heilmittel.« Ich musste mich absolut zusammenreißen. Ich biss die Zähne aufeinander, um nicht loszulachen, als auch noch Corinna, die von unserem Spielchen nichts wusste, an uns vorbeilief und rief: »Papa, ich gehe in mein Zimmer.« Kurze Zeit war Ruhe am Tisch. »Und das geht den ganzen Tag so?«, fragte Lilli.»Nein, das sind immer mal so Phasen, die kommen und gehen, wann sie wollen«, berichtete ich. »Früher war es noch schlimmer, aber seit ich immer diese Übungen mit ihr mache, geht es einigermaßen.« Meine Bekanntschaft hatte schon längst wieder meine Hand losgelassen und fragte:»Welche Übungen denn?«»Ach, die sind nicht schön. Wir packen sie dann mit der Hand im Genick und drücken ruckartig ihren Kopf nach vorn. Dadurch soll mehr Sauerstoff ins Gehirn kommen.« Nachdenklichkeit machte sich bei ihr breit.»Ich glaube, ich gehe dann besser mal«, meinte sie und stand auf. Ich wollte jedoch noch herausfinden, ob ihr verstorbener Mann wirklich erscheint oder ob sie das nur behauptete, um sich an mich heranmachen zu können. »Lilli, bevor du gehst, erzähle mir doch noch etwas vom Auftauchen deines Mannes. Wie ist das so für dich?« Ich schaute ihr in die Augen, doch da war nichts. Keine Erinnerung an solch ein Ereignis, und sie überlegte noch nicht einmal. Nein, sie hatte das nur erfunden, um zu mir kommen zu können, dessen war ich mir nun sicher.»Ein anderes Mal, Micha«, sagte sie nur und ging zur Haustür.

Wo ist Alex?

Mittlerweile war es Abend und ich hatte Hunger. Ich lief zur Küche und fand dort meine Töchter. Sie hatten schon am Vormittag einen Kartoffelsalat gemacht und waren gerade dabei, die Würstchen zu erwärmen.»Wann gibt es denn Essen?«, fragte ich. Conny schaute mich nachdenklich an.»Das weiß ich nicht, ich habe es vergessen«, antwortete sie.»Sie schaute zu ihrer Schwester.»Weißt du noch, wann es Essen gibt?« Corinna dachte nach.»Nein, da wir beide ja eine Person sind und du Gedächtnisschwund hast, kann auch ich mich an nichts erinnern.« Wir drei sahen uns einen Augenblick an und lachten anschließend los.»Danke, Conny, dass du vorhin so toll mitgespielt hast«, lobte ich sie. Ich ging zu ihr, umarmte sie und gab ihr zur Anerkennung ein Küsschen auf die Wange.»Ist sie wirklich so schlimm?«, wollte Corinna wissen. War sie das? Ich musste kurz nachdenken, doch mein Eindruck von ihr wurde nicht besser.»Sie erzählte mir, dass sie Besuch von ihrem verstorbenen Mann bekommen würde, dabei hatte sie nur Interesse an mir. Damit macht man aber keine Scherze.« Ich setzte mich an den Tisch und wunderte mich.»Warum stehen hier nur drei Teller?«, fragte ich meine Töchter.»Alex isst heute nicht mit«, antwortete Conny, und Corinna ergänzte:»Sie kam vorhin in mein Zimmer und meinte, ich solle mich um Lilli kümmern, weil sie wegmuss.« Komisch, sie hatte mir gar nichts erzählt.»Hat sie gesagt, wann sie wiederkommt?« Corinna stellte den Salat auf den Tisch.»Sie sagte nur, dass wir nicht auf sie warten sollen«, meinte meine Tochter.»Ich dachte, du wüsstest Bescheid.« Nein, das wusste ich nicht. Im Gegenteil – am Morgen machten wir noch Pläne, dass wir am Nachmittag etwas spazieren gehen wollten, und bereits da vermisste ich sie schon.

Am Abend versuchte ich dann, meine Freundin telefonisch zu erreichen, doch erfolglos. Sie ging nicht ran. Ich erwartete ja nicht, dass sie Rechenschaft ablegt, wenn sie weggeht, aber warum sagte sie nicht wenigstens, wann sie zurückkommen würde?

Ich ging zur Terrassentür hinaus. Von hier aus konnte ich auf den Parkplatz sehen und stellte fest, dass ihr Auto nicht da war, doch das Tor stand offen. Warum das? Verwundert ging ich in den Flur zum Schlüsselkasten und sah, dass sowohl ihr Haustürschlüssel als auch die Fernbedienung für das große Hoftor am Haken hingen. Warum hat sie alles zurückgelassen? Plötzlich fiel mir etwas ein. Ich rannte ins Schlafzimmer und öffnete den Teil des Schranks, den ich ihr überließ – er war leer. Auch ihre Reisetasche, mit der sie zu mir kam und die immer auf dem Schrankboden stand, fehlte. Mir lief ein Schauer über den Rücken. Warum ist sie gegangen? Noch beim Frühstück machten wir Witze und lachten, und es schien alles in Ordnung zu sein.

Ich ging wieder ins Esszimmer und setzte mich an den Tisch. Gemütlich nuckelte ich an der Flasche, die noch vom Nachmittag dort stand. Immer wieder stellte ich mir Fragen: Warum ging sie? Was hatte ich falsch gemacht und wo könnte ich sie finden?

Conny kam aus ihrem Zimmer. »Was machst du denn für ein Gesicht?«, wollte sie wissen. Ohne sie anzusehen, sagte ich nur: »Alex ist weg.« Sie lächelte und setzte sich zu mir. »Papa, sie wird etwas zu erledigen haben, sie kommt bestimmt bald wieder.« Kopfschüttelnd erklärte ich ihr: »Ihre Tasche mit all ihren Klamotten ist weg und der Haustürschlüssel sowie der Toröffner hängen im Kasten.« Conny wurde plötzlich ernst. Kein Lächeln zierte mehr ihren Mund, aus dem inzwischen auch keine tröstenden Worte mehr kamen. Stattdessen sprang sie auf und rannte ins Zimmer ihrer Schwester. Ich konnte erkennen, dass die beiden an der Tür diskutierten. Meine Frau nannte das früher immer eine Cocosion. Was war da los? Krisensitzung?

Nach einer Weile kamen sie zu mir. »Papa, das tut mir so leid«, meinte Corinna, »Alex sagte nur zu mir, dass ich Lilli zu dir bringen soll, weil sie kurz weg müsste.« »Ist schon gut, Schatz«, antwortete ich ihr, »ich habe es ja nicht anders verdient.« »Wie meinst du das?«, fragte Conny. Eigentlich meinte ich es so, wie ich es sagte, und das erklärte ich den beiden auch: »Ständig ging ich ihr auf die Nerven, weil ich von Mama redete, weil ich ihr erzählte, dass sie mich besuchen würde. Wer spielt schon gern die zweite Geige?« Kurzes Schweigen bei den Co-Cos und plötzlich hatte ich sie neben mir sitzen – die eine rechts, die andere links. »Daran liegt es nicht, Papa«, versuchte mich Corinna zu beruhigen, und Conny gab ihr recht: »Wenn du ihr damit auf die Nerven gegangen wärst, hätte sie einen besseren Zeitpunkt wählen können, um zu gehen, und nicht gerade dann, wenn Besuch kommt.« Das war natürlich richtig und auch das Schneiden von Carolas Rosen kann es nicht gewesen sein; darüber hatten wir noch am Vorabend gesprochen. »Was war es dann?«, fragte ich meine Töchter. Corinna präsentierte eine Lösung: »Na ja, es ist doch komisch, dass sie gerade dann geht, wenn Lilli kommt.« »Hast du mit ihr über Alex gesprochen?«, wollte Conny wissen. Das hatte ich in der Tat. Ich dachte mir nichts dabei und erzählte ihr, dass ich sie bei mir aufgenommen hatte. Allerdings wusste ich nicht mehr, ob ich davon erzählte, dass sie mittlerweile meine Freundin ist, oder sollte ich eher sagen, dass sie meine Freundin war? Ich hatte keine Ahnung, ob wir noch zusammen waren, aber eines wurde mir bewusst: Ich musste sie finden und wieder zurückholen. Aber wo hätte ich sie suchen sollen? Meine Töchter hatten zwar ihre Adresse, doch dort wohnte sie ja nicht mehr, und auch wo sich dieser Schrebergarten befand, wusste keiner von uns. Was also tun?

Nachdem ich mich wieder etwas beruhigt hatte, fielen mir zwei Sachen ein: Zum einen könnte ich Alex über das Handy eine Nachricht zukommen lassen und zum anderen müsste ich Lilli fragen, ob sie etwas zu meiner Freundin gesagt hatte.

Ich begann mit dem Ersten. Ich nahm mein Smartphone in die Hand und tippte darauf herum. »Hallo Alex, warum bist du gegangen? Komm bitte zurück.« Erst als ich auf »Senden« drückte, bemerkte ich, welchen Müll ich geschrieben hatte. Ein zweiter Versuch musste her: »Liebe Alex, ich muss mit dir reden. Wo bist du?« Dieses Mal las ich es noch einmal, bevor ich es sendete. Das war auch gut, so konnte ich es noch rechtzeitig löschen. Doch was schreibt man in solch einer Situation? Verzweifelt rief ich nach meinen Töchtern. Ich erklärte mein Vorhaben und teilte ihnen mit, dass ich nicht wüsste, was ich schreiben sollte. »Lass mal, Papa, wir machen das«, meinte Corinna, und die zwei verschwanden in Connys Zimmer. Sie hatten ja die Nummer von Alex und Frauen waren dafür auch viel besser geeignet.

Als Nächstes musste ich noch Lilli fragen. Doch auch bei ihr wusste ich nicht, wo sie wohnte. Ich konnte noch nicht einmal Nachforschungen anstellen, da ich ihren Nachnamen nicht kannte. Ich konnte nur noch hoffen, dass die Co-Cos etwas erreichen und Lilli am Mittwoch in der Gruppe sein würde. Doch bis dahin wollte ich eigentlich nicht mehr warten. Dieses Missverständnis, das es wohl auch war, musste so schnell wie möglich aus der Welt geschafft werden.

Am Abend saßen wir nun zu dritt zusammen. Jennifer machte noch immer Urlaub. Sie wollte für ein Wochenende ohne ihre Mutter verreisen. Am Sonntagnachmittag würde sie wieder zurückkommen. Für sie natürlich eine große Sache und auch Conny konnte mal abspannen. Sie brauchte sich auch keine Sorgen zu machen, denn die Reise führte nur in das Nachbarhaus zu Oma und Opa.

Dieser Abend war allerdings alles andere als schön. Zwar verbrachte ich, wie jeder Vater, gern Zeit mit meinen Töchtern, doch Alex fehlte. Wo ist sie nur? Geht es ihr gut? Das waren Fragen, die mir auf der Seele brannten, und immer wieder dachte ich darüber nach. Außerdem wurde ich zum Mittelpunkt an diesem Abend. Ich wurde bemitleidet, was ich überhaupt nicht gebrauchen konnte. »Macht lieber mal einen vernünftigen Vorschlag, was ich jetzt tun kann«, bat ich die beiden. »Ich kann doch hier nicht herumsitzen und warten, bis ich Lilli am Mittwoch sehe.« »Wenn sie überhaupt kommt«, sagte Corinna darauf, und Conny meinte: »Und selbst wenn sie kommt, dann weißt du vielleicht den Grund, warum Alex gegangen ist, aber immer noch nicht, wo sie sich jetzt aufhält.« Abwechselnd schaute ich meine Töchter an und wunderte mich über ihre »aufbauenden Worte«. Noch einmal dachte ich über alles nach und zog Resümee: »Das Einzige, was ich tun kann, ist, ihr Nachrichten zu schreiben«, erklärte ich. »Ich werde ihr immer wieder schreiben; irgendwann muss sie mir antworten.« »Oder dich sperren, dann ist auch die letzte Möglichkeit dahin, mit ihr in Kontakt zu treten«, schlussfolgerte Conny. »Sie hat recht, Papa«, bestätigte Corinna, »wir haben ihr geschrieben, warten wir ab, was passiert.«

Die Nacht war furchtbar. Wenn Alex bei mir war, lag sie meist in meinem Arm. Wir redeten viel, küssten uns und machten Späße. Ich hatte mich an sie gewöhnt, und erst seit sie weg war, merkte ich, wie sehr ich sie vermisste. Doch es war noch mehr als das. Immer wieder dachte ich über uns nach. Sie hätte gern von mir gehört, dass ich sie liebe. Sie wusste jedoch auch, wie sehr ich noch an Carola hing, und ließ mir die Zeit, die ich benötigte. Nun aber wurde es mir bewusst – ja, ich hatte mich in sie verliebt. Dies brachte aber auch Probleme mit sich, denn ich liebte meine Frau. Kann man zwei Menschen gleichzeitig lieben, einen Lebenden und einen Verstorbenen?

Am nächsten Morgen blieb ich etwas länger liegen. Das Leben schien plötzlich so sinnlos zu sein. Das gleiche Gefühl hatte ich damals nach Carolas Tod, und trotzdem war es wieder etwas vollkommen anderes. Oder konnte man das vergleichen? Irgendwann quälte ich mich aus dem Bett und verschwand unter der Dusche. Anschließend ging ich wieder einmal in die

Küche und machte mir einen Kaffee. Ein Kaffeevollautomat ist eine schöne Sache, wenn er funktioniert, doch an diesem Morgen ging nichts. Zuerst fehlte Wasser, dann musste der Behälter geleert werden, und als ich das erledigt hatte, leuchtete die Lampe für die Reinigung. Als ich endlich eine Tasse dieser schwarzen Brühe vor mir hatte, lief ich zum Hoftor, um die Tüte mit den Brötchen zu holen, doch wo war sie? Seit Jahren hing dort jeden Tag die Tasche mit unserem Frühstück, doch heute, passend zur Situation, war keine da. Frustriert wollte ich wieder hineingehen, musste jedoch feststellen, dass die Tür ins Schloss gefallen war. Ich griff in die Tasche um meinen Schlüssel zu holen, doch … Ich hatte mir eine neue Hose angezogen und hatte ihn nicht umgepackt. Verzweifelt klingelte ich und klopfte gegen die Tür, bis Conny endlich öffnete. »Frag nicht!«, rief ich ihr entgegen, noch bevor sie etwas sagen konnte. Ich ging an ihr vorbei und geradewegs in die Küche, wo bereits das ganze Frühstück auf dem Tisch stand und auf die Brötchen wartete. »Papa, was ist los?«, wollte Corinna wissen, und ich erklärte ihr die Situation. »Es ist heute nicht mein Tag«, sagte ich, ohne zu ahnen, wie recht ich damit hatte.

So wie der Morgen begann, ging es weiter. Beim Kaffeetrinken brach der Henkel ab und die volle Tasse knallte auf den Tisch. Beim Schuheanziehen riss der Schnürsenkel, und als ich in den Garten gehen wollte, fiel ich über meine eigenen Füße und plumpste auf den Weg. Meine Laune wurde immer schlechter. Zum Glück musste ich nicht kochen, wer weiß, was passiert wäre.

Nach dem Mittagessen ging ich mit Conny zurück in mein Haus, während Corinna noch bei ihren Großeltern bleiben wollte. Sie setzte sich sogar noch etwas zu mir und wir fingen wieder einmal an, über Alex zu reden. Mir waren die Gespräche über sie nicht recht und so versuchte ich, diese Diskussion zu beenden, doch meine Tochter blieb hartnäckig: »Papa, wir müssen uns doch überlegen, wie wir sie finden können.«»Warum?«, fragte ich nur kurz nach. Ich hatte das getan, was ich am besten konnte – Frauen vergraulen. Schon früher, während der Schulzeit, gelang mir das gut. Carola war die Einzige, die mir eine Chance gab und es mit mir aushielt.»Seit Mamas Tod haben wir dich nicht mehr so glücklich gesehen. Du hast gelacht und dein Gesicht strahlte, wenn Alex hier war.«»Aber jetzt ist sie halt weg«, brummte ich ihr entgegen.»Sie wird nicht mehr kommen und wir wissen nicht, wo sie ist. Damit ist auch dieses Kapitel abgehakt.« Ich stand auf und wollte gerade ins Wohnzimmer gehen, als es läutete.»Alex!«, rief ich laut und rannte zur Tür. Ich schaltete die Kamera ein, um zu sehen, wer vor dem Tor stand. Leider war sie es nicht, sondern Florian. Ich drückte den Türöffner und schon stand Conny neben mir.»So, so, dieses Kapitel ist also abgehakt«, flachste sie und grinste über beide Ohren.»Es ist nicht Alex«, erklärte ich ihr,»es ist dein Mann.« Ihre Mundwinkel schossen nach unten und plötzlich war sie es, die nervös wurde.»Florian? Was will er hier?« Ich bemerkte, dass sie anfing zu zittern.»Frag ihn«, sagte ich nur und ging wieder zurück. Ich griff nach meinem Bier und nahm es mit in die Küche. Stören wollte ich die beiden nicht.

Eine halbe Stunde dauerte es, da kam auch Conny in die Küche.»Wo ist Florian?«, wollte ich wissen. Sie blieb stumm. Wortlos setzte sie sich auf einen Stuhl und schaute in die Ecke. Ich ließ sie erst noch in Ruhe, doch ich wurde neugierig. Was war vorgefallen? Schließlich beugte ich mich zu ihr und fragte:»Conny, ist alles in Ordnung?«»Er möchte mich zurück«, kam es leise aus ihrem Mund. Endlich hatte er es ihr gesagt, doch wie war ihre Reaktion? Erneut wartete ich auf eine Äußerung von ihr, aber es kam nichts. Ich versuchte, sie aufzumuntern:»Das ist doch gut, dann seid ihr bald wieder eine Familie.« Meine Tochter sah das wohl etwas anders.»Papa, er hat mit einer anderen Frau geschlafen. Das hat er mir eben selbst gesagt.« Diese Aussage von ihr war schon deutlich lauter als vorhin.»Das werde ich ihm nie verzeihen«, ergänzte sie noch. Über meinem Kopf schwebte ein Fragezeichen. Das hatte sich letztens noch ganz anders angehört. »Conny, ich verstehe das nicht«, fragte ich deshalb nach, »die ganze Zeit dachtest du, dass er eine andere hätte, und wolltest ihn trotzdem zurück. Jetzt stellt sich heraus, dass er nur einmal mit ihr geschlafen hat, und du willst ihm deshalb nicht verzeihen. Habe ich das richtig verstanden?« »Ja, genau. Er hat mich betrogen«, schluchzte sie. Schon längst ließ sie ihren Tränen freien Lauf, aber ich musste dennoch fragen: »Und wenn er wirklich mit einer anderen Frau zusammen gewesen wäre, glaubst du, die hätten dann nur Händchen gehalten?« »Ich weiß, Papa«, schniefte sie, »dann hätten sie öfter miteinander geschlafen, und trotzdem wäre es etwas anderes gewesen.« In diesem Augenblick habe ich wohl geschaut wie ein Auto. Musste ich das verstehen, was sie gerade sagte? Conny erklärte schließlich ihre Logik: »Wenn er sich in sie verliebt hätte und sie zusammen gewesen wären, dann hätte er einen Fehler gemacht und ihn bereut. So aber ist er einfach nur fremdgegangen.« Eine Weile musste ich schon über diese Erkenntnis grübeln. Anfangs dachte ich, das wäre Quatsch, was sie von sich geben würde, doch mit der Zeit ergaben diese Sätze sogar Sinn. Es war Einstellungssache, wie man es sehen würde. Trotzdem redete ich dagegen: »Auch jetzt hat er bemerkt, dass er einen Fehler gemacht hat, und bereut ihn. Gib ihm eine Chance, es wiedergutzumachen.« »Ich weiß nicht, ob ich das kann«, meinte sie. Ich versuchte mein Glück erneut: »Conny, du liebst Florian doch noch und du hast ihm hinterhergeweint. Redet über das, was vorgefallen ist. Geht spazieren, trefft euch zum Essen und sprecht miteinander, dann werdet ihr sehen, ob eure Ehe noch einen Sinn ergibt.« Ein langes Grübeln folgte. Mit den Worten: »Ich muss darüber nachdenken«, stand sie schließlich auf und ging in ihr Zimmer.

Ein paar Minuten später war es für mich so weit – meine Mutter wartete. Auf dem Weg zu meinem Wagen traf ich Corinna, die auf dem Rückweg war. »Geht's los?«, fragte sie, während ihr Mund leicht zu grinsen begann. »Ja, leider«, erwiderte ich nur beiläufig und wollte weitergehen, doch meine Tochter stellte sich mir in den Weg.»Papa, Mama hatte uns gebeten, Kontakt mit ihr aufzunehmen. Es ist doch deine Mutter. Redet miteinander, vielleicht kannst du ihr ja verzeihen.« Ich wollte lächeln, doch irgendetwas in mir weigerte sich. Corinna redete weiter:»Sie hat sich jedenfalls gefreut, dich wiederzusehen, und sie scheint doch auch ganz nett zu sein.«»Nett?« Ich brüllte dieses Wort durch den ganzen Garten. Meine Mutter war nicht nett, konnte aber so tun, als wäre sie es.»Meine Mutter ist eine großartige Schauspielerin, das war sie schon immer. Sie spielt dir das vor, was du sehen willst. Erst wenn die Familie unter sich ist, zeigt sie ihr wahres Gesicht.« Meine Tochter schaute mich einen Augenblick an und meinte anschließend:»Ich hoffe jedenfalls, dass ihr beide wieder zueinanderfindet. Immerhin ist sie deine Mutter.« Auch diese Aussage musste ich kommentieren:»Nicht jede Frau, die ein Kind bekommt, ist auch eine Mutter.« Corinna begann zu grübeln, doch dann nickte sie. Sie verstand, was ich damit sagen wollte. Sie gab mir noch einen Kuss auf die Wange, dann stieg ich ein und fuhr los.

Ehrlicherweise muss ich gestehen, dass mir der Magen etwas grummelte. 35 Jahre hatte ich sie nicht gesehen und bald wäre ich mit ihr allein. Früher hatte ich Angst vor ihr, weil sie mich immer wieder geschlagen hatte. Selbst meinem Vater knallte sie gelegentlich eine. Er wollte sich sogar von ihr trennen, sie aus dem Haus werfen und mich wieder zu sich holen, doch kurz vorher verstarb er an einem Herzinfarkt. Angst hatte ich immer noch vor ihr, allerdings nicht wegen ihrer Gewalttätigkeit. Ich war mittlerweile erwachsen und meine Mutter körperlich nicht mehr die fitteste, aber ihr Mundwerk ging noch gut. Sie hatte immer eine ganz besondere Art, die Leute fertigzumachen, indem sie ihnen erzählte, welch Versager sie sind oder was sie im Leben alles falsch gemacht hatten. Selbst Sachen, die man sich hart erarbeitet hatte, wurden madiggemacht. An meinem Geburtstag hatte sie sich noch benommen, denn das machte sie immer, wenn andere dabei waren, doch wie würde es sein, wenn nur wir beide zusammen wären?

Die letzte Kurve und ich hatte mein Ziel erreicht. Es war seltsam, mein altes Zuhause nach so langer Zeit wiederzusehen – den Ort, an dem ich aufwuchs.

Vor dem Grundstück hielt ich an und stieg aus. Ich schaute mir das Haus genauestens an, doch es war noch so wie damals. Es war irgendwann einmal gestrichen worden und die Bäume und Sträucher im Garten waren viel größer geworden, aber sonst war alles beim Alten. Auch in der Nachbarschaft hatte sich nicht viel verändert. Als ich hier aufwuchs, war Carola lediglich eine Klassenkameradin. In der Jugendherberge kamen wir auf eine etwas seltsame Art zusammen. Die Jungs wollten sie immer nur für das Bett und sie konnte sich vor diesen ganzen Anmachversuchen nicht mehr retten. Als wir während der Klassenfahrt zum ersten Mal miteinander redeten, waren wir uns sofort sympathisch. Sie wollte sogar mit mir gehen, hatte aber Angst, dass ich genauso sein könnte, und so schmiedete sie einen raffinierten Plan: Sie bat mich, so zu tun, als ob ich ihr Freund wäre. Ich machte mit und somit hatte sie Ruhe vor den anderen Jungs. Allerdings ahnte ich nicht, dass wir wirklich zusammen waren. Wir liefen Hand in Hand, küssten uns, und wenn wir abends alle zusammensaßen, lag sie sogar in meinem Arm. Erst viel später erfuhr ich die Wahrheit. Ich hatte eine Freundin und wusste es nicht.

Nun stand ich vor dem Haus und die Vergangenheit holte mich ein. An dem Tag, als ich von der Jugendherberge heimkam, schlug mich meine Mutter mit einem Stock so stark, dass ich die ganze Marmortreppe vom Obergeschoss herunterfiel. Sogar unten machte sie weiter. In der Nacht schleppte ich mich in die Nachbargemeinde, in der Carola wohnte, und brach vor ihrer Tür zusammen. Es war das letzte Mal, dass ich hier war.

Mama hatte sich irgendwann auch bei mir entschuldigt und so habe ich ihr verziehen, aber ich habe niemals vergessen, was sie mir angetan hatte. Im Nachhinein müsste ich ihr dafür sogar dankbar sein, denn ich hatte bis dahin keine schöne Jugendzeit. Ich durfte mich nicht mit Mädchen treffen und daher auch keine Freundin haben. Sie schickte mich zum Einkaufen oder ich musste das Haus putzen. Eigentlich war ich mehr ein Sklave als ein Sohn. Erst als mich Carolas Eltern bei sich aufnahmen, hatte ich ein schönes Leben. Nicht nur, weil ich ständig mit meiner Freundin zusammen sein konnte, sondern auch, weil Manfred und Elfriede mich endlich wie einen Menschen behandelten. Sie kauften mir sogar neue Anziehsachen, da ich mich mit den alten eigentlich nirgends sehen lassen konnte. Plötzlich hatte ich Eltern, die sich um mich kümmerten. Mein Vater tat das zwar auch, doch er konnte sich nie gegen meine Mutter durchsetzen.

Ich drückte auf die Klingel. Es dauerte auch nicht lange, bis sich die Haustür öffnete. »Hallo, Michael«, rief meine Mutter, und ich trat ein. Auch innen hatte sich nichts verändert. Wie auch? Papa hatte ein kleines Geschäft und damit gut verdient. Mama arbeitete deshalb nicht, und als mein Vater starb, hatte sie auch viel weniger Geld. Lediglich die Witwenrente blieb ihr. »Wir gehen ins Wohnzimmer, ich habe Kaffee gekocht«, erklärte sie mir.

Wir gingen durch den kleinen Flur und auch an der Treppe vorbei. Dort unten lag ich damals und krümmte mich vor Schmerzen. Bevor ich ins Wohnzimmer trat, schaute ich zur Seite. Hinter dieser Tür befand sich früher mein Zimmer, und obwohl sie geschlossen war, sah ich mich wieder vor meiner Couch liegen. Wenn ich daran zurückdenke, tut mir heute noch alles weh.

Ich setzte mich auf das Sofa und Mutter schenkte mir sofort Kaffee ein. »Trinkst du ihn immer noch mit Milch und ohne Zucker wie damals?«, fragte sie. Was sollte diese Frage denn? War sie etwas verwirrt? »Mama, ich habe früher nie Kaffee getrunken. Du verwechselst mich mit Papa.« Kurz dachte sie nach. »Oh ja, das stimmt. Ich habe das verwechselt. Ihr beide habt mich ja fast zur gleichen Zeit verlassen.« Verlassen? Das war ein interessantes Wort für den Tod, und mein Weggang glich eher einer Flucht.»Hattest du nach Papa wieder einen Mann?«, wollte ich von ihr wissen. Sie riss die Augen auf.»Nein, natürlich nicht, ich habe deinen Vater nie betrogen«, rief sie. Dieses Thema hatten wir ja bereits bei meiner Geburtstagsfeier, doch ich wollte es genauer wissen. Wie kann man jemanden betrügen, der nicht mehr am Leben ist?«, fragte ich sie.»Papa ist gestorben, doch in mir lebt er weiter«, erklärte sie,»wenn ich einen anderen hätte, würde ich deinen Vater verdrängen.« Sicherlich war das Ansichtssache und bestimmt denkt auch jeder unterschiedlich über dieses Thema, doch sollte ich wegen der Meinung anderer für den Rest meines Lebens alleinbleiben? Ich versuchte, ihr meinen Standpunkt klarzumachen:»Weißt du, ich habe wieder jemanden kennengelernt und wir sind auch schon zusammen. Ich denke …« Sie ließ mich nicht ausreden:»Dann hast du deine Frau auch nicht geliebt, wenn du mit einer anderen ins Bett gehst.«»Aber Mama, Carola ist tot und Alex und ich …«»Alex? Du bist mit einem Kerl zusammen?« Empört sah sie mich an und ich musste ihr erklären, dass meine Freundin Alexandra heißt und nur Alex genannt wird.»Das ist auch noch schlimm genug. Wenn das deine Frau wüsste.«»Sie weiß es ja«, rief ich hastig,»ständig erscheint sie mir und sagt, dass wir beide glücklich werden sollen.« Hoppla, das wollte ich gar nicht sagen, und meine Mutter zeigte auch gleich, warum es besser gewesen wäre, wenn ich darüber nicht gesprochen hätte.»Deine Frau erscheint dir?«, fragte sie verwundert und legte die Stirn in Falten.»Du solltest dir Hilfe suchen.«

Kurze Zeit kehrte Ruhe ein. Während ich mich darüber wunderte, dass ich überhaupt zu ihr gefahren war, nahm sie ihre Tasse und trank einen Schluck. Ganz vornehm sah es aus, so wie sie es früher immer tat, wenn Besuch da war. Dann kam ihr etwas über die Lippen, was das Fass zum Überlaufen brachte:»Ich weiß ohnehin nicht, warum sie ihren Vergewaltiger geheiratet hat.« Ich glaubte, nicht richtig zu hören. Hatte sie das wirklich gesagt? Bevor ich reagieren konnte, setzte sie noch einen drauf:»Hast du sie bedroht oder mit etwas erpresst?« Nun japste ich nach Luft. Sie hatte sich in den vergangenen

Jahrzehnten kein bisschen verändert. Ich war so verärgert über ihre Worte, dass ich sie anbrüllte:»Ich habe mir lange darüber den Kopf zerbrochen, warum Papa so früh von uns ging, doch jetzt bin ich mir sicher – er ist gar nicht gestorben, das war ein Fluchtreflex.« Jetzt bekam sie Schnappatmung und noch bevor sie etwas erwidern konnte, stand ich auf und verließ das Haus. Ich sprang in meinen Wagen und fuhr davon. Nichts sollte mich noch einmal an diesen Ort zurückbringen.

Zu Hause hätte ich Alex am liebsten gleich in den Arm genommen, doch weder auf meine noch auf die Nachrichten meiner Töchter reagierte sie.

Dafür beherzigte Conny meinen Ratschlag. Nach der Arbeit kam Florian zu uns und die beiden setzten sich ins Wohnzimmer oder gingen im angrenzenden Park spazieren. Ob sie Fortschritte machten, kann ich nicht sagen. Conny erzählte nichts und ich fragte auch nicht nach. Die Geschichte, wie sie Conny mir erzählte, wich jedenfalls stark von Florians Version ab. Bei einer solchen Annäherung sollte aber wenigstens die Grundvoraussetzung erfüllt sein, dass man weiß, wo man beginnen muss.

Früher managten Carola und ich alles für unsere Töchter, doch irgendwann kommt eine Zeit, da werden wir Alten nicht mehr gebraucht. Mit dem Titel »Papa« ist man für die Kinder noch der Held, doch wenn sie Teenager werden, ist man dann oft »uncool«. Als Opa gehört man jedoch schon zum alten Eisen und sollte sich in den Ruhestand verabschieden. Im Winter mit einer heißen Tasse Tee vor der Heizung sitzen und Zeitung lesen oder fernsehen – das ist scheinbar die Vorstellung der Jugendlichen.

Am Mittwoch war auch ich wieder mit Reden dran; ich musste in die Gruppe. Wie befürchtet war Lilli aber nicht da. Dass dies sehr ärgerlich war, brauche ich nicht zu betonen, immerhin wollte ich wissen, ob und was sie zu Alex gesagt hatte. Doch auch die anderen Mitglieder kannten ihre Adresse nicht und sogar die Leiterin hatte lediglich ihre Telefonnummer, die sie mir aber nicht verriet. Sie versprach mir aber, sie anzurufen und ihr mitzuteilen, dass sie sich bei mir melden sollte. »Was ist denn vorgefallen?«, wollte jemand wissen. Ich erzählte, was passiert war, und auch die anderen schlossen sich meiner Meinung an – Lilli muss zu Alex etwas gesagt haben, was sie verärgert hat. »Vielleicht solltest du dich mehr auf die Gruppe konzentrieren als auf sie.« Die Leiterin machte diesen Vorschlag und ich erklärte ihr, warum ich mich so auf sie fixiert hatte: »Wisst ihr, wir haben zwar alle das gleiche Schicksal, jedoch gibt es einen großen Unterschied – meine Frau erscheint mir gelegentlich und angesichts dessen bin ich hier. Ich dachte, ich wäre nicht der Einzige und könnte darüber mit jemandem reden, doch nur Lilli erwähnte, dass auch sie es schon erlebt hat. Mit dem Tod meiner Frau komme ich klar, nur nicht damit, dass sie ständig zu mir kommt.« Es wurde kurz ruhig. »Nein, du kommst damit nicht klar«, sagte plötzlich die Frau gegenüber. Jetzt wurde ich neugierig. »Wie meinst du das?«, fragte ich deshalb. »Du hast das schon einmal erzählt, dass dir deine Frau sagt, dass du sie loslassen sollst«, bekam ich zur Antwort, »wenn du mit ihrem Tod klarkommen würdest, dann bräuchte sie das nicht zu fordern.« Ich brauchte einen Augenblick nach diesen Worten, doch ich fing mich schnell wieder. Sie hatte nämlich etwas gesagt, mit dem ich nicht gerechnet hätte. »Du glaubst mir, dass mich meine Frau besucht?«, fragte ich und bekam zur Antwort: »Ich selbst habe es noch nicht erlebt, doch ich hörte schon von solchen Phänomenen. Warum soll das nicht wirklich passieren? Allerdings …« Sie machte eine Pause. Ich schaute sie fragend an und gab ihr zu verstehen, dass sie weiterreden sollte. »Allerdings hat Lilli noch nie davon gesprochen.« »Das mag daher kommen, dass es ihr nie passiert ist«, sagte ich und erzählte, was sich am Wochenende zugetragen hatte. »Sie kam nur zu mir, um mich anzumachen.«

Zwei Tage später hatten die Co-Cos Geburtstag. Zum Glück

wollten sie keine große Party machen. Oder anders ausgedrückt: Es sollten nur acht Leute kommen. Das meinte zumindest Conny. Kurz darauf erzählte mir Corinna allerdings etwas von zehn Personen. Doch auch das war noch in Ordnung und so überließ ich ihnen mein Haus. Ich wollte nicht stören und ging zu meinen Schwiegereltern hinüber. Von dort schaute ich an meinem Haus vorbei zum Hoftor und bemerkte, wie immer mehr Menschen kamen. Schnell begriff ich, dass dies wohl wieder einmal eine der berühmten Absprachen der beiden war. Es handelte sich um die Vereinbarung, dass es keine Abmachung gab – also wieder einmal eine typische Cocosion. Conny hatte acht Gäste, Corinna zehn.

»Kannst du dich noch an ihren zehnten Geburtstag erinnern?«, fragte mich Elfriede plötzlich. Auch sie wusste, wie viele eingeladen waren, und schaute ebenfalls ungläubig aus dem Fenster. »Erschrocken starrte ich sie an. »Meinst du, das wird so schlimm wie damals?« Auch Manfred saß bei uns. Wir drei schauten uns an und wie auf Kommando begannen wir zu lachen. Ich blickte zurück:

* * *

»Wie viele Kinder kommen denn?«, fragte Carola unsere Töchter. Sie waren in der gleichen Klasse und hatten so ziemlich dieselben Freundinnen. Insofern konnten es nicht viel mehr Gäste sein als bei einzelnen Kindern auch. »Mal sehen«, sagte Corinna und fing an, zu überlegen, »also von mir kommen zwei Freundinnen und von Conny auch.« »Dann haben wir ja nicht viel zu tun«, freute ich mich. Auch Carola lächelte. »Die verschwinden in den Kinderzimmern und wir haben unsere Ruhe.« Vorsichtshalber fragte ich aber noch einmal nach: »Sind das dieselben Kinder oder hat jede von euch zwei Freundinnen eingeladen?« Eigentlich war es beschämend, dass wir nicht wussten, mit wem unsere Töchter verkehrten, aber wenn sie Besuch bekamen, waren meine Frau und ich noch auf der Arbeit. So waren sie mittags immer bei Carolas Eltern. »Also, ich habe Juliana und Konstanze eingeladen und Conny ihre Freundinnen Leonie und Maxi«, teilte sie uns mit. »Dann sind es zusammen sechs Kinder, da ist ein Zimmer wohl etwas zu klein«, meinte Carola, und ich ergänzte: »Dann müssen sie halt doch im Wohnzimmer feiern.« Die beiden schauten uns verwundert an. »Warum sechs?«, fragte Conny. Carola zählte auf: »Du mit deinen zwei Freundinnen und deine Schwester hat ebenfalls zwei Kinder eingeladen, macht zusammen sechs.« Und dann sagte Corinna etwas, das uns die Gesichtszüge entgleisen ließ: »Und noch unsere Gäste, die wir zusammen eingeladen haben.« Meine Frau und ich schauten uns kurz in die Augen. Sollte nun der große Schock kommen oder war alles halb so wild? »Wie viele sind das denn noch?«, fragte ich, und die beiden fingen an zu rechnen. Doch irgendwie wollte das nichts werden. »Halt mal deine Finger hoch«, rief Corinna ihrer Schwester zu, und sie gehorchte. Dann tippte sie mit ihrem Zeigefinger jeden einzelnen an und gab ihm einen Namen. Wir erschauderten, denn als sie alle zehn durch hatte, fing sie von vorn an. »13«, rief sie plötzlich und freute sich, es endlich geschafft zu haben. »Also, ihr seid insgesamt 13 Kinder?«, fragte meine Frau und bekam von Conny ein lautes »Nein« zugeworfen. »Wir haben 13 gemeinsame Freundinnen, ich habe noch zwei und Corinna auch. Das macht zusammen …« Erneut mussten die Finger herhalten, bis sie uns endlich das Ergebnis präsentieren konnten: »Wir sind insgesamt 19.« Mir wurde schlecht und meine Frau warf mir einen Blick zu, der zu sagen schien: »Bin dann mal weg.«

Sechs bis acht Kinder jedes Jahr waren eigentlich normal bei ihnen, und man merkte, dass sie älter wurden. Jungs waren zum Glück noch keine dabei, aber wie lange würde es dauern, bis auch das sich ändert? Es waren noch zwei Wochen bis zu ihrem großen Tag und Carola wollte ein Machtwort sprechen: »Das sind zu viele. Überlegt gemeinsam, wer kommen soll, und …« »Wir haben doch schon alle eingeladen«, schallte es uns im Duett entgegen, und damit machten die Co-Cos unsere Hoffnung auf einen normalen Kindergeburtstag zunichte. Auch dieser wäre schon anstrengend genug, doch würden wir es hinbekommen, auf 19 Mädchen gleichzeitig aufzupassen? Meine Frau überlegte:»Vielleicht sollten wir uns Hilfe ins Haus holen?« Diese Idee fand ich gut.»Du hast recht, ich sehe mal nach, ob ein Zirkus in der Nähe ist. Ein Dompteur wäre das Beste.« Ich konnte mir nicht viel vorstellen, was schlimmer wäre, als ein Rudel Teenageranwärter zu beaufsichtigen. Wir gingen hinüber zu Carolas Eltern. Natürlich hofften wir, dass sie uns helfen würden.»Wir brauchen einen Schlachtplan«, erklärte uns Manfred,»wenn wir alles auf uns zukommen lassen, werden wir eine böse Überraschung erleben.« Er hatte recht, und so setzten wir uns gleich zusammen und berieten, was wir zu essen anbieten und wie wir sie unterhalten könnten. Doch einfach war es nicht. Zwar war die Sache mit dem Essen schnell geregelt, doch wie beschäftigt man 19 Kinder, die kurz vor der Pubertät stehen? Mit Gesellschaftsspielen, so wie wir es die Jahre zuvor getan hatten, konnten wir ihnen nicht mehr kommen. Was also tun?

Nach fast zwei Stunden brachen wir unsere Sitzung ab. Die Ideen wurden immer weniger, dafür aber auch abenteuerlicher. »Wir fragen morgen mal in der Firma«, schlug Carola schließlich vor,»viele von unseren Angestellten haben Kinder.«

Am nächsten Tag kamen wir tatsächlich mit einer Reihe von Vorschlägen nach Hause. Wir diskutierten erneut den ganzen Abend und kamen zu dem Entschluss,»Mumienwickeln« und »Geisterbasteln« zu spielen. Manfred kapierte diese Spiele nicht.»Wo willst du denn auf die Schnelle Mumien herbekommen?«, wollte er von mir wissen.»Natürlich keine echten«, erklärte ich ihm,»ein Kind aus jeder Gruppe ist die Mumie und die anderen müssen es einwickeln.« Mein Schwiegervater grübelte.»Womit denn?«, fragte er schließlich.»Mit Toilettenpapier«, rief Carola und freute sich,»das wird ein Spaß!« Sogar die Co-Cos stimmten zu, nur Manfred war noch immer skeptisch:»Und was geschieht mit dem ganzen Papier, wenn der Geburtstag vorüber ist?«Ich gab ihm Antwort:»Das bekommst du in die Dusche neben deinem Klo geworfen, dann hast du Vorrat für das ganze Jahr.«

Eine Woche waren wir mit den Vorbereitungen beschäftigt. Den Tisch und die Stühle aus dem Esszimmer stellten wir auf die Terrasse und ersetzten sie durch Festzeltgarnituren. Wir bestellten Essen von einem Partyservice und fuhren einkaufen. Als wir zurückkamen, räumten wir das Auto aus. Ausgerechnet als ich mit fünf Familienpackungen Toilettenpapier zum Haus ging, lief mir Manfred über den Weg.»Hast du Durchfall?«, fragte er und grinste mich blöde an.»Schön wäre es«, gab ich ihm zur Antwort,»das wäre leichter zu ertragen als eine Armee Mädchen.«

Dann war es so weit. Wir hatten alles geschmückt, Kuchen und Kakao standen bereit. Alles war bestens vorbereitet, aber waren wir das auch? Noch nie mussten wir so viele Kinder beschäftigen und wussten auch nicht, ob sie überhaupt die Spiele mochten, die wir uns überlegt hatten.

Es klingelte. Ich schaute kurz in den Überwachungsmonitor und drückte den Öffner. Scheinbar kamen alle gleichzeitig. Das Tor war noch nicht ganz offen, da stürmten sie auch schon zum Haus. Corinna und Conny begrüßten sie auf der Terrasse, und schon rannte eine Brigade Zahnspangen an mir vorbei. Sie überreichten ihre Geschenke und die beiden kamen noch nicht einmal dazu, sie auszupacken. Wie in einem Trümmerfeld lagen sie übereinander auf dem Geschenktisch.

Plötzlich wurde es still und sie tuschelten.»Ist das ein gutes Zeichen?«, fragte ich leise meine Frau.»Nein«, flüsterte sie zurück, schüttelte dabei den Kopf, und dann ging es auch schon los. Laut schreiend verschwanden 19 Kinder in Corinnas Zimmer.»Wie passen die alle da rein?«, sprach ich mehr zu mir selbst, doch Carola meinte:»Vielleicht übereinander.« Übereinander? Ich wollte es mir noch nicht einmal vorstellen.»Meinst du wirklich, die sind ... Nein, ich will es nicht wissen.« Ich drehte mich um und ging in die Küche. Aus dem Kühlschrank holte ich mir ein Bier, öffnete es und lehnte mich an den Schrank. Auch Carola kam zu mir. »Schatz, ich habe Angst vor dem Spielen nachher«, sagte ich zu ihr, doch meine Frau hatte eine andere Befürchtung. »Und ich habe Angst vor dem Kuchenessen.« Wir sahen uns kurz in die Augen und nahmen uns in den Arm. Noch einmal kurz durchatmen, bevor die Schlacht beginnen würde.

Wir hörten plötzlich Lärm aus dem Esszimmer. Als wir hineingingen, setzten sich die Mädchen gerade oder besser gesagt – sie versuchten es. Die eine wollte dort sitzen, wo schon eine andere war, eine Dritte ebenfalls. Es war ein einziges Chaos, bis Carola laut wurde. Schlagartig war es still und endlich setzten sich alle. Eigentlich dachte ich, dass es nun ruhig bleiben würde, doch weit gefehlt. Kaum hatten sie ihren Kuchen auf dem Teller, ging es weiter. »Aua!«, schrie auf einmal jemand in der Ecke, sprang auf und schimpfte. Den genauen Laut möchte ich nicht wiedergeben, aber es waren keine schönen Worte. Dafür wurde sie von einem anderen Mädchen an den Haaren gezogen. So wie an diesem Tisch muss es sich früher bei den Wikingern zugetragen haben, wenn man den Berichten im Fernseher glauben darf. »Pass doch auf!«, war dann zu hören, gefolgt von einem Platschen. Ein Becher fiel um und der Kakao verteilte sich über dem Tisch und dem Boden. Auch ein Stück Kuchen folgte diesem. Carola rannte los, um Eimer und Wischer zu holen, während ich mich um einen Besen kümmerte. Kaum waren wir fertig, ging auch das Geschrei weiter. Die Kinder waren noch keine halbe Stunde da, doch mein Kopf glich bereits zu diesem Zeitpunkt einem Vogelnest.

Nach dem Essen sprangen plötzlich alle auf und wie auf Kommando rannten sie zurück in Corinnas Zimmer. Zeit, kurz durchzuatmen.

»Hier sieht's gut aus«, hörten wir plötzlich von der Seite. Manfred stand in der Tür und bewunderte das Kunstwerk der

Kinder, welches sie mit Kuchen und Kakao auf die Tische gezeichnet hatten. Zum Glück kam kurz darauf auch Elfriede und gemeinsam räumten wir auf.

Irgendwann kamen die Mädchen zurück. Schreiend rannten sie aus dem Zimmer und nun übernahm meine Schwiegermutter. Carola und ich waren an diesem Tag völlig überfordert. Noch nie hatten wir so viele Kinder zu beaufsichtigen. Wie schafften das die Erzieherinnen in den Kindergärten?

Schließlich fingen wir mit dem Mumienwickeln an. Wir bildeten Teams, bestimmten, wer eingewickelt wird und das Chaos begann. Während eine Toilettenpapierrolle wie eine Luftschlange durch den Raum flog, wurde ein Mädchen beinahe erstickt und ein anderes fehlte plötzlich. Wir suchten überall, doch sie war nirgends zu finden. Dann sah ich, dass die Terrassentür offenstand. Ich ging hinaus und schaute durch den Garten. Auch dort fand ich sie nicht, doch am Teich blieb mein Blick schließlich hängen. Sie wird doch wohl nicht ... Wie ein Verrückter rannte ich los. Zum Glück war das Wasser klar und ich konnte fast bis zum Boden sehen. Hier war sie nicht. Schon auf dem Weg dorthin stellte ich mich darauf ein, einen Sprung in das Wasser machen zu müssen. Ich rannte durch den ganzen Garten, doch sie war nicht zu sehen. Als ich zurückkam, wartete bereits Carola an der Tür.»Hast du sie?«, rief sie aufgeregt, doch ich konnte nur mit dem Kopf schütteln. In diesem Moment öffnete sich die Toilettentür und ein lautes »Ich habe Durchfall« war zu vernehmen. Sie war wieder da.

Über das Abendessen gibt es nicht viel Neues zu sagen, denn im Prinzip war es die Fortsetzung des Kuchenessens, und danach war auch endlich alles vorbei. Sie kamen alle zusammen und sie gingen auch gemeinsam. Schlagartig herrschte Ruhe im Haus und wir konnten unsere Wohnung begutachten. War das überhaupt unsere Wohnung? Vieles deutete zwar darauf hin, doch so kannte ich unser Haus noch nicht.»Was hältst du davon, wenn wir heute Nacht im Hotel schlafen?«, fragte ich meine Frau.»Morgen miete ich dann einen Bagger, damit wir aufräumen können.« Diese Geburtstagsfeier war die reinste Horrorveranstaltung. Wir waren an diesem Abend fix und fertig, doch als wir am nächsten Tag den Hausputz beendet hatten, lachten wir darüber. Natürlich durften unsere Töchter anschließend nicht mehr so viele Kinder einladen, doch diese Geschichte erzählten wir uns noch lange.

* * *

Solche Erinnerungen zauberten mir immer ein Lächeln ins Gesicht. Carola blieb in solchen Situationen meist gelassen, was mich wiederum beruhigte. Auch sonst waren wir einfach mehr als nur ein Ehepaar – wir waren auch Geschäftspartner, Freunde und Elternteile von wundervollen Töchtern. Immer wieder quälte mich die Frage: Warum musste sie so früh sterben? Noch viele Jahre hätten wir ein schönes Leben haben können. Ja, die Jugendzeit war wegen der frühen Schwangerschaft hart für uns, aber dafür waren wir erst Mitte 30, als die Zwillinge volljährig wurden. Dadurch hatten wir später ein unbeschwertes Leben. Die Kinder waren groß, Geld war ebenfalls da und unsere Liebe war noch genauso wie am ersten Tag. Warum also musste sie mich so früh verlassen?

Ich schreckte hoch, weil mich jemand schüttelte.»Micha, ist alles in Ordnung?« Elfriede stand neben mir und schaute mich besorgt an.»Ich habe gerade an damals zurückgedacht, an den Geburtstag des Grauens. Elfriede lachte:»Oh ja, der hatte es in sich. Weißt du noch, dass du beinahe in den Teich gesprungen wärst?« Ich nickte.»Überall haben wir das Mädchen gesucht, dabei saß sie nur auf der Toilette.« Erneut lachten wir, obwohl die Rückblicke auch immer schmerzhaft waren – natürlich auch für Carolas Eltern. Wir wussten, dass wir die Zeit nicht zurückdrehen konnten und sie auch nicht mehr wiederkommen würde, doch genau das machte die Sache so schlimm. Ich werde Carola nicht mehr sehen, sie nie mehr in meinen Armen halten können, und diese Gewissheit tut weh. Obwohl es nicht ganz stimmte, denn sie erschien mir ja gelegentlich. Warum sie das tat, wusste ich nicht und ich hatte auch keine Ahnung, ob sie es wirklich war. Ja, sie sah aus wie meine Frau, doch genau das war das Unmögliche daran. Vielleicht kann es ja sein, dass die Seele nach dem Tod aufersteht. Darüber gab es schon viele Streitgespräche, aber alle waren sich einig: Der Körper bleibt in der Erde. Aber warum sah ich ihn dann? Dieses Wesen sah genau aus wie meine Frau und es redete auch so. Es wusste Sachen, die nur Carola wissen konnte. Wer also war das?

Die Wochen vergingen und ich fragte mich immer wieder, was ich eigentlich machte. Ich hatte jetzt nicht nur den Tod meiner Frau zu verarbeiten, sondern auch die Trennung von Alex. Dass sie einfach so ging, zog mich noch mehr herunter.

Nur noch ein paar Tage, dann hatten wir Weihnachten. Es war die Zeit, die mich am meisten schaffte. »Das Fest der Liebe«, hieß es immer, doch wo war sie – meine Liebe? Wo war Carola? Mit den Jahren hatte ich ein wenig gelernt, damit zu leben, aber abfinden konnte ich mich mit ihrem Tod noch immer nicht. Alex linderte diesen Schmerz zwar gewaltig, allerdings merkte ich dies viel zu spät. Je länger ich darüber grübelte, desto klarer wurde mir, dass ich mich wirklich in sie verliebt hatte. Von Tag zu Tag vermisste ich sie noch etwas mehr. Ich musste auch nicht lange darüber nachdenken, warum ich es nicht bemerkt hatte; ich hing einfach noch zu sehr an meiner Frau. War es vielleicht das, was sie meinte, als sie sagte, ich solle sie loslassen?

Es war Samstagabend. Früher sind wir an diesen Tagen öfter ausgegangen. Mal waren wir essen, ein anderes Mal gingen wir ins Kino. Wir trafen uns mit Freunden oder versuchten auf der Rollschuhbahn unser Glück. All das war vorbei. Zwar luden mich unsere Freunde auch weiterhin ein, doch ohne Carola machte es keinen Spaß. Allein hingehen und den Pärchen zusehen wollte ich nicht. So saß ich wieder einmal im Esszimmer und nippte an einer Flasche Bier. Auch das machten wir manchmal – wir saßen einfach so da. Sie kuschelte sich an mich und ich legte meinen Arm um sie. Dabei tranken wir gemütlich etwas und unterhielten uns. Das alles war vorbei und ich konnte mit meinem Leben nichts mehr anfangen.»Schatz, wo bist du? Warum kannst du nicht wieder zu mir zurückkommen?«, dachte ich.

Conny kam aus ihrem Zimmer. Ich sah sie nur noch selten, da sie abends meist wegging. Sie setzte sich neben mich und grinste mich an. Wenn sie diesen Blick auflegte, dann wollte sie normalerweise etwas von mir, doch dieses Mal war es anders. »Papa, ich werde wieder ausziehen«, teilte sie mir freudig mit. Ich starrte sie erschrocken an.»Gefällt es dir bei mir nicht mehr?«, wollte ich wissen. Ich war in letzter Zeit so mit mir selbst beschäftigt, dass ich zuerst überhaupt nicht verstand, was sie mir damit sagen wollte. Erst allmählich dämmerte es mir:»Du und Florian, ihr seid …«»«»… wieder zusammen«, vollendete sie meinen Satz. Vor Freude breitete ich meine Arme aus und sie nahm meine Einladung sofort an.»Das freut mich so für euch«, erklärte ich ihr,»doch vor allem freut es mich für Jennifer.« Sie litt am meisten unter der Trennung ihrer Eltern. Auch wenn sie es niemals zugegeben hätte, merkte ich es ihr an. Wenn die ganze Familie zusammen war, konnte man schon die neidischen Blicke zu ihren Cousins und ihren scheinbar heilen Welten sehen. Doch nun schien es umgekehrt zu sein – ihre Eltern kamen wieder zusammen, während sich ihre Tante und ihr Onkel getrennt hatten. Conny war eine Frau, die einen Fehler verzeihen kann, doch Corinna war in solchen Sachen hartnäckiger. Was Manuel zu ihr gesagt hatte, wird sie nicht so schnell vergessen.

»Warst du die letzten Abende bei ihm?«, fragte ich. Zufrieden nickte sie.»Ja, aber es war komisch. Ich war anfangs bei einem Mann, den ich liebe, und war so nervös, weil ich nichts verkehrt machen wollte.« Sie schaute mir in die Augen.»Papa, ich merkte anfangs gar nicht, dass ich bei meinem Mann und gleichzeitig zu Hause war.«Ich lächelte sie an und legte meinen Arm um sie. »Es ist schön, dass du ihm verziehen hast.« Connys Lachen verschwand. »Ja, das habe ich, und jetzt bist du dran. Ich weiß bei dir und Alex nicht, wer wem verzeihen muss, doch so geht das nicht weiter.« Sie befreite sich aus meinem Arm und schaute mich ernst an: »Papa, du warst so glücklich, als Alex hier wohnte, und jetzt bist du wieder genauso ernst wie vorher.« Sie hörte auf zu reden und senkte den Blick. Dann sagte sie leise: »Ich habe Alex eine Nachricht geschickt, in der ich ihr vorgeworfen habe, dass sie einfach wortlos gegangen ist und dich hier sitzen ließ.« Sie schaute mich erneut an. Ihr Blick hatte etwas Fragendes, als wollte sie sich erkundigen, ob ich mit ihrem Vorgehen einverstanden war. »Du unternimmst ja nichts«, fügte sie anschließend noch hinzu. Das stimmte natürlich. »Weißt du, Conny, ich denke, dass ich sie verschreckt habe, weil ich noch so an deiner Mutter hänge. Zeitweilig macht ein neuer Partner so etwas mit, aber nicht ewig«, erklärte ich ihr. Meine Tochter wurde sauer: »Das glaubst du, aber du weißt es nicht. Wenn es wirklich so wäre, dann hätte sie es dir doch gesagt.« Darüber hatte ich natürlich auch schon nachgedacht und kam zuerst auf das gleiche Ergebnis, doch mir fiel auch kein anderer Grund für ihre plötzliche Abreise ein. Ich erzählte ihr von der Gruppe und auch von Lilli. Sie wusste, dass ich diese Frau treffen wollte, weil sie mir erzählte, dass auch ihr der verstorbene Ehepartner erschien. Ich wusste ja damals noch nicht, dass dies überhaupt nicht stimmte und sie nur Interesse an mir hatte. Hatte Lilli irgendetwas zu Alex gesagt und vertrieb sie damit? Ich hatte keine Ahnung und ich konnte auch niemanden dazu befragen. Wo Alex war, wusste ich nicht, und Lilli kam nicht mehr in die Gruppe. Die Leiterin sagte zwar, dass sie sie angerufen und meine Nachricht weitergeleitet hätte, doch gemeldet hatte sie sich nicht bei mir.

Ich wandte mich wieder meiner Tochter zu. »Jetzt müssten es nur noch Corinna und Manuel fertigbringen …« Weiter kam ich nicht, weil mich Conny unterbrach. »Zwischen den beiden geht nichts mehr«, teilte sie mir mit, »Corinna traf sich noch zweimal mit ihm, doch er hielt es nicht einmal für nötig, sich zu entschuldigen. Im Gegenteil – er blieb bei seiner Forderung.« »Idiot«, kam es aus meinem Mund, und Conny fing an zu lachen. »Das ist das richtige Wort für ihn und du konntest ihn doch ohnehin nie leiden.« Das stimmte zwar, doch ich erklärte ihr: »Es spielte nie eine Rolle, ob ich ihn mochte. Solange Corinna glücklich war mit ihm, habe ich Manuel auch akzeptiert, auch wenn ich ihn nicht leiden konnte.« Ich dachte kurz nach. Von alldem hatte ich überhaupt nichts mitbekommen. »Warum habt ihr nie etwas von diesen Treffen erzählt?«, wollte ich natürlich wissen, und Conny erklärte: »Du hast doch selbst genügend Probleme. Wir wollten dich nicht auch noch damit belasten.«

Conny gab mir noch einen Kuss auf die Wange und war schon fast aus der Tür heraus, da drehte sie sich noch einmal herum. »Papa, sage bitte Jennifer nichts davon, dass wir wieder zusammen sind. Wir wollen sie an Weihnachten überraschen.« Ich nickte und lächelte sie an, doch ich wollte noch etwas wissen: »Sagst du mir noch, was du Alex geschrieben hast?« Sie zuckte leicht zusammen und ich konnte erkennen, dass ihr diese Frage nicht recht war. »Ja, weißt du ... Es ist so ... also ...«, druckste sie herum. Ich sagte nichts, saß einfach nur so da und wartete auf eine Antwort. Irgendwann erklärte sie: »Wir haben Alex immer gebeten, uns zu erklären, warum sie einfach gegangen ist, doch nie kam eine Antwort. Also habe ich mir mit meiner Schwester etwas überlegt.« »Oje, eine Cocosion«, kam mir plötzlich über die Lippen, und Conny grinste. Sie sprach weiter: »Wir haben ihr Vorwürfe gemacht, dass sie einfach so ging und ... na ja, es könnte sein, dass wir etwas zu hart waren.« Sie drehte sich schnell herum, rief »Gute Nacht« und rannte in ihr Zimmer. Genaueres wollte ich auch gar nicht wissen. Schlimmer hätten sie es auch nicht mehr machen können.

Noch eine Weile saß ich dort. Noch einmal wollte ich über alles nachdenken, doch bereits nach kurzer Zeit wurde mir bewusst, dass dies nichts bringen würde. Oft genug grübelte ich

schon über meine Situation und niemals war es von Erfolg ge-
krönt. So trank ich meine Flasche aus und ging ins Schlafzimmer. Ich hatte beschlossen, nach dem Waschen noch etwas in
den Fernseher zu schauen.

Ein neues Leben?

Am nächsten Morgen schaute ich nach dem Aufwachen auf meinen Wecker – 7:12 Uhr stand dort. Wir hatten den 22. Dezember und das für mich schrecklichste Fest seit Carolas Tod stand bevor. Wieder einmal ein paar Tage, in denen ich so tun musste, als würde ich mich freuen; in denen ich gute Miene zum bösen Spiel machen musste.

Ohne zu wissen, was ich an diesem Tag unternehmen würde, schwang ich meine Beine aus dem Bett und griff nach meinem Handy. Oh, ich hatte eine neue Nachricht. Wahrscheinlich von einem Angestellten, der mir ein frohes Weihnachtsfest wünschen wollte. Das gab es jedes Jahr. Sie wollten mir damit zeigen, dass sie an mich dachten, doch es war für mich nur Heuchelei. Wenn mir wirklich jemand eine Freude machen wollte, dann würde er vorbeikommen. Sie hätten auch eine längere Nachricht schreiben können, in der sie erklären, dass sie an mich denken würden in dieser schweren Zeit. Auch über eine Einladung am ersten oder zweiten Feiertag hätte ich mich gefreut, aber nicht über eine Nachricht, in der nur »Frohe Weihnachten« stand, vielleicht noch ein Bild aus dem Internet enthalten war und an zehn weitere Personen gesendet wurde.

Nachdem ich aus dem Bad gekommen war, nahm ich mein Smartphone und ging in die Küche. Ich holte mir einen Kaffee, setzte mich an den Tisch und schaute nach, von wem die Nachricht war. »Alex« war dort zu lesen. Ich erschrak so mächtig, dass ich plötzlich wieder neben dem Tisch stand. Ich wollte auf den Bildschirm drücken, doch das Gerät zitterte plötzlich stark. Oder war ich das? Mit einem Mal fing mein Herz an, wie wild zu pochen. Ich konnte weder einen klaren Gedanken fassen noch irgendwo drauftippen. »Was ist denn mit dir los?«, hörte ich eine Stimme hinter mir. Conny war gekommen. »Da, nimm!«, rief ich ihr zu und drückte ihr mein Smartphone in die

Hand. »Alex hat geschrieben, lies vor!«, kommandierte ich und lief aufgeregt auf und ab. Conny las: »Du hast mir sehr wehgetan mit dieser Frau.« Ich blieb stehen und schaute sie an. »Weiter!«, befahl ich, doch Conny meinte: »Das ist alles, mehr steht hier nicht.« Jetzt war es noch rätselhafter als zuvor. Was hatte ich denn getan? Auch Conny zuckte nur mit den Schultern. »Aber immerhin hast du eine Antwort erhalten«, meinte sie, »beruhige dich etwas und schreibe ihr zurück.« Das war leichter gesagt als getan. Ich setzte mich wieder auf den Stuhl und versuchte, meinen Kaffee zu trinken, doch ich zitterte wie ein Alkoholiker vor dem ersten Schnaps. Schreiben wäre in diesem Moment ohnehin nicht möglich gewesen. »Was meint sie damit?«, fragte ich meine Tochter. »Sie wusste von Lilli und auch, dass wir uns treffen wollten. Womit habe ich ihr denn wehgetan?« Conny überlegte eine Weile, dann meinte sie: »Ich glaube, wir lagen mit unserer Vermutung richtig. Lilli hat Alex irgendetwas erzählt, was sie sauer gemacht hat.« »Wahrscheinlich etwas, das nicht der Wahrheit entspricht«, ergänzte ich, »und was das ist, wissen nur die beiden.«

Langsam hatte ich mich wieder beruhigt. Den ersten Teil von Connys Vorschlag hatte ich also erledigt und konnte endlich meinen Kaffee trinken; nun sollte der zweite Teil folgen. Allerdings musste ich vorsichtig an die Sache herangehen. Ein falsches Wort und meine Chance wäre vertan. Ich holte meinen Laptop, setzte mich damit ins Esszimmer und fing an, vorzuschreiben. Ich tippte wie wild auf den Tasten herum. Immer wieder löschte ich vieles und schrieb neu. Als ich nach einer gefühlten Ewigkeit fertig war, stellte ich fest, dass der Text viel zu lang war. Ich musste kürzen, aber was konnte ich weglassen?

»Und wie läuft es, Papa?« Conny kam aus ihrem Zimmer und lief an mir vorbei. Ich schüttelte nur den Kopf, was sie veranlasste, zu mir zu kommen. »Was ist denn los?«, wollte sie wissen. »Du hast doch normalerweise keine Probleme, die richtigen Worte zu finden.« Ich begann zu lachen: »Ja, bei anderen. Wenn es um mich und die Liebe geht, sieht das schon anders aus.« Meine Tochter wollte gar nicht wissen, was schon auf dem

Bildschirm zu lesen war. Sie hielt meine Hand und sagte leise: »Schreibe mit dem Herzen, Papa.« Anschließend ging sie in die Küche. Sie hatte natürlich wieder einmal recht. Ich war um Worte nicht verlegen, wenn es um Geschäftsbriefe ging, aber die hatten nichts mit Liebe zu tun. Ich begann erneut:

Liebe Alex,
ich entschuldige mich, wenn ich etwas Falsches gemacht habe. Leider weiß ich nicht, was das gewesen sein könnte. Bitte gib mir noch eine Chance. Es wäre schön, wenn du zu mir kommen würdest, sodass wir über alles reden können. Ich liebe dich!
Dein Micha

Conny kam wieder aus der Küche. »Würdest du das bitte lesen?«, rief ich ihr zu. Sie folgte prompt meinen Worten und ließ ihre Augen über den Monitor huschen. Ihre Mundwinkel bewegten sich dabei immer weiter nach oben. »Papa, das ist fast perfekt«, erklärte sie, »das mit dem ›Ich liebe dich‹ solltest du aber weglassen, wenn es nicht stimmt.« Ich schaute ihr in die Augen. Leise sagte ich: »Es stimmt aber.« Schnell setzte sie sich neben mich. »Du hast dich wirklich in sie verliebt?« Ich sah sie weiterhin an und nickte. »Das ist großartig, ich freue mich so für dich«, sagte sie. »Mach jetzt bitte keinen Fehler, ihr zwei seid ein tolles Paar.« Ich nahm mein Handy und tippte den Text ab. Conny schaute mir dabei permanent zu. Ich ließ sie sogar noch einmal lesen, bevor ich die Nachricht abschickte. »Jetzt können wir nur warten und hoffen«, meinte sie, sprang auf und rannte davon, jedoch nicht in ihr Zimmer, sondern in das ihrer Schwester. Was anschließend da drinnen passierte, war klar.

Es dauerte nicht lange, da kam eine Antwort zurück:

Komme heute Mittag gegen 14 Uhr, wenn es dir recht ist.

Natürlich war das okay, und das schrieb ich ihr auch. Kaum hatte ich mein Handy auf den Tisch gelegt, ging das Zittern wieder los. Würde ich beim Mittagessen überhaupt einen Bissen herunterbekommen? Ich fühlte mich wie ein Teenager vor dem ersten Date, und doch war alles ganz anders. Wir kannten uns, wir waren eigentlich sogar zusammen und wir hatten schon unseren ersten Sex. Warum war ich dann so kribbelig?

Am Nachmittag war es dann so weit. Bereits eine halbe Stunde vorher öffnete ich das große Hoftor, damit sie gleich hereinfahren konnte. Kurz danach kam sie auch schon. Natürlich ging ich ihr entgegen, doch was dann? Sollte ich sie umarmen? Alex fuhr mit ihrem Wagen auf den Parkplatz und stieg aus. Eine komische Situation entstand, denn keiner wusste, was er tun sollte.»Hallo«, sagte sie nur und schaute mich an.»Hallo Alex«, erwiderte ich,»es tut mir leid, wenn ich etwas verkehrt gemacht habe.«»Bist du mit Lilli zusammen?«Sie fiel gleich mit der Tür ins Haus, und nun verstand ich langsam. Es musste wirklich so abgelaufen sein, wie wir vermuteten.»Ich bin nicht mit ihr zusammen, ich war es nie und werde es auch nie sein«, erklärte ich ihr, doch sie fragte weiter:»Und du hast sie auch nie geküsst?«Geküsst? Ich dachte nach.»Nein, Alex, ich habe sie nie geküsst, ich ...«Da fiel mir unser erster Abend ein.»An dem Abend, als wir beim Griechen waren, drückte sie mir beim Abschied einen Kuss auf den Mund. Ich war so überrascht, dass ich nicht schnell genug reagieren konnte. Aber das war einseitig.«»Du willst also nichts von ihr?«, wollte sie noch wissen. Jetzt war der Zeitpunkt gekommen, es ihr zu sagen:»Alex, ich weiß nicht, was sie dir gesagt hat, aber ich will nichts von ihr. Im Gegenteil – ich habe mich verliebt, und zwar in dich.«Alex stand da und brachte zuerst keinen Ton heraus.»Das wolltest du doch hören, oder?«, fragte ich sie.»Meinst du das ernst?«Ihre Stimme wurde leise und ich nickte.»Ich meine es sehr ernst. Ich liebe dich die ganze Zeit über schon, doch irgendwie hatte ich es verdrängt.«Sie kam einen Schritt auf mich zu und endlich umarmten wir uns. Dabei flüsterte sie:»Ich liebe dich auch, Micha.«

Hand in Hand gingen wir nach innen und setzten uns auf das Sofa. Alex erklärte:»Diese Frau sagte zu mir, dass ihr euch schon öfter geküsst habt und zusammen seid. Ich solle nach Hause fahren, weil ich stören würde und ohnehin bei dir keine Chance hätte.« Ich konnte es nicht fassen, was sich diese Frau herausgenommen hatte. Nach und nach erzählte ich Alex alles, was ich über Lilli wusste.

Lange Zeit saßen wir nebeneinander und sprachen uns aus. So etwas sollte nie wieder passieren, und nach einer Weile fragte Alex:»Du hast vorhin am Auto gesagt, dass du mich liebst. Meinst du …? Also glaubst du …? Was ich sagen will, also …« Ich ahnte, was sie fragen wollte, und kam ihr zuvor:»Ja, Alex, ich bin mir sicher, dass ich dich liebe, und ich weiß jetzt sogar, dass ich es auch schon vorher tat. Es ist eben so, dass es mir nicht gelingt, Carola zu vergessen.« Alex erschrak.»Du sollst doch Carola nicht vergessen«, erwiderte sie streng,»du sollst sie nur loslassen. Das ist ein gewaltiger Unterschied.« Sie rückte noch ein Stück näher zu mir und nahm meine Hände.»Micha, auch ich habe Carola sehr gemocht. Ich denke oft an sie, doch ich halte sie nicht fest. Sie hat nun ihr eigenes Leben, wo sie jetzt auch immer sein mag. Gib sie frei.« Wir waren mit unseren Gesichtern dicht beisammen und starrten uns in die Augen.»Meinst du, ein kleiner Kuss wäre drin?«, flüsterte ich ihr zu, und endlich, nach langer Zeit, küssten wir uns wieder. Zuerst noch etwas zaghaft, doch dann schon viel leidenschaftlicher.

»Ich hoffe, dass wir diesen Anblick noch viel öfter sehen«, hörten wir plötzlich. Wir ließen voneinander ab und drehten die Köpfe. Meine Töchter standen auf der anderen Seite des Tisches und strahlten.»Ist wieder alles okay zwischen euch?« Ich nickte.»Ja, das ist es. Lilli hatte tatsächlich Alex erzählt, dass wir zusammen wären«, erklärte ich. Conny schüttelte nur den Kopf und Corinna fragte:»Dürfen wir uns kurz zu euch setzen? Wir haben euch etwas zu berichten.« Noch bevor ich etwas sagen konnte, saßen die beiden auch schon. Conny begann:

»Papa, ich habe dir ja schon erzählt, dass Florian und ich wieder zusammen sind und ich irgendwann wieder zu ihm ziehen will.«»Ja, das hast du, Schatz«, antwortete ich, »ist dieses ›irgendwann‹ nun gekommen?« Sie lächelte. »Ja, ich ziehe morgen wieder nach Hause. Das ist für Jennifer wohl das schönste Weihnachtsgeschenk«, freute sie sich lautstark. Das konnte ich nur bestätigen. Sie hatte oft nach Papa gefragt. Er war zwar einige Male hier, doch das reichte ihr nicht.

»Ich ziehe auch aus«, erklärte uns Corinna anschließend. »Gehst du auch wieder zu deinem Mann zurück?«, fragte ich, doch sie schüttelte nur den Kopf. »Das ist vorbei. Florian hat seinen Fehler eingesehen und sich entschuldigt, aber Manuel beharrt auf seiner Forderung, auch mit anderen Frauen herummachen zu dürfen. Ich habe hier in der Stadt eine Wohnung gefunden und werde Anfang Januar dort einziehen.«»Und ich denke, Alex wird auch wieder hier wohnen, oder?« Conny schaute abwechselnd zu mir und meiner Freundin und grinste breit. »Ich weiß es nicht«, sagte ich wahrheitsgemäß und sah Alex fragend an. »Wenn du mich noch willst, würde ich sehr gern wiederkommen«, sagte sie. Diese Frage beantwortete ich ihr mit einem Kuss. »Dann machen wir heute noch einmal einen letzten Familienabend«, freute sich Corinna, »und ab nächstem Jahr habt ihr das Haus für euch allein.

So wie meine Tochter es sagte, machten wir es. Wie schon beim letzten Mal saßen wir zusammen im Wohnzimmer. Wie schon beim letzten Mal war es auch an diesem Abend wie damals. Wie schon beim letzten Mal gab es aber auch diesmal einen großen Unterschied zu früher – Carola war nicht dabei. Wie sollte ich es bloß schaffen, nicht mehr ständig an sie zu denken?

Trotzdem war auch dieser Abend sehr schön. Alex war glücklich, dass wir wieder zusammen waren, und ich ebenfalls. Conny freute sich, wieder ein normales Familienleben führen zu können, und Corinna war endlich von Manuel weg. So wie sie erklärte, war es wohl schon lange nichts mehr mit den beiden. Die Fröhlichkeit von ihr bei den Familientreffen war mehr

Schein als Sein. Der Sorgerechtsstreit um die Kinder dürfte inzwischen auch zu ihren Gunsten ausfallen. In den vergangenen Wochen, in denen die Kleinen mit dem coolen Papa allein zu Hause waren, stellte sich heraus, dass Manuel wohl doch nicht der tolle Freund war, für den er sich anfangs noch ausgab.

Später am Abend gingen meine Töchter in ihre Zimmer und auch Alex wollte nach Hause.»Warum bleibst du denn nicht hier?«, fragte ich sie.»Wir sind wieder zusammen, wir wollen gemeinsam leben und ...« Sie unterbrach mich:»Micha, übermorgen ist der Heilige Abend und somit das Fest der Familie. Feiere mit deinen Liebsten und ich komme dann nach Weihnachten.«»Aber Alex, du gehörst doch ...« Erneut sprach sie dazwischen:»Wir sind noch nicht lange zusammen. Ich käme mir vor, als würde ich nicht dazugehören. Bitte verstehe mich.« Sie redete so lange auf mich ein, bis ich schließlich nachgab. Ich brachte sie noch zu ihrem Wagen und winkte ihr hinterher. Nach Weihnachten würde sie mit all ihren Sachen wiederkommen und dann für immer bleiben. So sagte sie es, doch als ich wieder drinnen war und mir noch einmal diese Worte durch den Kopf gingen, bekam ich etwas Angst.»Für immer«, das war es, was ich Carola bei der Hochzeit versprach.»Bis dass der Tod euch scheidet«, hieß es damals. Ein Satz, über den man sich viel zu wenig Gedanken macht. Welcher Tod ist da gemeint? Der körperliche Tod? Wohl kaum, denn auch wenn sie verstarb: In mir lebt sie weiter. Ist es vielleicht der geistige Tod, der gemeint ist? Doch was ist der geistige Tod? Das kann nur bedeuten, dass man irgendwann vergessen wird, und das wird nie geschehen, oder? Was, wenn ich eines Tages mit Alex so glücklich wäre, dass ich nicht mehr an Carola denken würde? Nein, das darf niemals passieren und wird es auch nicht, oder doch?

Ich war hin- und hergerissen. Endlich hatte ich wieder eine Frau gefunden, so wie es meine Töchter und auch die Schwiegereltern forderten. Ich hatte mich sogar in sie verliebt und ich war bereit, Carola loszulassen, doch die Gedanken, die mir in diesem Moment durch den Kopf gingen, ließen mich an meinem Vorhaben zweifeln. Wäre es tatsächlich der richtige Weg, meine Frau einfach so zu ersetzen? Wollte ich überhaupt wieder eine andere Lebensgefährtin, oder gab ich mit Alex nur dem Druck von außen nach?

Eigentlich hatte ich vor, ebenfalls in mein Bett zu gehen, doch ich war zu aufgewühlt. Ich schnappte mir ein Bier und setzte mich in die Küche. Erneut ging mir dies alles durch den Kopf. War Alex die Richtige? Was wäre, wenn ich eine andere Partnerin hätte? Wahrscheinlich würde ich dann die gleichen Überlegungen anstellen. Auch dann hätte ich Angst, meine Frau irgendwann zu vergessen. An Alex lag es zumindest nicht, dass ich nicht zur Ruhe kam, aber was war es dann? Sollte ich besser für den Rest meines Lebens alleinbleiben? Dieser Vorschlag gefiel mir irgendwie und ich spielte sogar schon des Öfteren mit dem Gedanken, die Firma zu verkaufen. Geld genug hatte ich bereits jetzt schon, doch nach dem Verkauf könnte ich vielleicht eine Weltreise machen. Ein verlockender Gedanke, den ich nicht einfach so beiseiteschieben wollte. Andererseits käme aber vielleicht auch ein Umzug in Betracht. Einfach weit weg von allem und abschalten.

An diesem Abend würde ich wohl zu keinem Ergebnis kommen, ich wusste nur eines: Ich wünschte mir Carola zurück. Das Leben mit ihr war herrlich. Wenn wir am Abend zusammensaßen, war uns der ganze Alltagsstress egal. Wir hatten einander und das genügte uns völlig.

Mit dieser Erkenntnis ging ich endlich ins Bett. Niemand könnte mich dazu bringen, meine geliebte Frau jemals zu vergessen.

Am darauffolgenden Tag gab es viel Arbeit. Nicht nur der Auszug von Conny stand bevor, auch die Vorbereitungen für Weihnachten gingen weiter. »Das ruhige und besinnliche Fest«, heißt es, doch darüber kann ich immer nur lachen. Keine Tage sind so hektisch wie die vor dem Heiligen Abend. Kein anderes Mal im Jahr sehe ich solch aggressive Menschen wie vor dem Fest der Liebe.

In der Küche wurde ich bereits von einer gut gelaunten Conny begrüßt:»Guten Morgen, Papa. Hast du gut geschlafen?«, rief sie mir entgegen. Ich gab ihr keine Antwort, sondern ging zu ihr und nahm sie in den Arm. Ich hatte mich in den vergangenen Wochen so an sie gewöhnt, wie sollte es in Zukunft ohne sie weitergehen? Sogar Corinna würde bald wieder ausziehen. Es gäbe wohl eine große Umstellung in meinem Leben, denn ich bekam mit Alex auch eine neue Mitbewohnerin.

Corinna kam ebenfalls in die Küche und die beiden umarmten sich herzlich.»Mach's gut, Schwesterherz und besuch uns mal«, scherzte sie, und Conny konterte:»Morgen Abend sehen wir uns schon wieder.«»Ihr kommt morgen?«, fragte ich erstaunt. Sie schaute mich verwundert an.»Warum denn nicht? Wir sind doch immer an Weihnachten hier.« Das war natürlich richtig, doch ich dachte, die drei würden in diesem Jahr allein sein wollen, da sie ja gerade erst wieder zusammengefunden hatten.»Was ist mit Alex? Kommt sie auch?«, fragte Corinna, doch ich musste den Kopf schütteln:»Sie denkt, dass sie noch nicht zur Familie gehört und hier nur stören würde.« Meine Töchter schauten sich an.»Wie kommt sie denn auf diese dumme Idee?«, fragte Conny.»Ich hoffe, du konntest ihr das ausreden.«»Leider nicht, sie kommt erst nach den Feiertagen hierher.«

Bevor wir weiterreden konnten, klingelte es.»Ich mach auf, das ist Florian«, rief Conny und rannte aus dem Raum. Nun war ich mit Corinna allein.»Papa, ich hoffe, du kannst es ihr noch ausreden. Ihr seid ein Paar und es ist doch selbstverständlich, dass sie mit uns feiert.«»Ja, du hast recht«, erwiderte ich, »ich rufe sie nachher an. Hoffentlich drückt sie mich nicht wieder weg.« Ich machte einen Scherz und auch meine Tochter lachte mit.»Dann fährst du hin und holst sie. Du weißt ja jetzt, wo sie wohnt.« Kurze Zeit grinste sie noch, doch als sie mein Gesicht sah, wurde sie ernst:»Du hast dir doch gestern hoffentlich ihre Adresse geben lassen.« Auch ich zog nun die Mundwinkel herunter. Wir waren so mit unserem Wiedersehen beschäftigt und mit Pläne-für-die-Zukunft-Schmieden, dass ich das völlig vergaß.»Papa, willst du sie etwa noch einmal verlieren?« Corinna wurde sauer, und das zu Recht. Wie konnte ich so dumm sein?

Dann fiel ihr etwas ein, was mir die Haare zu Berge stehen ließ:»Alex kann von heute auf morgen hier einziehen, richtig?« Ich nickte und in diesem Moment wusste ich, worauf sie hinauswollte.»Du meinst, sie wohnt immer noch in dieser Gartenhütte?«»Ja, Papa, wenn sie eine neue Wohnung hätte, dann würde sie nicht sofort hierherziehen. Außerdem hatte sie gestern erwähnt, dass sie noch keine neue Arbeit hat. Wovon will sie denn die Miete bezahlen?« Mir wurde flau im Magen. Dann wäre sie an Weihnachten völlig allein in dieser Hütte, nur weil sie uns nicht stören will. Das musste ich verhindern.

Florian kam zur Tür herein und begrüßte uns.»Es freut mich, dass ihr wieder zueinandergefunden habt«, sagte ich zu ihm.»Mich auch«, antwortete er,»dank dir hatte ich den Mut, mich bei meiner Frau zu entschuldigen.«»Papa, hattest du wieder deine Finger im Spiel?« Conny stand plötzlich vor mir und sah mich strafend an.»Nur ein wenig. Ihr beide wart wie Spielzeug: Bereits aufgezogen aber gehangen. Ich musste euch nur etwas anstupsen. Und nun lasst uns deine Sachen ins Auto bringen.« Ich dachte, dass nun alle mitanpacken, weil wir das halbe Zimmer ausräumen müssten, doch außer einem Koffer und einer Reisetasche hatte sie nichts und ein Stück ließ sie sogar da – ihr Goldstück.»Papa, Corinna, meint ihr, Jennifer könnte bis morgen Abend bei euch bleiben? Dann wären Florian und ich mal allein und sie soll es ja auch noch nicht wissen.« Sie grinste, als sie das sagte, und Corinna versprach auch sofort, sich der Kleinen anzunehmen.

Als alle weg waren, konnte ich mich meinem eigenen Wohl zuwenden. Ich musste es irgendwie hinbekommen, dass Alex die

Feiertage bei uns bleibt, aber meine Bemühungen waren verge-
bens. Immer wieder ließ ich das Telefon klingeln, doch sie ging
nicht ran.

Zum Mittagessen gingen wir zu meinen Schwiegereltern. Ich
wollte dieses Thema bei den beiden nicht anschneiden. Schon
als ich nach meinem Geburtstag mit Alex zusammen war,
machte Manfred gelegentlich unpassende Bemerkungen über
sie. Ich konnte deutlich spüren, dass er damit nicht klarkäme,
wenn eine andere Frau bei mir wohnen würde. Doch was sollte
ich machen? Meine Töchter drängten auf eine neue Beziehung,
und auch ich wusste, dass ich eine andere Partnerin an meiner
Seite brauchte. Doch nicht genug damit, dass ich mir selbst die
größten Vorwürfe machte, weil ich glaubte, Carola mit Alex zu
betrügen. Mein Schwiegervater zeigte deutlich, dass er es nicht
gutheißen würde, wenn eine andere Frau über sein Grundstück
laufen würde. Selbst Elfriede schien darüber nicht glücklich gewesen zu sein. Zwar sagte sie immer, dass ich auf Dauer nicht
alleinbleiben könne, doch auch ihre Blicke waren nicht zu über-
sehen.

»Was hast du denn heute, Micha?«, fragte Elfriede während
des Essens. »Du bist so still.« »Nichts«, teilte ich ihr kurz mit.
Das war zwar gelogen, doch ich hatte keine Lust auf größere
Diskussionen. Corinna fiel allerdings gleich mit der Tür ins
Haus und erzählte in allen Einzelheiten, was vorgefallen war
und was wir annahmen. »Micha, du musst sie holen. Sie kann
doch Weihnachten nicht in einer Gartenhütte verbringen«,
meinte Elfriede, doch ich hatte Einwände: »Erstens wissen wir
nicht, ob sie wirklich dort haust, und zweitens will ich nicht,
dass wir von euch schräg angeschaut werden.« Meine Schwiegereltern hörten sofort auf zu essen. »Wie redest du mit uns?«,
fragte Manfred, und da hatte er recht. Solche Worte waren sie
von mir nicht gewohnt, aber ich machte weiter: »Ständig sagt
ihr mir, dass ich wieder eine Frau brauchen würde. Komme ich
dann mit einer, ist es euch nicht recht. Glaubt ihr, dass es mir
leichtfällt, mit Alex durch den Garten zu laufen, nachdem ich

das 30 Jahre mit Carola gemacht habe?« Ich warf das Besteck auf den Teller, sprang auf und rannte hinaus. Auf direktem Weg ging ich zum Rosenbeet meiner Frau und an die Gedenkstätte, die ich dort eingerichtet hatte. Ich setzte mich auf die Bank und sprach mit ihr:»Schatz, was soll ich tun? Du sagst doch selbst, dass ich mit Alex glücklich werden soll. Aber kaum habe ich meine Selbstzweifel überwunden, wird mir von anderen ein schlechtes Gewissen gemacht. Warum kannst du nicht wieder zurückkommen?« Ich stützte meine Ellenbogen auf die Oberschenkel und vergrub mein Gesicht in den Händen. Am liebsten hätte ich in diesem Moment losgeheult, doch es ging nicht mehr. Zu oft war dies in den vergangenen Jahren der Fall.

Nur kurze Zeit saß ich auf der Bank, als ich eine Hand auf meinem Rücken spürte. Ich schaute herum und sah, dass sich meine Schwiegermutter zu mir gesetzt hatte.»Du hast recht, wir verlangen entschieden zu viel von dir«, versuchte sie, mich zu trösten.»Wir müssen uns ebenfalls umstellen und nicht alles auf deinem Rücken austragen.«»Elfriede, ich versuche immer, es allen recht zu machen, doch inzwischen bin ich an meine Grenzen gestoßen«, erklärte ich ihr.»Ich habe mich in Alex verliebt und bin bereit, ein neues Leben zu beginnen, so wie ihr es alle von mir verlangt. Dazu brauche ich auch keine Hilfe, aber etwas weniger Gegenwind wäre sehr hilfreich.« Sie strich mir über den Kopf.»Du hast recht, Micha, auch wir müssen mitmachen, sonst bringt das alles nichts.« Einen Augenblick wurde es ruhig, dann begann ich, ihr meine Überlegungen der letzten Tage zu präsentieren:»Ihr werdet Alex nie so akzeptieren, dass ihr sie wie ein Familienmitglied behandeln könnt. Ich habe mir deshalb überlegt, von hier wegzuziehen und mit meiner Partnerin ein völlig neues Leben anzufangen.« Elfriede war außer sich:»Micha, du kannst doch nicht einfach alles hinter dir lassen und …« Ich unterbrach sie:»Doch, das kann ich. Somit ist jedem geholfen. Ich habe wieder eine Frau und ihr braucht sie nicht zu ertragen.« Ich stand auf und ließ sie einfach zurück. So hart wollte ich meine Entscheidung gar nicht verkünden, doch auch mir platzt mal der Kragen.

Am Nachmittag versuchte ich noch viele Male, Alex zu erreichen, war jedoch wie schon am Morgen erfolglos. Ich konnte und wollte nicht glauben, dass sie das Klingeln nicht mitbekam. Am liebsten wäre ich sofort losgefahren und hätte sie geholt, wenn ich doch nur gewusst hätte, wo ich sie suchen sollte. Ratlos setzte ich mich mit einem Bier bewaffnet ins Esszimmer. Immer wieder dachte ich darüber nach, ob sie vielleicht etwas gesagt hatte, das auf ihren Aufenthaltsort schließen ließ, doch mir wollte nichts einfallen.

Plötzlich sah ich im Augenwinkel eine Gestalt auf der Terrasse. Zuerst erschrak ich, weil ich dachte, dass Carola gekommen wäre, aber es war mein Schwiegervater. Ich ging zur Tür und ließ ihn herein. »Hast du noch ein Bier für mich?«, fragte er und quälte sich ein Lächeln hervor. Ich ging an den Kühlschrank und brachte ihm eins. »Micha, wir haben dich die ganzen letzten Jahre angelogen«, begann er zu erzählen, »wir haben dir gesagt, dass wir den Tod unserer Tochter verarbeitet haben, doch das stimmt nicht. Uns geht es nicht viel besser als dir. Das ist jedoch kein Grund, dir dein Leben vorzuschreiben.« Wir stießen an und tranken einen Schluck, bevor er weitersprach: »Natürlich ist es dein Recht, von hier wegzuziehen und neu zu beginnen. Wahrscheinlich würde ich es an deiner Stelle nicht anders machen, aber wenn wir alle daran arbeiten, dann weiß ich, dass wir auch eine Lösung für dieses Problem finden werden.« »Heißt dieses Problem Alex?«, wollte ich von ihm wissen. Er schüttelte den Kopf: »Nein, nicht Alex ist das Problem, sondern dass auch wir hier ständig Carola herumlaufen sehen. Natürlich nicht richtig, so wie du, sondern in Gedanken. Plötzlich übernimmt das eine andere Frau und damit haben wir noch unsere Schwierigkeiten. Trotzdem bitte ich dich, deine Freundin morgen zum Weihnachtsabend mitzubringen. Sie wird jetzt auch ein Teil der Familie und das möchten wir ihr gern sagen.«

Noch lange habe ich mich an diesem Nachmittag mit Manfred unterhalten. Es war eine Aussprache unter Männern, die schon lange fällig war. Da wir Kerle es mit dem Reden nicht so haben, war diese Unterhaltung längst überfällig und auch sehr aufschlussreich. Auch einige Flaschen Bier sind an diesem Tag geflossen, und ich weiß nun endlich, dass er nicht viel anders leidet als ich.

Als sich der Tag dem Ende zuneigte, ging ich ins Bett. Das ganze Grübeln, wo sie Alex aufhalten könnte, hatte nichts gebracht, und auch Manfred hatte keinen Vorschlag, wo ich meine Freundin finden könnte, und so beschloss ich, mir im Schlafzimmer zur Einstimmung auf den morgigen Tag noch einen Weihnachtsfilm anzusehen.

Ein realer Traum

Wütend wollte ich die Fernbedienung gegen die Wand werfen, doch ich konnte mich gerade noch beherrschen. Die konnte schließlich auch nichts für die Dummheit der Menschen. Ich lag im Bett und schaute mir einen Film im Fernsehen an. Es lief mal wieder ein typischer Weihnachtsfilm aus Amerika. Nicht nur, dass man bereits nach den ersten Minuten weiß, wie er endet, nein, es ist auch immer das Gleiche. Eine dicke Gestalt mit langem Bart und rotem Mantel krabbelt durch Kamine und bringt den Kindern an Weihnachten die Geschenke. Sogar in Häuser, die überhaupt keine Schornsteine haben, kommt er auf diese Weise. Wann hören die Leute endlich auf, diese Cola-Werbung aus den Vereinigten Staaten anzuhimmeln? Das hat doch mit unserem christlichen Glauben gar nichts zu tun. Santa Claus nennen sie ihn, abgeleitet von Sankt Nikolaus, dem Heiligen der katholischen Kirche. Doch der sah gewiss anders aus.

Ich drückte auf den Knopf und schaltete damit das Gerät aus. Es war auch schon spät und ich wollte schlafen, denn der Heilige Abend stand bevor. Es gäbe genug zu tun. Wie jedes Jahr würden die Zwillinge mit ihren Familien in den Gottesdienst gehen, während Manfred und ich den Tannenbaum ins Wohnzimmer holen und ihn mit irgendwelchem Zeug vollhängen müssten. Ja, »müssen«, denn von »wollen« konnte seit Carolas Tod nicht mehr die Rede sein. Meine Kinder waren schon groß und konnten machen, was sie wollten. Ich tat das alles nur für meine Enkelkinder. Schon früh brachten wir damals Corinna und Conny bei, dass die Weihnachtszeit an Weihnachten beginnt und nicht, wenn der Supermarkt damit anfängt, Spekulatius zu verkaufen. Bei vielen Leuten war daher auch schon am 27. Dezember wieder alles vorbei und der Baum flog aus dem Haus. Nun ja, immerhin stand er schon seit Monatsanfang neben dem Adventskranz.

Unsere Töchter folgten unserer Erziehung und auch bei ihnen wurde der Baum erst an Weihnachten aufgestellt. Genug Arbeit gäbe es jedenfalls am nächsten Tag. »Nur gut, dass ich den Kamin nicht fegen muss«, dachte ich bei mir, als ich die Fernbedienung auf den Nachttisch legte. Immerhin hatte ich schon wieder genügend Humor gesammelt, um ruhig schlafen zu können. Eines aber hatte ich mit einigen dieser Filme gemeinsam. Es ging immer mal wieder um Menschen, die ihren Partner verloren hatten. Oftmals war er es, der die Spitze auf den Baum platzierte. Auch bei uns machte das Carola. Es war eigentlich eine symbolische Geste, denn da sie mit den Kindern und später mit unseren Enkeln in der Kirche war und deshalb nicht helfen konnte, wollte sie wenigstens eine Kleinigkeit übernehmen. Ich überließ es deshalb ihr, dem Baum die Krone aufzusetzen. Ich legte mich zurück und starrte an die Decke. Allmählich versank ich in Gedanken und sah meine Frau wieder vor mir:

* * *

»Wir gehen dann mal«, rief mir Carola zu. Sie war bereits im Flur und trug ihre pinkfarbene Jacke mit der dazu passenden Pilotenmütze. Eigentlich stand sie nicht auf schrille Farben, aber in dieser Kleidung sah sie unglaublich süß aus. Ich eilte auf sie zu und drückte ihr einen Kuss auf den Mund. »Lasst euch Zeit«, sagte ich zu ihr, »dann brauchen wir nicht zu hetzen.« Sie lächelte mich nur an, drehte sich herum und ging auf die Terrasse. Dort warteten schon Corinna und Conny mit ihren Familien und Elfriede, die sie jedes Jahr begleitete. Gemeinsam liefen sie durch den Garten und zum Tor hinaus. Immer wieder war es die gleiche Zeremonie, doch dieses Mal gab es einen Unterschied, den wir aber alle noch nicht wussten: Es sollte das letzte Mal gewesen sein, dass alle zusammen zur Kirche gingen.

»Komm, wir müssen uns beeilen!«, rief mir Manfred zu, während ich noch der leuchtenden Jacke meiner Frau hinterhersah. Es gibt Anblicke, die man niemals zu vergessen scheint, dies war einer davon. Noch heute sehe ich den funkelnden Punkt, der sich von unserem Grundstück entfernt. Es war, als wollte mir etwas sagen: »Da geht sie hin und kommt nicht mehr.« Natürlich kam sie zurück, jedoch nur für ein paar Monate, bevor sie uns endgültig verließ.

Ich rannte um das Haus, wo mein Schwiegervater schon den Baum von der Plane befreit hatte. Zusammen trugen wir ihn in das Wohnzimmer und stellten ihn auf. Den Ständer hatten wir bereits vor ein paar Tagen drangemacht, weil das am zeitaufwendigsten war. Wir waren längst ein eingespieltes Team. Kugeln, Figuren, Lametta – alles hatten wir sicher vor kleinen Kinderaugen bereitgelegt. Es dauerte auch nicht lange, da waren wir mit dem Baum fertig. Wir standen nebeneinander und betrachteten ihn, und wie richtige Männer eben sind, waren wir mit dem Ergebnis sehr zufrieden. Doch eines machte mir schon seit Langem zu schaffen: »Manfred, warum eigentlich ein Tannenbaum?« Fragend schaute mein Schwiegervater mich an. »Willst du dir lieber eine Eiche in die Wohnung stellen?«, fragte er. »Das würde auch nicht passen«, bemerkte ich, »ich meine, Jesus wurde weder an einer Tanne gekreuzigt noch darunter geboren. Warum also gerade dieser Baum?« Damit hatte ich Manfred wohl nachdenklich gemacht. Sichtbar grübelnd stand er vor dem Baum und schaute ihn an. Unentwegt starrte er zu ihm, bis er endlich fragte: »Warum willst du das ausgerechnet von mir wissen?« »Weil du mein Adoptivvater bist und Väter alles wissen müssen«, teilte ich ihm mit. Erneut dachte er nach. »Frag doch einen Pfarrer«, sagte er anschließend etwas genervt, »außerdem bist du auch ein Vater.«

Zusammen liefen wir nach nebenan, holten die Geschenke und verteilten sie unter dem Baum. Doch ich konnte erkennen, dass ihn meine Frage keine Ruhe ließ, und irgendwann rief er: »Demnächst gehen wir beide zu unserem Pfarrer und fragen ihn.« Ich musste grinsen. Es war schon interessant, wie man mit einer Frage andere Menschen beschäftigen konnte. »Das habe ich schon«, teilte ich meinem Schwiegervater mit, »er quatschte mir 20 Minuten lang die Ohren voll, hat aber keinen Ton gesagt.« Manfred nickte. »Ja, deshalb studieren die wohl so lange. Sie bekommen beigebracht, wie sie solchen Fragen ausweichen können.«

Lange dauerte es nicht mehr, als es an der Terrassentür klopfte. Ich öffnete und einer nach dem anderen kam herein: Jennifer, Jonas und Elias vornweg, dahinter Corinna und Manuel und zum Schluss Conny, Florian, Carola und Elfriede. Das Haus war voll. Ich nahm meiner Frau Jacke und Mütze ab und brachte sie in den Flur zur Garderobe. »Es ist kalt«, sagte sie nur, als ich zurückkam. Sie saß vor der Heizung und wärmte sich. Wir hatten wieder einmal ein typisches Heiligabend-Wetter – keinen Schnee, aber dafür war es kalt und nass. Carola war eigentlich nicht die Frau, die schnell fror, und deshalb war ich über ihre Aussage etwas verwundert. Erst viel später wurde mir bewusst, dass es ihre Krankheit war, die sie frösteln ließ.

Als sich alle ihrer Jacken entledigt hatten, gaben wir zuerst den Kindern die Geschenke, bevor wir uns zum Essen an den Tisch setzten. Wir hatten das so besprochen, nachdem es im Jahr zuvor keine Ruhe gegeben hatte. Sie schlangen das Essen in sich hinein und beobachteten uns durchgehend, wann wir wohl fertig wären. Dabei rutschten sie nervös auf ihren Stühlen herum. Mit Gemütlichkeit hatte das nichts zu tun. Nun konnten wir in Ruhe zu Abend essen und dann mit der Bescherung beginnen.

* * *

Gern dachte ich an dieses Weihnachtsfest mit meiner Frau zurück. Es war auch das letzte Mal, dass wir in unserem Haus feierten. Früher taten wir das wegen der Kinder. Es war doch viel schöner, wenn der Weihnachtsbaum bis ins neue Jahr das Haus erleuchtete. Später behielten wir diesen Brauch bis zu Carolas Tod bei. Danach wollte ich mit diesem Fest nichts mehr zu tun haben und ich hatte auch kein Interesse, einen Baum in der Wohnung stehen zu haben. So wurden die Feierlichkeiten zu meinen Schwiegereltern verlegt. Natürlich saß ich noch dabei und ich schmückte auch weiterhin den Baum mit Manfred, doch es war bei Weitem nicht mehr dasselbe. Auch Geschenke verteilte ich noch. Obwohl bei uns einiges an Geld da war, überreichten wir uns nur kleinere Sachen. Manfred hatte uns schon früh erklärt, dass Weihnachten nichts damit zu tun hat, Unsummen auszugeben. »Eine kleine Freude ist viel sinnvoller«, sagte er immer, und so schenkte ich an diesem Fest meiner Frau einen kleinen Rosenstrauch. Sie wollte unbedingt noch einen im Garten haben. Inzwischen steht er bei den anderen neben dem Gartenteich und wird immer größer. Oft sitze ich dort auf der Bank und schaue ihn an. Daneben hatte ich die Gedenkstätte angelegt, mit einem Bild von ihr und einem Stein mit ihrem Namen. Hätte ich ihr eine teure Kette gekauft, was wäre jetzt mit ihr? Wahrscheinlich hätte ich sie ihr angelegt und mit ins Grab gegeben, oder sie würde sinnlos in einer Schublade herumliegen.

Ich starrte noch immer an die Decke und bemerkte, dass ich anfing, zu lächeln. So schön die Erinnerungen an damals und an meine Frau waren, schmerzten sie auch etwas. »Ich wünschte, sie wäre noch immer bei uns«, dachte ich, drehte mich herum und sah auf den Wecker. Es war der 23. Dezember, 22:08 Uhr. Fest entschlossen, endlich zu schlafen, löschte ich das Licht, doch genauso schnell war es wieder an. Was war denn nun los? Ich schaute zur Nachttischlampe und stellte fest, dass sie nicht leuchtete. Trotzdem war es genauso hell. Ein Schauer fuhr über meinen Rücken, denn schon einmal hatte ich eine seltsame nächtliche Begegnung. »Nicht erschrecken«, hörte ich jemanden sagen. Jetzt kam auch noch Gänsehaut hinzu. Ich war wie gelähmt. Die Stimme kam von der anderen Seite des Bettes, wo

Carola früher lag. War sie es schon wieder? Ich war beim letzten Mal sicher, dies alles geträumt zu haben, zumindest nach langer Überlegung. Fantasierte ich schon wieder? War es real? Ich war fest entschlossen, mich umzudrehen und nachzuschauen, doch ich konnte mich nicht bewegen. Ich lag da, wie gelähmt.

Nach einer Weile war ich endlich in der Lage, mich auf den Rücken zu legen und zur Seite zu sehen. Direkt neben mir war wieder diese Wolke und mittendrin Carola. Ich zitterte am ganzen Körper. »Nicht erschrecken«, wiederholte sie ihren Satz und fügte hinzu: »Ich möchte dich auf eine Reise mitnehmen.« Ich erschrak. »Ist meine Zeit gekommen? Holst du mich jetzt?«, rief ich. Carola lächelte. Sie sah mich an und meinte: »Nein, deine Zeit ist noch nicht gekommen, ich möchte dir nur etwas zeigen.«

Kaum ausgesprochen, warf sie sich ohne jegliche Vorwarnung auf mich. Gerade wollte ich schreien, als alles um mich herum verschwamm. Doch fast gleichzeitig zeigte sich ein anderes Bild, das immer deutlicher wurde. Wir waren auf einer Lichtung. Rundherum war so etwas wie ein Wald. Die Sonne schien und überall liefen Rehe und Hasen herum. »Wo sind wir?«, wollte ich von meiner Frau wissen und drehte den Kopf zu ihr. Die Wolke war verschwunden und neben mir war klar und deutlich Carola zu erkennen, wie ich sie in Erinnerung hatte. »Du lebst?«, stellte ich die nächste Frage. Sie lächelte nur und ich schaute mich genauer um. In der Ferne erkannte ich einen Teich, an dem viele Blumen wuchsen. Es war richtig schön an diesem Ort, von dem ich immer noch keine Ahnung hatte, wo sich dieser befand. »Zu deiner ersten Frage: Wir sind in meinem Zuhause«, fing sie an zu erklären, »und zu deiner anderen Frage: Nein, ich lebe nicht. Zumindest nicht so, wie du das Leben kennst.«

Immer wieder sah ich Carola an. Sie war so hübsch wie früher. Vorsichtig nahm ich ihre Hand und sie erwiderte es. Wir lächelten uns an. Was war los? Ich verstand überhaupt nichts mehr, und immer wieder stellte sich mir die Frage:»Wo sind wir?«

»Komm, lass uns gehen«, sagte sie plötzlich und zog mich an der Hand. Zusammen liefen wir in Richtung Teich. Er war nicht groß, eher so etwas wie ein … Nun erkannte ich, wo wir waren. Es war unser Gartenteich. Daneben stand der Rosenstrauch, den ich ihr zu Weihnachten schenkte. Er stand in voller Blüte.»Ich komme oft hierher«, sagte sie nur und setzte sich auf die kleine Bank. Ich ließ mich neben ihr nieder und nahm meinen Blick nicht von ihr. Sie konnte nicht tot sein, sie sah aus wie immer. Was war hier los?

»Den hast du mir geschenkt«, sagte sie plötzlich und deutete auf die Pflanze. Anschließend drehte sie den Kopf und fragte:»Weißt du das noch?« Wie hätte ich das vergessen können? Jedes Frühjahr und jeden Herbst schnitt ich daran herum, so wie es mir ein Landschaftsgärtner zeigte. Ich wollte, dass diese Rose die schönste der Welt wird.

Immer wieder schaute ich mich um. Das alles verstand ich nicht. Ich saß mit meiner verstorbenen Frau zu Hause im Garten und … Erst jetzt fiel es mir auf – es war gar nicht unser Grundstück. Nur der Teich und die Blumen drumherum waren wie bei uns, doch alles andere fehlte.»Carola, wo sind wir?«, fragte ich. Erneut lächelte sie mich an.»Das sagte ich doch bereits bei mir zu Hause.« Ich drehte mich zu ihr um.»Aber es sind nur der Gartenteich, die Bank und die Blumen. Der Rest fehlt doch.«»Alles, was du dir wünschst, ist auch da«, bekam ich zur Antwort. Wir schauten uns noch eine Weile in die Augen, bevor ich den Kopf drehte. Ich erschrak: In einiger Entfernung sah ich das Haus von Manfred und Elfriede und in der anderen Richtung unseres. Nun war es unser Garten, mit allem, was dazugehörte, und erneut fragte ich mich:»Was ist hier los?«

»Komm, wir gehen spazieren«, meinte sie plötzlich und stand auf. Auffordernd streckte sie mir ihre Hand entgegen, die ich nach einigem Zögern auch ergriff. Mir war nicht wohl in meiner Haut. Alles war wie vor ihrem Tod, aber das konnte nicht sein.

Zusammen schlenderten wir über das Grundstück in Richtung unseres Hauses. Noch einmal schaute ich hinüber zum anderen Gebäude und traute meinen Augen nicht. Dort standen meine Schwiegereltern und winkten uns zu. Aber sie waren jung. Sie hatten in etwa das Alter wie damals, als Carola und ich zusammenkamen. Es wurde immer rätselhafter. Der Höhepunkt kam allerdings, als wir uns unserem Haus näherten. Dort saß ich auf der Terrasse und gab einer unserer Töchter gerade das Fläschchen. Abrupt blieb ich stehen. In diesem Moment kam Carola als Teenager durch die Tür und hatte unsere andere Tochter auf dem Arm. In der Hand hielt sie ebenfalls eine Flasche. Lächelnd setzte sie sich auf einen Stuhl und tat das Gleiche wie ich. Ich konnte mich an diese Zeit erinnern. Es war der Sommer nach der Geburt und die Kinder tranken Babytee. Zu dieser Zeit war es sehr heiß und wir durften mit ihnen nicht in die pralle Sonne, doch das passte nicht so ganz. Es war zwar warm, jedoch war die Temperatur angenehm.

»Carola, was ist hier los?«, fragte ich energisch. Sie grinste mich an, aber sie sagte nichts. Stattdessen hörte ich Stimmen von der anderen Seite. Manfred und Elfriede kamen uns, oder vielmehr die Personen auf der Terrasse, besuchen. Wer war das? Waren das wirklich wir? Waren es tatsächlich meine Schwiegereltern?

»Lass uns die Rollen tauschen«, rief meine Frau plötzlich, und auf einmal saß ich auf dem Stuhl und hatte meine Tochter im Arm. Es musste Conny gewesen sein. Neben mir saß Carola und gab Corinna das Fläschchen.

Für einen kurzen Augenblick vergaß ich die Situation, in der ich mich befand. Ich sah zu, wie die Kleine an der Flasche nuckelte. Die Erinnerung kam wieder. »Ganz der Papa«, sagte mein Schwiegervater damals. Er ging ins Haus und holte aus dem Kühlschrank zwei Flaschen Bier. Mit den Worten: »Damit die Kinder nicht so allein sind«, stellte er mir eine hin. Die andere behielt er für sich. »Was habt ihr heute vor?«, fragte

Elfriede. Carola klärte sie auf:»Wir gehen nachher im Wald spazieren, dort scheint die Sonne nicht so stark.«»Das können wir doch machen, dann habt ihr beiden mal einen Mittag für euch«, schlug ihre Mutter vor. Wir schauten uns an. Ja, genau das wollten wir schon lange. Einfach kurz vergessen, dass man als Eltern große Verpflichtungen hat. Mal wieder normale Teenager sein, wenn auch nur für einen Mittag. Wir waren zu dieser Zeit gerade erst 17 und schon das ein oder andere Mal überfordert. In diesem Sommer begannen wir auch noch damit, das Abitur zu machen, und so würde zum Elternsein auch noch das Lernen dazukommen. Ein Jahr hatten wir nach der Schule pausiert, doch nun musste es sein. Gern stimmten wir deshalb ihrem Vorschlag zu.

Nachdem die stolzen Großeltern mit den Zwillingen weggegangen waren, nahm mich Carola am Arm.»Komm, lass es uns genießen«, sagte sie und zerrte mich hinter sich her, bis wir im Schlafzimmer ankamen. Gegenseitig zogen wir uns aus, bis wir schließlich nackt im Bett landeten. Wir lagen auf der Seite nebeneinander, sahen uns in die Augen und streichelten uns zärtlich. Unsere Gefühle zueinander mussten seit der Geburt der Kinder etwas hinten anstehen, doch an diesem Tag merkten wir wieder, wie verliebt wir ineinander waren. Das sagten wir uns auch immer wieder und schließlich schliefen wir auch zusammen.

Als wir fertig waren, legte ich mich kurz auf den Rücken und schloss die Augen. Als ich sie erneut öffnete, saßen wir wieder auf der Bank neben den Rosen.»Kannst du dich noch an diesen Tag erinnern?«, wollte meine Frau von mir wissen. »Erinnern?«, fragte ich erstaunt.»Wir haben ihn gerade noch einmal erlebt.« Carola lächelte mich an und ich begann zu überlegen.»Das war nicht echt, oder?«»Was ist echt und was nicht?«, gab sie zur Antwort.»Entscheidend ist doch, was du empfindest.« Ja, da hatte sie recht, doch dieser Satz machte mich auch nachdenklich. Ist das, was wir auf der Erde erleben, ebenfalls nicht real? Ich sah sie lange an. War sie auch nur eine

Einbildung?»Wer bist du?«, wollte ich deshalb von ihr wissen. »Ich bin die Person, die du dir jetzt gerade wünschst«, kam es zurück. Ich wusste es: Das war nicht meine Frau, die neben mir saß. Aber wer war sie dann? Und es gab ja auch noch diese andere Frage: Wo befand ich mich gerade? Ich stand auf und lief um den Teich herum. Sie hatte mich nachdenklich gemacht, aber war es überhaupt eine »sie«? Ich wusste gar nichts mehr. Plötzlich stand das Wesen neben mir. »Ich bin die, mit der du verheiratet warst«, sprach sie. »Wir beide sind Seelen, die zueinandergefunden haben. Nur hast du deinen Körper noch und ich nicht mehr.« »Also bist du doch meine Frau?«, fragte ich. »Ich bin das Wesen, welches du als Carola kennst«, erklärte sie mir. Ich schaute sie mir eine Weile an. »Du hast den Körper, den ich kenne, den von meiner Frau.« Erneut lächelte sie mich an, bevor sie sprach: »Ich bin eine Seele. Ich habe den Körper, den du sehen und die Stimme, die du hören willst. Es liegt an dir, wie ich aussehe und wie ich klinge.« Diese Worte waren zu hoch für mich. War es nun Carola oder nicht? »Wo sind wir hier?«, fragte ich etwas energischer. Diese Unwissenheit machte mich fertig. »Wir sind bei mir zu Hause, wir sind in meiner Welt«, kam es von meinem Gegenüber. »Micha, ich bin tot, mein Körper ist deshalb auch nicht echt.« Es wurde immer seltsamer. Ich streckte die Hand aus und streichelte über ihr Gesicht. »Aber ich kann dich doch spüren«, stellte ich fest. »Weil du es willst.« Carola schaute mich bei diesem Satz an wie damals, als sie mir erklärte, dass sie schwanger wäre. »Dann haben wir vorhin auch nicht zusammen geschlafen?«, fragte ich leise. »Doch, aber nicht körperlich«, flüsterte sie zurück, »aber es war doch genauso schön, oder?« Oh ja, das war es – genau wie früher. War es nur allein die Vorstellungskraft, die das bewirkte? So langsam wurde mir bewusst, was hier gerade passierte, doch ich hatte noch sehr viele Fragen. »Carola, wenn du mich in deine Welt geholt hast, bin ich dann jetzt auch tot?« Sie grinste. »Nein, das bist du nicht. Du liegst zu Hause im Bett und schläfst.« »Also träume ich gerade?« Sie stellte sich vor mich und nahm meine Hand. »Sind es wirklich nur Träume, was man in der Nacht erlebt?« Ohne eine Antwort abzuwarten, drehte sie sich um und zog an meiner Hand.»Komm, wir gehen in unsere Jugendzeit zurück.«

Ich lief gerade mal drei Schritte, als der Rosenstrauch neben mir verschwand. Ich drehte den Kopf. Wo soeben noch unser Haus gestanden hatte, war auf einmal nur Rasen zu sehen. Ich schaute wieder in die Richtung, in die wir liefen, und befand mich plötzlich auf der Terrasse von Carolas Eltern. Manfred hatte den Grill aufgebaut und drehte gerade die Steaks um. Es roch köstlich und die Erinnerung holte mich ein. Oft hatten wir dort gegrillt und er brachte es mir sogar bei.»In 20 Minuten essen wir«, rief mein Adoptivvater, als wir an ihm vorbeischlenderten.

Wir kamen in der Küche an und Elfriede holte gerade den Salat aus dem Kühlschrank. Alles war wie damals, als wir noch nicht lange zusammen waren.

In Carolas Zimmer zog sie mich dann vor den großen Spiegel an ihrem Kleiderschrank. Sie legte ihren Arm um mich und wir bewunderten unsere Jugend. Genauso sahen wir früher aus. Auch der Raum war ein Abbild von ihrem Jugendzimmer, in dem wir beide lebten. Ich hatte zwar mein eigenes Reich im Keller, doch dort war ich fast nie. Tag und Nacht waren wir zusammen. Wir gingen sogar gemeinsam zur Schule und waren dort auch in der gleichen Klasse.

»Carola, warum zeigst du mir das alles? Diese Zeit ist lange vorbei.« Sie stellte sich wieder vor mich und schaute mir in die Augen.»Sieht es hier so aus, als ob alles vorbei wäre?« Ich sah mich um und tatsächlich – wenn ich nicht gewusst hätte, dass dies alles hier nicht sein konnte, dann hätte ich geglaubt, ich würde diese Zeit noch einmal erleben.»Ich denke, so langsam verstehe ich«, teilte ich meiner Frau mit,»ich liege gerade zu Hause im Bett und träume, dass ich dich im Himmel besuche und wir uns gerade in den Armen halten.« Doch Carola wollte diese Erklärung nicht akzeptieren.»Kommt dir das wirklich wie ein Traum vor?«, fragte sie,»Dann nämlich hast du noch nichts kapiert.« Sie ließ mich stehen und ging ein paar Schritte von mir weg. Gleichzeitig verschwand das Gebäude um uns herum und wir waren wieder auf dem Rasenstück. Es musste der gleiche Platz gewesen sein, an dem wir auch ankamen, doch der Teich und die Rosen waren nicht mehr zu sehen. »Komm mit, ich zeige dir meine Welt«, befahl sie plötzlich. Hand in Hand liefen wir zum Waldrand. »Hier bin ich zu Hause«, sprach sie und zog mich weiter. Dieser Wald war gespenstig. Es lagen keine Äste oder Zweige herum, kein Laub verzierte den Boden. Es war, als wäre ich in einem Märchen gelandet. Carola ging zu einem Busch und zeigte mir ein Blatt. »Das ist mein Zuhause.« Ich schaute näher hin, doch ich konnte nichts erkennen. Verwundert schaute ich sie deshalb an. »Du bist auf diesem Blatt zu Hause?«, fragte ich und grinste sie an. »Auch du wirst irgendwann dein eigenes bekommen«, meinte sie ernst. Nun begriff ich, dass sie keine Scherze machte. Sie meinte es wirklich ernst. »Schau dir die anderen an«, forderte sie mich auf. Ich sah genauer hin und konnte tatsächlich erkennen, dass auf den Oberflächen etwas flackerte. »Das sind die Seelen, die zur Ruhe gekommen sind, und normalerweise wäre ich jetzt auch dort.« »Und warum bist du es nicht?«, wollte ich wissen. Ich grinste etwas, denn dies alles war schon sehr seltsam. »Weil du mich nicht lässt«, sprach sie leise. Mit diesem Satz hatte sie mich etwas geschockt. Was konnte ich dafür, dass sie nicht auf ihrem Blatt saß? Mir wurde das inzwischen alles zu viel, doch Carola hörte nicht auf. Sie eilte weiter und zog mich hinter sich her.

Um uns herum verschwamm alles, und als die Umgebung wieder deutlich wurde, standen wir an einer etwas kleineren Lichtung. Diese hatte sogar eine riesige Wölbung im Boden und die Form eines Kessels. Darin tanzten unzählige … Ja, was war es? Sie sahen aus wie Lichter, doch sie leuchteten nicht. Sie wurden mal größer, dann wieder kleiner und hatten keine richtigen Formen. »Was ist das?«, wollte ich wissen. »Seelen«, antwortete Carola nur kurz und schaute ihnen zu. Auch ich sah einen Augenblick hin und fragte dann: »Tanzen sie für uns?« Meine Frau schaute mich ernst an. »Sie tanzen nicht. Es sind unruhige Seelen, die nicht zur Ruhe kommen, weil die Angehörigen sie festhalten.« Ich stutzte. »Warum lassen sie diese armen Kreaturen nicht einfach los? Das kann doch nicht …« Oh, nein. Bin ich etwa hier, weil …? »Bist du auch dabei?«, fragte ich sie. »Nicht immer, aber sehr oft«, erklärte sie mir. »Lass es mich dir zeigen.«

Wir liefen aus dem Wald heraus und befanden uns plötzlich in der Jugendherberge, in der wir zusammenkamen. Carola wollte mir damals beibringen, wie man sich auf Langlaufskiern bewegt. Leider ohne Erfolg. Es war nur ein kleiner Berg, den ich hinunterfuhr, doch in der Kurve verließ ich einfach die Loipe und suchte mir einen Baum, der mich abbremste. Meine Freundin fuhr zu mir, ließ sich neben mir in den Schnee plumpsen und amüsierte sich lautstark. Zuerst war ich etwas sauer, doch dann lachte ich mit. Wir robbten aufeinander zu und küssten uns. Doch dieses Mal sollte es nicht so weit kommen.

Bevor sich unsere Lippen berührten, waren wir plötzlich an einer anderen Stelle. Wir befanden uns im Krankenhaus. Ich lag dort, weil mich meine richtige Mutter verprügelt hatte und ich die Marmortreppe hinuntergefallen war. Ich hatte eine gebrochene Rippe und einen Milzriss und musste operiert werden. Außerdem war mein ganzer Oberkörper voll mit blauen Flecken. Carola kam mit ihren Eltern vorbei und sie legte sich einfach zu mir ins Bett. Wir kuschelten und dann …

Auch dieses Mal konnten wir uns nicht küssen, weil wir schon wieder woanders waren. Und diesen Ort kannte ich genau. Wir befanden uns an der Nordsee. Ich war zum ersten Mal mit meiner Pflegefamilie im Urlaub. Ich lief Hand in Hand mit meiner Freundin am Strand entlang und sie versuchte, mir zu erklären, wie Ebbe und Flut zustande kommen. Damals dachte noch keiner daran, dass wir für immer zusammenbleiben würden. Für immer? Eher so, wie der Pfarrer bei der Hochzeit sagte: »Bis dass der Tod euch scheidet.« Was ich allerdings gerade erlebte, machte mir Mut, dass es sogar noch darüber hinausgehen könnte.

Es war Abend. Elfriede und Manfred saßen auf der Terrasse, während Carola und ich noch einen Strandspaziergang machten. Das Haus stand fast am Wasser, sodass uns ihre Eltern sehen konnten. Als wir zurückkamen, gingen wir an ihnen vorbei und wünschten eine gute Nacht. Was danach kam, hatte ich noch genauestens in Erinnerung – unser erstes Mal. In unserem Zimmer zogen wir uns aus und legten uns ins Bett. Wir waren zärtlich zueinander. Dieses Mal wurden wir auch nicht unterbrochen. Es war genau wie früher. Ich traute mich erst nicht, doch dann zog mich Carola auf sich. Gerade wollte ich in sie eindringen, da standen wir auch schon wieder auf dieser Lichtung.»Was soll das? Immer wenn es schön wird, hört alles auf«, beschwerte ich mich.»Ja, das ist dumm«, sagte meine Frau leise.»Warst du das gar nicht, die unsere Zärtlichkeiten unterbrochen hat?«»Doch, natürlich war ich das«, erklärte sie,»ich wollte dir zeigen, wie ich mich fühle.« Auch jetzt verstand ich wieder nicht, was sie meinte, doch schon gleich fuhr sie fort:»Micha, wir zwei hatten ein wunderschönes Leben und ich kann dies immer wieder erleben. Ich ruhe dann auf meinem Blatt und stelle mir vor, wie schön es war.« Sie ging einen Schritt auf mich zu und nahm meine Hände.»Ich erlebe dann alles noch einmal. Wie wir uns kennenlernten, unsere Hochzeit, die Geburt unserer Kinder. Im Gegensatz zum Leben, wie du es verstehst, wird es aber nicht langweilig. Immer wieder erlebe ich das und erfreue mich daran. Ich habe dir einige Male gezeigt, was ich meine, und du hast gemerkt, wie real es ist.« Sie machte eine kurze Pause.»Wir sind damals zusammengekommen und es war das Beste, was mir passieren konnte. Ich würde es immer wieder tun, weil es einfach schön war mit uns beiden, und dieses Gefühl möchte ich auskosten. Doch dann wünschst du dir immer wieder, dass ich zu dir zurückkommen soll, und ziehst an mir. Mein Traum ist dann weg, und zwar meist dann, wenn es am schönsten ist.«»So wie diese drei Male, die du mir vorhin gezeigt hast«, erwiderte ich. Carola nickte.»Micha, bei dir zu Hause ist eine Frau, die dich liebt und die du auch sehr magst. Werde glücklich mit ihr und lass mich ebenfalls glücklich sein.«»Du redest von Alex, oder?«Erneut nickte sie, doch ich hatte einen Einwand:»Du hast es gerade schon richtig erkannt. Ich habe sie sehr gern, aber ich weiß noch nicht genau, ob ich sie so lieben kann, wie ich dich geliebt habe.«»Weil du dir selbst nicht erlaubst, das herauszufinden«, erklärte sie.»Du hältst dich zu sehr an mir fest.« Damit konnte sie recht haben. Carola war meine erste Freundin und ich hatte mich damals so in sie verliebt, dass ich keine andere Frau an mich heranließ. Nun war sie tot und ich müsste es wohl irgendwie hinbekommen, mich Alex so zu öffnen, wie ich es auch bei Carola tat. Doch das war nicht so einfach und da war noch etwas anderes:»Aber es gibt da noch ein Problem. Ich habe keine Ahnung, wo Alex ist.« Meine Frau lächelte mich an.»Du wirst sie finden.«

Ich musste einen Augenblick über alles nachdenken. Wenn ich das richtig verstanden hatte, machte ich ihr gerade das Leben, oder wie man das nannte, wo ich mich gerade befand, zur Hölle. Ich wusste noch immer nicht, was ich dort genau machte und ob es Wirklichkeit oder ein Traum war, aber so etwas hatte meine Frau nicht verdient.»Du hast recht«, sagte ich anschließend zu ihr,»aber das würde heißen, dass ich nicht mehr an dich denken darf, und ich glaube …«Sie unterbrach mich:»Du darfst an mich denken, wann immer du willst. Du darfst auf den Friedhof gehen und trauern, und du kannst auch Bilder von mir aufhängen, wenn du möchtest, aber bitte wünsche nicht, dass ich zu dir zurückkomme. Du weißt, dass wir hier immer zusammen sein werden.« Ich nickte. Es war mir nie bewusst, was man damit anrichten kann. Oder war das nur bei uns so?»Entschuldige. Ich wusste nicht, was ich dir damit antue«, sagte ich und griff erneut nach ihren Händen. Wir schauten uns in die Augen. Zum letzten Mal?»Ich bringe dich jetzt nach Hause«, sagte sie schließlich, doch ich hatte noch einen Wunsch:»Carola, ich weiß, das alles ist nicht real, aber trotzdem hätte ich gern einen letzten Kuss von dir. Ist das möglich?« Sie lächelte.»Dazu musst du dich aber hinlegen.« Hinlegen? Ich hielt es zwar für etwas seltsam, doch ich gehorchte. Ich ließ mich auf den Boden plumpsen und Carola beugte sich über mich. Innig küssten wir uns und wie früher auch, schloss ich dabei die Augen. Es war wunderschön.

Nach einiger Zeit bemerkte ich, wie der Druck auf meinem Mund weniger wurde. Ich öffnete die Lider und sah, wie sie von mir herunterging und mit ihrer Wolke wegschwebte. »Suche an dem Ort, an dem du gefeiert hast, und denke daran – lass mich los«, hörte ich noch, dann war ich allein.

Ich schaute mich um und bemerkte, dass ich in meinem Bett lag. War ich die ganze Zeit hier oder war ich tatsächlich bei meiner verstorbenen Frau? Auf jeden Fall müsste Weihnachten bald vorbei sein, denn ich war wohl eine Ewigkeit bei ihr, oder vielleicht hatte ich auch nur lange geträumt. Ich drehte den Kopf und schaute auf meinen Radiowecker – 23. Dezember, 22:08 Uhr. Es war nicht eine Minute vergangen. Wie konnte das sein?

Ich machte das Licht an und schaute noch einmal durch das ganze Schlafzimmer. Ich war allein und natürlich stellte sich die Frage: War das wirklich geschehen? Lange konnte ich darüber allerdings nicht mehr grübeln, da ich schon bald vor Erschöpfung einschlief.

24. Dezember, 08:03 Uhr, stand auf der Anzeige meines Weckers, als ich aufwachte. Sofort kam mir natürlich das Erlebte des Vorabends in den Sinn und wieder stellte sich mir die Frage, ob ich geträumt hatte oder … natürlich hatte ich das. Ich war ja schließlich nicht im Totenreich. Ich legte diesen Gedanken auch schnell ab, stand auf und wankte halb verschlafen ins Bad.

Nachdem ich in der Küche angekommen war und den ersten Kaffee intus hatte, begann ich noch einmal zu überlegen. Ich sah Carola so deutlich vor mir, als hätten wir uns wirklich getroffen. Ich bildete mir sogar ein, ihre Lippen noch auf meinen zu spüren.

»Hallo, Opa«, riss mich eine Stimme aus meinen Gedanken, »gibt es heute wieder Brötchen?« Oje, da hatte ich etwas angefangen. »Natürlich gibt es die«, rief ich meiner Enkelin zu, »und Kakao gibt es auch.«»O ja! Ich will auch Kakao«, kam es aus der anderen Richtung. Corinna stand auf einmal neben mir und gab mir einen Begrüßungskuss auf die Wange. »Der Hotelservice hat ihre Bestellung aufgenommen«, sagte ich und deckte den Tisch. Meine Tochter half mir, doch sie merkte, dass ich geistig nicht so ganz anwesend war. »Papa, was ist los?«, fragte sie, doch ich wiegelte ab. »Nichts ist los, es ist alles in Ordnung.« Natürlich war das gelogen, doch was sollte ich sagen? Ich war letzte Nacht im Totenreich bei deiner Mutter? Sie hätte mich gleich einweisen lassen. So schaute sie mir noch etwas bei der Zubereitung des Frühstücks zu und meinte dann: »Ich kenne dich schon sehr lange und weiß, wenn du etwas auf dem Herzen hast.« Oh ja, wenn mich jemand gut kannte, dann waren es meine Töchter. Sie waren genauso sensibel wie ihre Mutter. Trotzdem wollte ich ihr nichts von meinem nächtlichen Erlebnis berichten. »Ich habe schlecht geträumt«, erklärte ich ihr deshalb nur kurz und widmete mich wieder meiner Arbeit. Dass sie mir das nicht geglaubt hatte, konnte ich deutlich an ihrem Gesichtsausdruck erkennen, doch sie sagte erst einmal noch nichts.

»Ich gehe in meinem Zimmer spielen«, rief Jennifer nach dem Frühstück mit noch halb vollem Mund, sprang auf und war auch schon verschwunden. Corinna schaute mich an. Ein leichtes Grinsen zierte ihren Mund. »Was ist?«, wollte ich wissen. Ihre Mimik änderte sich nicht. »Das frage ich dich«, kam es zurück. Es hatte keinen Sinn, ihr weiterhin vorzumachen, dass nichts wäre. Ich müsste ihr wohl die Wahrheit erzählen.

Wir räumten zusammen den Tisch ab und ich nahm mir noch eine Tasse Kaffee, während sich meine Tochter den Rest des Kakaos einschenkte. Dann setzten wir uns wieder und ich erzählte von meinem »Traum«.

Solange ich redete, hörte sie aufmerksam zu. Ständig wartete ich, bis sie zu lachen beginnen würde, doch das tat sie nicht. Im Gegenteil – sie wurde immer ernster und als ich fertig war, fragte sie:»Wie war Mama? War sie so, wie wir sie kennen?« Ich musste erst einmal schlucken. Glaubte sie etwa, dass ich wirklich bei ihr war?»Conny, das war nur ein Traum«, sagte ich deshalb noch einmal, doch sie ließ sich nicht beirren.»Wie sah sie aus?«, fragte sie erneut. Ich erzählte von den Seelen, die dort herumschwirrten, und dass ihre Mutter aussah wie früher, weil ich sie so sehen wollte. Ich beschrieb genau das, was mir Carola erklärte, auch wenn ich es selbst nicht richtig verstanden hatte.»Und sie sagte wirklich, dass du dir die Chance geben sollst, dich in Alex zu verlieben?« Ich nickte.»Papa, das ist ein Zeichen. Worauf wartest du denn?« Worauf ich wartete, fragte ich mich schon seit vielen Monaten. Eigentlich wollte ich, dass Carola zurückkommen würde, was natürlich vollkommen absurd war. Und trotzdem hatte ich immer die Hoffnung, dass genau dies eintreten würde. Aber war es denn auch eine? Auf etwas zu hoffen, von dem man weiß, dass es niemals eintreten wird, ist wohl eher Dummheit. Man stellt sich auch nicht an einen Bahnhof und wartet auf ein Schiff. Meine Tochter erzählte weiter:»Papa, du hältst so an Mama fest, dass du gar nicht merkst, was um dich herum geschieht. Das Leben rennt an dir vorbei, während du dich an etwas klammerst, das nie passieren wird.« Ich sah meiner Tochter in die Augen. Sie machte genau an der Stelle weiter, wo Carola aufhörte.»Gib Alex und dir eine Chance.« Ich nickte zustimmend.»Weißt du, ich hatte immer Angst, deine Mutter zu betrügen, wenn ich etwas mit einer anderen Frau anfange.« Einen Augenblick sah sie mich an. Ihr Blick war irgendwie strafend, hatte aber auch etwas von Erleichterung. Sie sprang auf, setzte sich neben mich und legte ihren Arm um meine Schulter.»Lade sie für heute Abend ein«, sagte sie anschließend leise,»sie soll mit uns Weihnachten feiern.«»Würde ich machen, wenn ich wüsste, wo ich sie finden könnte«, erklärte ich ihr.»Sie geht ja wieder mal nicht an ihr Handy. Und außerdem …« Corinna schaute mich gespannt an.

Bestimmt wartete sie wieder einmal auf eine meiner vielen Ausreden, doch dieses Mal hatte ich keine, sondern sagte die Wahrheit: »Ich habe etwas Angst, weil ich immer mit Mama gefeiert habe und nun ...« Sie ließ mich nicht ausreden. »Mama ist aber nicht mehr da. Es ist egal, wann du eine andere Frau kennenlernst, es wird immer das erste Mal sein, dass sie am Heiligen Abend mit uns feiert.« »Und was sollen die anderen denken?« Mit dieser Frage bezog ich mich natürlich auf ihre Schwester und meine Enkel, aber in erster Linie ging es mir dabei um Elfriede und Manfred. Wie würden sie sich fühlen, wenn plötzlich eine fremde Frau statt ihrer Tochter bei uns wäre? »Nein, Corinna, das geht nicht«, erklärte ich ihr deshalb, »Oma und Opa wären damit nicht einverstanden. Vielleicht nächstes Jahr. Außerdem weiß ich doch gar nicht, wo ich suchen soll.« Corinna nippte an ihrem Kakao. Sie sah dabei sehr nachdenklich aus. »Wo sie die vergangenen Wochen war, hast du ja nicht gefragt«, bemerkte sie richtig. Ich nickte nur und meine Tochter stellte fest: »Nach Mist hat sie dieses Mal nicht gerochen.« Endlich konnten wir mal wieder lachen, doch an der ganzen Sache änderte sich nichts – wir wussten nicht, wo sie sein könnte. Corinna machte einen Vorschlag: »Ich gehe in mein Zimmer und schreibe ihr eine Nachricht. Vielleicht antwortet sie ja mir.«

Stille Nacht, seltsame Nacht

Nach dem Mittagessen ging ich mit Jennifer in den angrenzenden Park. Wir versuchten immer, sie an diesem großen Tag etwas abzulenken. Denn auch wenn sie bereits wusste, dass die Geschenke von uns kamen und nicht vom Christkind oder Weihnachtsmann gebracht wurden, war dieser Tag für sie doch immer etwas Besonderes. Immerhin konnte ich mich noch gut an meine Kindheit erinnern. Oje, war ich aufgeregt, und warum sollte es bei meinen Enkeln nicht auch so sein? »Was hast du dir denn gewünscht?«, fragte ich sie und stellte mich absichtlich dumm. »Nichts«, kam es nur kurz aus ihrem Mund. Ich stutzte. »Du hast dir nichts gewünscht?«, fragte ich verwundert nach, denn ich wusste, dass sie gern eine Spielekonsole gehabt hätte. Sie schwärmte von einem Spiel, bei dem sie einen Reiterhof leiten musste. Conny erzählte es mir eines Tages und natürlich kaufte ich ihr diese beiden Sachen, die sie am Abend erhalten sollte. Ich fragte nach: »Du willst wirklich gar nichts haben?« »Doch«, schoss es plötzlich aus ihr heraus, »ich möchte, dass Mama und Papa sich wieder vertragen, und ich möchte einen glücklichen Opa.« Ruckartig blieb ich stehen. Wie kam sie denn auf so eine Idee? »Jennifer, ich bin doch glücklich«, erklärte ich ihr, doch Kinderaugen sehen anders. »Seit Oma nicht mehr da ist, bist du immer traurig. Mama sagt, wenn du eine andere Frau hättest, dann wärst du auch wieder glücklich.« Das Gespräch mit meiner Tochter am Morgen hatte mir eigentlich schon gereicht und nun musste ich mich auch noch mit einem Kind darüber unterhalten. »Weißt du, das ist nicht so leicht«, begann ich ihr zu erklären, »wenn man lange mit einem lieben Menschen zusammengelebt hat, dann kann man ihn nicht einfach ersetzen. Man kann ...« Sie fiel mir ins Wort: »Mama sagt, dass du es nicht einmal versuchen willst und lieber den Kopf in den Sand steckst. Ich verstehe das nicht. Warum steckst du den Kopf in den Sand? Der wird doch ganz schmutzig.« Jetzt musste ich sogar einmal lachen. Ich erklärte ihr, was diese Redewendung zu bedeuten hatte, und wurde dabei immer leiser. Stimmte es wirklich, dass ich einen auf Strauß machte? Jennifer redete weiter:»Mama sagt auch, dass du Alex gern hast und sie dich. Wird sie vielleicht meine neue Oma, die dich wieder glücklich macht?« »Nein, Schatz, deine Oma ist deine Oma, Alex ist nur ...« Deine Oma ist deine Oma. Was war denn das für ein Blödsinn? Ich versuchte, mich zu korrigieren:»Also, ich meine damit, dass niemand anders deine Oma sein kann als die Oma, die du als Oma kennst.« Diese Erklärung war genauso doof, doch Jennifer war nicht dumm.»Ich weiß«, meinte sie,»aber das heißt doch nicht, dass du nicht eine andere Oma zu dir holen kannst.« Zu mir holen? Das Gespräch schien etwas aus dem Ruder zu laufen und ich beschloss gerade, ein anderes Thema zu beginnen, als mir meine Enkelin am Ärmel zog. Ich schaute zuerst zu ihr und dann in die Richtung, in die ihr Finger zeigte. Zwischen den vielen Bäumen erkannte ich Conny und Florian, die Arm in Arm und scheinbar glücklich den Weg entlangschlenderten. »Haben sie sich wieder lieb?«, wollte Jennifer von mir wissen und schaute mich fragend an.»Es sieht jedenfalls so aus«, sagte ich,»das hast du dir doch auch gewünscht.« Es gibt nichts Schöneres als fröhliche Kinderaugen.»Das ist das schönste Weihnachtsgeschenk, das ich jemals bekommen habe«, rief sie überglücklich,»und dann sagen alle, es gäbe das Christkind nicht.« Sie schaute den beiden hinterher und strahlte wie die Sonne.

Nach einer Weile wurde sie wieder ernst.»Opa, meinst du, das hat Oma vom Himmel aus gemacht?«, fragte sie. Was sollte ich darauf antworten? Mittlerweile hielt ich alles für möglich. »Das kann schon sein«, sagte ich und konnte erkennen, dass es in ihrem Kopf arbeitete. Einen Augenblick dauerte es, anschließend meinte sie:»Dann geht mein anderer Wunsch bestimmt auch in Erfüllung und Oma schickt dir eine Frau.« Ich musste schlucken. So langsam glaubte ich das nämlich selbst.

Am Nachmittag war Conny noch immer nicht da, um ihre Tochter zu holen. Jennifer störte das jedoch nicht und setzte sich vor den Fernseher. Das war der beste Zeitvertreib, wenn man nicht dauernd an die Bescherung denken wollte. Ich nahm mir ein Bier aus dem Kühlschrank und setzte mich in die Küche. Dabei schaute ich aus dem Fenster und sah dem leichten Schneetreiben zu, wobei mir wieder Carola einfiel. »Werde glücklich mit ihr und lass mich ebenfalls glücklich sein«, sagte sie. Noch immer wusste ich nicht, ob es ein Traum oder Realität war, aber das war auch egal, denn in einem hatte sie recht – ich zog an ihr. Ständig wünschte ich mir, dass sie wieder bei mir wäre, und das konnte nicht so weitergehen. Ich müsste mein eigenes Leben leben und neu beginnen, auch ohne sie. Gut, vielleicht nicht ganz neu, denn ich hatte ja noch die Familie und auch meine Arbeit, aber mein Privatleben müsste ich überdenken. Wenn meine Töchter und meine Enkelkinder nicht bei mir waren und auch nicht gerade meine Schwiegereltern, dann fühlte ich mich schon allein. Das müsste ich wieder in den Griff bekommen, dann würde ich auch nicht mehr ständig an meine verstorbene Frau denken. Ich würde ihr ihren Frieden lassen und auch ich käme vielleicht wieder zur Ruhe.

So wie die rastlosen Seelen in meinem Traum wuselte auch ich durchs Leben. Ohne Halt und ohne Perspektive. Nein, das konnte so nicht weitergehen, und ob Traum oder Realität – Carola hatte recht. Ich musste neu beginnen. Ja, vielleicht sogar mit einer anderen Frau. Vielleicht sogar mit Alex? Sie war schon eine großartige Person. Genau wie Carola war auch sie zärtlich, einfühlsam und sensibel. Aber auch sonst hatte sie viele Gemeinsamkeiten mit meiner Frau. Trotzdem war sie ein vollkommen anderer Mensch. Vielleicht genau das, was ich jetzt benötigte.

Jäh wurde ich plötzlich von einem Schrei aus meinen Gedanken gerissen: »Opa, schläfst du?« Ich schreckte hoch. »Ich habe dich schon zweimal gefragt, ob ich umschalten darf.« »Ja, natürlich darfst du umschalten«, sagte ich, und schon war Jennifer wieder weg. Ich sah erneut durch das Fenster. Der Schnee wurde heftiger. Sollten wir wirklich nach Jahren mal wieder weiße Weihnachten bekommen? Der Gedanke daran war zwar ganz nett, aber es musste nicht sein. Ich dachte dabei immer an die armen Menschen, die für die Räumdienste arbeiteten und die auch lieber daheim bei ihren Familien gewesen wären. Plötzlich sah ich Carola wieder vor mir. »Werde glücklich mit ihr und lass mich ebenfalls glücklich sein.« Dieser Satz ging mir nicht mehr aus dem Kopf. Wenn an dem Erlebten auch nur ein Funke Wahrheit dran war, dann wollte ich meine Frau nicht weiter quälen. Und mich auch nicht. Vielleicht war es ja auch ein Traum, den Carola arrangiert hatte. Womöglich sollte ich genau das träumen. Ich glaubte mittlerweile alles. Wenn ich nur gewusst hätte, wo ich Alex suchen sollte.

Plötzlich schweiften meine Gedanken ab und ich sah meine Freundin vor mir. Dass sie sich in mich verliebt hatte, war unschwer zu erkennen, was sie ja auch selbst schon sagte, und zugegebenermaßen gefiel sie mir auch sehr. Ich glaube wirklich, dass ich nicht gelogen hatte, als ich ihr sagte, dass ich sie lieben würde. Dass aus uns beiden aber ein Paar werden könnte, hielt ich immerzu für unmöglich. Auch wenn ich ihr gesagt hatte, dass sie bei mir wohnen könnte, war ich mir dessen nicht so sicher. Ja, ich glaubte, dass ich mich in sie verliebt hatte. Ich war mir sogar ziemlich sicher und auch, dass ich wieder jemanden bei mir haben wollte. Alex wäre dafür die Richtige, auch das war mir bewusst, aber mir wäre es so vorgekommen, als würde Carola ersetzt werden. Dagegen wehrte ich mich schon seit Wochen. Meine Gedanken waren ähnlich wie diese ruhelosen Seelen. Seit der letzten Nacht hatte sich das allerdings geändert, und meine Überlegungen, die ich vor ein paar Minuten hatte, bestätigten dies. Schon seit meiner Geburtstagsfeier blieben leichte Berührungen zwischen Alex und mir nicht aus. Dabei merkte ich schon, dass besondere Gefühle für sie da waren. Es war wie ein Knistern, das ich aber immer wieder verdrängte. Doch jetzt, nachdem ich beschlossen hatte, Carola nicht mehr festzuhalten, merkte ich erst so recht, was ich für sie empfand. Aber auch wenn es vielleicht zwischen uns gefunkt haben sollte, blieb immer noch das Problem mit meinen Schwiegereltern. Natürlich kann man nach dem Tod der Gattin wieder eine andere Frau haben, doch eine andere Tochter geht nicht. Wie also würden sie reagieren? Auch wenn Manfred den harten Mann spielte, ich glaubte ihm nicht. Sollten wir uns besser heimlich treffen? Oder auch gar nicht? Es gäbe noch so viele Fragen, wenn wir uns füreinander entscheiden sollten. Plötzlich klopfte es an der Fensterscheibe. Es war das gleiche wie bei meinen Schwiegereltern: Alle kamen über die Terrasse, keiner ging durch die Tür. Wofür hatten wir die eigentlich? Ich öffnete und Conny und Florian kamen herein. »Hallo Papa, wir wollten dich nur kurz besuchen kommen«, sagte meine Tochter und lehnte sich an ihren Mann. »Wo ist Jennifer?« »Sie sitzt im Wohnzimmer vor dem Fernseher«, klärte ich die beiden auf, und schon bekam ich gezeigt, warum sie zu mir kamen. Ein kurzes Küsschen zwischen den beiden läutete ein neues Gespräch ein: »Ich habe ihr gestern erzählt, dass du wegmusstest und heute erst zurückkommst. Allerdings hättet ihr vorsichtiger sein müssen, wenn ihr eure Tochter überraschen wollt. Wir haben euch vorhin gesehen«, erklärte ich den beiden. »Ihr habt uns gesehen? Wo denn? Und wer ist ›wir‹?«, wollte sie wissen. »Jennifer und ich. Wir waren heute Mittag im Park spazieren und …« »Jennifer hat uns gesehen?« Conny war völlig aus dem Häuschen. »Wir wollten sie doch heute Abend damit überraschen.« »Lass mal«, mischte sich nun Florian ein, »es ist Heiligabend. Es ist doch egal, ob sie diese schöne Neuigkeit am Mittag oder am Abend erfährt.« Ich gab ihm recht: »Und sie hat sich wirklich darüber gefreut. Allerdings ist sie sich nicht ganz sicher. Am besten, ihr geht gleich zu ihr und erzählt alles.« Ich rief meine Enkelin zu mir und sie kam prompt. Die beiden bestätigten ihr, was wir schon im Park gesehen hatten, doch ich war natürlich auf ihren anderen Wunsch gespannt.

Die drei gingen schon rüber zu Elfriede und Manfred. Corinna und ich wollten später nachkommen, doch ich bekam Alex nicht aus meinem Kopf. Erneut schaute ich aus dem Fenster. Der Schnee ging langsam in Regen über, es wurde dunkel und es war kalt. Würde sie jetzt wirklich in dieser feuchten Hütte sitzen? Ich nahm mir das Bier, welches ich am Mittag hingestellt und nicht getrunken hatte, und nippte daran herum.

Ich setzte mich ins Esszimmer und schaute immer wieder durch die große Scheibe nach draußen. Alex tat mir leid und ich machte mir Vorwürfe. Ich hätte sie niemals gehen lassen dürfen. Sie könnte in diesem Moment neben mir im Warmen sitzen oder gerade eine heiße Dusche genießen, doch stattdessen …

Corinna kam aus ihrem Zimmer.»Deine Schwester und ihr Mann sind schon drüben«, ließ ich sie wissen. Sie stand unter der Dusche, als die beiden da waren.»Und was ist mit dir?«, fragte meine Tochter.»Ich habe auf dich gewartet«, sagte ich nur und nahm noch einen Schluck.

Noch eine Weile stand sie da und schaute zu mir. Dann setzte sie sich neben mich.»Papa, du machst dir Sorgen wegen Alex«, stellte sie fest. Ich lächelte sie an und antwortete:»Den ganzen Mittag denke ich schon an sie und dass sie in diesem kalten Garten haust, aber vielleicht ist sie auch heute Abend bei ihrer Freundin, bei der sie anfangs unterkam.«»…und bei dem Mann, der sie nicht ausstehen kann«, vollendete sie meinen Satz. Wir sahen uns an. Sie hatte vollkommen recht – Weihnachten feiert man mit Leuten, die man mag.»Wenn ich doch nur wüsste …«

Gerade wollte ich wieder anfangen zu jammern, da fiel mir etwas ein.»Der Ort, an dem ich feierte«, sagte ich laut zu Corinna. Ich war heute Morgen so durcheinander, dass ich diese Worte völlig verdrängt hatte. Meine Tochter sah mich verwundert an und ein großes Fragezeichen schien über ihrem Kopf zu schweben.»Als mich deine Mutter zurückbrachte, sagte sie: ›Suche an dem Ort, an dem du gefeiert hast.‹ Ich wusste zuerst nicht, was sie meinte, aber jetzt wird es mir langsam klar. Ich soll Alex dort suchen.« Mit weit aufgerissenen Augen sahen wir uns an und Corinna rief:»Weißt du noch, als wir in den Weg abgebogen sind, in dem dieses Vereinsheim stand? Auf der anderen Seite war eine Kleingartenanlage.« Nein, das wusste ich nicht mehr. Ich saß hinten und hatte von der Fahrt nicht viel mitbekommen. Außerdem war ich sehr nervös, weil ich nicht wusste, was meine Töchter mit mir vorhatten. »Ich weiß noch nicht einmal, in welchem Ort das war«, erklärte ich ihr. Corinna dachte kurz nach. »Hol deine Jacke, wir fahren dorthin!«, befahl sie mir und ich gehorchte.

Die Straßenverhältnisse waren für eine Autofahrt alles andere als einladend. Es schneite, aber es war auch Regen dabei, und genauso matschig war der Asphalt. Corinna fuhr sehr vorsichtig, und so dauerte es fast eine Dreiviertelstunde, bis wir endlich da waren. Von unterwegs rief ich Conny an und teilte ihr unser Vorhaben mit. Ich wusste, sie hätte dafür Verständnis, doch was wäre mit meinen Schwiegereltern? Sie würden es wohl nicht so toll finden, dass ich sie am Heiligen Abend sitzen ließ und sogar Corinna mitgenommen hatte.

Als wir ankamen, stellten wir das Auto ab und liefen durch die große Anlage. Wo sollten wir sie denn hier finden? Jeden einzelnen Weg liefen wir ab und versuchten an jeder Gartentür, ob sie offen war, doch vergeblich. Es war dunkel, nirgends war eine Wegebeleuchtung. »Die finden wir nie«, sagte ich, »selbst wenn sie hier wäre, hätte sie von innen abgeschlossen.« Corinna gab mir recht. »Das stimmt, aber ich kann mir nicht vorstellen, dass die Hütte nicht geheizt ist. Das würde sie nicht aushalten.« Mir war klar, was sie mir damit sagen wollte, und so leuchteten wir mit unseren Taschenlampen auf die Dächer. Irgendwo müsste Rauch aufsteigen, denn es sprach nichts dafür, dass es in den Gärten Strom geben würde. Es waren keine Lampen zu sehen oder sonstiges, wofür man Elektrizität benötigen würde.

Der Regen wurde stärker und von Alex gab es kein Lebenszeichen. In der einen Hand die Taschenlampe und in der anderen den Schirm, tappten wir durch die zahlreichen Pfützen und leuchteten die Gärten aus, doch ohne Erfolg. »Ich rufe sie jetzt an«, teilte ich meiner Tochter mit und kramte das Telefon aus der Tasche. Ich wählte ihre Nummer, doch schon wie die vergangenen beiden Tage auch ging sie nicht ran. Schließlich schrieb ich ihr eine Nachricht.

Wir laufen gerade im strömenden Regen durch die Gartenanlage
und suchen dich. Wo bist du?

Ich wartete, doch es tat sich nichts, das Telefon blieb stumm.
»Papa, ich glaube, das hat keinen Sinn«, sagte Corinna irgendwann entnervt, »lass uns zurückgehen und nach Hause fahren.« Ich stimmte schließlich zu, machte mir aber weiterhin Gedanken. Was wäre, wenn ihr etwas passiert ist und sie deshalb
nicht an ihr Handy gehen kann? Eigentlich hätten wir jeden
Winkel in diesen Gärten durchforsten und jeden Stein umdrehen müssen. Andererseits wäre es auch möglich gewesen, dass
sie irgendwo im Warmen sitzt und mit Freunden feiert, während wir uns in der Kälte einen Schnupfen holen. Mich beunruhigte nur, dass sie nicht an ihr Handy ging.

Wir saßen schließlich wieder im Wagen und mir fiel noch
etwas ein. »Was passiert eigentlich, wenn man die Handyrech-
nung nicht bezahlen kann?«, fragte ich Corinna. »Ist man dann
weiterhin erreichbar oder schalten die komplett ab? Hört ein
Anrufer trotzdem noch das Freizeichen?« »Du meinst, sie
konnte nicht mehr bezahlen?«, fragte meine Tochter. »Es
könnte doch sein«, stellte ich eine Theorie auf. Doch auch sie
wusste nicht, was geschehen könnte, und so wollten wir uns
gerade auf den Heimweg machen, als ich abermals die Worte
meiner Frau murmelte: »Suche an dem Ort, an dem du gefeiert
hast.« Das hatten wir getan und nichts gefunden. Warum hatte
mir Carola einen falschen Tipp gegeben? Als ich darüber noch
nachdachte, trat Corinna plötzlich auf die Bremse und riss das
Lenkrad herum. Sie schoss in diesen Weg hinein, in dem das
Vereinsheim stand. »Wo fährst du denn hin?«, wollte ich natürlich von ihr wissen, und sie klärte mich auf: »Wir sind einer völlig falschen Fährte nachgerannt, weil Alex mal in einer Gartenhütte hauste. Mit dem Ort, an dem du gefeiert hast, meinte
Mama nicht die Ortschaft, sondern das Vereinsheim.«

Wir fuhren auf den Parkplatz und stiegen aus. »Conny,
deine Intelligenz kannst du nur von mir haben, deine Mutter

hatte ihre bis zum Schluss behalten.« Warum kam ich nicht selbst darauf?

Wir gingen Richtung Gebäude und hörten schon von draußen die Stimmung, die uns entgegenwehte. Kurz bevor wir da waren, flog die Tür auf und eine Frau kam herausgerannt. Sie fiel mir entgegen und schlang ihre Arme um meinen Hals. »Da bissu ja, mein Liebling«, lallte sie. Auch ich hielt sie fest, schon allein deshalb, damit sie nicht umfiel. Ihre schwarzen Haare streiften mein Gesicht. »Alex, was ist mit dir?«, fragte ich, bekam jedoch keine Antwort. Lediglich ein »Schlieb disch!« drang an mein Ohr. Oje, hatte die getankt. Kein Wunder also, dass sie nicht an ihr Telefon ging. »Du fährst jetzt mit uns nach Hause und schläfst deinen Rausch aus«, erklärte ich ihr, als meine Tochter hinter mir rief: »Lass die lieber hier, die gehört dir nicht.« Dann lachte sie los. »Was meinst du damit?«, sagte ich etwas lauter. Plötzlich stand sie neben mir: »Die besoffene Tante ist nicht Alex.« Ich erschrak. Vorsichtig packte ich sie an den Schultern und drückte sie etwas von mir weg. Corinna hatte recht, das war nicht meine Freundin. Die Frau schaute mich mit dem linken Auge an, während das rechte in der Ferne scheinbar nach etwas Ausschau hielt: »Wer bissu? Du bisnich mein Alder. Wo's mein Alder?« Vorsichtig drehte ich sie herum und lehnte sie mit dem Rücken an einen Stützpfeiler, der das Vordach trug. »Hast du eine Frau mit kurzen, schwarzen Haaren gesehen?«, fragte ich sie. Sie schaute mich an oder auch in eine der anderen drei Himmelsrichtungen und fing an zu lachen. »Ja, habisch, die wohnt im Spiegel.« Auch wenn ich alles daran setzte, Alex zu finden, war ich froh, dass es nicht diese Frau war. »Bis die auf drei Promille kommt, darf sie die nächsten zwei Tage nichts trinken«, sagte ich zu Corinna.

Wir ließen sie stehen und gingen hinein. Die Frau war wohl nicht die Einzige auf dieser Party, die auf Alkohol stand. Überall lagen Menschen herum? »Leben die noch?«, fragte meine Tochter. Ich schaute sie mir genauer an. »Ja, aber es wird bestimmt Neujahr, bis die wieder nüchtern sind.« Ich ging zum Wirt, der gerade versuchte, die Tische abzuräumen und um die

Schnapsleichen kurvte. »Ich suche eine Frau mit kurzen, schwarzen Haaren und …«»Alex?«, unterbrach er mich. »Sie kennen sie?«, fragte ich. »Klar kenne ich Alex«, ließ er uns wissen, »die Arme hat keine Familie mehr, ist aus der Firma geflogen und dann noch aus ihrer Wohnung. Ich lasse sie hier wohnen, bis sie wieder Fuß gefasst hat.« Er schaute mich einen Augenblick an. »Und wer sind Sie?«»Ich bin ihr Freund, dem sie die starke Frau vorspielt.« Der Mann lachte: »Ja, das ist Alex. Sie kann bis zum Scheitel im Dreck stecken, doch sie würde niemals zugeben, dass es ihr schlecht geht.«»Es wird ihr in Zukunft gut gehen. Ich will sie nach Hause holen und mit ihr alt werden, wenn sie das auch will.« Der Mann lächelte. »Das hat sie sich verdient. Sie hatte nur Pech im Leben, aber sie hat sich immer wieder durchgeboxt. Warten Sie, ich hole Alex.« Dann verschwand er und ich überlegte. Ging es ihr so schlecht in den vergangenen Jahren? Darüber hatte sie nie ein Wort verloren, aber das sagte der Wirt ja auch: Sie würde niemals zugeben, dass es ihr nicht gut geht.

Ich stellte mich neben die Tür und schaute mich im Raum um. Allein vom Geruch konnte man dort blau werden. Auch Corinna rümpfte die Nase und ich konnte es kaum erwarten, mit Alex von hier zu verschwinden. Würde sie überhaupt mitgehen? Diese Frage fiel mir plötzlich ein. Ich war mir so sicher, dass wir sie einfach abholen würden. Ich machte mir überhaupt keine Gedanken, ob sie das auch will.

»Ich kenne niemanden, der mich zum Heiligen Abend einladen würde«, hörte ich plötzlich von draußen. Dann kamen Alex und der Wirt durch die Tür. »Du?«, rief sie erstaunt aus, als sie meine Tochter entdeckte. Ich stand so dicht am Türrahmen, dass sie mich nicht sah und an mir vorbeirannte. »Was willst du hier? Und wer von euch beiden bist du?«, fragte sie anschließend. »Ich bin Corinna und mein Vater und ich möchten dich abholen, damit du mit uns Weihnachten feiern kannst.«»Dein Vater? Wo ist Micha?«, fragte sie, und Corinna deutete auf mich. Nun endlich drehte sie sich um und als sie

mich sah, erkannte ich einen sehr merkwürdigen Gesichtsausdruck. Sie freute sich, dass ich da war, das war deutlich zu sehen, doch es war auch eine gehörige Portion Scham dabei. Als
ich sie mir genauer anschaute, wusste ich auch, warum. Sie war
dreckig, von oben bis unten.»Hallo, Alex«, sagte ich nur kurz,
»wir wollten …« Weiter kam ich nicht, weil sie mich unterbrach:»Micha, warum kommst du hierher? Es ist mir peinlich,
wenn du mich so siehst. Ich … ich …« Ich ging einfach auf sie
schluchzte:»Ich habe keine Arbeit, kein Geld und keine Wohnung – ich bin eine Pennerin.«»Jetzt nicht mehr«, sagte ich,»du
wohnst ab sofort bei mir.« Langsam fing sie sich wieder.»Ich
weiß, das war so ausgemacht, aber ich wollte vorher noch irgendwo meine Kleidung waschen und vor allem mich selbst.
Micha, ich stinke.« Das hätte sie nicht sagen brauchen. Ihr Geruch übertraf sogar noch den Schnaps- und Biergestank des
Vereinsheims.»Das machst du alles bei mir zu Hause«, erklärte
ich ihr.»Dort genießt du eine heiße Dusche, ich gebe dir Anziehsachen von Carola, und anschließend feiern wir im warmen Wohnzimmer Weihnachten.« Ein verliebter Blick erreichte
mich, gefolgt von einem süßen Lächeln. Nach Widerspruch sah
es jedenfalls nicht aus.

Als wir zu Hause ankamen, machten wir alles so, wie besprochen. Alex zog sich aus und ging unter die Dusche, während
ich ihr ein paar Sachen von Carola aussuchte. Das war allerdings nicht so ganz einfach, denn wenn schon nicht Carola im
Wohnzimmer meiner Schwiegereltern neben mir saß, dann
musste sie nicht noch ihre Kleidung tragen. Ich suchte deshalb
etwas heraus, was meine Frau fast nie anhatte.

So wie Gott sie schuf, stand meine Freundin nach einer
Weile im Schlafzimmer vor mir.»Micha, ich bin dir dankbar,
dass du mich geholt hast«, erklärte sie mir,»aber ich schäme
mich, weil du mich so gesehen hast.« Ich ging zu ihr hin und
nahm sie in den Arm. Ja, dieser Geruch war schon viel besser.
»Das kann uns allen passieren«, sagte ich nur, ließ sie wieder
los und gab ihr Unterwäsche. Außerdem noch einen BH in der

Hoffnung, dass dieser passen würde. »Nach den Feiertagen fahren wir einkaufen, dann bekommst du neue Sachen«, teilte ich ihr mit. Erneut erreichte mich dieser verliebte Blick, der mich fast erweichen ließ.

Die Stunde der Wahrheit war angebrochen. Wir gingen zusammen zu meinen Schwiegereltern. Was würden sie sagen, wenn ich mit Alex dort auftauche, und wie wäre ihre Reaktion? Corinna war schon vorgegangen und hatte von unserem kleinen Abenteuer erzählt, und das Verhalten von Elfriede und Manfred war so, wie ich es nicht erwartet hätte. Alex wurde freundlich empfangen und bekam sofort Plätzchen und etwas zu trinken angeboten.

»In diesem Jahr sind viele Traditionen gebrochen worden«, meinte Manfred, »und dass wir uns heute etwas später die Geschenke überreichen, ist nicht schlimm. Aber ich habe den Baum heute mit Elfriede geschmückt und auch zum ersten Mal fiel heute für die Frauen und Kinder der Familiengottesdienst aus.« Doch ich hatte mir dafür im Auto schon eine Lösung einfallen lassen: »Was haltet ihr davon, wenn wir heute Abend alle zusammen zur Christmette gehen? Dann ist die Hektik vorbei, die Kirche nicht so voll und vor allem muss keiner zurückbleiben.« »Das ist eine gute Idee«, sagte Elfriede und meinte, dies vielleicht sogar jedes Jahr zu machen. »Es war immer etwas seltsam, wenn ihr beiden zu Hause geblieben seid«, erklärte sie. Während Alex sich noch enthielt, waren meine Töchter und Florian ebenfalls von diesem Vorschlag begeistert. Nur die Kinder äußerten sich dazu nicht; viel zu gespannt warteten sie auf die Bescherung.

Als wir endlich neben dem Weihnachtsbaum saßen, sah ich mich um und stellte fest: Noch eine Tradition wurde gebrochen, denn Manuel war zum ersten Mal seit der Hochzeit mit Corinna nicht dabei. Was würde er wohl jetzt machen? Saß er allein an seinem Christbaum und träumte von einer seiner Sex-Affären? Hatte er überhaupt eine? Ich konnte mir nicht vorstellen, dass er bei den Frauen so beliebt war, und ich glaubte auch nicht, dass er einen Baum hatte. Außerdem war er mir egal. Warum dachte ich plötzlich an ihn? Ich mochte ihn noch nie und das, was er meiner Tochter angetan hatte, werde ich auch so schnell nicht vergessen.

Der Rest der Familie war zum Glück bei uns. Conny, Florian und Jennifer, die nun wieder glücklich vereint waren. Corinna mit ihren Kindern Jonas und Elias. Meine Schwiegereltern Elfriede und Manfred und zum ersten Mal war auch meine Freundin Alex dabei. Das Wort »Lebensgefährtin« vermied ich zu diesem Zeitpunkt noch. Dass Carola fehlte, brauche ich nicht zusätzlich zu erwähnen, aber trotzdem war es irgendwie anders als sonst. Nicht so, als hätte Alex meine Frau an diesem Abend ersetzt, doch seit der letzten Nacht sah ich die Beziehung zu ihr mit etwas anderen Augen. Ich weiß nicht, was vorgefallen war. Sah ich Carola wirklich oder war es ein Traum? Hatte ich mir das alles vielleicht nur eingebildet? Ich konnte es nicht sagen und selbst bis heute ist mir ihr Erscheinen rätselhaft, aber ich bin mir sicher: Carola wollte mir eine Nachricht übermitteln und diese habe ich verstanden. »Lass mich los und werde glücklich mit ihr.« Dieser Satz blieb mir in Erinnerung. Ich habe selbst erlebt, wie gut es Carola in ihrem neuen »Zuhause« geht, und das hat mich wiederum zufrieden gemacht. Ich glaube nicht nur, dass sie dort fröhlich ist, ich weiß es. Viel zu lange habe ich sie und Alex als Konkurrentinnen gesehen, dabei war das niemals der Fall.

Als ich so am Simulieren war, schaute ich immer wieder zu meinen Schwiegereltern. Sie waren vergangene Nacht nicht dabei. Wie würden sie reagieren? Sie sagten zwar, dass das Leben weitergehen würde und klar wäre, dass ich irgendwann eine andere Frau hätte, aber nun war dieser Zeitpunkt gekommen. Würden sie es wirklich so leicht aufnehmen?

Trotz des netten Empfangs schielte ich ständig zu ihnen hinüber. Elfriede musste das gemerkt haben. »Micha, kommst du bitte mal mit?«, sprach sie, stand auf und verließ den Raum. Oje, würde jetzt das große Donnerwetter kommen? Ich ging hinter ihr her, bis wir beide in der Küche standen. »Micha, Corinna und Conny haben uns schon gesagt, dass Alex kommen würde. Sie haben sogar gefragt, ob wir etwas dagegen hätten. Natürlich haben wir das nicht.« Sie legte ihren Arm um mich. »Du bist noch zu jung, um für den Rest deines Lebens allein zu bleiben. Außerdem bist du ja auch unser Sohn und wir wollen, dass es dir gut geht.« Jetzt hatte ich einen Einwand: »Ja, aber ich denke auch an euch. Wie werdet ihr euch fühlen, wenn ich Alex im Arm habe, anstatt eurer Tochter?« »Das ist das Leben, Micha. Man weiß nie, was noch kommt. Natürlich wird es am Anfang komisch sein, aber wir werden uns daran gewöhnen.« Plötzlich stand Manfred in der Tür. Scheinbar hatte er alles mitangehört. »Micha, Alex ist eine tolle Frau und sie ist Carola sogar etwas ähnlich. Elfriede hat recht: Am Anfang wird es etwas seltsam sein, doch auch wir müssen uns damit abfinden, dass Carola nicht mehr bei uns ist.«

Nachdem alles gesagt war, gingen wir wieder ins Wohnzimmer. Es wurde auch höchste Zeit, denn die Kinder wurden schon sehr ungeduldig. Sie wollten ihre Geschenke und wir mussten ja auch noch etwas essen. Ich gab Jonas und Elias ihre Pakete und wandte mich Jennifer zu. Auch ihr übergab ich ein Päckchen. Während die Kleinen mit Auspacken beschäftigt waren, legte ich meinen Arm um Alex und sie kuschelte sich an mich. Sofort richteten sich alle Augen auf uns. Ich stand noch nie gern im Mittelpunkt, und deshalb wollte ich gerade meinen Arm wieder wegziehen, als mich Alex daran hinderte. »Da müssen wir jetzt durch«, flüsterte sie mir zu. Recht hatte sie damit, doch ich merkte, dass noch viel Zeit vergehen müsste, bis alles einigermaßen »normal« sein würde.

Jennifer stand auf einmal vor mir. »Opa, du hast mir ja doch etwas gekauft«, sagte sie. Ich war etwas sprachlos. »Warum sollte ich dir denn nichts schenken?«, wollte ich von ihr wissen. »Du hast mir doch schon etwas geschenkt«, erklärte sie mir, »ich habe mir einen glücklichen Opa gewünscht und jetzt bist du doch wieder glücklich, oder?« Kinder sind so unkompliziert. Warum geht das nicht auch bei uns Erwachsenen? Sie drehte sich zu Alex.»Muss ich jetzt Oma zu dir sagen?«, fragte sie. Alex zuckte zusammen.»Bloß nicht«, rief sie hastig,»sag doch weiterhin einfach Alex zu mir. Ich bin nämlich keine Oma.« Sie schien darauf sogar stolz zu sein. Ich holte sie auf den Boden der Tatsachen zurück:»Du weißt aber, dass du zukünftig mit einem Opa zusammenlebst und sogar mit einem ins Bett gehst.« Allgemeines Gelächter folgte.»Siehst du, Opa, du lachst schon wieder«, stellte meine Enkelin fest. Ja, ich lachte tatsächlich. Seit Carolas Tod hatte ich das an Weihnachten nicht mehr getan. Ich schaute zu Alex und ... Auch sie sah mir in die Augen. In jeder normalen Situation hätte ich ihr jetzt einen Kuss gegeben, doch dieser Abend war alles andere als normal.»Jetzt küsst euch endlich«, rief Elfriede plötzlich. Scheinbar hatten alle unseren Wunsch erkannt, doch wir trauten uns nicht. Wir sahen uns weiterhin an und begannen zu grinsen.»Dann können wir ja jetzt essen gehen, oder?«, meinte Manfred. Es war mit Sicherheit keine Absicht von ihm, aber er rettete damit die Situation.»Hilfst du mir, den Tisch zu decken?«, fragte ich meine Freundin. Sie stand auch sofort auf und kam mit. Endlich waren wir weg von den anderen. Obwohl wir gelegentlich lachten, war der Abend recht kühl. Die letzten drei Weihnachten war eine Person zu wenig anwesend, und nun schien eine zu viel zu sein.

»Glaubst du, wir beide haben eine Zukunft?«, fragte Alex. Sie schien meine Gedanken erraten zu haben.»Natürlich haben wir die«, sagte ich selbstbewusst. Ich sah immer wieder Carola vor mir und wie sie schon fast flehte, dass ich mit Alex ein neues Leben beginnen solle. Ich wusste, sie wollte es, und deshalb fiel es mir auf einmal leicht. Langsam ging ich auf sie zu, nahm sie in den Arm und sie erwiderte meine Umarmung.»Wir brauchen nur etwas Zeit. Es ist für alle etwas ungewohnt, auch für mich«, teilte ich ihr mit,»außerdem müssen wir uns mal in Ruhe hinsetzen und über alles reden, denn ich werde am Anfang unserer Beziehung vieles falsch machen.« Sie lächelte mich an und dann gaben wir uns endlich den längst fälligen Kuss.

»Na, da können wir lange auf das Essen warten«, hörten wir eine Stimme. Elfriede stand plötzlich in der Tür. Jeder hätte in diesem Moment kommen können, aber nicht Carolas Mutter. Doch sie reagierte ganz gelassen. »Es ist schön, dass du wieder jemanden in dein Leben lassen kannst«, sagte sie und strich mir über den Kopf. Dann machte sie dort weiter, wo wir aufgehört hatten, und schaltete den Herd ein, um die Würstchen zu erwärmen. »Bleibst du heute Nacht hier?«, fragte sie dann und schaute zu Alex. »Gern, wenn ich darf«, antwortete sie. »Natürlich bleibst du«, erwiderte ich, »ich lasse dich nämlich nicht wieder weg.« War das eine gute Idee? Sie würde im Bett meiner Frau liegen und ... Ja, der Einfall war gut und schließlich wollte es Carola so. »Werde glücklich mit ihr.« Ständig hatte ich diese Worte im Ohr und genau das wollte ich auch. Viel zu lange hatte ich schon die Trauerweide gespielt. Ich musste wieder anfangen zu leben, und wer sollte mich daran hindern? Meine Töchter freuten sich für mich, Jennifer war glücklich, dass ihr Opa wieder lachen konnte und meine Schwiegereltern? Auch wenn Elfriede mir versicherte, sich für mich zu freuen, wusste ich, dass es nicht so leicht für sie sein würde. Wir mussten einfach abwarten, wie es sich entwickelte.

Nach dem Essen ging ich mit Alex in den Garten. Es hatte zum Glück aufgehört zu regnen, und so konnten wir uns etwas unterhalten. Seit sie zuletzt hier war, verging viel Zeit, und nachdem wir sie abgeholt hatten, gab es auch keine Möglichkeit, zu reden. »Alex, ich muss dir etwas sagen«, begann ich mit meiner Rede, doch ich konnte plötzlich nicht mehr weitersprechen. Wie ein Teenager stand ich auf einmal da und hatte Pudding in den Knien, doch Alex fand die richtigen Worte: »Micha, bevor du irgendetwas sagst, möchte ich nur eines wissen – liebst du mich wirklich?« Ich schaute ihr in die Augen und plötzlich war ich absolut selbstbewusst. »Ja, ich liebe dich wirklich, Alex. Die Zeit, in der wir getrennt waren, war für mich die Hölle. Ich habe viel über uns nachgedacht und weiß nun, dass du die richtige

Frau an meiner Seite bist.«»Und dazu hast du so lange gebraucht?«, fragte sie und grinste mich von der Seite an. Ja, sie hatte natürlich recht, ich habe wirklich lange dafür gebraucht, aber ich hatte meinen Grund. Ich wollte gerade beginnen, von letzter Nacht zu erzählen, da standen wir plötzlich am Gartenteich. Es war die Stelle, an die mich Carola brachte. War das ein Zeichen? Ja, das war es, dessen war ich mir sicher, und so begann ich zu berichten.

Als ich fertig war, wartete ich auf eine Reaktion, und diese kam auch prompt.»Wow, da hast du ja etwas erlebt«, sprach sie nur. Mit allem hatte ich gerechnet, aber nicht damit. Ich wartete, dass sie mich auslachen oder sagen würde:»Du spinnst doch.« Aber nichts dergleichen. Stattdessen stellte sie sich vor mich, nahm meine Hände und fragte:»Und nun?« Mit dieser Frage war ich allerdings überfordert. Erneut wurden meine Knie zu Pudding, als sie mit ihrem Gesicht ganz nahe an meines kam. »Weißt du, Alex«, fing ich an zu stammeln,»ich hatte heute viel Zeit zum Nachdenken und ich denke, dass … dass …«»Sag es doch einfach«, forderte sie mich auf und schaute mir erwartungsvoll in die Augen.»Wenn wir beide eine Zukunft haben wollen, dann müssen wir ehrlich zueinander sein.« Plötzlich hörte ich»Ich liebe dich« aus meinem Mund kommen. Hatte ich das wirklich gesagt? Ich sprach es einfach so aus, doch kamen diese Worte tatsächlich von mir? Scheinbar schon, denn auch Alex sprach diese Worte und legte zärtlich ihre Lippen auf meine.

Nach einer Weile ließen wir voneinander ab. Ich stellte mich neben meine Freundin und plötzlich standen wir Arm in Arm vor der Rosenhecke.»Siehst du, Carola, dein Wunsch ist in Erfüllung gegangen«, sprach ich in Richtung Gedenkstein. Ich nannte meine Frau tatsächlich bei ihrem Namen und unterließ sogar das Wort»Schatz«. Etwas überrascht über mich selbst war ich schon und schaute auf ihr Bild. Natürlich war es Einbildung, doch in diesem Moment glaubte ich, dass sie mich anlächeln würde. Hatte ich es endlich geschafft und sie würde zukünftig ihre Ruhe haben?

Noch eine Zeit lang standen wir dort, bevor wir wieder zurückgingen. Hand in Hand liefen wir durch den Garten und anschließend ins Haus. Meine Töchter erwarteten uns schon. Breit grinsend standen sie nebeneinander und starrten uns an, aber sie redeten nicht, was auch gut war. Die Dinge, die ich mit Alex in den vergangenen Minuten machte, waren immer meiner Gattin vorbehalten. Ich hatte plötzlich eine andere Frau. Hier in meinem Haus, in dem ich viele glückliche Jahre mit Carola lebte. Ich wusste zu diesem Zeitpunkt noch nicht, ob ich Carola losgelassen hatte, doch eines war mir bewusst: Es würde wohl noch eine Weile dauern, bis ich mich an diese Situation gewöhnt hätte.

Später gingen wir alle zusammen in die Kirche. Abgesehen davon, dass wir im strömenden Regen in einer Kleingartenanlage nach Alex suchten, war dieser Heilige Abend viel ruhiger als sonst. Die Geschenke für die Kinder hatte ich schon lange vorher gekauft und wir Erwachsenen schenkten uns ohnehin nichts mehr. Wir wollten diesen Konsum, bei dem man glauben kann, für ihn wäre Weihnachten erfunden worden, nicht unterstützen. Eine kleine Aufmerksamkeit untereinander gab es bei uns sowieso das ganze Jahr über.

Nach den ersten beiden üblichen und vollkommen altmodischen Weihnachtsliedern begann der Pfarrer mit seiner Predigt. An diesem Tag sprach er, wie sollte es auch anders sein, über die Liebe, die man an Weihnachten für andere aufbringen soll. Warum? Sollte man nicht das ganze Jahr über nett und höflich zu anderen sein? Gedanklich war ich schon längst nicht mehr bei seiner Rede. Mir fiel ein, dass wir mit unseren kleinen Geschenken, die wir uns öfter im Jahr gegenseitig überreichten, eigentlich genau das machten, was die Kirche immer forderte.

Es waren kleine Aufmerksamkeiten, die nichts mit Weihnachten zu tun hatten, sondern mit Menschlichkeit und Wertschätzung. Dabei fiel mir allerdings auf, dass ich auch nicht besser war. Warum bekamen meine Angestellten bezahlten Weihnachtsurlaub, der nicht von ihrem Jahresurlaub abging? Was sollte das mit dem Weihnachtsgeld? Wäre es nicht besser, meinen Angestellten monatlich steuerfreie Sachbezüge zukommen zu lassen? Ich dachte plötzlich über Dinge nach, die jahrelang selbstverständlich für mich gewesen waren. Die Worte des Pfarrers brachten mir diese neuen Erkenntnisse nicht, aber was war es dann? Meine neue Liebe? Erlebnisse der vergangenen Monate? Oder hatte sogar Carola für meine Gedankengänge gesorgt? Mittlerweile hielt ich alles für möglich und auf einmal fiel mir noch etwas anderes ein. Ich wollte Alex eine Freude machen, ihr zeigen, dass ich sie wirklich liebte. Aber wie?

Meine Freundin saß neben mir und hielt permanent meine Hand. Auch über sie begann ich plötzlich nachzudenken. Wir waren seit Ewigkeiten befreundet und genauso lange war sie in mich verliebt. Auch ich empfand viel für sie und dann hatte ich sie mit meiner vollkommen übertriebenen Sehnsucht nach Carola vor den Kopf gestoßen. War sie wirklich nur getürmt, weil Lilli ihr sagte, wir wären zusammen? Darüber hätte man doch reden können. Auch dass sie Weihnachten nicht mit uns feiern wollte, sprach eher dafür, dass sie Angst hatte, ich könnte dauernd nur an meine Frau denken.

Plötzlich erschrak ich. Die Orgel dröhnte los, die das nächste Einschlaflied anstimmte. Alex merkte das, drehte den Kopf und grinste mich an. Sie hatte solch ein süßes Lächeln, und mir wurde immer bewusster, dass ich diese Frau nie mehr gehen lassen durfte und sie sich ein Geschenk mehr als verdient hatte.

Es war bereits spät, als wir zurückkamen, und Conny, Florian und Jennifer fuhren gleich nach Hause. Auch meine Schwiegereltern liefen in ihr Haus. Corinna und ihre Kinder, die nun nicht mehr zu ihrem coolen Papa wollten, gingen ebenfalls schlafen. In Connys Zimmer stand ja noch das Gästebett.

Alex und ich waren endlich einmal allein.»Willst du auch schon schlafen gehen?«, fragte ich meine Freundin, doch die schüttelte den Kopf.»Ich möchte einen Augenblick mit dir allein sein«, teilte sie mir mit. Wir ließen uns auf das Sofa plumpsen und Alex kuschelte sich sofort an mich.»Micha, das war seit vielen Jahren der schönste Weihnachtsabend«, erklärte sie.»Ich habe immer allein zu Hause gesessen und in den Fernseher geschaut.«»Wie bitte?«, rief ich und sah sie entgeistert an. Daraufhin erklärte sie mir, dass sie keine Familie mehr hätte und ihre Freunde den Abend mit ihren Liebsten verbringen wollten. Lange sprach sie über ihre Situation in der Vergangenheit und ich hörte aufmerksam zu. Ich merkte, dass es ihr guttat, über all das ausführlich zu reden.

Nach einer Weile, als sie damit fertig war, nahm ich sie in den Arm. Es war fast nicht zu glauben, welch miserables Leben sie hinter sich gehabt hatte. Die Eltern verstarben ziemlich früh, worüber sie bei uns nie ein Wort verloren hatte. Auch in der Liebe hatte sie kein Glück, und als sie ihren Job verlor, fing das Leid erst richtig an. Jetzt wollte ich ihr erst recht etwas Gutes tun.»Alex, ich habe mir etwas überlegt«, fing ich an zu reden, »du hast auch mal Glück verdient. Ich möchte deshalb nach Weihnachten mit dir zu einem Juwelier gehen, damit du dir einen schönen Ring ...«»Du möchtest dich mit mir verloben?«, rief sie laut dazwischen und fiel mir um den Hals. Ich brachte gerade noch ein »Was? ... Aber ...« heraus, bevor sie mir mit ihren Lippen den Mund verschloss.

»Das müssen wir feiern«, sagte sie, als sie von mir abließ, und rannte in die Küche. Oh nein, was hatte ich getan? Wie sollte ich aus diesem Schlamassel wieder herauskommen? Schon fast hilfesuchend schaute ich zu Carolas Bild auf dem Trauertisch, und erneut bildete ich mir ein, sie würde grinsen.

Alex kam zurück.»Sekt war keiner im Kühlschrank«, teilte sie mir mit und stellte jedem eine Flasche Bier hin.»Lass uns feiern.« Freudestrahlend säuselte sie mir diese Worte entgegen und warf mir dabei einen Blick zu, der eine Mischung aus Verliebtheit und Dankbarkeit zu sein schien. Was hätte ich sagen sollen? Ich beschloss, sie erst einmal in diesem Glauben zu lassen und am nächsten Morgen noch einmal mit ihr zu reden. In dieser Nacht wollte ich mich nicht mehr unbeliebt machen.

Es war fast 2:00 Uhr in der Nacht, bis wir endlich ins Bett gingen. Meine Freundin kuschelte sich auch sofort in meinen Arm. Kurz dachte ich noch einmal über den vergangenen Tag nach und musste feststellen, dass dies der verrückteste Heilige Abend meines Lebens war.

Das Leben nach dem Tod

Als ich am nächsten Morgen aufwachte, war ich abgespannter als am Vorabend. Ich hatte in der Nacht einen Traum, der mich beschäftigte. Carola saß plötzlich an meinem Bett. Ich wurde wach und sie lächelte mich an. Dabei sagte sie immer wieder diesen Satz, den ich schon oft von ihr gehört hatte:»Werde glücklich mit ihr.« Dieses Mal kam sie aber nicht wirklich zu mir, es war tatsächlich nur ein Traum. Oder war es wieder einmal ein Zeichen? Carolas irdisches Leben war zu Ende. Könnte ich mit Alex noch einmal ein neues anfangen? Ich wollte gerade wieder beginnen, darüber nachzudenken und auch über diesen Traum und alles andere, was ich mit meiner verstorbenen Frau erlebte, als mir mit Schrecken etwas einfiel: Ich hatte Alex versprochen, mich mit ihr zu verloben. Zumindest hatte sie es so verstanden. Ich drehte mich etwas zur Seite – sie schlief noch und so konnte ich sie in Ruhe beobachten. Sie war hübsch, nett und Carola in vielen Dingen sehr ähnlich. Wie sollte ich ihr beibringen, dass wir am Vorabend aneinander vorbeiredeten? Wie würde sie reagieren, wenn ich ihr erkläre, dass ich eine Verlobung für zu früh halte? Ich sah sie schon wieder mit ihrer Tasche davonrennen. Nein, ich durfte nicht riskieren, dass sie den Winter in einem Schuppen verbringt. Aber ich konnte mir auch nicht einen Ring an den Finger stecken, nur damit sie bei mir bleibt. Was also tun?

Ich stand leise auf und ging ins Badezimmer. Dort stützte ich mich auf den Rand des Waschbeckens und schaute mich im Spiegel an.»Was soll ich machen?«, redete ich mit mir selbst. Ich wollte Alex nicht verlieren, denn ich mochte sie von ganzem Herzen. Nein, ich mochte sie nicht nur, mittlerweile war ich mir sicher, dass ich mich in sie verliebt hatte. Ich wollte, dass sie bei mir bleibt, dass sie bei mir wohnt und wir zusammen alt werden. Schlagartig fiel mir ein, dass dies nicht viel anders als eine

Ehe wäre. Mir gingen auf einmal Sachen durch den Kopf, an die ich vorher nie gedacht hatte. Wenn wir für immer zusammenbleiben würden, dann wäre das Vernünftigste auch irgendwann zu heiraten. War ich dazu denn überhaupt schon bereit? Ich wusste es zu diesem Zeitpunkt nicht, aber eines Tages wollte ich schon Carolas Wunsch respektieren und … Plötzlich hatte ich wieder ihre Worte im Ohr:»Werde glücklich mit ihr«, und auf einmal wurde mir klar: Ja, ich bin bereit. Ich war mir in der Zwischenzeit sicher, dass Carola sehr glücklich war und ich mir keine Sorgen um sie machen müsste. Ich würde ihren Wunsch erfüllen und das Wichtigste: Ich könnte sie endlich loslassen.

Zufrieden ging ich wieder zurück ins Schlafzimmer. Alex war in der Zwischenzeit aufgewacht.»Kommst du noch mal ins Bett?«, fragte sie und lächelte mich dabei reizvoll an.»Das hatte ich vor«, teilte ich ihr mit und legte mich neben sie. Dann versuchte ich, mit ihr über unser Missverständnis zu reden:»Alex, wegen unserer Verlobung …«»… das war eine Schnapsidee, ich weiß«, fiel sie mir ins Wort,»du bist noch lange nicht so weit, wenn du es überhaupt jemals sein wirst.« Ich lag direkt neben ihr, hatte mich auf meinem Arm abgestützt und grinste sie an.»Meinst du wirklich?«, fragte ich. Sie zog die Augenbraue hoch, doch sie sagte nichts. Ich begann noch einmal:»Wegen unserer Verlobung – da haben wir wirklich aneinander vorbeigeredet. Ich wollte dir eine Freude machen und dir einen Ring schenken, aber als du dich so gefreut hast, da dachte ich noch einmal über uns nach und …«

Wir lagen splitternackt nebeneinander. Sollte ich ihr wirklich jetzt einen Antrag machen? Ich war mir nicht sicher, doch ihr Blick forderte mich dazu auf.»Alex, als ich damals Carola sagte, dass ich nach der Hochzeit meinen Namen behalten wolle, sagte sie:›Dann bin ich eben eine Lahme Carola‹.« Meine Freundin begann zu lachen. Ich beugte mich zu ihr herunter und gab ihr einen Kuss. Sofort darauf fragte ich:»Willst du eine Lahme Alex sein?« Ihre Mundwinkel schossen herunter und die Augen wurden groß.»Meinst du das im Ernst?«, flüsterte sie. »Ja, Alex, ich meine das im Ernst. Willst du meine Frau werden?« Sie zögerte keine Sekunde. »Ja, ich will!«, rief sie laut, warf ihre Bettdecke zur Seite und zog mich auf sich. Den Rest verhülle ich mit dem Mantel des Schweigens.

Nachdem wir an diesem Tag zum zweiten Mal aufgewacht waren, zogen wir uns an und gingen in die Küche. Während wir den Tisch für das Frühstück deckten, fragte sie: »Und? War es schön vorhin?« Was sollte denn diese Frage? »Natürlich war es das«, antwortete ich ihr, »ich bin schon am Abwägen, ob ich dir deshalb nicht öfter einen Antrag machen soll.« Sie grinste, doch dann wollte sie wissen: »Hat das Carola nicht gemacht, als du sie gefragt hast?« »Nein, das hätte noch gefehlt«, rief ich, und als ich den fragenden Blick meiner Freundin sah, erklärte ich: »Das war im Gruppenraum der Jugendherberge. Die ganze Klasse stand um uns herum.« Ja, gewöhnliche Orte für einen Antrag waren wohl nicht so meins und auch die Kleidung war etwas ausgefallen. Bei Carola war es der Schlafanzug und bei Alex hatte ich schon gar nichts mehr an.

Wir waren gerade mit dem Frühstücken fertig, als das Telefon klingelte. Meine Mutter war am anderen Ende. »Hallo, Micha«, sagte sie, »wir hatten wohl keinen guten Neustart. Ich wollte mich bei dir entschuldigen und fragen, ob ich morgen zum Kaffee kommen kann. Ich möchte sehen, wo du wohnst, und …« Das übliche Geplapper ging wieder los. Das machte sie schon damals immer, nachdem sie gemerkt hatte, dass sie sich im Ton vergriffen hatte und andere sauer auf sie waren. Geändert hat sich allerdings nie etwas. Schließlich sagte ich zu, war mir aber bewusst, dass der Nachmittag nicht besser verlaufen würde als der bei ihr.

Zum Essen gingen wir wieder zu Elfriede und Manfred. Noch am Vortag hatte ich deshalb ein ungutes Gefühl, weil Alex zum ersten Mal dabei sein würde. Als wir jedoch zum anderen Haus hinüberliefen, war es mir vollkommen egal. Sollten sie uns eben komisch anschauen oder Bemerkungen machen. Ich hatte mich in Alex verliebt und Carola wollte das sogar. Außerdem war ihr Tod schon mehr als drei Jahre her und sowohl meine Töchter als auch meine Schwiegereltern hatten darauf gedrängt, dass ich mir wieder eine Partnerin suche. Damit meine Familie aber nicht alles auf einmal verkraften musste, sagten wir von der geplanten Verlobung erst einmal noch nichts.

Am nächsten Tag war es dann so weit: Mutter und Bruder waren im Anmarsch. Als es klingelte, ging ich in den Flur und schaute in den Monitor, der die Einfahrt zeigte. Es war das Auto meines Bruders. Ich zitterte, als ich den Öffner drückte. Würde es so weitergehen, wie es beim letzten Mal endete, oder würde vielleicht der zweite Versuch funktionieren, eine einigermaßen annehmbare Mutter-Sohn-Beziehung hinzubekommen?

Nervös eilte ich hinaus zum Parkplatz. Mein Bruder stieg zuerst aus und ich wollte ihn auch gleich begrüßen, doch stattdessen lief er um das Auto herum und öffnete Mama die Tür. Graziös schwang sie ihre Beine heraus, um anschließend den Rest des Körpers folgen zu lassen. Ich glaubte, nicht richtig zu sehen.»Na, die hat dich ja gut erzogen«, stellte ich fest, und mein Bruder lachte. Eigentlich war das gar nicht spaßig gemeint, denn so fit war sie schon noch, dass sie den Türöffner selbst herausziehen konnte.

»Nicht so frech, Sohnemann«, rief sie mir zu, als sie neben dem Auto stand. Na toll, das hatte sie verstanden, doch das war mir egal.»Die Hörgeräte funktionieren ja noch«, antwortete ich ihr und erntete einen bösen Blick.»So etwas brauche ich nicht, ich höre noch gut.« Ich ließ das mal so stehen und begrüßte sie. »Schön, dass du da bist«, sagte ich und wollte sie gerade umarmen, als sie meinte:»Aber nicht wieder so frech wie beim letzten Mal.« Ich stutzte. Wer hatte denn angefangen? Ich beschloss, sie nicht in den Arm zu nehmen, sondern gleich ins Haus zu gehen.»Wer wohnt denn hier alles?«, fragte sie auf dem Weg dorthin. Sie war stehen geblieben und sah sich um. »In dem Haus dort hinten wohnen meine Schwiegereltern und hier wohnen Alex und ich. Im Moment lebt auch Corinna bei uns, weil sie …« Ich brach meine Erklärung ab. Warum sollte ich ihr von den Eheproblemen meiner Tochter erzählen? Außerdem hatte ich den Eindruck, dass sie mir ohnehin nicht zuhörte. »Hier wohnen Geldleute, nehme ich an, bei diesem riesigen Anwesen.« Ich klärte sie auf: »Mein Schwiegervater besaß eine Firma, die er später Carola und mir übergab. Seit dem Tod meiner Frau gehört sie mir allein.« »Mein Mann hatte auch eine Firma«, sagte sie daraufhin und lief erhobenen Hauptes weiter. Ja, das stimmte sogar, doch Papa hatte nur eine kleine Polsterei. Meine Mutter war auch nie eine Geschäftsfrau, auch wenn sie sich manchmal so benahm.

Wir gingen hinein und auch da schaute sie sich genauestens um. »Schön hast du es hier«, sagen normalerweise Leute, die zum ersten Mal zu mir kommen, doch nicht so meine Mutter. »Geschmack hattest du ja noch nie«, kam es aus ihrem Mund. Gerade in diesem Moment kam Alex in den Flur. Ich stellte die drei einander vor und Alex hielt Mama die Hand hin. Diese schaute sie sich jedoch nur an und sagte dann zu mir: »Wie ich schon sagte, Geschmack hattest du noch nie.« Dann ging sie weiter. Wenigstens mein Bruder begrüßte meine Freundin. Zwar hatten sie sich auf meiner Geburtstagsparty schon gesehen, doch dort alle einander vorzustellen, wäre zu weit gegangen.

Wir brachten die beiden ins Wohnzimmer. »Setzt euch, ich hole den Kaffee«, sagte ich zu den Zweien, und zusammen mit Alex lief ich in die Küche. »Weißt du, Micha, ich bin normalerweise sehr geduldig, aber deshalb muss ich mich nicht beleidigen lassen«, meinte meine Freundin und hatte damit natürlich vollkommen recht. Mama war zwar so, doch das ging entschieden zu weit. »Du siehst, ich habe dir nicht zu viel versprochen«, stellte ich fest und grinste sie an. »Micha, ehrlich, wenn ich zurückschieße, dann wundere dich nicht darüber.« Ich nahm sie in den Arm. »Wenn sie dich beleidigt, dann kannst du auch dementsprechend reagieren. Meinen Segen hast du.« Meine

Freundin schaute mich daraufhin lange an. »Wie kannst du dabei so ruhig bleiben?«, fragte sie anschließend. »Nun ja, ich weiß, wie sie damals war, und wie es scheint, hat sie sich kein bisschen verändert«, erklärte ich. »Außerdem hat mir mal jemand gesagt: ›Wenn dir einer dumm kommt, lass ihn auch wieder dumm gehen‹, und damit hatte er recht«, ergänzte ich.

Bewaffnet mit Kuchen und Kaffee gingen wir zurück ins Wohnzimmer. Wir stellten alles auf den Tisch und sofort beschwerte sich meine Mutter: »Muss man sich hier selbst bedienen?« Bevor ich reagieren konnte, nahm mein Bruder den Tortenheber und legte ihr ein Stück auf den Teller. »Normalerweise gibt es mindestens zwei verschiedene Kuchen, damit sich der Gast etwas aussuchen kann«, bemerkte sie zynisch, »außerdem bedient normalerweise die Frau des Hauses.« Alex blieb ruhig. Wir machten uns beide mit der Gabel ein Stückchen unseres Kuchens ab und schoben es uns in den Mund. Kauend lächelten wir uns an. Meiner Mutter blieb dies nicht verborgen. »Und du hast also Geld?«, wollte sie von mir wissen. »Ich habe eine gut gehende Firma und somit ist schon genügend Geld da«, erklärte ich ihr. Der Blick ging nun zu meiner Freundin: »Und Sie sind dieser berühmte Alex«, stellte sie fest. »Diese, nicht dieser«, berichtigte sie. »So wie Sie aussehen und mit den kurzen Haaren könnten Sie auch ein Kerl sein«, giftete meine Mutter. Noch immer blieb meine Freundin ruhig, ich dafür aber nicht mehr. Wenn sie mich beleidigen will, ist das eine Sache, bei Alex aber etwas anderes. Ich kochte vor Wut, doch noch bevor ich etwas sagen konnte, meinte Alex in ruhigem Ton: »Sie sehen übrigens aus wie eine Schlossherrin.« Mama begann zu strahlen. Auf ihr Äußeres legte sie immer viel Wert, und wenn jemand etwas Nettes darüber sagte, dann fühlte sie sich bestätigt. Aber Alex ergänzte: »… die vor fünfhundert Jahren gelebt hat und nun ihr eigenes Schlossgespenst ist.« Vor Schreck fiel mir beinahe der Kuchen aus dem Mund. So hatte mit Mama noch keiner geredet, und so saß sie auch da. Scheinbar hatte die Schockstarre eingesetzt. Es dauerte lange, bis sie sich wieder gefangen hatte und weiter aß. »Ich nehme

an, Sie haben kein Geld und wollen sich hier durchfüttern lassen. Na ja, wenn mein Sohn so dumm ist.«»Mama, es reicht jetzt«, mischte sich mein Bruder ein,»selbst wenn es so wäre, würde dich das nichts angehen.« Alex konterte:»Wissen Sie, Frau Lahme, wenn man eingebildet ist, dann sollte man auch etwas haben, auf das man sich etwas einbilden kann.« Mama fiel die Gabel aus der Hand. Meine Freundin beugte sich zu mir und gab mir einen Kuss. Dann stand sie auf. Bevor sie ging, sagte sie zu meiner Mutter:»Es war schön, dass ich Sie kennenlernen durfte. Ich dachte, Micha hätte damals mit seiner Flucht vollkommen übertrieben, doch nun verstehe ich ihn.« Während Mama noch nach Luft japste, konnten mein Bruder und ich uns ein Lachen nicht verkneifen.»Das ist doch … also, das …«
Mama konnte sich nicht beruhigen.

Einen Moment dauerte es noch, da kam Alex mit zwei Tellern zurück.»Ich gehe rüber und bringe deinen Schwiegereltern Kuchen«, erklärte sie, nahm sich zwei Stücke und verschwand wieder.»Da hast du dir ja etwas ausgesucht«, sagte Mama. Sie hatte endlich ihre Sprache wiedergefunden. Ich gab ihr Widerwort:»Du hast mir mal einen Spruch beigebracht: ›Wie man in den Wald hineinruft, so schallt es heraus‹. Das gilt nicht nur für andere.« Endlich war sie ruhig, doch nur kurz, denn in diesem Augenblick kamen Conny und Corinna zur Tür herein. Im Gegensatz zu Alex wurden die zwei herzlich begrüßt. Sie setzten sich zu uns und Mama wurde plötzlich vollkommen anders. Meine Töchter waren die einzigen Enkel, die sie hatte, und natürlich war sie mächtig stolz. Mein Bruder und ich hatten endlich Gelegenheit, uns allein zu unterhalten. Wir gingen ins Esszimmer und redeten.

Der Mittag ging schnell vorüber und die beiden fuhren wieder nach Hause. Alex ließ sich die ganze Zeit nicht mehr bei uns sehen. War sie wirklich so lange bei Elfriede und Manfred? Es war mein größter Wunsch, dass sich die drei gut verstehen und vor allem, dass meine Schwiegereltern meine neue Partnerin akzeptieren würden.

Als meine Verwandtschaft vom Hof fuhr, schloss ich das große Tor und ging zusammen mit meinen Töchtern ebenfalls zu meinen Schwiegereltern. Dort trafen wir auf eine Situation, die ich nicht für möglich gehalten hätte: Alex, Elfriede und Manfred unterhielten sich und lachten laut dabei, während die Kinder im Wohnzimmer spielten. War das Eis nun gebrochen? Ich erinnerte mich zwar, dass sich die drei schon früher gut verstanden, doch wusste ich auch, dass Alex als meine Partnerin jetzt mit anderen Augen gesehen werden würde.

Gleich nach Weihnachten gingen wir zum Juwelier. Es dauerte etwas, bis wir einen fanden, der geöffnet hatte, doch der Rest ging schnell. Alex war absolut nicht anspruchsvoll.»Mir ist das Aussehen des Rings egal, die Hauptsache ist, ich kann mit dir zusammen sein«, flüsterte sie mir zu. Ich hätte ihr sogar einen mit Diamanten gekauft, doch für sie war so etwas nichts als Angeberei.»Es ist nur ein Symbol«, erklärte sie,»und im Alltag brauche ich keinen Prunk am Finger.« Das hatte sich damals bei Carola anders angehört.

Elfriede und Manfred gewöhnten sich ebenfalls an meine neue Partnerin, zumindest sagten sie das. Auch dass wir uns verlobt hatten, akzeptierten sie. Alex ging auch meist mit auf den Friedhof und half mir, das Grab zu pflegen. Doch nicht nur das. Zusammen räumten wir die Bilder von Carola weg und auch den Gedenktisch ließen wir verschwinden. Nur im Esszimmer blieb ein Foto von ihr hängen und für das Wohnzimmer machte ich sogar ein neues Bild. Es war ein kleiner Kasten, an dessen Rückseite ich eins unserer Hochzeitsbilder klebte. Davor standen auf dem Boden zwei Ringhalter, die ich von einem Juwelier bekam und die unsere Eheringe trugen. Davor befand sich eine Glasscheibe.

Seit dieser Zeit fühle ich mich viel freier. Vorher sah ich überall, wo ich hinschaute, meine Frau, wie hätte ich sie da gehen lassen können? Ich quälte nicht nur sie, sondern auch mich selbst. Vergessen habe ich meine Carola deshalb nicht und werde sie auch weiterhin in bester Erinnerung behalten. Viele Male war sie bei mir. Manchmal kam es mir vor, als wäre sie hundert Meter von mir entfernt, obwohl sie direkt neben mir war, doch gelegentlich glaubte ich auch, ihre Nähe spüren zu können. Bis heute weiß ich nicht, was es mit diesem seltsamen Traum auf sich hatte. War es denn überhaupt einer oder war ich wirklich bei meiner verstorbenen Frau? Dieses Rätsel werde ich wohl niemals lösen, doch das ist auch egal, da es mir seitdem wieder viel besser geht. Ich bin fest davon überzeugt – Carola wollte, dass ich mit Alex zusammenkomme, die mich wieder zu einem heiteren Menschen gemacht hat. Ich kann wieder lachen und fröhlich sein, denn ich weiß: Dort, wo Carola jetzt ist, geht es ihr nicht nur gut, sondern sie ist auch glücklich.

Im Frühjahr sah ich sie zum letzten Mal. Alex und ich saßen auf der Terrasse. Ich hatte meinen Arm um sie gelegt und ihr Kopf ruhte auf meiner Schulter. Plötzlich sah ich meine Frau vor den Büschen. Oder war sie weiter vorn? Es war unmöglich, ihre Entfernung einzuschätzen. Sie war auch nur undeutlich zu sehen, doch eines konnte ich genau erkennen: Sie lächelte und winkte mir zu. Ich winkte zurück und dann löste sie sich mit ihrer Wolke auf.

Meine Reaktion war Alex nicht verborgen geblieben, doch sie fragte nicht nach. »Carola hat sich gerade von mir verabschiedet«, erzählte ich ihr, doch noch immer war sie ruhig. Plötzlich flüsterte sie:»Ich weiß, ich habe sie gesehen.«

Wie versteinert saß ich da. Ich hatte am ganzen Körper Gänsehaut, als ich ihre Worte vernahm. Alex hatte sie auch gesehen? Die vergangenen Wochen rätselte ich, ob ich geträumt oder mir diese Erscheinungen eingebildet hatte. Sogar Luftspiegelungen und Hologramme zog ich in Betracht. War das doch alles keine Einbildung von mir, sondern …?

Es war das letzte Mal, dass meine Frau bei mir war, und meine Verlobte und ich haben uns nie mehr über dieses Erlebnis unterhalten. Zu viele Fragen hätte dies aufgeworfen, das wussten wir beide, und doch fragte ich mich, warum auch Alex sie sehen konnte. Wollte Carola vielleicht nicht, dass meine Verlobte denkt, ich wäre verrückt?

Wie dem auch sei, seit dieser Zeit weiß ich jedenfalls, dass es Carola gutgeht und es ein Leben nach dem Tod gibt. Ich freue mich, dass wir immer zusammen sind, auch wenn ich davon gar nichts merke. Wir sind auf eine Art und Weise miteinander verbunden, die man sich auf der Erde kaum vorstellen kann.

Wenn ich Carola richtig verstanden habe, dann sind wir zwar auch später, wenn meine Zeit ebenfalls gekommen ist, so etwas wie Einzelkämpfer, können aber trotzdem gedanklich zusammen sein. Der Sex und der Kuss waren beide nicht echt, aber trotzdem kam es mir so vor. Sollte so das Leben nach dem Tod aussehen?

Wenn man darüber nachdenkt, dann kann man nicht glauben, dass wir irgendwann einmal alle auf einem Blatt im Wald sitzen. Wir langweilen uns und haben doch ein aufregendes Leben. Wir sind ganz ruhig und rennen herum. Wir küssen uns, ohne die Lippen zu stülpen. Wir verspüren Schmerz und Freude, ohne dass uns jemand etwas tut. Ein Leben voller Gegensätze scheint uns zu erwarten, und doch soll es harmonisch sein.

Ich bin jedenfalls fest davon überzeugt, dass mir Carola ein Zeichen geben wollte und es ihr dort gutgeht, wo sie gerade ist. Werde ich auch dorthin kommen? Könnten wir uns vielleicht sogar ein Blatt teilen?

Erst spät habe ich den Unterschied zwischen Trauern und Festhalten gelernt, doch ich habe es geschafft. Würden auch die anderen Seelen, die mir meine Frau gezeigt hat, irgendwann ihre Ruhe finden?

Dies alles beunruhigte mich aber auch etwas, denn ich habe in der Zwischenzeit eine neue Liebe gefunden. Eine Frau, bei der ich mir sicher bin, den Rest des Lebens mit ihr verbringen zu wollen. Ich weiß heute schon, dass wir einmal heiraten werden, aber was kommt dann? Wir sind noch jung und könnten noch 30 Jahre zusammen sein – genauso lange wie mit Carola. Müsste ich mich später zwischen meinen beiden Ehefrauen entscheiden? Überhaupt warf mein kurzer Abstecher ins Totenreich mehr Fragen auf, als er beantwortete. Wenn wir uns alles vorstellen können, was wir wollen, was sollten dann die Blätter und der Wald? War das auch nur eine Einbildung, die ich sehen sollte? Carola sagte, dass sie oft an diesen Platz am Gartenteich gehen würde, aber wie soll das möglich sein, wenn sie nur auf ihrem Busch sitzt? War das auch nur Einbildung? Ich sah eine Lichtung, die plötzlich wieder verschwand. Ich sah unser Haus, dann war es wieder weg. Wir waren mal alt und dann wieder jung. Wenn es nur Carolas Vorstellung war, was machte ich dann darin?

Je mehr ich darüber nachdachte, desto bewusster wurde mir, warum wir nicht wissen sollen, was uns nach dem Tod erwartet. Ich weiß auch nicht, ob es wirklich das Paradies ist, in das wir später einmal kommen. Wenn alles geschehen würde, was wir uns wünschen, wäre das auf Dauer nicht ziemlich langweilig? Aber kann es an einem Ort ohne Zeit überhaupt Langeweile geben?

Ich wurde immer verwirrter, aber bei einer Sache war ich mir ganz sicher: Carola ging es gut, davon konnte ich mich selbst überzeugen. Oder war vielleicht doch alles nur ein Traum?

Ende

Bisher erschienene Bücher

Iris-Island Band 1
Angst kann man nicht küssen

Jonas, ein frisch verliebter Teenager, muss für das Abitur in einen Nachhilfekurs für den Englischunterricht, in dem auch seine Angebetete ist.

Tom, der Nachhilfelehrer, der seinen Winterurlaub in den USA verbringt, hat dort einen Unfall und verliebt sich zudem noch in Iris, eine Millionärin. Diese hat für solche Fälle eine Idee in die Tat umgesetzt – sie hat eine Jugendherberge mit Klassenräumen bauen lassen, damit Jugendlichen, die Schwierigkeiten mit der englischen Sprache haben, geholfen werden kann. Zähneknirschend stimmen Jonas und der Rest des Kurses zu, sich während der Sommerferien in diese Herberge zu begeben, jedoch ohne zu wissen, wo diese sich befindet und worauf sie sich einlassen. Für die Teenager beginnt ein Abenteuerurlaub. Doch auch für Tom ist die Beziehung zu Iris nicht einfach, da diese in früherer Zeit von ihrem damaligen Freund misshandelt wurde und seitdem zu Männern keine Bindung aufbauen kann. Immer wieder kommt es daher zu seltsamen Situationen, bis sie Tom schließlich sogar der Insel verweist. War es das nun mit der großen Liebe?

Familienroman, erschienen 2022 im BoD-Verlag, 374 Seiten

ISBN: 9783757829612

Iris-Island Band 2
Angst kann man nicht wegküssen

Sandra und Jonas wollen endlich heiraten, ebenso Melanie und Tobi, und zwar am liebsten in Miami. Doch wo sind Iris und Tom, die das Ganze bezahlen wollen? Seit sechs Jahren gibt es kein Lebenszeichen von ihnen. Als sie schon nicht mehr daran glauben, sie jemals wiederzusehen, stehen diese plötzlich vor ihrer Tür. Da die Männer mit dem Studium bislang nicht fertig sind, fliegen Sandra und Melanie mit in die USA, um ihre Hochzeit vorzubereiten. Doch was sich anfangs nach Urlaub anhört, entwickelt sich schnell zu einem Abenteuer, denn mit einem Mal überstürzen sich die Ereignisse und ihre Eheschließung droht zu platzen. Zudem ist Tom plötzlich verschwunden.

Familienroman, erschienen 2022 im BoD-Verlag, 354 Seiten

ISBN: 9783757853914

Geimpfte Mädchen stinken nicht

Was, wenn man mit 14 Jahren glaubt, die Liebe seines Lebens gefunden zu haben? Wie spricht man sie an? Das ist alles nicht so einfach, besonders dann nicht, wenn man von klein auf von der eigenen Mutter gelernt hat, dass Mädchen Wesen aus einer fremden Welt sind, die Jungs nur mit Krankheiten infizieren und außerdem stinken.

Genau das ist Michas Dilemma. Seine Mutter hat ganze Arbeit geleistet, ihm diese absurden Ängste einzutrichtern, und jetzt traut er sich kaum, einem Mädchen auch nur näherzukommen.

Wird es Micha dennoch gelingen, seine Ängste zu überwinden und seine Angebetete anzusprechen?

Jugendroman, erschienen 2023 im BoD-Verlag, 278 Seiten

ISBN: 9783757815783

Carola natürlich, oder?

Micha ist ein Schriftsteller, dessen Frau sich gerade von ihm getrennt hat. Als er mit seinem Motorrad zu einem Bikertreffen fährt, lernt er Marina kennen. Die beiden verlieben sich sofort ineinander. Es gibt nur ein Problem: Sie wohnen weit voneinander entfernt und plötzlich hört er nichts mehr von ihr. Ein paar Wochen später trifft er zufällig eine alte Schulfreundin wieder und die beiden beschließen, etwas Spaß miteinander zu haben. Als er dann auch noch eine Mitschülerin wiedertrifft, in die er damals verliebt war und über die er kürzlich einen Roman geschrieben hat, in dem sie sich wiedererkennt, sprühen auch zwischen ihnen die Funken. Die Ereignisse überschlagen sich, als Marina plötzlich wieder auftaucht und er vor die Entscheidung gestellt wird, eine der drei Frauen zu wählen. Bis er endlich weiß, welche seine Herzensdame ist, gerät er in einige heikle Situationen. Oder hat er sich insgeheim doch schon für eine entschieden?

Liebesroman, erschienen 2024 im BoD-Verlag, 288 Seiten

ISBN: 9783758326325